KLAUS ERFMEYER
Drahtzieher

GIER NACH MACHT Für die Staatsanwaltschaft ist die Unfallakte »Lieke van Eyck« schnell geschlossen. Doch ihre Schwester glaubt nicht an ein Eigenverschulden der als zuverlässig und diszipliniert geltenden Vorstandssekretärin. Der Dortmunder Rechtsanwalt Stephan Knobel, der in ihrem Auftrag die Umstände von Liekes Tod erforschen soll, stößt bei seinen Ermittlungen auf den Journalisten Gisbert Wanninger. Der ist einem Skandal auf der Spur: Der Konzern ThyssenKrupp, für den Lieke gearbeitet hat, soll einem geheimen Kartell zur Beschaffung Seltener Erden angehören. Stand Lieke als Mitwisserin im Weg? Während der Journalist euphorisch die ganz große Story wittert, bezweifelt Knobel Wanningers Theorie. Doch als Wanninger in Lebensgefahr gerät, muss Knobel einen ganz neuen Ansatz verfolgen …

Dr. Klaus Erfmeyer, geboren 1964, lebt in Dortmund und ist seit 1993 Rechtsanwalt, darüber hinaus Maler und Dozent. Er ist Autor zahlreicher Fachpublikationen. »Drahtzieher« ist der siebte Kriminalroman um Rechtsanwalt Stephan Knobel. Sein Erstling »Karrieresprung« wurde für den Glauser-Preis (Krimipreis der Autoren 2007) in der Sparte Debüt nominiert.

Bisherige Veröffentlichungen im Gmeiner-Verlag:
Irrliebe (2011)
Endstadium (2010)
Tribunal (2010)
Geldmarie (2008)
Todeserklärung (2007)
Karrieresprung (2006)

KLAUS ERFMEYER
Drahtzieher

Knobels siebter Fall

GMEINER *Original*

Personen und Handlung sind frei erfunden.
Ähnlichkeiten mit lebenden oder toten Personen
sind rein zufällig und nicht beabsichtigt.

Besuchen Sie uns im Internet:
www.gmeiner-verlag.de

© 2012 – Gmeiner-Verlag GmbH
Im Ehnried 5, 88605 Meßkirch
Telefon 0 75 75/20 95-0
info@gmeiner-verlag.de
Alle Rechte vorbehalten
1. Auflage 2012

Lektorat: Claudia Senghaas, Kirchardt
Herstellung: Christoph Neubert
Umschlaggestaltung: U.O.R.G. Lutz Eberle, Stuttgart
unter Verwendung eines Fotos von:
© dancerP & AF Hair – Fotolia.com
Druck: Bercker Graphischer Betrieb GmbH & Co. KG, Kevelaer
Printed in Germany
ISBN 978-3-8392-1245-5

für Lendita und Liona Merita

1

Anne van Eyck kam ohne Termin. Sie bestand darauf, Rechtsanwalt Knobel sprechen zu wollen, kam der Nachfrage der Kanzleiangestellten zuvor und erklärte mit verbindlichem Ton, ihr Anliegen dem Juristen selbst vortragen zu wollen. Es war der erste Arbeitstag nach ungewöhnlich heißen Ostertagen Ende April. Die Hitze lastete bleiern in den wegen der noch andauernden Schulferien für einen Spätnachmittag ungewöhnlich leeren Straßen. Stephan Knobel saß im Mansardenbüro des noblen Kanzleigebäudes, das ansonsten von der Kanzlei Hübenthal und Löffke genutzt wurde, von der sich Knobel als Sozius getrennt hatte und seither mit ihr nur über eine Bürogemeinschaft verbunden war. Er ordnete die spärliche Post, die ihn an diesem Tag erreicht hatte und ungeachtet der wegen der vergangenen Feiertage und der Witterung fehlenden Betriebsamkeit signalisierte, dass seine kleine Kanzlei – zum Gespött seiner früheren Partner – nicht richtig in Fahrt kam. Stephan Knobel harrte an jedem Arbeitstag von morgens bis abends in seinem Büro aus und wartete wie eine Spinne im Netz, hoffend, dass seine disziplinierte Präsenz mit neuen Aufträgen belohnt wurde, die er von Mandanten abzuschöpfen hoffte, die der Kanzlei Hübenthal und Löffke den Rücken kehrten. Löffke betitelte seinen früheren Sozius deswegen herablassend als Aasfresser, und Stephan Knobel musste dem Rivalen innerlich recht geben: In der Tat lebte er zu einem guten Teil mehr schlecht als recht von dem, was die andere Kanzlei übrig ließ, und Stephan nahm manche unattraktiv erscheinenden Mandate an, deren Bearbeitung sich für die Sozietät Hübenthal und Löffke wirtschaftlich nicht lohnte.

Doch Anne van Eyck gehörte nicht zu jenen Klienten, die mit weichen empfehlenden Worten innerhalb des Hauses an Knobel weitergereicht wurden. Sie wollte nur zu Stephan, wartete, bis er sie persönlich aus dem Empfangsbereich abholte, und füllte das von Neumandanten zu bearbeitende Formular mit ihren persönlichen Daten erst in Knobels Büro aus. Anschließend prüfte sie ihre handschriftlichen Eintragungen und reichte ihm das Blatt mit ihrer Visitenkarte, die sie ihrer Brieftasche entnahm. Stephan sah flüchtig auf ihre gepflegte maniküre Hand und nahm das dezente Parfüm wahr, als sie sich unsicher lächelnd vorbeugte und dann ruhig wartete, bis Stephan das Formular und die Visitenkarte studiert hatte. Anne van Eyck war Unternehmensberaterin und unterhielt ihr Büro unter ihrer Wohnadresse in Dorsten am nördlichen Rand des Ruhrgebietes. Stephan blickte auf.

»Was darf ich für Sie tun?«, erkundigte er sich und vermied die Fragen, die seiner Verwunderung darüber Rechnung getragen hätten, dass sich eine Mandantin aus dem rund 50 Kilometer entfernten Dorsten in seine am östlichen Rand der Dortmunder Innenstadt gelegene Kanzlei verirrt zu haben schien.

»Sie sind nicht der erste Anwalt, den ich in dieser Sache um Hilfe bitte«, eröffnete sie, ungeschickt aus Stephans Sicht, der unvermittelt ein Mandat witterte, dessen Übernahme aus anwaltlicher Sicht Probleme verhieß. Er antwortete nicht und sah der Besucherin abwartend ins Gesicht.

Sie erwiderte seinen Blick lächelnd, glaubte seine Gedanken zu lesen und erklärte: »Ich brauche einen Anwalt, der den Mut hat, in eine Sache einzusteigen, die aus juristischer Sicht vielleicht kein Fall ist. Das mag auch so sein, aber ich werde dieses Ergebnis erst akzeptieren, wenn alle mysteriösen Umstände aufgeklärt und meine Zweifel ausgeräumt sind. So lange werde ich nicht ruhen – und genau so lange werde ich forschen, koste es mich noch so viel Geld, Zeit und Nerven.«

Sie redete mit Bedacht, ihre Stimme war sanft, die Körperhaltung entspannt. Anne van Eyck lehnte sich zurück und betrachtete Stephan. Fast schien sie amüsiert, weil ihn ihre Entschlossenheit auf der einen und die Ruhe auf der anderen Seite sichtlich irritierten. Er ahnte, dass sie nicht aus Sturheit oder gar aus Querulanz einer Sache – wie sie es nannte – auf den Grund gehen wollte. Es steckte mehr dahinter, und ihre auf den ersten Blick unklug gewählten einleitenden Worte erwiesen sich kurze Zeit später als vernünftig und zutreffend gewählt: Anne van Eyck ging es nicht um ein bestimmtes Ergebnis um jeden Preis, aber sie wollte um jeden Preis Mühe und Engagement, um ein Resultat zu erzielen, dass sie als wahr und abschließend akzeptieren konnte.

»Worum geht es?«, fragte er und legte sich ein Notizblatt zurecht.

»Es geht um meine Schwester Lieke«, begann sie nach einer kurzen Pause, die kalkuliert eine Zäsur zu ihren bisherigen Worten markierte und Stephan in die Pflicht nahm.

»Lieke ist im September letzten Jahres, genauer gesagt am späten Abend des 12.9., gegen 23.20 Uhr, mit ihrem Auto tödlich verunglückt. Sie war auf dem Weg von Essen nach Dorsten und ist in der Höhe Gelsenkirchen-Scholven an der Stelle mit ihrem Auto von der Fahrbahn abgekommen, wo die B 224 mit einer Verschwenkung auf die A 52 übergeht. Zugelassen sind dort 80 km/h, aber nach Feststellung eines Gutachters musste sie eine Geschwindigkeit von rund 130 km/h gehabt haben.«

Anne van Eyck hielt inne.

»Kennen Sie die Unfallstelle?«, fragte sie.

Stephan verneinte.

»Sie müssen sich vorstellen, dass die Bundesstraße, auf der sie bis zur Unfallstelle gefahren ist, bereits wie eine Autobahn ausgebaut ist. Dann macht die Fahrbahn Richtung Norden zunächst einen Schwenk nach rechts, steigt zugleich an und beschreibt anschließend sofort eine enge Kurve nach links, um dann im Gefälle in die eigentliche Autobahn überzugehen, die im Grunde erst hier beginnt. Der schnelle Kurven- und Neigungswechsel ist ohne Zweifel nicht ungefährlich, aber meine Schwester kannte die Straße seit vielen Jahren in- und auswendig. Sie arbeitete als Vorstandssekretärin bei der ThyssenKrupp-Hauptverwaltung in Essen und lebte in einer Einliegerwohnung auf dem Hof, den mein Mann und ich in Dorsten bewohnen und zugleich auch als Sitz unserer gemeinsamen Unternehmensberatung nutzen.«

»Ihre Schwester lebte allein?«, erkundigte sich Stephan.

»Sie hat nie geheiratet«, antwortete Frau van Eyck. »In frühen Jahren hatte sie über einige Jahre einen Freund, aber die beiden haben sich wieder getrennt. Das ist fast zehn Jahre her. Seither war sie allein. Ich denke, ihr Beruf ließ ihr letztlich keine Zeit, sich privaten Dingen zu widmen. Sie war im Job sehr engagiert, hatte sich bis zur Chefsekretärin hochgearbeitet, galt als extrem zuverlässig und belastbar, sehr loyal und geradezu pedantisch ordnungsliebend. Sie hatte einen ausgeprägten Sinn für Sauberkeit. Lieke polierte ständig ihre Wohnung, fuhr das Auto jeden Freitag durch die Waschstraße und ließ es bei dieser Gelegenheit auch von innen gründlich reinigen. Am Auto machte sie nichts selbst. Ich glaube, sie hätte gar nicht gewusst, wie sie vorgehen sollte. Das Auto war nicht ihr Ding, es war nur Mittel zum Zweck. Sie hatte nicht einmal einfaches Werkzeug im Auto.« Anne van Eyck lächelte. »Lieke war ein spätes Kind unserer Eltern und wurde eigentlich immer wie ein Küken behandelt, erst von meinen Eltern, dann – nach deren frühem Tod – von mir. Vielleicht war sie in dieser Hinsicht so etwas wie eine überbehütete Prinzessin, aber davon abgesehen war sie eine wunderbare und auch hübsche Frau.«

Anne van Eyck zog ein Passfoto ihrer Schwester aus ihrer Brieftasche und reichte es Stephan. Er betrachtete das Bild nachdenklich. Lieke hatte ein ebenes sanftes Gesicht, blonde nach hinten gekämmte schulterlange Haare und ein natürliches gewinnendes Lächeln. Er gab ihr wortlos das Bild zurück.

»Lieke besaß eine hohe soziale Kompetenz, beschrieb Anne van Eyck ihre Schwester weiter. »Ihr Tod hat auch bei ThyssenKrupp eine nicht zu schließende Lücke hinterlassen. Der Nachruf des Konzerns auf eine unersetzliche Mitarbeiterin war echt.«

»Wie alt wurde Ihre Schwester?«

»37 – sie war vierzehn Jahre jünger als ich«, antwortete Anne van Eyck.

»Sie bezweifeln, dass es ein Unfall war«, vermutete Stephan.

»Lieke ist nie zu schnell gefahren. Jedenfalls hat sie die zulässige Geschwindigkeit nie in diesem Maße überschritten«, beteuerte ihre Schwester. »Sie fuhr in der gleichen Weise Auto, wie sie arbeitete: zuverlässig, diszipliniert und rücksichtsvoll. Als sie starb, hatte sie seit Jahren nicht einen einzigen Punkt in Flensburg. All dies ist nachweisbar. – Und da ist noch ein Umstand«, fuhr sie fort und schwieg, bis Stephan, der sich die wichtigsten Informationen aufschrieb, von seinem Notizblatt aufsah.

»Man stellte eine Blutalkoholkonzentration von 1,2 Promille fest, und dies ist überhaupt nicht erklärlich. Denn Lieke trank nicht nur keinen Alkohol, wenn sie Auto fuhr. Sie mied generell alkoholische Getränke. Allenfalls trank sie auf Feiern oder zu sonstigen Anlässen mal ein Glas Sekt. – Nur ein einziges Glas!«, wiederholte sie nachdrücklich. »Mehr stand nie in Rede.«

»Natürlich kann Alkohol bei einem Menschen, der sonst nur selten welchen trinkt, bei relativ kleinen Mengen zu größeren Ausfallerscheinungen führen als bei jemandem, der den Genuss von Alkohol gewohnt ist«, relativierte Stephan.

»Da haben Sie zweifellos recht«, stimmte Anne van

Eyck zu, »aber es gibt keinen Grund dafür, warum meine Schwester überhaupt Alkohol getrunken haben sollte. Sie hatte weder exzessiv gefeiert, noch gab es private oder berufliche Probleme, die sie zum Alkoholgenuss und waghalsigen Fahrmanövern hätten verleiten können. Erst recht gab es keinen Grund für einen möglichen Suizid«, setzte sie entschlossen hinzu.

»Sie werden all dies schon der Polizei mitgeteilt haben«, mutmaßte Stephan.

»Von Anfang an«, bekräftigte sie. »Aber Sie wissen so gut wie ich, dass all diese Beteuerungen für sich wertlos sind, wenn es keine sonstigen Anhaltspunkte gibt, die für ein Fremdverschulden sprechen. Man hat im Fahrzeugwrack keine technischen Manipulationen festgestellt. Lieke saß allein im Auto. Die Beteiligung eines anderen Wagens an dem Unfall konnte ausgeschlossen werden. Spuren in dieser Hinsicht hat man jedenfalls nicht gefunden. Auch an ihrer Kleidung oder ihren Sachen, die sich im Auto befanden, war nichts Auffälliges. Sie hatte die Handtasche bei sich, die sie immer ins Büro mitnahm. Nichts Besonderes.«

»Ihr Handy?«, fragte Stephan.

Anne van Eyck schüttelte den Kopf.

»Das Handy war in der Handtasche. Die Untersuchung hatte ergeben, dass sie keine ungewöhnlichen Anrufe getätigt oder erhalten hatte. Es waren nur die Telefonnummern von uns, von ThyssenKrupp und sonstige belanglose Kontakte, wie etwa zu einem Gartencenter. Nichts, was Aufschluss ergeben hätte. Auch die Obduktion ergab bis auf die Blutalkoholkonzentration keine Auffälligkeiten.«

»Was bestärkt Sie in der Annahme, dass es sich nicht um einen allein von Ihrer Schwester verursachten Unfall gehandelt hat – außer dass die Unfallumstände den Lebensgewohnheiten Ihrer Schwester widersprechen?«, fragte Stephan weich.

»Der Unfall war Mitte September letzten Jahres. Anfang März dieses Jahres wurde in die Wohnung meiner Schwester eingebrochen«, erklärte Anne van Eyck. »Wir hatten die Wohnung nach Liekes Tod im Wesentlichen unverändert belassen. Außer mir hatte sie keine Verwandten mehr. Es gab also niemanden, der darauf drängte, ihre Wohnung aufzulösen oder sie sogar selbst zu nutzen. Hermann, also mein Mann, und ich kamen überein, die Wohnung zunächst so zu belassen, wie sie ist. Wir wollten erst Abstand zu ihrem Tod bekommen. Auf Liekes Räume sind wir nicht angewiesen, auch nicht auf das Geld, das wir mit einer Vermietung erzielen könnten. Vielleicht werden wir die Räume irgendwann für unsere Unternehmensberatung mitnutzen, aber eilig ist das nicht. Also blieb alles so, wie es war.«

»Der Einbruch …«, erinnerte Stephan.

»In der Nacht vom 7. auf den 8. März. Wann genau es in der Nacht passierte, wissen wir nicht. Wir waren zu Hause, aber unsere Wohnung liegt auf der anderen Seite des Hofgebäudes. Man hört nicht jedes Geräusch, auch wenn es bei uns gewöhnlich sehr ruhig ist. Unser Sohn ist seit einigen Jahren aus dem Haus. Es gibt auch keine Tiere auf unserem Hof. Ich war am Abend des 7. März noch in einem Supermarkt einkaufen. Das war ein Mittwoch. Gegen 20 Uhr kam ich zurück und stellte unseren Wagen im Hof ab. Es gibt dort einen Bewegungsmelder, der die Beleuchtung auslöst und den ganzen Hof in helles Licht taucht. Als ich auf den Hof fuhr und das Licht anging, war die ganze Hoffläche von einer glitzernden unberührten Schneeschicht bedeckt. Vielleicht erinnern Sie sich noch: Anfang des letzten Monats schneite es immer wieder, und der Schnee blieb wegen der Kälte auch einige Tage liegen. An jenem Abend war es seit meiner Abfahrt gegen 18.30 Uhr zu relativ starkem neuen Schneefall gekommen. Als ich das Auto nach meiner Rückkehr auf dem Hof parkte, befanden sich dort keine Spuren. Der Schnee war frisch und unberührt. Ich ging mit den Einkäufen ins Haus, wo mein Mann schon auf mich wartete, und wir verbrachten einen gemütlichen Abend. Soweit ich mich erinnere, sahen wir bis gegen 22 Uhr fern. Dann sind wir zu Bett gegangen. Am Morgen verließ ich gegen elf Uhr das Haus. Ich wollte einen Kunden besuchen und ging zu unserem Auto, das ich am Vorabend im Hof abgestellt hatte. Und da sah ich die Fußspuren, die offensichtlich von der Straße kamen, über das Hofgelände und dann seitlich am Wohngebäude vorbei bis zu dem separaten Eingang zur Wohnung meiner Schwester führten. Ich holte sofort meinen Mann, und wir entdeckten den Einbruch. Das Küchenfenster neben der Wohnungstür war eingeschlagen worden. Dann sind wir sofort zur Polizei gefahren. Unser Hof befindet sich weit außerhalb des Ortes, in der Nähe der Landstraße nach Wulfen. An der Straße steht kein Schild mit der Hausnummer. Die Polizei folgte uns auf den Hof. Wir sind dann alle zusammen in Liekes Wohnung gegangen. Dort war alles durcheinander. Schubladen und Schränke waren geöffnet worden. Wäsche und Bücher lagen auf dem Boden. Nichts, was offensichtlich nicht durchsucht worden wäre. Aber es fehlte nichts. Wir haben jedenfalls bis heute keinen Verlust bemerkt, und das, obwohl in der Wohnung einige Wertgegenstände vorhanden sind, die ein gewöhnlicher Dieb sicher mitgenommen hätte. Das betrifft insbesondere eine kleine Tischuhr und Silberbesteck, das aus dem Erbe unserer Eltern stammt und seltene holländische Ziermuster enthält. Wertvolle Gegenstände also, die man leicht hätte mitgehen lassen können. Aber nichts dergleichen fehlte, die Sachen waren lediglich verrückt worden. Es wurden natürlich Spuren gesichert. Fingerabdrücke oder verwertbare DNA-Spuren, die eindeutig vom Täter herrührten, fand man jedoch nicht. Der Einbrecher war professionell vorgegangen. Verwertbar waren einzig die Spuren im Schnee. Danach ging man von einer Person aus, die die Schuhgröße 48 hat und nach den Eindrücken im Schnee rund 100 bis 120 Kilogramm wiegt. Die Fußspuren führten direkt von der Landstraße, die in etwa 200 Meter Entfernung an unserem Hof vorbeiführt, über den Zuweg zu unserer Hofanlage, dann zur Wohnung meiner Schwester und von dort wieder zurück. An der Landstraße verloren sich die Spuren. Gut möglich, dass der Täter dort von einem anderen im Auto abgeholt worden ist oder vielleicht sein eigenes Auto dort geparkt hat. Zeugen, die in der Nacht vom 7. auf den 8. März im Bereich der Zufahrt zu unserem Hof ein parkendes Auto bemerkt haben, konnten nicht ermittelt werden. Man weiß bisher nichts von diesem mysteriösen Einbrecher als das, was ich Ihnen erzähle. Weitere Einbrüche gab es in der fraglichen Zeit übrigens in Dorsten und Umgebung nicht.

Auch nicht einige Tage vorher oder später. Das heißt: Es war ein gezielter Einbruch in die Wohnung meiner Schwester. Keine Gelegenheitstat, bei der ein Täter auf schnelle Beute hofft, die er irgendwo absetzen kann. – Wie erklären Sie sich das? – Zwischen dem Unfall und dem Einbruch vergingen nur rund sieben Monate. Es gab auf unserem Hof in der Vergangenheit noch nie einen Einbruch. Wie erklären Sie sich das, Herr Knobel?«

»All das ist mysteriös«, gab ihr Stephan recht. »Was haben Sie dann gemacht?«

»Ich habe die Staatsanwaltschaft gebeten, die Ermittlungen zum Tod meiner Schwester im Lichte des rätselhaften Einbruchs noch einmal aufzunehmen«, antwortete sie.

»Mit welchem Ergebnis?«, fragte Stephan.

Anne van Eyck nahm einige Schriftstücke aus ihrer Handtasche und reichte sie über den Tisch.

»Die Staatsanwaltschaft hatte das Verfahren wegen des Todes meiner Schwester bereits im Februar eingestellt, und die Generalstaatsanwaltschaft beim Oberlandesgericht Hamm hat meine Beschwerde gegen die Einstellung zurückgewiesen«, erklärte sie. »Zusammengefasst heißt das, dass sich nach sorgfältiger Prüfung und Auswertung aller Spuren kein Anfangsverdacht eines Tötungsdelikts zum – wie man sich ausdrückt – Nachteil meiner Schwester ergeben habe. Im privaten wie beruflichen Umfeld seien keine Umstände ermittelt worden, die ein Motiv für ein Tötungsdelikt begründen, geschweige denn ein solches Verbrechen nahelegen könnten. Man werde die Ermittlungen wieder aufnehmen, sobald sich neue Anhaltspunkte ergäben.«

Stephan las flüchtig die behördlichen Schreiben, deren Inhalt Anne van Eyck korrekt wiedergegeben hatte.

»Ich nehme an, dass der Einbruch in die Wohnung Ihrer Schwester nicht zur Wiederaufnahme der Ermittlungen führte«, vermutete Stephan.

»So ist es«, nickte sie. »Man gab mir recht, dass ein gewisser zeitlicher Zusammenhang auffalle, gehe aber von einem bloßem Zufall aus, zumal bei dem Einbruch keine verwertbaren Spuren gesichert werden konnten, die einen inneren Zusammenhang mit Liekes Tod belegen könnten.«

»Das Unerklärliche ist kein Beleg für die Richtigkeit Ihrer Vermutung«, meinte Stephan. »Ich kann die Sichtweise der Staatsanwaltschaft nachvollziehen.«

»Ich sagte bereits, dass ich das Ergebnis akzeptieren werde, wenn alles unternommen worden ist, Liekes Tod aufzuklären, und die Erkenntnisse schließlich die Theorie vom bloßen Unfall untermauern«, antwortete sie.

Wieder fiel Stephan auf, wie beharrlich und zugleich ruhig sie war. Anne van Eyck machte nicht den Eindruck, dass sie sich in eine abwegige Theorie verbiss.

»Hat man festgestellt, was Ihre Schwester getrunken und wo und warum sie den Alkohol zu sich genommen hat?«, fragte er.

»Sie hat Weißwein getrunken, nach dem Obduktionsergebnis muss es eine ganze Flasche gewesen sein, aber man hat nicht klären können, wo sie den Wein getrunken hat. – Sehen Sie, Herr Knobel, Sie stellen die richtigen Fragen. Mag sein, dass juristisch allein bedeutsam ist, dass sie getrunken hat, aber ich als Schwester von Lieke, die sie genau gekannt hat, frage natürlich auch, wo und warum sie getrunken hat. Lieke starb an einem Montagabend. Sie war bis etwa 18 Uhr im Büro der ThyssenKrupp-Verwaltung in Essen. Ab da bis zum Todeszeitpunkt fehlen knapp fünfeinhalb Stunden. Man hat nicht rekonstruieren können, was sie in dieser Zeit gemacht hat.«

»Ist es denn wirklich ausgeschlossen, dass sie eine neue Bekanntschaft hatte?«, fragte Stephan.

»Natürlich nicht«, parierte Anne van Eyck, »ich schließe nichts aus. Aber ich weiß auch, dass ich zu meiner Schwester stets ein sehr gutes und inniges Verhältnis hatte. Das bedeutet nicht, dass man nicht auch voreinander Geheimnisse haben mochte, aber ich kann ehrlich behaupten, dass wir uns praktisch alles erzählten. Lieke hatte sich über die Jahre nach einem Partner gesehnt. Sie hat mir erzählt, dass sie hin und wieder Anzeigen schaltete und mir sogar die Antwortbriefe gezeigt, die sie erhielt. Ich wusste praktisch immer, wenn sie sich mit einem Mann traf – und auch, dass und wie sich die Angelegenheit erledigt hatte. Umgekehrt wusste Lieke über mich und meine Ehe mit Hermann Bescheid. Sie erfuhr, wann und worüber wir stritten, aber ich berichtete ihr auch über mein Glück, das ich mit Hermann erleben darf. – Also, Herr Knobel: Es spricht doch ganz viel dafür, dass sie es mir gesagt hätte, wenn sie eine Affäre begonnen hätte. Insbesondere hätte sie vorher Bescheid gesagt, dass sie abends länger wegbleiben wollte. Denn wir hatten uns schon Sorgen gemacht, als sie nicht kam, und mehrfach versucht, sie auf dem Handy zu erreichen. Vergeblich. Lieke war privat und im Beruf die Zuverlässigkeit in Person. Sie war in jeder Hinsicht perfekt,

19

ohne dass ich Lieke damit über Gebühr in den Himmel heben möchte.«

Anne van Eyck sah Stephan fest ins Gesicht. Sie beeindruckte mit der klaren und zugleich differenzierten Charakterisierung ihrer Schwester, beantwortete einige der sich aufdrängenden Fragen im Voraus und spürte, dass Stephans Interesse an dem Fall wuchs.

»Wenn Sie in Erwägung ziehen, dass Ihre Schwester einem Verbrechen zum Opfer gefallen ist, werden Sie sich auch Gedanken über den Täter und das mögliche Motiv gemacht haben«, meinte Stephan.

»Ich weiß es nicht«, gestand sie freimütig, »Ich habe noch nicht einmal eine Vermutung. Aber ich antworte gern auf Ihre These: Das Unerklärliche belegt keine Vermutung, aber es widerlegt sie auch nicht. Mir fehlen einfach Fakten, um mir ein Bild zu machen. Deshalb sitze ich vor Ihnen, Herr Knobel.«

Stephan lehnte sich zurück, verschränkte die Arme hinter dem Kopf und dachte eine Weile nach.

»Wie kommen Sie ausgerechnet auf mich?«, fragte er schließlich. »Es scheint eher eine Sache für eine Detektei zu sein.«

»Sie werben im Internet damit, über Ihre anwaltliche Tätigkeit hinaus auch Detektivdienste anzubieten«, antwortete sie prompt. »Oder ist diese Werbung falsch?«

»Nein«, wehrte Stephan ab, »es stimmt. Meine Lebensgefährtin Marie Schwarz betreibt Nachforschungen, wenn dies für die Lösung meiner Fälle notwendig ist. Sie erbringt ihre Dienste jedoch nur im Nebenjob. Hauptberuflich ist sie Lehrerin.«

»Lehrerin?«, wiederholte Anne van Eyck verwun-

dert und schien amüsiert. »Die Kombination ist ungewöhnlich.«

»Es ist eher Maries Hobby, ungelösten Fragen auf den
Grund zu gehen«, erklärte Stephan und spürte zugleich,
mit dieser Aussage beste Werbung für Maries Dienste
in der rätselhaften Angelegenheit Lieke van Eyck zu
machen, denn die Gesichtszüge der Mandantin ent-
spannten sich zu einem einladenden Lächeln.

»Besser kann es doch gar nicht sein«, freute sie sich.
»Ich brauche gewiss keine Spürnase, die dumpf irgendwelche Suchaufträge abarbeitet. Mir kann nur jemand
helfen, der mit Geduld und Geschick Antworten auf
die ungeklärten Fragen findet. Und ich garantiere, diese
Dienste gut zu bezahlen.«

Im Gegensatz zu einigen seiner Mandanten, denen
Stephan gleichlautende Beteuerungen häufig zu recht
nicht traute, glaubte er Anne van Eyck unbesehen. Der
Fall war interessant – und Stephan war sich sicher, dass
Anne van Eyck in der Tat nichts anderes wollte, als jene
Rätsel gelöst zu wissen, die die Staatsanwaltschaft auf
sich beruhen lassen konnte, weil sie für die formale rechtliche Prüfung des Todes der Schwester nicht erheblich
erschienen. Der Umstand, dass Lieke im angetrunkenen
Zustand die Gewalt über ihr Fahrzeug verloren hatte
und in den Tod gefahren war, bedurfte keiner weiteren
Überprüfungen, weil es keinerlei Hinweise auf Fremdverschulden gab. Stephan würde die entsprechenden
Ermittlungsakten einsehen, aber es stand zu vermuten,
dass die Behörden ordentlich gearbeitet hatten. Gleiches würde wahrscheinlich für die Untersuchung des
Einbruchs in Liekes Wohnung gelten. Anne van Eyck

ging es offensichtlich darum, Erklärungen zu finden, die in der juristischen Bewertung bislang keine Rolle spielten, und Stephan war sich sicher, dass sie mit jeder Antwort würde leben können, wenn nur eine intensive Recherche betrieben würde, die sie in eigener Person nicht leisten und von der Staatsanwaltschaft nicht erwarten konnte.

»Sie wissen, dass mir und Marie keine weiteren Erkenntnismöglichkeiten zur Verfügung stehen als jeder anderen Privatperson auch«, gab Stephan zu bedenken. »Wir haben nicht die Instrumente und rechtlichen Befugnisse, die die Strafverfolgungsbehörde hat.«

»Ich weiß«, nickte sie. »Aber Sie wissen wahrscheinlich auch, dass es auf diese Instrumente gar nicht ankommen wird. Ich bin mir sicher, dass Sie die Wahrheit ohne irgendeinen Fahndungsapparat finden werden. – Und um Ihre Frage vollständig zu beantworten, Herr Knobel: Ich bin auf Sie gekommen, weil Sie nach meiner Recherche weit und breit der einzige Anwalt sind, dessen Kanzleiprofil für meine Zwecke geeignet erscheint. Ich will keine größere Kanzlei, die mit irgendwelchen Detekteien zusammenarbeitet und die mir gegen stattliches Honorar am Ende lediglich eine schnöde Bestätigung dessen bietet, was ich ohnehin schon weiß. Meine bisherigen Erfahrungen sind nicht gut. Ich dachte zunächst, dass ich mit einer namhaften Großkanzlei am besten bedient wäre. Aber das Gegenteil ist der Fall. Dort hat man, als ich mein Anliegen vortrug, lediglich bedauernd mit den Schultern gezuckt und mir mit warmen Worten zu vermitteln versucht, dass ich lernen solle, den schmerzlichen Verlust meiner Schwester zu akzeptieren und die

Feststellungen der Staatsanwaltschaft als abschließend zu betrachten. Da war kein Interesse, erst recht kein Engagement, zumal man mir nahelegte, dass ich mit meinen Fragen bei einem Anwalt doch eher falsch aufgehoben sei. – Aber ich sehe das anders«, betonte sie. »Es geht auch um die rechtliche Bewertung, denn ich möchte die Ergebnisse der Recherche juristisch einzuordnen wissen, insbesondere dann, wenn sich Anhaltspunkte dafür ergeben, dass meine Schwester umgebracht wurde und es um eine Wiederaufnahme der Ermittlungen geht. Verstehen Sie, Herr Knobel, das bin ich meiner Schwester schuldig.«

Stephan nickte.

»Als Unternehmensberaterin habe ich eine Nase dafür, was Menschen leisten können und was sie leisten wollen«, fuhr sie fort. »Über Sie habe ich in Erfahrung gebracht, dass Sie der namhaften Kanzlei Hübenthal und Löffke den Rücken gekehrt und sich selbstständig gemacht haben, obwohl Sie Partner dieser Sozietät waren. Das ist ein mutiger Schritt, und das zeigt mir auch ohne Kenntnis Ihrer damaligen Beweggründe, dass Sie unbequeme Wege gehen und Verantwortung annehmen können. Oder täusche ich mich?«

Er lächelte. »Welche Antwort erwarten Sie auf diese Frage, Frau van Eyck?«

»Selbstverständlich Ihre Bestätigung!«, lachte sie. »Nein, ganz ernsthaft: Ich habe bei Ihnen ein gutes Gefühl, und es würde mich freuen, wenn Sie sich meiner Sache annehmen. Ich fordere nur Ihr Bemühen ein und den Ernst, sich bei Ihrer Tätigkeit meiner Schwester verpflichtet zu fühlen, die Sie, wenn Sie sie jemals kennenge-

23

lernt hätten, gemocht hätten. Dessen bin ich mir sicher. –
250 Euro für jede angefangene Stunde, Herr Knobel?
Auslagen und Spesen gesondert. Ist das eine Basis?«

Sie beugte sich vor und streckte ihre rechte Hand
entgegen.

Er schlug ein, nicht zuletzt darüber beglückt, dass
ihm unverhofft ein Mandat angetragen worden war, das
erkleckliches Honorar versprach.

»Dann lassen Sie mich eine Vollmacht unterschreiben«, bat Frau van Eyck.

Stephan griff in seine Dokumentenablage und ließ die
Mandantin gleich mehrere Formulare unterschreiben.
Sie zeichnete die Dokumente flink mit geschwungenem
Namenszug.

»Ich habe Ihnen zu danken«, sagte sie zum Abschied.

Als sie fort war, tat Stephan, was als Erstes zu tun war:
Er forderte bei der Staatsanwaltschaft Essen die Akte zum
Unfalltod der Lieke van Eyck zur Einsichtnahme an.

2

Am kommenden Samstag, dem 28. April, fuhren Marie
und Stephan nach Dorsten. Anne van Eyck hatte vorgeschlagen, Liekes Wohnung in Augenschein zu nehmen.
Man müsse sich Lieke und ihrem Zuhause nähern, um
sich in den Fall einzufühlen, hatte sie gesagt und ange-

fügt, dass es gut sei, wenn man einander besser kennenlerne, zumal Anne van Eyck einen Eindruck von Marie gewinnen wollte, der sie – wie sie sich ausdrückte – Liekes Seele anvertrauen wolle.

Der Hof der van Eycks lag einige Kilometer außerhalb der Stadt Dorsten. Es war ein stattliches, in hellroten Ziegeln errichtetes Gebäude im hier vorherrschenden Stil des beginnenden Münsterlandes, etwa 200 Meter neben der nach Wulfen führenden Landstraße gelegen und mit dieser über eine asphaltierte Zuwegung verbunden, die beidseits mit hoch wachsendem Strauchwerk und vereinzelten Ahornbäumen gesäumt war, deren maigrüne Kronen weit ausragend Schatten spendeten und den Besucher wie durch ein Gewölbe zu der sauberen Hofanlage gelangen ließen, die friedlich in der prallen Nachmittagssonne lag. Als Marie und Stephan ausstiegen, fühlten sie sich wie in einer anderen Welt. Nichts erinnerte hier an die Hektik der nahen Großstädte des Ruhrgebietes. Es war eine Oase der Ruhe und Beschaulichkeit, die selbst von der ohnehin nur schwach befahrenen Landstraße abgeschnitten schien und unvermittelt ein Wohlgefühl vermittelte, das sie sanft umhüllte und mit dem Duft der zahllosen blühenden Sträucher verzauberte.

Anne van Eyck trat durch eine grüne Holztür auf die sonnendurchflutete Hoffläche. Sie trug blaue Shorts und ein schwarzes Top, das ihren schlanken attraktiven Körper betonte. Stephan sah seinen ersten Eindruck von ihr bestätigt: Sie achtete sehr auf ihre gepflegte Erscheinung, schmückte sich dezent und betonte eine unaufdringliche Eleganz. Ihre zu einem kurzen Zopf zusammengebundenen dunklen Haare waren von einigen grauen Strähnen durchzogen, die Anne van Eycks reife Schönheit nur noch unterstrichen. Sie ging lächelnd auf ihren Besuch zu, betrachtete Marie mit einladender Neugier und drückte ihre Hand herzlich und lange, als würde dieser Händedruck besiegeln, dass Anne van Eyck das Rätsel um Liekes Tod nun auch in ihre Hände legen wolle.

»Ich habe mir von Ihnen bereits ein Bild gemacht«, gestand Anne van Eyck mit einem Augenzwinkern. »Ihr Freund hatte mir ja schon etwas von Ihnen erzählt, aber ich habe unserer heutigen Begegnung schon vorgegriffen und nach Ihnen im Internet geforscht.«

»Da muss ich ja gar nichts mehr über mich erzählen«, erwiderte Marie lächelnd. Es war das scheue Lächeln, das Stephan schon immer so sehr an ihr mochte, offen und zugleich schüchtern geheimnisvoll, gewinnend wie ihr weicher klarer Blick, der niemals auswich. So wie Marie heute aussah, mochte Anne van Eyck vor 20 Jahren ausgesehen haben. Stephan spürte, dass das Alter Frauen dieses Typs nicht ihre sinnliche Attraktivität nahm. Sie blieben in gewisser Weise zeitlos, was ihn mit Stolz erfüllte und zugleich bewusst machte, dass ihm mit Marie, ihrem reinen und klaren Charakter, ihrer Sanftmut, ihrem reifen und geistvollen Wesen und ihrer Schönheit besonderes Glück widerfahren war.

Anne van Eyck führte sie seitwärts am Haus vorbei auf einem plattierten Weg zur rückwärtig gelegenen Hofseite. Sie passierten eine weitere hölzerne grüne Tür, die nach Beschreibung der Mandantin diejenige zur Wohnung von Lieke war. Dann standen sie im Garten, der verwildert, aber nicht ungepflegt wirkte. Kräuter und wie zufällig verstreute Zierpflanzenbeete wechselten einander ab. Gelbe und rote Blüten leuchteten bunt im Sonnenlicht. Der Garten verlor sich nach hinten in dichtem Gebüsch, das stellenweise in die Beete hineinragte, als wollte es in die Anpflanzungen vorstoßen. Der Garten bot ein Schauspiel wild durcheinander gewürfelter Gewächse, das Buschwerk im Hintergrund eine löcherige Kulisse, hinter der höhere Sträucher wie eine abschließende Wand aufragten, die das Areal von einem dichten Laubwald abgrenzte, dessen hellgrünes Blätterdach sanft im leichten Wind rauschte. Inmitten des Gartens lag eine gepflegte Rasenfläche, auf der – beschattet von einem großen Sonnenschirm – ein rustikaler dunkel gebeizter Holztisch mit zwei ebensolchen Holzbänken stand. Der Tisch war mit Erdbeerkuchen, Sahne, Kaffee und Gebäck gedeckt, und gerade, als Marie und Stephan die gesamte Anlage bestaunt hatten und an dem Tisch Platz nehmen wollten, erschien endlich Hermann van Eyck, Annes Ehemann und wie sie Unternehmensberater, eine sportliche und drahtige Erscheinung, Ende 50, graues meliertes volles Haar und Stoppelbart. Er begrüßte die Gäste so herzlich, wie es seine Frau getan hatte, und wählte seine Willkommensworte mit Bedacht, während er sich mit ausgestreckter Hand langsam drehte und stolz den Garten präsentierte, den er unbescheiden als ein Paradies vorstellte, in dem er in der warmen Jahreszeit jede freie Minute mit seiner Frau verbrachte.

Sie kamen leicht ins Gespräch und mussten nicht nach Themen ringen. Es war, als hätte sich die Unbeschwertheit dieses schönen Tages auf sie übertragen. Marie erzählte von ihrer Tätigkeit als Lehrerin an einem Dortmunder Gymnasium, die sie nicht ausfülle, und ihre Freude, gemeinsam mit Stephan die Hintergründe seiner manchmal verzwickten Fälle zu erforschen, die häufig zu unvermuteten Lösungen führten. Stephan schilderte seine Hassliebe zu seinem Beruf, die ihn stets zu den vielen typischen Vertretern seiner Zunft auf Distanz hielt, die mit streng gescheitelten Haaren, feinem Zwirn und dickbauchigen Lederkoffern in die Gerichte liefen, mit gewichtiger Gebärde plädierten und dabei in erster Linie ihre Geltungssucht und ihr Gewinnstreben bedienten.

Die van Eycks betrieben seit knapp 15 Jahren ihre Unternehmensberatung, die erst in der Stadt Dorsten ansässig war, bevor sie vor etwa drei Jahren auf den Hof umsiedelten, der schon seit über zwei Jahrzehnten nicht mehr der Landwirtschaft diente und zuletzt von einem Künstler bewohnt worden war, dessen Tod den van Eycks Gelegenheit bot, das Gebäude samt großem Grundstück anzumieten und fernab der geschäftigen Betriebsamkeit der Städte in einer Atmosphäre zu leben und zu arbeiten, die andere nur im Urlaub genießen konnten.

Anne van Eyck war gebürtige Holländerin, was man ihrem unauffälligem Akzent anmerkte. Sie erzählte von ihrer Heimat Amsterdam, wo sie noch heute gemeinsam mit ihrem Mann eine Stadtwohnung an einer der Grachten besaß. Es war ein Kleinod mit hohen stuckverzierten Decken, großen Fenstern, die zum Wasser hinausgingen, und einem repräsentativen Wohnzimmer im Erdgeschoss, das als besonderen Schatz einen

Kachelofen mit Seefahrermotiven barg. Die Amsterdamer Wohnung schien das städtische Pendant zu dem Hof auf dem Land zu sein: Eine Perle hier wie dort, eine Wirklichkeit gewordene Märchenwelt, gespeist von allen Attributen, die man sich gemeinhin für ein schönes Leben wünscht.

Hermann van Eyck wiegelte Stephans Bewunderung bescheiden ab. Alles sei nur Produkt harter Arbeit, die oft genug ihre Schatten werfe und immer wieder dazu zwinge, mit strenger Disziplin die unternehmerischen Ziele zu verfolgen und sich unablässig um die Kunden zu kümmern. Zu ihnen zählte eine stattliche Anzahl mittlerer und größerer Unternehmen, die die van Eycks geschickt und erfolgreich in allen betrieblichen Belangen und Entwicklungen berieten. Es stand außer Zweifel, dass die van Eycks es geschafft hatten, doch der Erfolg musste immer wieder neu erarbeitet werden.

Erst jetzt, als Anne van Eyck die Kaffeetafel abdeckte, mündete die leichte Plauderei in ein vertiefendes Gespräch und fand schließlich zu dem Thema, das Marie und Stephan hergeführt hatte: Lieke.

»Wir kommen über ihren Tod einfach nicht hinweg«, seufzte Anne van Eyck.

»Meine Frau hat Ihnen erklärt, worum es geht«, fasste ihr Mann zusammen, »wir wollen Klarheit gewinnen und die Chance erhalten, mit Liekes Tod abzuschließen. Ich möchte nicht verhehlen, dass meine Frau und ich durchaus unterschiedlicher Auffassung darüber sind, ob Liekes Tod ein Unfall oder ein Verbrechen war. Sie wissen, dass Anne vermutet, dass ihre tödliche Alkoholfahrt kein selbst verschuldetes Unglück war. Ich für mich kann akzeptieren, dass es ein Unfall war, auch wenn die Umstände ihres Todes merkwürdig erscheinen. Es war der Wunsch meiner Frau, die von der Staatsanwaltschaft eingestellten Ermittlungen quasi auf privater Ebene wieder aufzunehmen und die Hintergründe neu zu durchleuchten. Ich muss gestehen, dass ich dies zunächst nicht wollte, weil ich mir sicher bin, dass wir zu keinen anderen Ergebnissen kommen. Doch heute begrüße ich, dass wir so verfahren, und ich unterstütze meine Frau und somit auch Sie, Frau Schwarz und Herr Knobel, ausdrücklich, damit wir endlich wissen, woran wir sind. Denn Liekes Tod wird auch zwischen meiner Frau und mir immer ein Thema bleiben, solange wir keine Klarheit haben. Ihre Arbeit ist deshalb auch für uns, also für Anne und mich, und somit in gewisser Weise für das Glück unserer Ehe von Bedeutung.«

Hermann van Eyck unterbrach sich und sah abwechselnd Marie und Stephan mit feierlichem Ernst an. Stephan bemerkte, dass er wie seine Frau differenziert und wie sie sein Anliegen ähnlich nüchtern formulierte. Dies schien Ausdruck jener Professionalität zu sein, mit der beide ihrem Beruf nachgingen. Die Unternehmensberatung van Eyck konnte mit besten Referenzen aufwarten. Stephan und Marie hatten das geschäftliche Profil auf der Homepage der van Eyck Consulting studiert. Die Seite war übersichtlich strukturiert und informativ gestaltet. Gelungene Porträtfotos der Eheleute van Eyck rundeten die Seite ab.

»Wenn Sie dazu neigen, sich mit den amtlichen Ermittlungen zufriedenzugeben, müssen Sie den Umstand,

dass Ihre Schwägerin alkoholisiert und mit stark über-
höhter Geschwindigkeit gefahren ist, nicht für so bemer-
kenswert und außergewöhnlich halten, als dass Sie dies
von sich aus zum Anlass nehmen würden, die offizielle
Version von Liekes Tod zu hinterfragen«, wandte sich
Marie an Hermann van Eyck. »Kamen solche Fahrten
also doch häufiger vor?«

»Nein!«, antwortete Anne van Eyck bestimmt.

»Wir wissen es nicht«, korrigierte ihr Mann vorsichtig. »Bemerkt haben wir dies nie, und natürlich halte
ich Liekes Trunkenheitsfahrt nicht für normal, Frau
Schwarz. Aber ich neige im Gegensatz zu meiner Frau
eher dazu, dass die verhängnisvollen Umstände durchaus auf Liekes eigenes Verhalten zurückzuführen sein
könnten. Anne hat Ihnen bereits erzählt, dass Lieke
praktisch kein Privatleben hatte. Sie war beruflich extrem eingespannt, stand ihrem Arbeitgeber stets zur Verfügung, machte Überstunden, wann immer sie darum
gebeten wurde, arbeitete notfalls auch am Wochenende,
organisierte und managte das ganze Büro – und dies
stets mit höchster Zuverlässigkeit. Sie hat ohne Zweifel
bei ThyssenKrupp gut verdient, aber sie musste auch
Außergewöhnliches leisten. Lieke war, was man land-
läufig eine Topsekretärin nennt. Nicht selten bekleiden
solche Positionen Frauen, die ihr ganzes Leben mehr
oder weniger dem Unternehmen widmen, dem sie dienen. Und zwangsläufig sind diese Frauen häufig allein.
Sie schaffen es nicht zu einer eigenen Familie, weil der
Beruf, der bedingungslose Wille, im Job stets optimale
Leistungen zu bringen, diese Frauen an ihre Grenze
führt. Sie kommen ausgelaugt nach Hause. So war es

auch bei Lieke. Wie oft haben wir sie hier erschöpft empfangen, wenn sie abgearbeitet nach Hause kam. Das Eigenartige ist, dass den Frauen diese Selbstaufgabe häufig nicht einmal abverlangt wird. Sie entwickeln aus sich heraus ein berufliches Selbstverständnis, das sie das natürliche Streben nach privatem Glück mehr und mehr in den Hintergrund drängen und schließlich fast vergessen lässt. Aber hin und wieder melden sich dann doch die Bedürfnisse des eigenen Lebens. Dann werden Schnellkurse für Entspannungsübungen besucht, Ernährungsberater aufgesucht und schließlich hastig Partnerschaftsanzeigen geschaltet. Das Leben, das irgendwie durch die Finger rinnt, will eingefangen und festgehalten, intensiv genossen, also endlich gelebt werden. Aber all diese Schnellschüsse verpuffen wieder. Das ungesunde Leben wird fortgesetzt, und das unerfüllte Leben bleibt unerfüllt. Es geht wieder an die Arbeit, die das Leben in Anspruch nimmt, und die gähnenden Abgründe der ungestillten Sehnsüchte mit Terminen, Diktaten, Akten und Besprechungen zugeschüttet. Jeder Tag, jede Stunde ist verplant, aber irgendwann und immer wieder bricht sie durch, die bohrende Einsamkeit. Die Partnersuche bleibt erfolglos, denn auf die Anzeigen melden sich nur Männer, die nicht gewollt und insbesondere nicht so perfekt sind. Und eigentlich ist gar keine Zeit für ein Leben zu zweit. Doch die Einsamkeit bringt sich unerbittlich in Erinnerung und bohrt gnadenlos in das alternde Herz. Immer dann, wenn es anderen gut geht, wenn die anderen lachend ihr Leben leben, feiern, spielen, sich lustvoll treiben lassen, dann geht es diesen Frauen schlecht. Wenn die anderen

Weihnachten feiern, sitzen diese Frauen still daheim. Wenn die anderen mit ihren Familien am Badesee ein Picknick machen, putzen diese Frauen ihre Wohnung und so fort. – Verstehen Sie, was ich meine? Das Leben verläuft bei diesen Menschen genau umgekehrt. Wenn andere ins Licht treten und sich freuen, huschen sie in den Schatten.«

»Du bist ungerecht, Hermann!«, warf seine Frau ein. »Du kannst doch gar nicht beurteilen, wie es im Inneren dieser Frauen, wie du sie nennst, aussieht. Mal abgesehen davon, dass es sich nicht nur um ein Problem allein lebender Frauen handeln wird.«

»Es sind in der Mehrzahl Frauen«, beharrte Hermann, »es sind diese sogenannten guten Seelen, die in den unterschiedlichsten Berufen dienen. Und eben auch viele Topsekretärinnen wie Lieke.«

Hermann van Eyck nahm die Hand seiner neben ihm sitzenden Frau und streichelte sie. »Du weißt, dass ich damit nichts gegen deine Schwester sage. Ich habe sie sehr gemocht.«

»War Lieke wirklich so einsam?«, fragte Stephan.

»Wir haben sie überreden können, hier einzuziehen«, antwortete Hermann van Eyck. »So hatte sie nicht nur ein Domizil inmitten der Natur, sondern auch eine Familie. Früher wohnte sie in einer recht luxuriösen Wohnung in Essen-Rüttenscheid. Aber alles Ambiente hilft nicht, wenn die Familie fehlt.«

Er blinzelte zu seiner Frau, doch Anne van Eyck erwiderte nichts.

»Was ich sagen will«, fuhr ihr Mann fort: »Lieke stand häufig unter extremem beruflichen Stress. Es kam durchaus vor, dass sie, wenn sie hier abends ankam, hastig ein oder zwei Glas Wein trank, um runterzukommen. Also ist es auch vorstellbar, dass sie einmal vor einer Autofahrt etwas getrunken hat. Es ist nicht so ausgeschlossen, wie du es gern annehmen möchtest, Anne!«

Seine Frau zuckte mit den Schultern. Es schien ihr müßig, ihren Standpunkt zu wiederholen.

»Wissen Sie Details von Liekes Arbeit bei ThyssenKrupp«, wollte Stephan wissen.

»Nein«, antwortete Anne van Eyck. »Sie erzählte so gut wie nichts, nicht nur, weil sie zur Verschwiegenheit verpflichtet war, sondern auch, weil es Dinge waren, die uns mutmaßlich nicht interessiert hätten. Lieke war absolut loyal und vertrauenswürdig. Es gab nichts, was sie ausplauderte.«

»Aber es gab dort offensichtlich auch kein Geheimnis, dessen Kenntnis ihr Schicksal besiegelt hätte«, ergänzte ihr Mann. »ThyssenKrupp hat bereitwillig gegenüber der Staatsanwaltschaft über Lieke und ihre Arbeit Auskunft gegeben. Dunkle Flecken gab es da nicht.«

Wie oft waren Anne und Hermann van Eyck in ihren Gesprächen schon an dieser Stelle angelangt? Sie hatten vor Marie und Stephan ihre Argumente wiederholt, die sie seit Liekes Tod immer wieder ausgetauscht und gegeneinander abgewogen hatten. Es war an der Zeit, den Fall Lieke in andere Hände zu geben. Marie und Stephan hatten ihren Auftrag verstanden.

»Wir laden Sie ein, mit uns gemeinsam zu Abend zu essen«, sagte Anne van Eyck. »Wir haben Salate, Käse und Brote vorbereitet. Es wäre uns eine große Freude, wenn Sie unsere Gäste sind.«

Marie und Stephan wechselten die Blicke. Sie waren auf diese Einladung nicht vorbereitet gewesen und hätten nicht daran gedacht, mit den van Eycks den Abend zu verbringen, doch es fiel ihnen spontan auch kein Grund ein, warum sie sich entziehen sollten.

»Anne wird das Essen herrichten, und ich zeige Ihnen, wenn es Ihnen recht ist, Liekes Wohnung«, schlug Hermann van Eyck vor, der die Unschlüssigkeit seiner Gäste mit einem liebenswürdigen Lächeln zu quittieren und die unausgesprochenen Vorbehalte zu beseitigen verstand. Er erhob sich und bat sie, ihm zu folgen, während seine Frau durch eine Hintertür in der Wohnung verschwand.

Die Sonne war inzwischen hinter den Wipfeln des nahen Waldes versunken. Es wurde schlagartig kühler. Die Hitze der vergangenen Tage hatte den Boden noch nicht richtig aufgeheizt, sodass er nur wenig Wärme gespeichert hatte und schneller erkaltete.

»Meine Frau wird Ihnen Strickjacken rausbringen«, sagte Hermann van Eyck, während er sich im Gehen umwandte und vergewisserte, dass ihm Marie und Stephan über den Plattenweg an der Seitenwand des Hofgebäudes folgten.

Liekes Wohnung bestand aus einer kleinen Diele, einem großen Wohnzimmer, durch das man in ihr Schlafzimmer gelangte, eine modern eingerichtete Küche und ein mit Mosaiken ausgelegtes Bad mit verspielten barocken Armaturen. Das Mobiliar spiegelte das Niveau der aufwendig renovierten und ausgestatteten Räume wider: Es waren durchweg hochwertige und wirkungsvoll positionierte Einzelstücke. Kein Raum wirkte überladen. Alles war liebevoll ausgesucht und arrangiert.

»Die Wohnung war Liekes ganzer Stolz«, erklärte ihr Schwager, während er auf einem Regal einen kleinen hölzernen Globus weiter in die Regalmitte verschob und dann Maries und Stephans Fragen erwartete.

»Ihre Frau sagt, bei dem Einbruch im März sei nichts gestohlen worden«, sagte Marie.

»Wir vermissen jedenfalls nichts. Wobei wir natürlich keinen Überblick über alle Dinge haben, die Lieke in der Wohnung verstaut hatte. Aber wie Sie sehen, hatte sich Lieke sehr übersichtlich eingerichtet. Sie hortete keine Sachen in Ecken oder Schubladen. Alles war ordentlich verstaut. Überflüssiges wurde entsorgt. Lieke pflegte in der Wohnung dieselbe Pedanterie und Reinlichkeit wie in ihrem Büro.«

»Können Sie sich vorstellen, was der Einbrecher gesucht haben könnte?«, fragte Stephan.

Hermann van Eyck schüttelte den Kopf.

»Ich kann dazu nichts sagen. Die Theorie meiner Frau kenne ich natürlich. Aber ich halte es für unwahrscheinlich, dass der Einbruch etwas mit Liekes Tod zu tun hat. Wenn es irgendeinen Gegenstand oder Unterlagen gäbe, die mit ihrem Unfall in Zusammenhang stehen oder in gewisser Weise sogar ein Motiv für ihren Tod sein könnten, hätte der Täter sich diese Dinge doch schon vor dem Unfall beschaffen können. Denn das Haus war tagsüber oft verwaist, wenn Anne, Lieke und ich beruflich unterwegs waren. Meine Frau und ich arbeiten zwar häufig hier auf dem Hof, aber wir sind oft stundenlang zu Kundenbesuchen unterwegs. Und wenn der Täter nicht vor Liekes Tod hier im Haus war, warum wartete er dann nach dem Unfall einige Monate, bis er hier einbrach? Mir fällt es schwer, da einen Zusammenhang zu sehen. Aber ich denke, Sie werden sich auch mit dieser Frage auseinandersetzen.«

»Hatte Lieke irgendwelche Feinde – privat oder beruflich?«, fragte Marie.

»Eindeutig nein! Sie wurde allseits geschätzt und gemocht. – Guten Seelen wie Lieke tut keiner was an – aber sie werden meistens auch nicht im Herzen begehrt«, setzte er seufzend hinzu.

Hermann van Eyck stemmte die Hände in die Hüften.

»Gibt es noch irgendwas, was Sie sich noch näher ansehen wollen?«, fragte er. »Sie können hier jederzeit wieder hinein. Es ging mir nur darum, dass Sie einen ersten Eindruck gewinnen.«

Marie und Stephan schauten sich um und verneinten.

Sie verließen die Wohnung.

»Gehen Sie doch schon zurück in den Garten«, bat Herr van Eyck. »Ich möchte Ihnen noch Liekes Taschenkalender mitgeben, den wir in unserer Wohnung aufbewahren.«

Mit diesen Worten verschwand er um die Ecke. Marie und Stephan nahmen den Weg zurück in den Garten, wo Anne van Eyck gerade den Sonnenschirm einkurbelte. Auf dem Tisch standen jetzt Salatschüsseln und Körbe mit gebrochenem Brot.

Hermann van Eyck kehrte mit den angekündigten Strickjacken zurück, die er über den rechten Arm geworfen hatte. In der Hand hielt er einen schwarzen in Leder gefassten Taschenkalender. Er legte die Strickjacken ab und reichte Stephan das kleine Buch.

»Die Staatsanwaltschaft hat ihn bereits ausgewertet«, erläuterte er. »Lieke führte über die Termine praktisch doppelt Buch. Sie notierte alle Daten im Computer auf ihrem Arbeitsplatz und zugleich handschriftlich in ihrem Taschenkalender. Sie hatte stets die Sorge, dass die Termine verloren seien, wenn einmal der Computer abstürzte. Also trug sie alle Daten über anberaumte Konferenzen, sonstige Besprechungen, organisatorische Maßnahmen und vieles mehr sowohl hier als auch dort ein. Dieser kleine Kalender ist ein komplettes Duplikat der Eintragungen im Kalender ihres Bürocomputers. Die Kalender sind ein Spiegel aller Daten des letzten Jahres, die Lieke wichtig erschienen, jedenfalls der Daten, die sie bis zu ihrem Tod im September eintragen konnte. Das hat die Staatsanwaltschaft überprüft. Aber vielleicht ist der Taschenkalender für Sie von Interesse. – Passen Sie bitte darauf auf«, bat er. »Der Kalender ist für uns zugleich so etwas wie ein Erinnerungsstück – auch wenn er nur nüchterne Eintragungen enthält.«

»Selbstverständlich!«, versicherte Stephan. Er nahm den Kalender, betrachtete ihn einen Augenblick und steckte ihn sorgfältig in die Tasche seiner Jeanshose.

»War der Kalender seit Liekes Tod in Ihrer Wohnung?«, fragte er.

Herr van Eyck sah ihn prüfend an.

»Sie meinen, der Einbrecher hätte ihn vielleicht gesucht?« Er lächelte verständig. »Die Frage haben wir uns auch schon gestellt. Aber das scheint kein Ansatzpunkt zu sein. Der Kalender lag gewöhnlich auf dem kleinen Sekretär im Wohnzimmer in Liekes Wohnung. Wenn sie beruflich unterwegs war, nahm sie ihn in der Handtasche mit. So war es auch am Unfalltag. Der Kalender befand sich in ihrer Handtasche und wurde uns mit allen anderen Utensilien, die sich in der Tasche befanden, nach Abschluss der Ermittlungen ausgehändigt. Die Staatsanwaltschaft hatte die Einträge im Kalender mit denen im Büro abgeglichen. Alles war deckungsgleich. Wir haben den Kalender zunächst in Liekes Wohnung gelassen, und zwar auf dem Sekretär, so, wie sie es selbst zu tun pflegte. Dort lag er auch zum Zeitpunkt des Einbruchs in der Nacht vom 7. auf den 8. März und befand sich dort unberührt, als wir am folgenden Tag den Einbruch entdeckten.«

Marie und Stephan zogen die bereitliegenden Strickjacken über. In der Ferne kündigte sich mit dumpfem Grollen ein Gewitter an. Der Wind frischte auf und rauschte in Böen durch die Baumkronen.

»Wir sollten schnell essen und dann hineingehen«, schlug Frau van Eyck vor. Sie rollte die Ärmel ihres Pullovers herunter, den sie sich übergezogen hatte. »Oder wir sollten besser schon jetzt ins Innere wechseln«, meinte sie, »es ziehen dunkle Wolken auf. Es wird nicht lange dauern, bis das Unwetter losbricht.«

Sie blickte skeptisch in den Himmel. »Was meinst du, Hermann?«

»Wir gehen«, nickte er. »Kommen Sie, jeder trägt ein paar Sachen, dann sind wir hier sofort verschwunden.«

Er nahm beide Salatschüsseln und stand auf. »Vielleicht nehmen Sie die Teller, Frau Schwarz, und Sie die Gläser, Herr Knobel. Den Rest packt meine Frau hier fix zusammen. Drinnen ist es gemütlich und schön warm.«

Er ging voran, öffnete die angelehnte Hintertür der Wohnung mit dem Fuß, trat das Türblatt zur Seite und ging voran in die Wohnküche. Marie und Stephan folgten ihm und stellten Geschirr und Gläser auf dem Esstisch ab.

»Vielleicht sind Sie meiner Frau noch kurz behilflich«, bat Herr van Eyck freundlich, während er begann, die Plätze einzudecken. »Dann geht es schneller.«

Stephan ging zurück in den Garten. Auf dem Tisch standen noch immer Sprudelflaschen, Gewürze und die Körbe mit dem Brot. Eine gelbe Serviette trieb im Wind steil in die Luft, wirbelte und verfing sich in dem geschlossenen Sonnenschirm, dessen Stoff sich im aufbrausenden Wind aufblähte. Anne van Eyck stand abseits der Tische und starrte in das Gebüsch im rückwärtigen Teil des Gartens.

Stephan näherte sich und blieb neben ihr stehen.

»Frau van Eyck?«, fragte er. »Ist etwas?«

Ihre Blicke blieben auf das Gebüsch geheftet.

»Da war etwas«, sagte sie. »Da haben Äste geknackt. Laut und deutlich.«

Stephan sah in die Sträucher. Der Wind wogte durch die dichten Blätter. Er hörte hinter sich einen der Brotkörbe vom Tisch auf die Holzbank fallen. Stephan sah sich irritiert um und dann wieder nach vorn.

»Sind Sie sicher?«, fragte er. »Es wird der Sturm gewesen sein. Er fegt durch das Gehölz.«

40

»Ganz sicher«, erwiderte sie, wandte sich um und rannte ins Haus.

Stephan sah ihr besorgt nach. Sie riss die Tür auf, dass sie laut an die Hauswand schlug, hastete in das Innere der Wohnung und kam wenige Augenblicke später mit ihrem Mann zurück.

»Es war kein Geräusch vom Sturm«, beharrte sie. »Es kam aus einem der Sträucher.«

»Ein Tier vielleicht«, beruhigte Hermann van Eyck. »Wir haben manchmal Wildschweine im Garten«, erklärte er. »Vielleicht werden die Viecher wegen des Gewitters irre.«

»Nein!«, bekräftigte sie. »Da war jemand, glaub' es mir doch endlich!«

Hermann sah seine Frau verwundert an. Der Wind trieb ihr die Haarsträhnen in das Gesicht. Sie stand wie angewurzelt da, nahm den Blick nicht von dem Strauchwerk, aus dem sie das Geräusch gehört hatte.

»Kommen Sie, Herr Knobel, wir sehen jetzt nach!«, entschied er.

Stephan spürte erste dicke Regentropfen auf der Stirn. Am Himmel zuckte ein Blitz.

»Wir sind zu zweit, Herr Knobel, oder haben Sie Angst?«

Hermann van Eyck zog Stephan an der Strickjacke.

»Das Gewitter ist nur eine düstere Kulisse«, lächelte er. »Wir sind doch keine Kinder mehr. Also los!«

Er ging voran, trat auf ein Beet, streckte seine Hand aus, zog Stephan nach und ging entschlossen auf die Sträucher zu.

»War es hier?«, fragte er und sah sich zu seiner Frau um.

Anne van Eyck stand mit verschränkten Armen da und sah regungslos zu.

»Mehr links«, rief sie knapp.

Ihr Mann orientierte sich in die vorgegebene Richtung, bog Geäst zur Seite und zwängte sich durch das Strauchwerk. Stephan folgte ihm auf jeden Schritt. Die Luft schmeckte unvermittelt feucht, obwohl es noch nicht richtig regnete. Einige dicke Tropfen fielen wie Kugeln auf die Erde, träge und schwer. Der Himmel war grau und bleiern. An der Strickjacke blieben zahllose Insekten und Blütenpartikel haften. Hermann suchte wie besessen, sah hinter jeden Strauch, bückte sich und kroch in das Gebüsch, kam zurück, umrundete mit Stephan den nächsten weit ausladenden Strauch, und dann endlich sahen sie es: zertretenes Gras, abgeknickte Äste im Gesträuch und sich hinten in den Wald verlierende schleifende Spuren. Herr van Eyck sah Stephan ins Gesicht, dann schüttelte er den Kopf und stellte sich auf den Platz, auf dem augenscheinlich jemand ausgeharrt hatte. Er bog die Zweige etwas zur Seite, sodass der Blick nach vorn frei wurde, und sah einige Meter vor sich seine Frau Anne und weit hinten die Hintertür zu ihrer Wohnung.

»Sie hatte wohl recht«, schnaufte er leise, fasste Stephan am Arm und sah mit ihm gemeinsam in den Wald. Es war niemand zu sehen. Der Sturm jaulte laut durch die Baumkronen. Das helle Grün der im Wind tanzenden Blätter hob sich unwirklich von dem treibenden Grau des Himmels ab. Jetzt begann es heftig zu regnen. Sie zwängten sich durch das Dickicht in den Garten zurück. Herr van Eyck legte den Arm um die Schulter seiner Frau. Eigentümlich langsam folgten sie Stephan ins Haus, der vorweg gerannt war und den beiden die Tür aufhielt. Als Hermann van Eyck und seine Frau das Haus erreichten, waren sie bereits durchnässt.

Frau van Eyck hielt zitternd ihre Arme vor die Brust.

»Wir wollen uns nicht verrückt machen«, sagte sie mit einem bemühten Lächeln. »Es muss nichts heißen.«

»Du weißt, dass wir alle anders denken«, erwiderte ihr Mann. Er streichelte und massierte sie sanft. »Es war richtig, der Sache nachzugehen.«

Er blickte zu Marie, die sich mit fragendem Gesichtsausdruck genähert hatte.

»Es war jemand im Garten und hat offensichtlich länger an einer Stelle verweilt, von der aus er uns ungestört beobachten konnte«, meinte Herr van Eyck. »Keine Ahnung, warum, aber es ist so. Vielleicht nur ein harmloser Zeitgenosse, dem es Freude macht, in die Gärten anderer Leute zu schauen. Wie auch immer: Er muss einen weiten Weg auf sich genommen haben, denn unser Hof ist weit und breit das einzige Haus.«

Anne van Eyck löste sich von ihrem Mann und zog sich ins Schlafzimmer zurück, wo sie ihre nasse Kleidung wechselte. Ihr Mann entledigte sich lediglich des Pullovers, den er draußen übergezogen hatte. Das T-Shirt darunter war leidlich trocken geblieben, und er setzte sich nachdenklich an den eingedeckten Tisch.

»Man neigt schnell zu Hirngespinsten«, sagte er, während er ein Stück Brot kaute. »Vielleicht ist die

Einsamkeit hier draußen nicht immer gut. Wäre das Ganze in irgendeiner Siedlung passiert, hätte man es gar nicht zur Kenntnis genommen und wäre zur Tagesordnung übergegangen. Hier tut man das nicht so ohne Weiteres. – Sehen Sie«, er atmete tief durch, und seine Stimme wurde kräftiger, »so sehen Sie Licht und Schatten unseres kleinen Idylls nahe beieinander – und das im Wortsinne.«

Draußen strebte das Unwetter seinem Höhepunkt zu. Der Regen peitschte prasselnd an die Fenster. Aus dem dunklen Himmel zuckten Blitze, die hinter den dichten Regenschleiern auf den Fensterscheiben wie ausgefranste grell-weiße Schlaglichter in das trübe Grau stachen, denen in Sekundenschnelle knallende Donner folgten. Anne van Eyck kam zurück. In Gedanken versunken begannen sie zu essen. Es war kein belastendes Schweigen, sondern eine wohltuende Stille, in der man sich beieinander fühlte und verstand. Als Marie und Stephan eine knappe Stunde später den Hof verließen, hatte sich das Unwetter verzogen. Aus den Bäumen rieselte noch Wasser, auf der Hoffläche hatten sich große Pfützen gebildet. Die Natur roch frisch und belebt. Einige Vögel zwitscherten in den ausklingenden Tag. Anne van Eyck und ihr Mann winkten den beiden zu, bis das Auto hinter der nächsten Kurve verschwunden war. Es war wieder friedlich auf dem Hof der van Eycks.

3

Bereits am Donnerstag der darauffolgenden Woche wurde Stephan Einsicht in die Akte der Staatsanwaltschaft Essen gewährt. Die Behörde hatte die Akte nicht in seine Dortmunder Kanzlei geschickt, sondern gestattete die Einsicht nur im eigenen Dienstgebäude, was jedoch nicht störte, weil die Prozedur auf diesem Wege beschleunigt werden konnte. Stephan nahm im Dienstzimmer der Geschäftsstelle des zuständigen Dezernats Platz. Es war der 3. Mai. Die Geschäftsstellenbeamtin räumte umständlich einige zusammengegurtete Aktenbündel zur Seite, strich mit der Hand über die nun leere Schreibtischfläche und legte die Akte ›van Eyck, Lieke‹ bereit, bevor sie sich in die gegenüberliegende Ecke des Büros zurückzog und ihr unterbrochenes Privattelefonat fortsetzte.

Stephan vollzog den gesamten Akteninhalt sorgfältig nach, beginnend mit der polizeilichen Aufnahme des Unfalls Lieke van Eycks am 12. September gegen 23.25 Uhr. Er las den nüchternen detailgenauen Bericht über die Stelle, an der Liekes Wagen von der Fahrbahn abgekommen war, die sachverständigen Schlussfolgerungen über den Unfallhergang und die Geschwindigkeit des kleinen schwarzen BMW zum Zeitpunkt des Aufpralls auf die Leitplanke, die der Wagen durchbrochen hatte und dann in einen etwa zehn Meter entfernt stehenden Baucontainer gerast war. Durch den Aufprall war die Front ihres Fahrzeugs vollständig eingedrückt und die Fahrgastzelle weitgehend zerstört worden. Fahrerin des nahezu vollgetankten Autos war ohne Zweifel Lieke van Eyck gewesen. Stephan überflog scheu die zahlreichen Fotos vom Unfallort, die eingelegten Maßtabellen und polizeilichen Markierungen, die die Auswertung der Fotos erleichtern sollten, und studierte schließlich auch den Obduktionsbericht. Anne van Eyck hatte alles richtig wiedergegeben. Im Auto hatte man die Handtasche Liekes gefunden, in der sich ihr Handy und der besagte Taschenkalender befanden, den Hermann van Eyck an Stephan übergeben hatte. Unmittelbar im Nachgang zum Unfallereignis hatte man zu ermitteln versucht, wo Lieke den Alkohol zu sich genommen haben könnte. Es ging dabei offensichtlich um den Verdacht, dass sie – etwa nach Alkoholkonsum in einer Gaststätte – die Lokalität angetrunken verlassen haben und vom Wirt nicht am Autofahren gehindert worden sein könnte. Zwei Tage nach Liekes Tod hatte Anne van Eyck zu Protokoll gegeben, dass sie ein Eigenverschulden ihrer Schwester ausschließe und Anzeige gegen Unbekannt erstatte. Man ermittelte auch im beruflichen Umfeld Liekes. Es fanden sich ausführliche Protokolle über die zeugenschaftliche Vernehmung der Frau Daschek, Arbeitskollegin von Lieke und wie sie im Rang einer Topsekretärin und des unmittelbaren Vorgesetzten Liekes, ihres Chefs, des Vorstandsvorsitzenden von ThyssenKrupp, Dr. Fyhre, in den Akten. Frau Daschek und Herr Dr. Fyhre waren nach den Ermittlungen die Personen, mit denen Lieke beruflich tagtäglich zu tun hatte und deshalb aussagekräftige Angaben machen konnten. Beide bestätigten Liekes uneingeschränktes tadelloses Auftreten, ihr stets erstklassiges dienstliches Verhalten, ihre sprichwörtliche Pünktlichkeit und eine Zuverlässigkeit, die ihresgleichen suchte. Über ihr außerdienstliches Verhalten konnten sie nichts sagen, waren sich jedoch sicher, dass sie sich dort in gleicher Weise tadellos verhalten haben musste. Alkoholkonsum sei bei Lieke van Eyck nie beobachtet worden – mit Ausnahme eines gelegentlichen Glases Sekt bei betrieblichen Empfängen oder Feiern. Über die Zeitlücke zwischen Dienstschluss um 18 Uhr und der Unfallzeit wussten die Zeugen nichts zu sagen.

Den Protokollen der Zeugenaussagen folgte ein Ausdruck des von Lieke im Computer ihres Büros geführten Kalenders mit einer Auswertung der Einträge, die insbesondere eine Entschlüsselung der von ihr benutzten Kürzel enthielt, und der abschließenden Feststellung, dass alle Einträge berufliche Ereignisse beträfen, die Lieke van Eyck auf Veranlassung von Herrn Dr. Fyhre oder Geschäftspartnern des Unternehmens vorgenommen hatte. Stephan las aus der Akte das Bemühen der Ermittlungsbehörde heraus, sorgfältig jeden auch nur entfernt als relevant erscheinenden Aspekt aufzugreifen und zu würdigen. Es fand sich nichts Verdächtiges. Der an Anne van Eyck gerichtete Einstellungsbescheid war Stephan bereits bekannt. Es folgten die Beschwerde Anne van Eycks gegen die Einstellung der Ermittlungen, die sich im Kern um das Argument drehte, dass Liekes stets untadeliger Lebenswandel einer selbst zu verantwortenden Trunkenheitsfahrt widerspreche, und sodann die abschließende Entscheidung der Generalstaatsanwaltschaft, dass man Annes Beschwerde zurückweise, weil sich keine neuen Erkenntnisse ergeben hätten, aus menschlicher Sicht indes die Zweifel der Anzeigenerstatterin zu würdigen wisse, diesen jedoch keine rechtliche Bedeutung beimessen könne. Die Akte enthielt auch Annes Eingabe nach dem Einbruch und einen Querverweis auf den bei der Polizeidienststelle Dorsten geführten diesbezüglichen Vorgang sowie die Entscheidung, dass man sich durch diesen Vorfall nicht zu einer Wiederaufnahme der Ermittlungen in der Unfallsache veranlasst sehe. Stephan sah, dass Anne van Eyck vor ihm eine Essener Großkanzlei damit beauftragt hatte, auf eine Wiederaufnahme der Ermittlungen hinzuwirken. Doch die Tätigkeit dieser Kanzlei war nur von kurzer Dauer. Dem vom 14. März datierenden Schriftsatz, mit dem sich ein Kollege namens Dr. Suselkamp für Anne van Eyck bestellte, folgte eine knappe Woche später bereits die Anzeige der Mandatsniederlegung, ohne dass es in dieser Sache zu einer weiteren Tätigkeit der Kanzlei gekommen war.

Stephan nahm die Akte und stellte sich neben die Geschäftsstellenbeamtin. Sie unterbrach widerwillig das immer noch andauernde Telefonat, senkte den Telefonhörer und sah Stephan fragend an.

»Fertig? – Sie können die Akte einfach auf dem Tisch liegen lassen.«

»Ich hätte gern Fotokopien«, erwiderte Stephan freundlich.

»Fotokopien?« Sie nahm den Hörer missmutig wieder ans Ohr. »Ich rufe gleich zurück.«

»Das geht nicht sofort«, belehrte sie den unwillkommenen Besuch. »Notieren Sie die Seitenzahlen, die Sie haben wollen. Ich lasse sie dann kopieren. Sie bekommen sie in den nächsten Tagen zugeschickt – gegen Gebühr versteht sich.«

»Ich brauche keine Seitenzahlen zu notieren«, meinte er. »Ich möchte eine Kopie des kompletten Vorganges!«

Er warf ihr die Akte auf den Tisch und verließ grußlos das Zimmer.

Stephan gab Anne van Eyck eine kurze Nachricht über den Stand seiner Nachforschungen. Die Mandantin fasste sich in Geduld. Ihr war klar, dass mit schnellen Ergebnissen nicht zu rechnen war.

»Die Wahrheit hat Zeit«, wusste sie.

Stephan erkundigte sich nach dem dubiosen Besucher auf dem Grundstück.

»Hermann und ich sind am nächsten Morgen an die Stelle gegangen, wo er gestanden haben muss. Durch den Regen war jetzt alles platt und matschig. Aber man konnte immer noch die abgebrochenen Äste sehen. Ansonsten keine Hinweise. Welche auch? Vielleicht war es wirklich nur ein Spinner, der Spaß daran hatte, durch das Gebüsch zu schauen.«

Stephan erwiderte nichts. Er wusste, dass Anne van Eyck anders dachte.

4

Am 10. Mai lagen endlich die von Stephan angeforderten Fotokopien vor, und gemeinsam mit Marie glich er den Auszug aus dem Kalender aus Liekes Bürocomputer mit ihren handschriftlichen Eintragungen in ihrem Taschenkalender ab. Erst jetzt fiel auf, dass der Computerausdruck Termine über den Jahreswechsel hinweg erfasste, der Taschenkalender jedoch selbstverständlich mit dem Jahresende abschloss und die im Geschäftsleben üblichen, noch im alten Jahr erfolgenden Terminierungen für das Folgejahr die Existenz eines weiteren Taschenkalenders nahelegten. Doch einen Taschenkalender für das neue, jetzt bereits laufende Jahr hatte man jedoch weder in Liekes Handtasche noch im Büro oder in ihrer Wohnung finden können, was merkwürdig erschien, weil sie nach den übereinstimmenden Aussagen der Zeugen aus ihrem beruflichen Umfeld in den vergangenen Jahren stets auch über einen Taschenkalender für das jeweilige Folgejahr verfügte, um die bereits geplanten Ereignisse des kommenden Jahres eintragen zu können. Auch Anne und Hermann van Eyck bestätigten diese Praxis, glaubten jedoch nicht, dass der aktuelle Taschenkalender bei dem Einbruch entwendet worden sein könnte. Anne van Eyck bekannte, dass ihr erst auf Maries Nachfrage aufgefallen sei, dass sie den Taschenkalender für das laufende Jahr nie bei ihrer Schwester gesehen habe, obwohl in der Vergangenheit etwa ab Herbst neben dem jeweils aktuellen Kalender auch der für das neue Jahr gelegen habe. Doch mehr als ihre Verwunderung darüber, diesen Umstand nicht wahrgenommen zu haben, bewegte Anne van Eyck indes, dass Marie und Stephan mit der von ihr gewünschten Akribie ans Werk gingen, die endlich die Chance bot, die Umstände von Liekes Tod aufzuklären.

Marie und Stephan mussten sich einstweilen mit dem Taschenkalender für das vergangene Jahr begnügen. Die Vielzahl und unterschiedliche Länge der Anmerkungen und Notizen zu den einzelnen Daten ließen einen unmittelbaren Vergleich mit den im Computer eingetragenen Daten nicht zu, denn Liekes Taschenkalender erwies sich als eine Art Kurzdokumentation, verfasst in der ihr eigenen prägnant steilen Handschrift, während die Eintragungen im Computer ausführlich, klar gegliedert und selbstverständlich in gut lesbarer Druckschrift verfasst waren. Ungeachtet dieser nachvollziehbaren Abweichungen in Inhalt und Form stimmte jedoch die Anzahl der Einträge nicht überein, die Stephan und Marie der Einfachheit halber vorab miteinander verglichen. Die Gesamtzahl der jeweils einzelnen im Kalender erfassten Ereignisse belief sich im vergangenen Jahr im Computerausdruck auf 247, im handschriftlichen Pendant hingegen auf 248. Eine Kontrollzählung führte zu keinem anderen Ergebnis. Es half nichts: Sie mussten Eintrag für Eintrag miteinander vergleichen. Sie begannen bei bedeutenden Daten, insbesondere ihrem Todestag am 12. September, doch in beiden Dokumenten war übereinstimmend für zehn Uhr eine Dienstbesprechung mit Herrn Dr. Fyhre und um 13.30 Uhr die angekündigte Wartung der Computeranlage durch einen Softwarebetreuer vermerkt. Nach Dienstschluss um 18 Uhr fanden sich keine Einträge. Es entsprach Liekes Professionalität, keine privaten Termine zu vermerken, nicht einmal in dem ihr vorbehaltenen Taschenkalender. Sie mischte nicht das Berufliche mit dem Privaten. Stephan mutmaßte, dass Hermann van Eyck in dieser Praxis kein Zeichen von Professionalität erblicken würde. Er wusste, dass es nur wenige private Termine in Liekes Leben gab und diese vereinzelten Anlässe allein in ihrem als exzellent geltenden Gedächtnis gespeichert waren. Marie und Stephan beendeten das Suchen nach Zufallsfunden. Sie mussten Tag für Tag, Stunde für Stunde, alle Einträge miteinander abgleichen. Marie las aus dem Computerausdruck vor, Stephan bestätigte, und bei jedem Monatswechsel tauschten sie. Die eine Eintragung, die nur im Taschenkalender und nicht im Computer enthalten war, also jene 248., fand sich erst unter dem 16. Dezember: ›Villa Wolff – Drauschner‹. Der knappe Eintrag war in der Lieke eigenen steilen Schrift erfolgt. Es war ein blauer Kugelschreiber benutzt worden. Auffällig war lediglich, dass es ein besonders dunkles Blau und die Schrift vergleichsweise dick war. Lieke van Eyck benutzte zwar häufig Kugelschreiber, doch fanden sich keine weiteren Einträge, die mit einer Mine dieser Art verfasst worden waren. Entscheidender als der benutzte Stift erschien, dass dieser Eintrag so oder so nicht von Lieke van Eyck stammen konnte. Denn in dem von der Staatsanwaltschaft unmittelbar nach dem Unfall vorgenommen Vergleich mit den im Computer erfassten Daten war die Notiz noch nicht vorhanden gewesen. Es war davon auszugehen, dass man sie dort nicht übersehen hatte, denn die weiter in der Zukunft angesiedelten Termine waren insgesamt noch weniger zahlreich und demzufolge übersichtlicher eingetragen als die aktuellen oder unmittelbar bevorstehenden Termine, die in großer Zahl aufeinanderfolgten und den hektischen Alltag widerspiegelten. ›Villa Wolff – Drauschner‹ war der einzige Eintrag am 16. Dezember. Es war unwahrscheinlich, dass dieser äußerlich auffallende Eintrag im Abgleich mit dem Computerkalender nicht aufgefallen wäre. Hatte Lieke diesen Vermerk also nicht gefertigt, konnte er nur nachträglich von einer anderen Person geschrieben worden sein, die Liekes Handschrift imitiert hatte. Also sprach alles dafür, dass bei dem dubiosen Einbruch in Liekes Wohnung in der Nacht vom 7. auf den 8. März nichts entwendet, sondern umgekehrt etwas in ihre Wohnung verbracht worden war, nämlich jener Eintrag in ihren Taschenkalender, der merkwürdigerweise bei dem Einbruch auf seinem angestammten Platz verblieben war. Marie vermutete, dass der Täter, indem er den Kalender nach dem mutmaßlichen Eintrag wieder an seinen ursprünglichen und auffälligen Platz positioniert hatte, ein Zeichen setzen wollte und man folglich die Spuren dieser Tat quasi umgekehrt zu deuten habe: Wesentlich war, was scheinbar unangetastet blieb. Tatsächlich waren die durchwühlten Schubladen, die aus den Schränken gezerrte Wäsche, die umhergeworfenen Bücher lediglich bloße Kulisse. Stammte die unter dem 16. Dezember vorgenommene Eintragung wirklich von der Person, die in der Nacht vom 7. auf den 8. März in Liekes Wohnung eingedrungen war, stellte sich die Frage, was der Täter damit bezweckte. Sollte es sich um einen Hinweis handeln, der für die Klärung der Umstände ihres Todes von Bedeutung war, lief er Gefahr, dass dieser Wink nicht bemerkt wurde. Warum hielt er sich versteckt, und warum gab er derartige Rätsel auf, wenn er seine Botschaft doch deutlicher und sicherer übermitteln konnte? Und schließlich: Konnte ein Ereignis am 16. Dezember überhaupt für Liekes Tod von Bedeutung sein, der zu diesem Zeitpunkt schon über drei Monate zurücklag?

Marie rief Anne van Eyck an und stellte ihr diese Fragen. Doch die Mandantin wusste keine Antworten. Sie schwieg, als Marie geendet hatte.

»Was ist mit Ihnen?«, fragte Marie.

Anne van Eyck zögerte. »Einerseits kommt die Sache nun in Gang«, meinte sie nachdenklich, »andererseits kann das eigentlich nichts mit meiner Schwester zu tun haben. Einen Herrn Drauschner hat sie nie erwähnt, auch keine Villa Wolff.«

»Die Kalendernotiz stammt ja offensichtlich auch nicht von Ihrer Schwester«, beruhigte Marie. »Aber sie sollte ihr zugeordnet werden. Allein daraus ergeben sich interessante Rückschlüsse.«

»Mir macht die Sache Angst«, gestand Anne van Eyck, schluckte und sammelte sich. »Aber es könnte in der Tat eine Spur sein. – Machen Sie also unbedingt weiter«, forderte sie fest. »Ich bin Ihnen sehr dankbar, Frau Schwarz, und natürlich auch Herrn Knobel. Grüßen Sie ihn von mir!«

5

Die Villa Wolff war schnell gefunden. Es handelte sich um den großzügigen, aus dem Jahr 1938 stammenden früheren Wohnsitz der Industriellenfamilie Wolff. Das Anwesen lag unmittelbar neben dem früher familieneigenen und heute einem amerikanischen Konzern gehörenden Werk im niedersächsischen Bomlitz, unweit von Walsrode in der Lüneburger Heide. Die Villa hatte ihre ursprüngliche Funktion lange verloren und diente seit einigen Jahren als Gästehaus, gepachtet von dem Kaufmann Sascha Sadowski, der in dem früheren herrschaftlichen Wohn- und Kaminzimmer stilvolle Feiern für Gesellschaften ausrichtete und seine Gäste mit ausgesuchten Speisen und Weinen beköstigte. Stephan hatte die Villa auf Anhieb im Internet gefunden, und eine telefonische Nachfrage beim Pächter ergab, dass am 16. Dezember des letzten Jahres tatsächlich ein Herr Drauschner das Kaminzimmer gebucht und für sechs Personen ein gediegenes Menü bestellt hatte. Herr Sadowski wusste von diesem Ereignis, ohne dass er im Kalender nachsehen musste, und konnte Stephans verwunderte Nachfrage sogleich beantworten: Zu dem aufwendig vorbereiteten Abendessen war außer Herrn Drauschner überraschenderweise niemand erschienen.

Stephan verabredete sich mit Sascha Sadowski vor Ort für den nächsten Vormittag.

Bomlitz lag etwa acht Kilometer von dem beschaulichen Walsrode entfernt, eingesäumt von ausgedehnten

Wäldern und Feldern, die nicht vermuten ließen, dass man bei der Einfahrt in den Ort plötzlich auf eine größere Industriekulisse stieß, die zu der ländlichen weiten Umgebung in Widerspruch stand und sich etwas in einer Senke zu verstecken schien. Aus einigen Kaminen entströmte weißer Rauch, der sich in bauchigen Fahnen verlor. Die Fabrik arbeitete und war nach wie vor bedeutendster Arbeitgeber in der Region, doch sah man weder auf der Straße noch auf dem Werksgelände Menschen. Bomlitz schlief außerhalb der Zeiten des Schichtwechsels. Am Rande dieses Ortes, gelegen an der schmalen Landstraße nach Kroge, die rechts am Werksgelände vorbeiführte, fand sich als letztes Gebäude auf der gegenüberliegenden Seite die Villa Wolff, eine großzügige, aber nicht protzige Anlage im Architekturstil der 30er-Jahre des 20. Jahrhunderts. Es fehlten prunkvolle Verzierungen und Schnörkel, doch die Ausmaße des klar strukturierten Hauses, die geräumige Zufahrt zu dem auf einer kleinen Anhöhe gelegenen Gebäude und der große Platz vor dem Eingang, auf dem Dutzende von Autos geparkt werden konnten, demonstrierten noch immer Macht und Anspruch der früheren Bewohner, die hier in Sichtweite ihres kleinen Imperiums residiert und den Erfolg ihres Unternehmens mit ihrem eigenen Lebensstil zelebriert hatten. Links des Eingangs lag eine große Pferdekoppel, die nahtlos in die Landschaft überging. Die Bauherren hatten es verstanden, ihre Residenz in unmittelbarer Nähe zum Werk zu erbauen und zugleich die Villa so auszurichten, dass der Blick nur vom Portal aus auf den Industriekomplex und ansonsten in die Natur fiel, die die Lage des Hauses zum Idyll machte.

Sascha Sadowski war um die 40, ein schlanker kultivierter Mann mit besten Manieren. Er empfing Marie und Stephan, führte sie in den Flur des Hauses, der breit und mit hohen Decken vom Portal bis zur hinten liegenden Küche verlief. Nach links wiesen große getäfelte Türen zur früheren Bibliothek und zum Wohn- und Kaminzimmer. Nach rechts führte ein Gang in einen Anbau, und geradeaus – vis-à-vis zum Wohnzimmer – gingen großflächige hohe Sprossenfenster mit eingelassenen Türen zum großzügigen Innenhof hinaus, der sich in der warmen Vormittagssonne präsentierte. Von dort aus zeigte sich das gesamte Anwesen als ein in U-Form errichtetes Gebäude, das es gestattete, wie in einer geschlossenen Hofanlage zu leben. Marie und Stephan waren von dem Ensemble beeindruckt, das nach Sadowskis Worten gern dazu benutzt wurde, Hochzeitsfeiern auszurichten, und oft von Firmen wegen der im Obergeschoss gelegenen Seminarräume gebucht wurde. Er stellte die Villa Wolff im Einzelnen vor, die ihm zwar nicht gehörte, der er jedoch seine ganze Aufmerksamkeit schenkte und mit geschultem Auge für die Bedürfnisse seiner Gäste allen Anlässen einen würdigen Rahmen verlieh und die Villa passend zu ihren Besuchern zur feinen Kulisse herauszuputzen verstand, in der sich die Gäste heimisch fühlen durften.

Sascha Sadowski führte sie in das Wohn- und Kaminzimmer. Es war trotz der großen, zur Pferdekoppel weisenden Fenster ein auch bei Sonnenlicht eher dunkler Raum, der durch seine Raumhöhe, die Kandelaber an den Decken und die wuchtigen großen Ölbilder an den Wänden, die im Stil früherer Zeiten die führenden Familienmitglieder der Familie Wolff in kräftigen gedeckten Farben porträtierten, bewusst mächtig auf den Betrachter wirkte. Hier hatte sich der Hausherr präsentiert, hier hatte er einst Gäste empfangen und sie mit der Aura der Macht und dem Glanz seines Reichtums umwoben. Hier dokumentierten sich Leistung und Erfolg der Industriellenfamilie, hier wurde philosophiert, gegessen, getrunken und geraucht. Hier wurden früher die Geschäfte besiegelt.

»Dieser Raum wurde also am Freitag, dem 16. Dezember, von einem Herrn Drauschner angemietet«, staunte Stephan.

»Für sechs Personen«, bekräftigte Sadowski lächelnd. »Er hatte ausdrücklich gewünscht, hier in dem großen Zimmer einzudecken. Der große runde Tisch mit sechs Stühlen sollte genau in der Mitte stehen. Alle anderen Tische und Stühle sollten entfernt werden. Ich hatte erst die kleinere Bibliothek nebenan für das geplante Essen vorgeschlagen, aber das hat Herr Drauschner abgelehnt.«

»Wie kam es zu dem Auftrag?«, fragte Stephan.

»Drauschner kam Ende November letzten Jahres in die Villa. Ich erinnere mich noch genau. Es war ein Samstagnachmittag. Wir richteten eine Hochzeitsfeier aus und waren in den letzten Vorbereitungen. Meine Mitarbeiterinnen und ich legten letzte Hand bei den Tischdekorationen an. Die Gäste waren noch nicht da, wurden aber in der nächsten Stunde erwartet. Plötzlich stand Drauschner im Raum. Offensichtlich war er über den Hof durch die Terrassentür ins Haus gekommen, die wir wegen der erwarteten Gäste nicht abgeschlossen hatten.

Ich fragte ihn nach seinen Wünschen, und er antwortete, dass er die Villa für einen Abend buchen wolle. Nach seinen Worten vermutete ich, dass er eine große Gesellschaft ausrichten wollte, und meinte, dass man dies doch besser in Ruhe planen solle, und habe ihm ein Gespräch für den kommenden oder einen anderen Tag angeboten. Aber er bestand darauf, alles jetzt zu regeln. Es gehe auch ganz schnell. Ich wollte eigentlich nicht meine Arbeit unterbrechen, zumal die Zeit drängte. Andererseits winkte ein gutes Geschäft. Also habe ich eingewilligt, und wir haben uns für einige Minuten in die Küche gesetzt. Er bekam einen Kaffee, und ich fragte nach seinen Vorstellungen. Drauschner wollte einen Freitag in der zweiten oder dritten Dezemberwoche. Es war nur der 16. Dezember frei, denn der 9. Dezember war schon mit einer Weihnachtsfeier belegt. Mit dem 16. Dezember war er einverstanden. Aber ich habe ihm gesagt, dass für diesen Tag schon eine Voranmeldung für das Bibliothekszimmer vorlag. Eine aus drei Chirurgen bestehende Skatrunde wollte dort das alljährliche Weihnachtsessen durchführen und anschließend hier übernachten, hatte aber noch nicht endgültig zugesagt, weil bei diesen Gästen noch irgendetwas terminlich unklar war. Drauschner sagte, dass dieser Gruppe abgesagt werden solle. Andernfalls müsse er, also Drauschner, absagen. Ich fragte ihn nun, mit wie vielen Gästen bei seiner Buchung gerechnet werden müsse. Er hatte ja gesagt, die Villa buchen zu wollen, und ich wollte prüfen, ob man nicht die Skatrunde in der Bibliothek belassen und seine Gesellschaft hier im großen Wohnzimmer unterbringen könne. Da erfuhr ich, dass es nur um sechs Herren ginge, aber er fügte sofort an, dass er explizit nur dann buchen werde, wenn ansonsten keine anderen Gäste in der Villa seien. Ich solle der Skatrunde absagen, sonst wäre der Auftrag für ihn erledigt. Bei diesen Worten zückte er seine Brieftasche und legte zwölf 500-Euro-Scheine auf den Tisch. Er werde bar und alles im Voraus zahlen, sagte er, und zwar sofort. Notfalls wolle er auch meinen Gewinnausfall übernehmen, wenn ich den Chirurgen absage.«

»Sie haben also der Skatrunde abgesagt«, vermutete Marie.

»Nein«, widersprach Herr Sadowski fein. »Das ist nicht meine Art. Ich hätte Drauschner abgesagt, wenn die Skatrunde zugesagt hätte. Mein Wort zählt. Und Verlässlichkeit ist ein Grundprinzip meines Betriebes. Ich habe also einen der Skatherren sofort angerufen und nachgefragt, ob der angedachte Termin bestätigt werde. Aber der hatte sich tatsächlich zerschlagen. Einer der Herren konnte an diesem Abend nicht. Also konnte ich Drauschner zusagen, und er formulierte knapp seine Bedingungen: Freitag, 16. Dezember, sechs Herren, 19 Uhr kleiner Aperitif im Wohnzimmer, ab 19.30 Uhr Speisen im Wohnzimmer am großen runden Tisch, danach nach Wunsch Kaffee, Gebäck oder Spirituosen. Kein weiterer Gast in der Villa, außer mir höchstens eine Person, die bei der Bewirtung hilft. Und er stellte eine besondere Bedingung: Meine Hilfskraft oder ich durften nicht von uns aus bedienen, sondern erst und nur dann, wenn Drauschner ausdrücklich dazu aufforderte. Sämtliche Türen seien geschlossen zu halten. Er werde jeweils zu uns in die Küche kommen und

Bescheid sagen. Auch die Läden vor allen Fenstern der Villa sollten geschlossen gehalten bleiben.«

»Kam Ihnen das nicht merkwürdig vor?«, fragte Stephan.

»Natürlich war es merkwürdig. Drauschner schien mir eher verrückt zu sein. Aber es waren ja erfüllbare Wünsche. Und die sollten bedient werden. Also sagte ich zu und fragte, was als Abendessen gereicht werden solle. Drauschner war das egal, es solle nur exzellent und gut verträglich sein. Ich hätte doch sicher noch Speisepläne von Feiern, die hier ausgerichtet worden seien. Ich sollte mir ein geeignetes Vier-Gänge-Menü, Hauptspeise mit Fleisch, aussuchen. Details interessierten nicht. Für 6.000 € brutto als Pauschalpreis könne er etwas Gutes erwarten, gab er vor, und ich schlug ein. Er erklärte, dass er an dem Abend eine Rechnung über den Betrag haben wolle, und für die geleistete Zahlung bekam er wunschgemäß sofort eine Quittung. Dann verschwand er wieder. Ich weiß nicht, ob er selbst oder mit jemand anderem hierher gefahren war, nicht einmal, ob er überhaupt mit einem Auto gekommen war.«

»Sie sahen ihn erst am 16. Dezember wieder?«, fragte Marie.

Sascha Sadowski nickte.

»Ja, wir hatten die Villa seinen Vorgaben entsprechend vorbereitet. Alle Fensterläden waren geschlossen, sogar diejenigen oben in den Seminarräumen. Drauschner klingelte gegen 18.30 Uhr. Ich öffnete. Er stand allein vor der Tür. Schwarzer Dreiteiler, weißes Hemd, korrekt gebundene rote Krawatte, dunkler Wintermantel.

Ich erinnere mich genau. Auf dem Platz vor der Villa stand kein Auto außer meinem und dem meiner Angestellten. Der Mantel war offen und Herr Drauschner wirkte nicht verfroren, obwohl es damals sehr kalt war. Er hatte kein rotes Gesicht. Außerdem trug er keine Handschuhe. Ich vermute also, dass ihn jemand hergefahren hatte. Drauschner begrüßte mich knapp und vergewisserte sich, dass außer mir und meiner Küchenhilfe niemand anwesend war. Er lobte das ausdrücklich und kontrollierte fast jeden Winkel im Erdgeschoss. Dann fragte er nach dem Essen und ich erklärte ihm die Menüabfolge.«

Sadowski zog ein Notizbuch aus seiner Hosentasche, in dem sich ein zusammengefaltetes Blatt befand. »Ich habe tatsächlich ein Menü von einer früheren Familienfeier wiederholt«, lachte er und reihte mit sichtbarem Genuss die Köstlichkeiten auf: »Räucherlachs im Kräutercrêpemantel mit Honigsenfsauce und Dill, Cappuccino von Maronen, Filet vom Heiderind mit Olivenkruste, Romanesco und Rosmarinkartoffeln und zum Schluss eine Variation von schokoladigen Köstlichkeiten.«

»Hört sich verführerisch an«, meinte Marie.

»Ist verführerisch und schmeckt auch so«, gab Sadowski zurück. »Auch Drauschner nickte zufrieden. Dann zog er sich ins Wohnzimmer zurück und schloss die Tür.«

»Hatte er eine Tasche oder Ähnliches bei sich?«, erkundigte sich Stephan.

»Nein, er war ohne jegliches Gepäck gekommen. Ich

weiß natürlich nicht, was er in seinem Mantel versteckt hatte. Er nahm ihn mit ins Wohnzimmer, obwohl ich auf unsere Garderobe neben dem Kaminzimmer hingewiesen hatte.«

»Und dann?«, forschte Marie nach.

»Dann begann das große Warten«, grinste Sadowski. »Ich blieb mit meiner Mitarbeiterin in der Küche. Wir trafen letzte Vorbereitungen für das Essen, damit alles vollständig und gut serviert werden konnte. Zwischendurch bin ich noch einmal zu Drauschner gegangen, habe angeklopft und bin auf seinen Ruf hin eingetreten. Er saß ruhig am Esstisch, die Arme vor der Brust verschränkt. Als ich reinkam, sah er mich erwartungsvoll an. Ich fragte ihn, ob er vorab schon etwas trinken möchte, und er wies mich darauf hin, dass vereinbart worden sei, dass ich nur dann zu erscheinen habe, wenn er dies wünsche. Ich wollte noch sagen, dass ich ihn so verstanden hätte, dass dies nur gelte, wenn die anderen Gäste da seien und ich selbstverständlich die Gesellschaft nicht stören werde, doch das unterließ ich lieber. Also bin ich wieder zurück in die Küche. Ich ließ die Tür geöffnet, um die Türglocke hören zu können, aber es kam niemand. Drauschner saß still im Wohnzimmer, und wir warteten in der Küche und hielten die Speisen vor. Es wurde 19 Uhr, dann 19.15 und schließlich 19.30 Uhr. Wir hörten das dumpfe Schlagen der großen Standuhr, die im Wohnzimmer steht.«

»Haben Sie mitbekommen, ob Drauschner in der Zwischenzeit vielleicht einmal telefoniert hat?«, wollte Stephan wissen.

»Gehört haben wir nichts«, antwortete Sadowski.

»Allerdings hört man im Flur auch nicht, wenn jemand im Wohnzimmer leise spricht, wenn die Tür geschlossen ist. Das Holz ist ziemlich dick.«

»Also waren Sie doch im Flur«, bohrte Marie nach.

»Hin und wieder schon«, lächelte Sascha Sadowski. »Der Typ war so komisch, dass ich zwischendurch zwei oder dreimal über den Flur geschlichen bin und mal durchs Schlüsselloch ins Wohnzimmer geschaut habe. Aber Drauschner saß unverwandt am Tisch und rührte sich nicht. Als es Viertel vor acht geschlagen hatte, kam er plötzlich aus dem Zimmer in die Küche. Wir hatten ihn nicht kommen hören, weil wir damit beschäftigt waren, das überfällige Essen warm zu halten. Mit einem Mal stand er im Türrahmen und sagte, dass sich die – wie er sagte – Angelegenheit wohl erledigt habe. Er bat darum, ein Taxi zu rufen und die Rechnung auszustellen. Ich fragte noch, was mit dem Essen geschehen solle, und er meinte, wir sollten es selbst essen. Es sei bestimmt gut, wenn auch für zwei Personen etwas viel. Dann lächelte er sogar. Es war das einzige Mal, dass ich ihn habe lächeln sehen. Ich sagte noch, dass es mir leid tue, dass sich der Abend zerschlagen habe, aber er reagierte hierauf nicht. Er gab mir die Rechnungsadresse, es war die Höglwörther Straße 8 in München, und seinen vollständigen Namen: Friedemann Drauschner. Ich habe die Daten gerade noch einmal in meinen Buchungsunterlagen nachgesehen. Bezahlt hatte er schon, was ich auf der Rechnung nochmals vermerkte, bevor ich …«

»War es das erste Mal, dass Sie seinen vollständigen Namen und seine Adresse erfuhren?«, unterbrach Stephan.

»Ja, bis dahin kannte ich nur seinen Nachnamen. Aber das war nicht wichtig, denn er hatte ja im Vorhinein alles bezahlt. Ich hatte noch nicht einmal eine Telefonnummer von Drauschner.«

»Das heißt, Sie hätten ihn nicht kontaktieren können, wenn vor dem geplanten Termin am 16. Dezember irgendetwas in der Villa dazwischen gekommen wäre«, vergewisserte sich Marie.

»Das ist richtig«, stimmte Sadowski zu, »und es war vielleicht ungeschickt. Aber damals spielte das keine Rolle, und außerdem glaube ich, dass Herr Drauschner mir seine Nummer auch nicht gegeben hätte. Es ist doch offensichtlich, dass ich von ihm und auch von seinen merkwürdigen Gästen nichts wissen sollte.«

»Wie sah er aus?«, fragte Marie.

»Ich schätze ihn auf Mitte 50, schlank, sehr groß, vielleicht 1,90 Meter, glatt rasiert, kurz geschorenes Kopfhaar«, sagte Sadowski. »Und eine Nickelbrille«, ergänzte er. »Er machte insgesamt einen verschlossenen, vielleicht auch einen etwas intellektuellen Eindruck.«

»Sie haben wohl nie wieder etwas von ihm gehört«, vermutete Stephan.

»Nein, nie wieder«, bestätigte Sadowski. »Ich habe weisungsgemäß das Taxi geholt. Das dauerte etwas, weil es erst aus Walsrode kommen musste. Drauschner musste ungefähr eine Viertelstunde warten. Während dieser Zeit lief er eigenartig unruhig auf dem Flur hin und her. Er hatte bereits seinen Wintermantel angezogen und blickte immer wieder nervös auf seine Armbanduhr. Darüber hatte ich mich schon damals gewundert, denn auf die Zeit konnte es ihm eigentlich nicht ankommen. Wenn seine Gäste gekommen wären, hätte er sich ja ohnehin bis spät abends in der Villa aufgehalten. Ihm muss mein verwunderter Blick aufgefallen sein, denn er erklärte sich und meinte, er müsse jetzt alles umplanen und schnell hier weg. Selbstverständlich habe ich nicht nachgefragt. Ich wusste ja, dass ich nichts zu fragen hatte. Irgendwann kam dann das Taxi. Er hörte durch die geschlossene Eingangstür, dass ein Wagen die Rampe hochfuhr und vor dem Haus hielt. Er blickte noch einmal in Richtung Küche zurück, wo ich mit meiner Mitarbeiterin in der Tür stand, hob zum Abschied seine Hand und winkte kurz. Seine Brillengläser blitzten im Licht der Kandelaber. Dann huschte er aus der Tür, und wir hörten das Taxi wegfahren. Das waren unsere Erlebnisse am Abend des 16. Dezember. Wir nennen das unser Dinner for one, aber er hat ja nicht einmal selbst etwas gegessen. Wenn man so will, war es eine sehr eigenartige, aber hochprofitable Veranstaltung.«

Sascha Sadowski schmeckte sichtlich die Atmosphäre dieses Abends nach.

»Kommen Sie«, bat er, »wir gehen in die Küche. Ich serviere Ihnen gern einen Kaffee oder Cappuccino.«

Stephan ließ seine Blicke noch einmal durch das geräumige Wohn- und Kaminzimmer schweifen. Er malte sich aus, wie Friedemann Drauschner allein an einem runden Tisch inmitten dieses Raumes, der eher ein Salon war, gesessen hatte.

Die Küche der Villa Wolff war überraschend klein. Sascha Sadowski erklärte, dass sie noch dieselbe Größe habe wie zu der Zeit, als die Unternehmerfamilie Wolff in diesem Anwesen wohnte. Er plane Veränderungen, um dem Bedarf Rechnung zu tragen, wenn große Gesellschaften zu bewirten seien. Der Kaffee lief glucksend aus der Maschine. Sadowski schäumte Milch auf, verteilte sie kunstvoll auf beide Tassen und stellte eine kleine silberne Schale mit frischen Pralinen auf den Tisch.

»Sie sind nicht die Ersten, die sich nach dem Verlauf des 16. Dezember in der Villa erkundigen«, sagte Sadowski und setzte sich. »Ein Herr Wanninger war schon vor Ihnen da. Es ist vielleicht zwei Wochen her. Er stellte dieselben Fragen wie Sie und bat mich um Informationen, wenn ich noch etwas in dieser Sache höre. Also habe ich ihn gestern Abend angerufen, nachdem Sie sich für heute angekündigt haben. Vielleicht setzen Sie sich selbst mit ihm in Verbindung.«

Sascha Sadowski lehnte sich zurück, wandte sich im Sitzen um und nahm eine Visitenkarte vom Küchenschrank. ›Gisbert Wanninger‹ stand darauf, darunter ›Journalist‹. Es folgten Dortmunder Telefon- und Faxnummer und eine E-Mail-Adresse.

6

Obwohl Gisbert Wanninger in Dortmund wohnte und arbeitete, schlug er ein Treffen am Nordufer des Kemnader Sees im Bochumer Süden vor. Der See lag an der

Grenze zu Witten, idyllisch unterhalb des bewaldeten Höhenzugs gelegen, auf dem die schlichten Zweckbauten der Ruhr-Universität thronten, mitten im Ruhrtal, das an dieser Stelle einen malerischen Blick auf den auf einer Anhöhe liegenden Ort Blankenstein mit seinen Fachwerkhäusern und der Burgruine gestattete und mit diesem fast touristisch anmutenden Ambiente keine Nähe zu großstädtischen Kulissen vermuten ließ. Wanninger gab den kommenden Sonntag, 13. Mai, um 15 Uhr vor und bestimmte als Treffpunkt das untere Ende der großen Parkplatzflächen, wo der Rundweg um den See seinen Ausgang nahm, und beschrieb sich: stattliche Figur, 1,70 Meter groß, gebräuntes Gesicht, Glatze. Es sei gutes Wetter angesagt, er werde einen weißen Anzug tragen und sei deshalb nicht zu verfehlen.

Marie und Stephan erkundigten sich im Vorfeld des Treffens über Gisbert Wanninger, dessen Name ihnen bekannt vorkam, ohne dass sie ihn näher zuordnen konnten. Bei der Recherche stießen sie im Internet auf eine Vielzahl von Eintragungen zu Geschichten und Skandalen, die Gisbert Wanninger an die Öffentlichkeit gezerrt und über die Medien verbreitet hatte. Er arbeitete seit vielen Jahren als freier Journalist, nachdem er seine feste Beschäftigung bei einer Tageszeitung aufgegeben und diese Trennung in der auf seiner Homepage veröffentlichten Vita damit begründet hatte, dass er nach noch mehr Unabhängigkeit strebe und sein einziger Arbeitgeber die Öffentlichkeit sein könne, der er sich verpflichtet fühle und in deren Dienst er unabhängig recherchiere. Wanningers Name tauchte in der Vergangenheit regelmäßig in den Schlagzeilen auf. Er galt als Inbegriff der Spürnase, die mit untrüglichem Sinn den Dingen auf den Grund ging und sich zu Recht seiner Unbestechlichkeit rühmte. Wanninger deckte rückhaltlos auf und war häufig zur rechten Zeit am rechten Ort, um jene Erkenntnisse zu gewinnen, die ihn hinter die Kulissen blicken und die richtigen Schlüsse ziehen ließen. Seine Recherchen waren rund, seine Behauptungen beweisbar und die Quellen verlässlich. Der Journalist hatte gutes Geld mit Reportagen verdient, die häufig seine Liebe zum Skandal verrieten, derentwillen Wanninger auch Menschen opfern konnte, wenn er sie als deren Urheber oder Auslöser ausgemacht und überführt hatte. Wen Wanninger auf diese Weise öffentlich genüsslich vorführte, schien dies nach verbreiteter Ansicht auch verdient zu haben. Er stellte seine Opfer an einen Pranger, dessen Wirkung weit über das hinausgehen konnte, was die Justiz oder andere Institutionen zu leisten vermochten, die im Rahmen ihrer Aufgaben den Geschichten nachgingen, die Wanninger wortgewaltig und farbig über die Medien verbreitete. Gisbert Wanninger galt lange als des Volkes Seele und des Volkes Mund.

In den letzten Jahren war es stiller um ihn geworden. Die Entwicklung der Kommunikationstechnik, die weite Verbreitung von Internet und Handys in der Bevölkerung machten jeden Einzelnen in der Gesellschaft zum Nachrichtensender, der schnell ohne Mühen Botschaften verbreiten konnte. Die Gesellschaft war transparenter geworden. Sie verlor zunehmend jene

Nischen, in der sich Schnüffler wie Gisbert Wanninger vorarbeiten und Vertuschtes entdecken konnten. Aber er war noch immer am Puls der Zeit, verfolgte Entwicklungen und nutzte seine Chance, wenn sich publikumswirksame Ereignisse ankündigten und er die Gelegenheit hatte zuzugreifen, bevor sich die Neuigkeiten über andere Kanäle verteilten und bekannt wurden.

Gisbert Wanninger stand am vereinbarten Platz. Im weißen Anzug wirkte er mit seiner behäbigen Statur wie ein Fels in der wogenden Menschenmenge, die im Sonnenschein dieses fast sommerlichen Tages von den Parkplatzflächen auf die Spazierwege drängte, immer wieder aufgetrieben von Radfahrern, die sich klingelnd und kreuzend ihre Gasse bahnten. Stephan sprach Wanninger an, und er antwortete mit einem abschätzenden Blick, mit dem er erst ihn und dann Marie musterte.

»Kommen Sie«, sagte er, »wir gehen ein wenig spazieren. Weiter oben befinden sich einige Bänke. Wir können uns dann hoffentlich in Ruhe unterhalten, wenn wir einen Platz finden.«

Wanninger ging voran, Marie und Stephan folgten, sich an der Hand haltend und im Stillen etwas belustigt über den Mann, der sich eigentümlich flink bewegte und hierbei schnell zu schnaufen begann, in gewisser Weise wie ein Tourist auf einer anspruchsvollen Expedition wirkte und sich mit seiner auffallenden Kleidung skurril von den zahllosen Spaziergängern abhob, die sich gelassen durch den Sonntag treiben ließen. Tatsächlich fanden sie eine Bank, die ein älteres Ehepaar eben verlassen hatte. Gisbert Wanninger nahm seitlich darauf

Platz, schlug die Beine übereinander, zog ein Stofftaschentuch aus der Hosentasche und betupfte seine vom Schweiß feuchte gebräunte Stirn.

»Warum hier?«, fragte Marie demonstriert lässig und offenbarte mit ihrem Tonfall ihre Belustigung über Wanningers Gebaren, das zum guten Teil eine Mischung aus Geheimnis- und Wichtigtuerei war und deshalb albern wirkte.

»Es ist ein unauffälliger Platz«, antwortete Wanninger mit bedeutender Miene, »es laufen Hunderte hier rum, die sich nicht kennen und nur in der Freizeit herkommen. Wenn man sich ungestört treffen will, sollte man dorthin gehen, wo man von einem Rudel Statisten umgeben ist. Bei sonnigem Wetter ist es hier ideal. Alle sind mit sich beschäftigt: die Familien, die Kinder, die Liebespaare. Alles lebt hier vor sich hin. Keiner nimmt den anderen wirklich wahr.«

»Ihren weißen Anzug würde ich immer wahrnehmen«, meinte Stephan und schüttelte verwundert den Kopf. »Gleich, ob hier oder an jeder anderen beliebigen Stelle.«

»Eben«, konterte Wanninger, »aber Sie hätten keine Erinnerung mehr an mich als Person oder mein Gesicht. Nehmen Sie mich einfach so, wie ich bin. Und glauben Sie mir, dass es besser ist, sich an einer Stelle zu treffen, an der mich vermutlich niemand erkennt. Ich suche die Anonymität. Gerade, weil ich noch nicht weiß, welche Dimensionen und Akteure die Story hat, wegen der wir uns hier treffen.«

Er blickte über den See in Richtung Witten und verfolgte blinzelnd einige Vögel, gab sich eine Weile geistesabwesend, bevor er sich Stephan und Marie zuwandte und seinen linken Arm auf die Rückenlehne der Bank legte. Es war, als umschlösse er mit seinem Arm die beiden symbolisch wie von ihrem Vater behütete Kinder.

»Ich möchte erst mehr über Sie erfahren, bevor ich Ihnen erzähle, was ich weiß«, eröffnete Wanninger, »oder vielleicht auch nur zu wissen glaube«, setzte er relativierend hinzu.

Stephan zuckte mit den Schultern. Warum sollte er Wanninger bedienen? Mit welchem Recht sollte er von Anne van Eyck und ihren Vermutungen zum Tod ihrer Schwester Lieke berichten?

»Sie sind Rechtsanwalt«, hob Wanninger an. »Sadowski hat es mir gesagt. Wie sind Sie auf ihn gekommen? Und woher hatten Sie die Information, dass am 16. Dezember in der Villa ein Friedemann Drauschner bestimmte Persönlichkeiten treffen wollte?«

»Dass er dort jemanden treffen wollte, haben wir erst von Sadowski erfahren«, sagte Marie. »Wir kannten nur den Namen Drauschner und den Namen der Villa Wolff. Es war nicht mehr als ein dünner Hinweis.«

»Aber weshalb war das für Sie wichtig?«, wollte Wanninger wissen. »Weshalb empfanden Sie dies als Hinweis? Sie befinden sich doch auf der Suche nach irgendwas oder irgendwem«, forschte er.

»Ich bin nur meinem Auftraggeber verpflichtet«, erklärte Stephan. »Ich darf nicht preisgeben, was mir ein Mandant im Vertrauen auf die Einhaltung meiner Schweigepflicht gesagt hat.«

Wanninger lächelte süffisant.

»Aber deshalb sind Sie doch hier, Herr Knobel«, sagte

er väterlich. »Sie vermuten, dass ich etwas weiß, und wollen an diesem Wissen partizipieren. Gut. Aber umgekehrt ist es doch genauso, Herr Knobel. Ihr Beruf lebt wie mein Beruf davon, dass man etwas weiß. Wer mehr weiß, gewinnt. Und wenn ich alles richtig deute, forschen wir in dieselbe Richtung. Wir wollen etwas aufklären. Und auf dem Weg dorthin können wir einander helfen. Sie ahnen doch selbst, dass die Geschichte, in der Sie ermitteln, ganz andere Dimensionen hat, als Sie es am Anfang für möglich gehalten hätten. Auf der Suche nach diesem Friedemann Drauschner haben sich unsere Wege gekreuzt, Herr Knobel. Also: Weshalb interessiert er Sie?«

»Er könnte eine Rolle in einem mysteriösen Todesfall spielen«, blieb Stephan vage.

»Name?«, fragte Wanninger spitz.

Stephan schwieg.

»Lieke van Eyck?«, prüfte Wanninger weiter und beobachtete Stephan aus den Augenwinkeln.

Stephan rührte sich nicht.

»Also doch!«, stellte Wanninger zufrieden fest. »Sind Sie von einer Versicherung beauftragt? Oder von ihrer Familie?«

»Von ihrer Schwester«, antwortete Marie.

»Die einzige lebende Verwandte«, wusste Wanninger, sieht man von deren Sohn ab. Der Unfalltod wirft Fragen auf, nicht wahr?«

Stephan nickte.

»Um es gleich zu sagen: Es gibt keinen Friedemann Drauschner. Weder in der Höglwörther Straße in München noch sonst wo. Er ist ein Phantom.«

Wanninger lächelte überlegen.

»Mir scheint, dass ich Ihnen in dieser Sache mehr sagen kann als umgekehrt. – Sieht nach einem schlechten Geschäft für mich aus.« Er klopfte mit dem Knöchel des Zeigefingers seiner linken Hand gelangweilt auf das Holz der Bankrückenlehne.

»Wissen Sie denn, wohin ihn das Taxi gebracht hat, das er abends zu der Villa kommen ließ?«, fragte er lauernd.

Stephan verneinte.

»Es hat ihn zum Flughafen Hannover gefahren«, verriet Wanninger. »Rund 50 Kilometer mit dem Taxi. Das hatte sich für den Fahrer gelohnt. Ich habe ihn ausfindig gemacht. Er stand an jenem Abend am Bahnhof Walsrode, als er zur Villa Wolff gerufen wurde. Er lud Drauschner, wer immer sich dahinter verbergen mag, gegen 20 Uhr ein und setzte ihn etwa eine Dreiviertelstunde später am Abfertigungsgebäude des Flughafens ab. Dort verliert sich die Spur. Da er ja nicht Drauschner heißt, war es müßig, die Passagierlisten nach diesem Namen zu durchforsten. Vielleicht hatte er auch irgendwo im Flughafengebäude sein Äußeres verändert. Mir ist nicht bekannt, wo er wieder aufgetaucht ist. Wissen Sie etwas?«

»Nein«, bekannte Marie.

»Wenn er die Villa mit dem Taxi verlassen hat, könnte er auch mit einem Taxi dorthin gekommen sein«, kombinierte Wanninger weiter. »Aber es ist kein Taxi aufzufinden, das am bewussten Abend zur fraglichen Zeit die Villa angesteuert hat. Ich habe alle Möglichkeiten überprüft. Natürlich muss man in Betracht ziehen, dass er auch vom Hannoveraner Flughafen mit dem Taxi nach Bomlitz gefahren ist. Aber eine solche Fahrt hat nach meinen Ermittlungen nicht stattgefunden. Ich habe verlässliche Quellen«, bekräftigte er. »Es gibt auch kein Taxi im gesamten Kreis Soltau-Fallingbostel, was am Abend des 16. Dezember am frühen Abend zur Villa Wolff gefahren ist. Also: Es spricht viel dafür, dass unser geheimnisvoller Friedemann Drauschner am Abend des 16. Dezember nicht mit einem Taxi zur Villa Wolff gefahren ist. Und da es nicht wahrscheinlich ist, dass er per Anhalter unterwegs war, ist davon auszugehen, dass ihn jemand dorthin gebracht hat, der ihn kannte. Es war also, wie Sadowski so gern sagt, wie bei einem Dinner for one, aber es scheint zumindest eine zweite Person zu geben, die zu Drauschners Dunstkreis gehört und an jenem Abend in die Nähe der Villa gekommen ist.«

»Wen vermuten Sie hinter Drauschner?«, fragte Marie.

Wanninger tat beleidigt. »Ich finde, dass ich gerade gut vorgeleistet habe, Frau Schwarz. Jetzt möchte ich vorab wissen, wie Sie auf Drauschners Namen gestoßen sind.«

Stephan berichtete knapp von dem Eintrag in Liekes Taschenkalender und dem Zusammenhang mit dem Einbruch in ihre Wohnung.

»Also ist es eine Information, die in das Unternehmen ThyssenKrupp weist, ohne dass man sicher weiß, dass die Notiz in Liekes Kalender von jemandem stammt, der aus dem Unternehmen kommt«, folgerte Wanninger. »Die Ermittlungen zu dem Einbruch haben wohl zu keinem Ergebnis geführt«, vermutete er.

»Sie waren nicht zufällig in der Nacht vom 7. auf den 8. März auf dem Grundstück der van Eycks?«, fragte Stephan, während er die Größe der Schuhe von Gisbert Wanninger und dessen Körpergewicht auf rund 120 Kilogramm schätzte.

Wanninger schnaubte.

»Sie hegen, aus welchem Grund auch immer, Misstrauen gegen mich, Herr Knobel. Aber Sie irren. Natürlich kenne ich das Grundstück der van Eycks, aber nur aus der Ferne. Ich habe mich dem Haus auf der Zufahrt von der Straße aus genähert, aber ich habe den Hof nur von außen in Augenschein genommen. Es ging mir darum, einen Eindruck davon zu bekommen, wo Lieke van Eyck gelebt hat. Dafür brauche ich keine weiteren Details. Ich kann mir vorstellen, dass sie eine idyllische Wohnung in dem Haus gehabt hat. Wer auch immer eingebrochen ist: Ich war es sicher nicht.«

»Und Sie haben auch nicht am frühen Abend des 28. April aus einem Gebüsch heraus das Grundstück beobachtet?«, fragte Marie. »Es war ein Samstag«, fügte sie an.

Wanninger überging ihre Frage und schwieg eine Weile.

»Ich habe Anfang April einen anonymen Brief erhalten«, setzte er dann wieder an, »in dem der Verfasser den Hinweis gab, dass am 12. September letzten Jahres eine Chefsekretärin von ThyssenKrupp mit ihrem Auto tödlich verunglückt, der vermeintliche Unfall aber ein Mordanschlag gewesen sei. Abgestempelt war der Brief in Frankfurt. Einen Hinweis auf den Urheber gab es nicht.«

»Und was haben Sie mit dieser Information gemacht?«, fragte Stephan.

»Was haben Sie damit gemacht?«, äffte Wanninger gedehnt nach. »Ich habe Nachforschungen angestellt und natürlich schnell entdeckt, dass die betreffende Person nur Lieke van Eyck gewesen sein konnte. Ihr persönliches und berufliches Umfeld habe ich in kürzester Zeit in Erfahrung gebracht. Es sind jeweils nur wenige Personen, das dürfte Ihnen bekannt sein. Irgendwelche Motive für einen Mordanschlag erscheinen im privaten Umfeld unwahrscheinlich, ohne dass ich der Schwester von Frau van Eyck oder ihrem Schwager jemals begegnet bin. Ich verlasse mich auf das, was mir zugetragen wurde oder ohne großen Aufwand ermittelt werden konnte. Lieke van Eyck schien eine Frau gewesen zu sein, die nicht viele soziale Kontakte pflegte. Ihre überschaubare Privatsphäre war jedoch offensichtlich gut strukturiert, gefestigt und ohne Brüche. Welches Motiv sollte ihre Schwester, welches Motiv ihr Schwager gehabt haben, ihr etwas anzutun? Also kam nur das berufliche Umfeld in Frage. Ich habe mich ihrer Arbeitskollegin genähert, sogar bei ihr im Unternehmen vorgesprochen und mich als Schulfreund des Vaters von Lieke ausgegeben, der aus der Zeitung von ihrem Tod erfahren hatte und nach vermeintlich längerem Auslandsaufenthalt jetzt noch etwas über die näheren Umstände ihres Todes wissen wollte. Ich kam der Nachfrage der Arbeitskollegin zuvor und behauptete, ihre Schwester und ihren Schwager nicht angetroffen zu haben, weil die beiden offensichtlich beruflich wegen ihrer Unternehmensberatung unterwegs seien. Das Streuen dieser Informationen, angereichert mit der wie zufälligen Erwähnung des Geburtstages von Lieke, den ich aus der Todesanzeige kannte, die ich im Zeitungsarchiv gefunden hatte, brachte die Frau zum Reden. Besser gesagt: Dies brachte sie zum Weinen, denn außer der Trauer über den Verlust ihrer offensichtlich von allen hoch geschätzten, immer zuverlässigen, pünktlichen, adrett gekleideten und wie aus dem Ei gepellt daherkommenden Kollegin wusste sie nichts zu berichten, was in irgendeiner Weise Anhaltspunkte für den behaupteten Mordanschlag lieferte. Also ging ich wieder und beschloss, die Sache auf sich beruhen zu lassen. Ich war schon eher wütend auf mich selbst, dass ich auf diesen dürren Hinweis wie ein Feuermelder angesprungen war. Dass die Staatsanwaltschaft die Ermittlungen eingestellt hatte, war mir bekannt, und ich darf sagen, dass ich sogar den Akteninhalt kenne.«

»Wie sind Sie denn an die Akten gekommen?«, fragte Stephan überrascht. »Sie waren doch nie am Verfahren beteiligt und haben deshalb kein Akteneinsichtsrecht.«

»Akteneinsichtsrecht«, wiederholte Wanninger belustigt. Er nahm seine Hand von der Bankrückenlehne, streckte seine Beine vor und rutschte zugleich tiefer in die Bank. Er verschränkte die Arme vor der Brust, schloss die Augen und grinste.

»Akteneinsichtsrecht! – Lieber Herr Knobel, ich hätte nie meinen großen beruflichen Erfolg gehabt, wenn ich Akten, die in irgendwelchen Behörden wie Staatsgeheimnisse gehütet werden, nur dann hätte studieren können, wenn mir ein Akteneinsichtsrecht zur Seite gestanden hätte. Seien Sie versichert: Ich habe die meisten Akten einsehen können, wann und so oft ich es wollte. Meine Welt ist die Welt der Information, und zwar die unmittelbare aus erster Hand. Was mir über Dritte zugetragen wird, ist meistens wertlos.«

Marie erinnerte sich, im Internet gelesen zu haben, dass Wanninger vor etlichen Jahren einen Preis für seine rückhaltlose und fundierte Aufklärung in seiner journalistischen Tätigkeit bekommen hatte.

»Und die Akten vermittelten Ihnen neue Erkenntnisse?«, fragte Stephan hörbar gereizt, der sich an Wanningers behäbiger Selbsthudelei stieß.

»Nein, zuerst habe ich nichts entdeckt«, gab Wanninger zu und öffnete wieder seine Augen. »Man könnte auch sagen, ich war damals noch nicht genügend sensibilisiert.«

Stephan unterdrückte die von Wanninger provozierte Nachfrage.

»Dann kam vor rund drei Wochen ein zweiter anonymer Brief«, erzählte Wanninger. »Wie der erste mit einem Poststempel aus Frankfurt versehen. Und wie jener ohne Fingerabdrücke oder sonstige verwertbare Spuren. Klinisch sauber, sozusagen. – Sie können sich denken, dass ich Kontakte habe, um solche Dinge überprüfen zu lassen«, erklärte er, »ich muss mir nur meiner Sache sicher sein können. Nichts ist peinlicher, als wenn sich am Ende eine Geschichte als Ente erweist. So etwas ist immer der Tod eines Journalisten.«

»Was stand in dem Brief?«, fragte Marie.

Wanninger zog eine Kopie des Schreibens aus der Anzuginnentasche.

»Soll Liekes Tod ungesühnt bleiben?«, las er vor.

»Schwinden Ihre Ressourcen? Was machen Sie, wenn Ihnen das Material ausgeht? Gehen Sie immer wieder die alten Pfade? Was machen Sie, wenn man Ihnen den Hahn abdreht? Sehen Sie Ihrem Ende entgegen? Sie sind doch ein Mann der Fantasie, Herr Wanninger. Andere wissen, in solchen Fragen neue Wege zu gehen. Villa Wolff, 16. Dezember. Lieke wusste von allem. Wissende Menschen sind selten auf dieser Erde. – Sie lassen sich doch nicht austrocknen, Herr Wanninger!«

Er reichte Marie und Stephan das Schreiben.

»Ganz gewöhnlich auf einem Computer geschrieben und mit handelsüblichem Drucker ausgedruckt. Dann vermutlich irgendwo kopiert und die Kopie an mich verschickt«, sagte Wanninger. »Nichts Auffälliges also. – Was halten Sie vom Inhalt?«

»Hört sich nach einer versteckten Botschaft an«, meinte Marie, »auch wenn sich die ersten Sätze vordergründig auf Ihre journalistische Arbeit beziehen.«

»So sehe ich das auch«, nickte Wanninger. »Der Hinweis auf die Villa ist natürlich der Wink mit dem Zaunpfahl, aber es geht um Ressourcen, ausgehendes Material, neue Wege. – Fällt Ihnen dazu etwas ein?«, fragte er, wissend, dass Marie und Stephan seine Frage nicht würden beantworten können.

»Sagt Ihnen die Rohstoff-AG etwas? Oder können Sie mit dem Begriff der sogenannten seltenen Erden etwas anfangen?«, fragte Wanninger weiter und wartete einen Augenblick.

»Beides sollte Ihnen nicht unbekannt sein«, belehrte er. »Die Medien beschäftigen sich immer wieder damit, und ich vermute, wir werden in Zukunft häufiger davon hören und lesen.« Er nahm Marie und Stephan prüfend ins Visier. »Eigentlich sind Sie beide alt genug, um das Ruhrgebiet noch so kennengelernt zu haben, wie es früher aussah: Eine Region voller Zechen und Stahlwerke, Schlote, die grauen und schwarzen Qualm in die Luft pusteten, der den Menschen das Atmen schwer machte. Schmucklose Wohnkolonien in grauen Städten, deren Kulissen von Fördertürmen und monströsen Werken geprägt wurden. Hochofenabstiche, die den Nachthimmel in gespenstisches Rot tauchten, Kokereien, die den Gestank fauler Eier verbreiteten. Das Ruhrgebiet galt als das industrielle Herz Deutschlands, aber die Bevölkerung anderer Regionen wollte mit diesem Herzen nicht viel zu tun haben. Hier, wo nach landläufiger Meinung die Briketts durch die Luft flogen und die Außentemperatur immer ein bis zwei Grad niedriger war als anderswo, weil die Luftverschmutzung wie eine Glocke über dem Gebiet von Duisburg bis Dortmund hing und die Sonneneinstrahlung filterte, wurde der wirtschaftliche Reichtums Deutschlands maßgeblich begründet. Aber geliebt wurde die Region nur von denen, die hier wohnten. Doch das Aussehen des damaligen Ruhrgebiets hat mit dem heutigen fast nichts gemein.«

»Ich stamme aus dem Münsterland, bin erst zum Studium hierher gekommen«, sagte Marie, und es klang entschuldigend.

»Es ist Allgemeinwissen«, konstatierte Wanninger. »Ich schätze Sie auf etwa 30 und Sie, Herr Knobel, auf um die 40. Sie haben diese Zeiten doch miterlebt, wenn auch als Kinder oder Jugendliche. Es ist auch von Ihnen erlebte Geschichte.«

Wanninger hatte mit seinen Altersschätzungen recht, doch Stephan vermutete, dass er sich die Informationen vorher beschafft hatte. Er führte ihn und Marie mit unübersehbarer Arroganz vor und genoss es zugleich, beide an sich zu binden, um sie tiefer in eine Geschichte einzuführen, zu der er offensichtlich akribische Vorarbeit geleistet hatte, die mit dem Tod Liekes in Zusammenhang zu stehen schien und deren Kenntnis für die Lösung des Falles unverzichtbar war.

»Das alte Ruhrgebiet war eine Region mächtiger Werke und Konzerne«, fuhr Wanninger fort. »Krupp, Thyssen, Hoesch, Klönne, all dies sind große Namen. Sie prägten die alte Industriestruktur, waren Garant für eine blühende Wirtschaft und für die Beschäftigten viel mehr als das. Die Werke boten ein Zuhause, waren Basis der eigenen Familie. Es gab Tausende von Familien, in denen Großväter, Väter und Söhne dieselben Arbeitgeber hatten. Diese großen Namen waren so etwas wie Heimat.« Er schmeckte dieses Wort nach, gab sich der Tradition verhaftet, beklagte unausgesprochen den Verlust prägender Werte und bildete mit seiner unverhohlen dozierenden und zugleich verklärenden Darstellung einen eigentümlichen Widerspruch zu seiner eigenen Arbeit, in der er sich der Hektik verschrieben hatte, dem Prinzip, immer auf dem Sprung, stets am Puls der Zeit und niemals gebunden zu sein.

»Sie wissen, dass es diese Strukturen nicht mehr gibt«, fuhr er fort. »Wir leben in einer globalisierten Welt. Das ist mehr als nur ein scheußlicher Begriff. Die sogenannte globalisierte Welt ist zugleich die Bezeichnung einer Entwicklung, die für unsere Welt wahrscheinlich negativer sein wird, als wir heute ahnen können. Schlimm ist nicht, dass sich vieles ändert. Schlimm ist, dass vieles untergeht, was uns über Jahrzehnte verlässlich ernährt und unserer Gesellschaft Struktur gegeben hat. Alte Konzerne werden zerschlagen, umgebildet oder neu gegründet. Die alten Namen verschwinden teilweise, und neue Namen werden kreiert. Es sind häufig Kunstprodukte aus irgendwelchen Abkürzungen. Begriffe, die sich kaum im Bewusstsein verankern und schnell in der nächsten Fusion untergehen, bevor man sich überhaupt an sie gewöhnt hat. Die Vorstände der Unternehmen bestehen regelmäßig aus flüchtig bleibenden Namen, deren Träger mit dem Werk oder ihren Beschäftigten kaum verbunden sind. Diese Manager arbeiten heute in der Luftfahrt, morgen in der Lebensmittel-, dann in der Chemiebranche. Früher ging es um Tradition und Bindung, heute um fragwürdige Flexibilität, die oft nur ein Synonym für Beliebigkeit ist. Aber es gibt auch Namen, die geblieben sind. Aus Thyssen und Krupp wurde ThyssenKrupp und in der namentlichen Zusammenführung steckt selbstverständlich der Wille, die frühere wechselseitige Konkurrenz zu beenden und sich gemeinsam auf dem Weltmarkt zu positionieren. Die wahren Konkurrenten sitzen längst woanders, zumeist im fernen Ausland. Wer heute am Markt bestehen will, muss sein Angebot strikt nach der Nachfrage ausrichten und bereit sein, sich breiter aufzustellen, neue Produktionszweige zu eröffnen und dafür traditionelle Zweige zu schließen. ThyssenKrupp hat jüngst wieder radikale Einschnitte vorgenommen. Die benötigten Rohstoffe sind längst nicht mehr vor Ort, und darüber hinaus braucht man für die vitalen Produktionszweige Stoffe, die insgesamt nur begrenzt und unersetzbar auf der Erde vorhanden sind, nämlich insbesondere in China.«

»Das sind die seltenen Erden«, schloss Stephan.

Wanninger nickte. »Genau genommen sind es seltene Metalle. Man spricht nur deshalb von seltenen Erden, weil die Metalle in der Erde verborgen sind und aus ihr ausgewaschen werden müssen. Ihre Namen werden Ihnen nichts sagen. Ich habe mich auch erst in die Materie einarbeiten müssen«, erklärte er unerwartet nachsichtig und zählte aus dem Stegreif einzelne Metalle auf: »Scandium, Yttrium, Lanthan, Samarium, Lutetium. China hat das Glück, diesen Trumpf zu besitzen, und es wird diesen Trumpf ausspielen. Es hat sogar seine Fühler auf den Kontinent ausgestreckt, auf dem ebenfalls nennenswerte Vorräte an seltenen Erden lagern, und sich die Schürfrechte dort gesichert. Ich spreche von Afrika. Erinnern Sie sich an die Worte des chinesischen Ministerpräsidenten Wen Jiabao: Der Nahe Osten hat sein Öl, wir haben seltene Erden. Die Preise für seltene Erden sind in letzter Zeit stark gestiegen, und man ist sich in Politik und Wirtschaft einig, dass der Preisanstieg, mehr aber noch Chinas Praxis, den Export der seltenen Erden zu beschränken und die Absicht, die Einfuhr einzelner Metalle ganz einzustellen, um die Verlagerung der Produktion nach China zu erzwingen und die heimische Wirtschaft zu stärken, in absehbarer Zeit die anderen Kontinente vor erhebliche Probleme stellen wird, natürlich auch unsere heimische Industrie. Der Kampf um die Ressourcen ist längst entbrannt. Es geht weltweit um Wasser, Öl – und seltene Erden. Was Letztere angeht, hatten ThyssenKrupp und das Bundeswirtschaftsministerium bereits die Gründung einer Rohstoff-AG ins Spiel gebracht, ein Unternehmen also, das weltweit die hier dringend benötigten Stoffe beschafft und an unsere heimischen Industrien verteilt. Man will gegen die absehbare Rohstoffkrise gewappnet sein. Die Juristen prüfen, ob es kartellrechtliche Probleme gibt, und es ist zweifelhaft, ob diese Rohstoff-AG überhaupt zulässig ist. – Geben Sie die Begriffe ThyssenKrupp und seltene Erden bei Google ein, und Sie werden fündig!«

Wanninger beugte sich vor und sah Marie und Stephan lächelnd ins Gesicht.

»Das alles können Sie in den Medien nachlesen – oder Sie gehen einfach ins Internet. Die seltenen Erden sind ein Riesenthema, obwohl man in der Öffentlichkeit kaum etwas davon wahrnimmt. Aber eines dürfte gewiss sein: Selbst wenn die Rohstoff-AG rechtlich zulässig ist, werden die Probleme nicht gelöst sein. Denn es wird zum einen unter den heimischen Unternehmen einen Verteilungskampf geben, weil auch eine noch so gut gemeinte Rohstoff-AG das Buhlen um die knappen Güter voraussichtlich nicht zufriedenstellend lösen wird. Zum anderen aber wird die Rohstoff-AG bei den Stoffen versagen, die hier nachgefragt, von China aber einfach nicht mehr ausgeführt werden, weil man die Industriezweige, die hier zwingend auf diese Stoffe angewiesen sind, austrocknen will. Das eröffnet dem

Schwarzmarkt Chancen, und zwar einem organisierten Schwarzmarkt, der an der offiziellen Wirtschaftspolitik und den Gesetzen vorbei den erforderlichen Nachschub sicherstellt.«

Er hielt inne und schaute unverwandt geradeaus. Die kleinen Segelboote auf dem See, die Trauben von Spaziergängern, die sich über den Uferweg drängten, das unbeschwerte Sich-treiben-Lassen standen im irrealen Gegensatz zu dem, worüber Wanninger sprach. Die Ruine der Burg Blankenstein thronte auf der auf dem gegenüberliegenden Flussufer gelegenen Anhöhe im milden Sonnenlicht, das sich in der Ruhr funkelnd spiegelte. Es war ein romantisches Bild, unvereinbar mit der gewinnsüchtigen globalisierten Welt.

»Sie vermuten einen Zusammenhang zwischen Liekes Tod und dieser wenig greifbaren Geschichte?«, fragte Stephan ungläubig.

»Es könnte einen Zusammenhang geben«, relativierte Wanninger, »und Sie werden nach genauer Überlegung zugeben müssen, dass all dies nicht fernliegend ist und die Worte in dem anonymen Brief einen solchen Schluss nicht abwegig erscheinen lassen, zumal die von mir geschilderten Hintergründe nachweisbar zutreffen. Was macht die deutsche Industrie, wenn sie ausgehungert wird und wenn die Rohstoffquellen für sie geschlossen werden? Es kommt ein Szenario auf uns alle zu, dessen Ernst und Reichweite wir nicht erfassen wollen«, war sich Wanninger sicher.

»Lieke van Eyck und ihren Tod in diesen Kontext zu stellen, fällt reichlich schwer«, gestand Marie.

»Natürlich!«, stimmte Wanninger zu. »Aber es hat

sich immer bewährt, ungewöhnlichen Gedanken Raum zu geben. Alle Ungereimtheiten, die sich mit Liekes Tod verbinden, harren einer Auflösung. Und meine Theorie ist zumindest ein Ansatz.«

»Eine bloße Idee«, konkretisierte Stephan.

»Nein, Herr Knobel«, widersprach Wanninger ruhig, »es ist mehr als eine Idee. Ich habe gelernt, Spuren nachzugehen, die den Dingen auf den Grund gehen. Und häufig, sehr häufig, bin ich belohnt worden. Das unterscheidet uns offensichtlich. Ich erinnere an das Akteneinsichtsrecht«, feixte er.

»Sie sagten vorhin, dass Sie zunächst in der Ermittlungsakte nichts entdeckt haben«, sagte Stephan.

»Schön, dass Sie auf meine Wortwahl geachtet haben«, lobte Wanninger. »Ich habe nach Erhalt des zweiten anonymen Briefes die Villa Wolff in Augenschein genommen, mir von Sadowski die Ereignisse des 16. Dezember schildern lassen, recherchiert, wie Drauschner zur Villa und wieder von ihr weggekommen sein könnte und mir natürlich noch einmal die Akte angeschaut«, erklärte er. »Der Brief hatte mich motiviert, und meine eben dargelegten Erkenntnisse haben mich neugierig gemacht. Genauer gesagt: Ich hatte Blut geleckt.« Bei diesen Worten verzog er sein Gesicht, das plötzlich konzentriert und angespannt wirkte. Er griff wieder in die Innentasche seiner Anzugjacke und fingerte die Fotokopie eines Fotos heraus.

»Das ist das Wrack des Fahrzeugs von Lieke van Eyck, aufgenommen nach dem Unfall«, erklärte er und reichte Marie das Foto. »Sie brauchen keine Sorge zu haben, Sie werden die tote Lieke darauf nicht sehen.

Betrachten Sie ganz entspannt das Foto und sagen Sie mir, was Ihnen auffällt.«

Marie und Stephan betrachteten das Bild. Es zeigte das unversehrt gebliebene Heck des Fahrzeugs. Das Foto war mit Blitzlicht geschossen. Das Fahrzeug war durch den Blitz aufgehellt, rechts und links verlor sich das Kunstlicht in der Dunkelheit, im Hintergrund leuchtete der reflektierende Stoff der Weste eines Rettungssanitäters.

»Überlegen Sie genau!«, forderte Wanninger. »Ich sagte ja, dass ich es auf den ersten Blick auch nicht erkannt habe.« Er gab sich wieder nachsichtig und freundschaftlich. Stephan merkte, dass er sich ihm und Marie nähern wollte und deshalb seine arrogante Lehrerrolle ablegte. Zugleich wurde Stephan klar, dass Wanninger die Ermittlungsakte nicht bloß eingesehen, sondern es auf irgendeine Weise auch geschafft hatte, die Unterlagen komplett zu kopieren. Stephan hatte bei seiner Akteneinsicht den Fotos vom Unfalltod keine besondere Aufmerksamkeit geschenkt. Sie dokumentierten einen schrecklichen Augenblick, legten Zeugnis ab über einen Ort, an dem ein Mensch zu Tode gekommen war.

Marie schüttelte den Kopf.

»Tut mir leid«, sagte sie. »Ich bin allerdings auch keine Sachverständige.«

Wanninger nahm ihr das Bild aus der Hand und hielt es wie eine Monstranz in die Höhe.

»Es ist so deutlich, dass man es fast übersieht«, frohlockte er. »Dieses Fahrzeug ist schmutzig! Sie sehen, dass das hier sichtbare Wagenheck, welches nicht in den

Aufprall involviert war, stumpf und etwas gräulich aussieht. Obwohl mit Blitzlicht fotografiert wurde, spiegelt sich nirgends der Blitz im Lack. Das Fahrzeug sieht aus, als wäre es mit einer feinen stumpfen Substanz eingestäubt worden. Kein klobiger Dreck wie etwa hochgespritzter Schlamm. Nur das Heckfenster ist sauber. Und zwar nicht nur im Aktionsradius des Heckscheibenwischers, sondern die gesamte Fensterfläche. Im Fenster spiegelt sich der Blitz des Fotoapparates. – Nun meine Frage: Sieht so ein Auto aus, das Lieke van Eyck gefahren hätte? Lieke, eine 37-jährige Frau, deren unangefochtenen, hervorstechenden Tugenden Pünktlichkeit, Zuverlässigkeit und eben Sauberkeit sind? Fährt eine solche Frau mit einem Auto herum, das so schmutzig aussieht?«

Wanninger genoss es, Marie und Stephan überrascht und sprachlos gemacht zu haben.

»Ich habe mich dezent bei Liekes Arbeitskollegin Christa Daschek erkundigt. Liekes Auto sah stets – wie sie selbst – wie aus dem Ei gepellt aus, und ich habe in Erfahrung bringen können, dass Lieke an einer Tankstelle in der Nähe der ThyssenKrupp-Hauptverwaltung in Essen jede Woche, präziser, jeden Freitagmorgen, das Auto innen und außen reinigen und zugleich volltanken ließ. Sie rührte das Auto nicht an, ließ sich vom Tankwart auch noch die Scheiben vom Fliegendreck reinigen. Lieke machte sich nie die Hände schmutzig. Am Unfalltag und auch an den Tagen zuvor herrschte durchgehend gutes Wetter. Es gab keinen Regen oder sonstige Witterungslagen, die die Verschmutzung des Fahrzeugs erklären könnten, zumal der Wagen, wie sich die Kollegin zu erinnern glaubt, am Tag des Unfalls wie üblich sauber auf dem Firmenparkplatz gestanden hat. Eine solche Verschmutzung wäre aufgefallen, Herr Knobel. Denn sie ist ganz und gar untypisch für Lieke van Eyck.«

»Was folgern Sie daraus?«, fragte Stephan dünn, die Überlegenheit Wanningers anerkennend.

»Das Fahrzeug hat bei dem Unfall einen Totalschaden erlitten. Es wurde von einem Abschleppunternehmen auf dessen Betriebshof verbracht, dort kurz von einem Sachverständigen begutachtet und dann – und in Abstimmung mit Anne van Eyck – zu einem Schrotthändler nach Wanne-Eickel transportiert. Was unser unerwartetes Glück ist, Herr Knobel, denn dort ist das Auto noch immer vorhanden. Ich habe das Wrack in Augenschein genommen, fotografiert, und – was wichtig ist – Proben von dem Schmutz genommen, der noch immer auf dem Auto existent ist, obwohl natürlich einige Monate und etliche Unbilden der Natur darüber hinweggegangen sind.«

»Und?«, fragte Stephan.

Wanninger lächelte gütig.

»Seien Sie nicht so bescheiden, Herr Knobel! Sie hätten dasselbe getan, wenn es Ihnen aufgefallen wäre. Ich habe den Schmutz in einem chemischen Labor analysieren lassen und ein eindeutiges Ergebnis erhalten. Es handelt sich um Siliciumdioxid, und durch Recherchen bei der hiesigen Umweltbehörde und aus Presseberichten konnte ich in Erfahrung bringen, dass dieser Stoff am 12. September des letzten Jahres gegen 19.30 Uhr in großen Mengen von der im Dortmunder Hafengebiet ansässigen Cleanochem AG in die Luft geblasen wurde.

Es handelt sich um einen Stoff, den das Unternehmen jedes Jahr tonnenweise, verteilt auf einige wenige Daten, emittiert und bisher als harmlos galt. Ob das so ist, wird von vielen bezweifelt, denn der Fallout zieht vor allem Autos in Mitleidenschaft, auf deren Lack merkwürdige Flecken, Streifen und Verätzungen festzustellen sind. Es steht unzweifelhaft fest, dass Lieke van Eyck am Unfalltag nach Dienstschluss eine Fahrt hier nach Dortmund unternommen hat. Sie parkte im Umkreis von höchstens drei Kilometern um die emittierende Industrieanlage und ist irgendwann später von dort aufgebrochen, offensichtlich nach dem Genuss von Alkohol, bis sie bei dem bekannten Unfall zu Tode kam. Es ist völlig eindeutig: Lieke van Eyck kam an jenem Abend nicht von der ThyssenKrupp-Hauptverwaltung in Essen, sondern hat vermutlich die A 2, aus Dortmund kommend, in Gladbeck verlassen und von dort ihren schicksalhaften Weg über die B 224 genommen. Die entscheidende Frage lautet also: Was machte Lieke van Eyck an diesem Tag in dem besagten Industriegebiet?«

Wanninger schnaufte, zufrieden mit sich und gewiss, seine Zuhörer beeindruckt zu haben.

»Kommen wir nun zu der Villa Wolff, Herr Knobel. Wir wissen, dass der Hinweis auf diese Villa nicht von Lieke stammen kann. Das gilt sowohl für den Eintrag in dem Taschenkalender, von dem Sie berichten, als auch für den anonymen Brief, den ich erhalten habe. Diese Informationen erfolgten weit nach Liekes Tod. Wer auch immer sie jedoch über diese Medien auf den Weg gebracht hat, stellt einen Zusammenhang zwischen den dortigen Ereignissen und ihrem Tod her. Worum es bei dem obskuren Treffen in der Villa gehen sollte, wissen wir nicht. Aber ich habe den Verdacht, dass es möglicherweise um Absprachen zu eben jenem Thema gehen sollte, deren Inhalt aus guten Gründen im Verborgenen bleiben mussten.«

»Sie schließen das nur aus der Interpretation des Ihnen zugegangenen anonymen Briefes«, erwiderte Stephan. »Ist das nicht etwas gewagt? Außerdem war das Treffen in der Villa eben nicht geheim. Wer wirklich unentdeckt bleiben will, trifft sich dort, wo es keine Zeugen gibt.«

»Treffen jener Art, von denen wir gerade sprechen, spielen in einer anderen Liga als die Zusammenkunft von kleinen Ganoven, die ihren nächsten Bruch planen«, gab Wanninger süffisant zurück. »Sie müssen sich auf ungewöhnliche Gedanken einlassen, wenn Sie diesen in jeder Hinsicht mysteriösen Fall klären wollen. Es ist nicht von ungefähr, dass Sie bisher nicht mehr herausgefunden haben als das, was sich mit dem Eintrag in Liekes Taschenkalender unter dem 16. Dezember geradezu aufdrängte. Zugegebenermaßen konnten Sie allerdings mit Ihrem Informationsstand nicht auf die seltenen Erden stoßen. – Wissende Menschen sind selten auf der Erde«, zitierte er aus dem anonymen Brief. »Dann die klaren Hinweise auf die schwindenden Ressourcen. Deutlicher geht es kaum. Mein Riecher hat mich nur selten getäuscht, Herr Knobel!«

»Wofür brauchen Sie uns überhaupt, Herr Wanninger? Wenn es nicht täuscht, sind Sie doch der ganz großen Geschichte auf der Spur. Jetzt teilen Sie Ihr Wissen mit uns. Macht das ein Journalist, der sich auf der richtigen Fährte zu der großen Story wähnt?«, wunderte sich Marie.

Der Journalist lächelte milde.

»Wenn es die Geschichte ist, die es nach meiner Vermutung sein könnte, dann werde ich nicht allein recherchieren können. Ich brauche Hilfe. Wir werden die Erledigung von Aufgaben unter uns aufteilen müssen. Sie sitzen an diesem Fall und müssen ihn lösen, um die drängenden Fragen von Liekes Schwester zu beantworten – und ich sitze an diesem Fall, um die Wahrheit ans Licht der Öffentlichkeit zu zerren. Es gibt bei genauer Betrachtung keine Überschneidungen, Frau Schwarz. Wir können uns wechselseitig nur von Nutzen sein. Seien Sie versichert, dass wir noch viel aufzuklären haben. Wen vermuten Sie denn hinter Friedemann Drauschner, Frau Schwarz?«, griff er ihre frühere Frage auf.

Als Marie nicht antwortete, sagte er: »Ich weiß es auch noch nicht, Frau Schwarz. Aber es gibt eine direkte Verbindung von ihm zu Lieke van Eyck. Dieser Ansicht ist jedenfalls derjenige, der Sie und mich unabhängig voneinander auf diese Spur gestoßen hat. Die Ungereimtheiten im Zusammenhang mit Liekes Tod sind Ihnen bekannt. – Meinen Sie wirklich, dass man das auf sich beruhen lassen kann? Es geht um die Wahrheit!«

Wanningers Stimme hatte sich gehoben. Er plädierte im Interesse seiner Klientel, der Öffentlichkeit, der er sich verpflichtet fühlte, obwohl Stephan genau merkte, dass es dem Journalisten insbesondere um die Lorbeeren ging, die er mit der Aufdeckung des vermuteten Skandals ernten könnte. Wanninger brauchte wieder einen Aufreißer, der ihn auf die ersten Seiten der großen Zeitungen und Magazine brachte. Er verfolgte eine ganz eigene Moral, die es ihm gestattete, einzudringen und aufzudecken. Was er rückhaltlose Aufklärung nannte, bezeichnete in Wahrheit sein Wesen als rücksichtsloser Schnüffler. Wanninger konterte, dass jede Form der Rücksicht letztlich nur eine Form der Parteilichkeit sei. Insofern mochte es auch keine Rolle spielen, dass das nebulöse Kartell zur Beschaffung der seltenen Erden, dessen Existenz Wanninger witterte und von dem Lieke van Eyck möglicherweise verhängnisvolle Kenntnis erlangt hatte, der heimischen Wirtschaft zum Vorteil sein könnte. Aber wäre es deswegen richtig zu schweigen? Wäre dies rücksichtsvoll oder vielmehr Lieke van Eyck gegenüber nicht rücksichtslos gewesen? Die Gesellschaft brauchte Menschen vom Typ Wanninger allein deshalb, weil sie – aus welchen Gründen auch immer – Mauscheleien aufdeckten und jene in Unruhe versetzten, die im Verborgenen unlauteren Machenschaften nachgingen.

»Reden Sie mit Anne van Eyck und ihrem Mann!«, forderte Wanninger schließlich. »Die beiden sollen wissen, dass ich mit Ihnen im Boot sitze. Erklären Sie ihnen, dass sie allen Grund haben, auf Lieke stolz zu sein. Sie war ein ehrenvoller Mensch, da bin ich mir sicher. Lieke wirkt in meiner Fantasie auf mich hell und klar, ein liebenswürdiger, vielleicht etwas einsamer Mensch. Diese Frau hat man stolpern lassen, sie ist an einer Störkante unserer Gesellschaft ums Leben gekommen, wurde irgendwelchen Interessen geopfert, bei denen Liekes Leben keine Rolle gespielt hat. Es geht hier um mehr als um Gut und Böse. Es geht um Macht – und um Ordnungsprinzipien in unserer Gesellschaft. Menschen wie Lieke brauchen eine Stimme.« Wanningers eigene Stimme wurde schlagartig noch verbindlicher und ernster. »Es dürfte Ihnen klar sein, dass wir nur dann Licht ins Dunkel bringen, wenn jemand Liekes Wissen quasi übernimmt und dieses Wissen in die Arena wirft, wenn Sie verstehen, was ich meine.«

Er sah Marie und Stephan fordernd und beschwörend an.

»Also soll so getan werden, als habe sich Lieke einer dritten Person anvertraut, die in dieser Geschichte quasi an ihre Stelle tritt«, folgerte Stephan. »Wenn sich Ihr Verdacht bestätigt, wird diese Person allerdings großer Gefahr ausgesetzt.«

»Natürlich«, bemerkte Wanninger nüchtern. »Deshalb brauche ich ja Ihre Hilfe. Sie werden ohne Zweifel nicht mit einer offiziellen Anfrage erfolgreich sein, ob die deutsche Industrie angesichts der drohenden Rohstoffverknappung mit dunklen Mächten aus Fernost einen geheimen Rohstoffmarkt zu gründen beabsichtigt.«

Er schüttelte belustigt den Kopf, als seien Stephans Vorbehalte naiv und konstruiert.

»Deshalb brauchen Sie Anne van Eyck«, verstand Marie. »Sie benötigen eine Figur, die glaubhaft als diejenige Person akzeptiert wird, der sich Lieke anvertraut haben könnte. Darum geht es Ihnen doch, Herr Wanninger! Sie wollen Anne als Köder benutzen. Und wir sind Mittel zum Zweck. Wir stellen die Verbindung zu Anne van Eyck her, zu der sie bislang nicht vorgestoßen sind.«

»Machen Sie sich nicht lächerlich«, schnaubte Wanninger. »Ich habe bisher den Kontakt zu Anne van Eyck nicht ein einziges Mal gesucht. Sie betrachten alles durch die emotionale Brille. Der Gedanke ist mir eigentlich erst im Laufe unseres Gesprächs gekommen. Vorher wusste ich doch gar nicht, ob und in welcher Beziehung Sie zu Anne van Eyck stehen. – Bezeichnen Sie meinetwegen Anne als Köder oder sprechen Sie davon, Anne zu benutzen. All das sind nur Worte, Frau Schwarz. Sie müssen für sich beantworten, ob Sie nun Liekes Tod aufklären wollen oder nicht.«

Sein Gesicht war rot angelaufen.

»Sie wissen so gut wie ich, dass es nur eine Möglichkeit gibt, die Wahrheit zu erfahren. Alle Hinweise, die wir kennen, werden sich irgendwann zu einem Ganzen zusammenfügen, aber sie führen für sich nicht weiter und bleiben als solche Sackgassen. Wo sollen wir denn einen Herrn Drauschner finden? Wie sollen wir in einem Industriegebiet weiterforschen, in dem Liekes Auto am Abend des 12. September abgestellt war? Wer war der Einbrecher in Liekes Wohnung, von dem Sie nur wissen, dass er Schuhgröße 48 trägt und rund 120 Kilogramm schwer ist? Wer ist der mysteriöse Beobachter im Garten der van Eycks? All diese Fragen müssen von einem Ansatz her gelöst werden. Und der führt über das Wissen Lieke van Eycks, mit dem wir spielen müssen.«

»Was ist mit dem Informanten, der Ihnen die Briefe geschrieben hat?«, fragte Stephan.

»Ich weiß nicht, ob er wirklich alles weiß oder ob er nur Vermutungen anstellt«, meinte Wanninger. »In jedem Fall will er bis jetzt im Hintergrund bleiben und nicht von sich aus mehr preisgeben, wenn er denn wirklich mehr weiß. Er ist uns jedenfalls derzeit keine Hilfe. Ich schätze eher, dass er seine Erkenntnisse gezielt lancieren und einen Skandal aufdecken will, von dem er möglicherweise profitieren kann.«

»Wie das?«, fragte Marie.

»Vielleicht spekuliert er darauf, einen Posten übernehmen zu können, den ein anderer dann zu räumen hat«, mutmaßte Wanninger.

»Eine Störkante der Gesellschaft«, sinnierte Stephan.

»Es sind einfach die Prinzipien des Neides und der Konkurrenz«, erwiderte Wanninger lakonisch. »So funktioniert jede Gesellschaft – und jede Gruppe innerhalb der Gesellschaft. Diese Prinzipien diktieren unser Zusammenleben.«

Er stand unversehens auf.

»Ich denke, wir haben alles besprochen. Sie melden sich bei mir, wenn Sie mit Liekes Schwester und Schwager gesprochen haben. Ich will nur ein klares Ja oder Nein«, schloss er.

Dann ging er. Marie und Stephan sahen dem behäbigen Mann nach, der – die Hände auf dem Rücken verschränkt – gemächlichen Schrittes den Fußweg am Hang entlang zum Parkplatz zurückging. Sein weißer Anzug leuchtete im weichen Licht der Nachmittagssonne. Sie mochten Wanninger nicht, und trotzdem gelang es ihm, sie in ihren Bann zu ziehen.

7

Marie und Stephan fuhren noch am Abend dieses Tages zu den van Eycks nach Dorsten. Anne und Hermann saßen im Garten und aßen zu Abend. Es war einer jener frühsommerlichen Abende, die im goldenen Licht in eine milde Nacht glitten und mit dem gleichförmigen Zirpen der Grillen zu schläfriger Ruhe verleiteten. Die Welt hier stand im Gegensatz zu den Ordnungsprinzipien, von denen Wanninger gesprochen hatte.

Sie baten ihre Besucher an den Tisch. Es erschien ungehörig, die van Eycks jetzt zu stören, doch sie hörten sich bereitwillig und interessiert Stephans Bericht über ihre Erlebnisse in der Villa Wolff und das Zusammentreffen mit Gisbert Wanninger an. Anne van Eyck sah sich in ihrer Annahme bestätigt, dass Liekes Tod kein Unfall gewesen sein könne, und verfolgte aufmerksam Wanningers Vermutungen über einen Zusammenhang mit der Beschaffung seltener Erden.

»Über seltene Erden hatte uns Lieke tatsächlich einmal etwas erzählt«, erinnerte sich Anne van Eyck. »Das ist jetzt schon etliche Monate her, aber ich weiß noch, dass es darum in einem Fernsehbericht ging, den wir alle drei gesehen haben. Weißt du, was ich meine?«, wandte sie sich an ihren Mann.

Hermann van Eyck dachte nach und blieb unsicher.

»Ich meine mich dunkel zu erinnern«, sagte er schließlich, »aber es war jedenfalls kein langes Gespräch. Lieke kommentierte oft irgendwelche Fernsehberichte. Du weißt, dass mich das oft gestört hat, Anne.«

Er lächelte versöhnlich.

»Nicht lang«, bestätigte seine Frau, »aber Lieke war sofort im Thema. Sie wusste auf Anhieb viel mehr, als der Bericht hergab.«

»Stellte sie einen Bezug zu ThyssenKrupp her?«, fragte Marie.

»Nein«, antwortete Anne van Eyck nach kurzem Zögern. »Aber es war unverkennbar, dass sie mit der Materie vertraut war.«

»Es stimmt«, bestätigte ihr Mann. »Wir hatten tatsächlich einmal eine Situation, wo sie durch ihre Sachkunde zu diesem Thema bestach. Ich weiß nicht, ob das nach diesem Fernsehabend war, den du meinst, Anne, aber wir hatten über das Thema einmal bei einem gemeinsamen Spaziergang über alte Bergehalden gesprochen. Es war kein langes Gespräch, eher nur ein prägnanter Einwurf von Lieke angesichts dieser riesigen Abraumberge, die man im Ruhrgebiet allerorten begrünt und in Freizeitanlagen umwandelt. Irgendwie führte dies bei ihr zur Assoziation zu seltenen Erden, und sie verlor einige Sätze darüber, die mich erstaunten. Aber es war, wie gesagt, kein langer Wortwechsel. – Wir, also Anne und ich, wissen davon jedenfalls nicht viel.«

»Wenn es so ist, wie Wanninger vermutet, stellt sich eine wesentliche Frage«, meinte Marie. »Lieke galt stets als absolut integer und loyal. Sie kann doch nur dann zu einer Gefahr geworden sein, wenn ihr bewusst wurde, dass unlautere Geschäfte im Raum standen. Meinen Sie, dass die Sorge berechtigt gewesen wäre, dass sie ihr Wissen unter diesen Umständen nach außen tragen könnte? Wie weit ging Liekes Loyalität zum Unternehmen?«

Anne van Eyck blickte Marie irritiert an.

»Das verstehe ich nicht richtig, Frau Schwarz.«

»Hätte Lieke aus Loyalität nicht vielleicht sogar eine Politik des Unternehmens mitgetragen, heimlich Rohstoffe zu beschaffen?«, präzisierte Marie. »Für wen könnte sie eine Gefahr gewesen sein?«

»Ich glaube nicht, dass meine Schwester sich im Detail ein Bild von den Geschäften gemacht hat, von denen sie Kenntnis erhielt«, meinte Anne van Eyck. »Wenn es wirklich um geheime Rohstoffbeschaffung gegangen sein sollte, hätte Lieke, soweit sie in diese Sache überhaupt involviert war, um sie inhaltlich zu verstehen, Informationen sicherlich nicht nach außen getragen oder gar mit ihrem Wissen erpresst. Wenn ich es richtig verstehe, ist die Politik Chinas doch eine große Sauerei gegenüber den anderen Industriestaaten. China will aus dem Zufall Kapital schlagen, dass es nun einmal auf diesen seltenen Erden sitzt.«

»Das würden andere Staaten wohl nicht anders machen«, warf Hermann van Eyck ein. »Jeder nutzt seine Chancen. – Worauf wollen Sie hinaus, Frau Schwarz?«

»Wenn Wanningers These richtig ist, spricht viel dafür, dass jemand im Unternehmen eigene Geschäfte macht – und somit vielleicht auch gegen das Unternehmen handelt. Nur dann könnte Lieke van Eyck für diese Person zur Gefahr werden.«

»Also soll es eine Person geben, die bei Thyssen-Krupp wahrscheinlich in einer der oberen Hierarchieebenen angesiedelt ist und eigene Geschäfte tätigt, und einen Informanten, der hiervon weiß, jedoch den eigenen Gang in die Öffentlichkeit scheut und schließlich einen dubiosen Friedemann Drauschner, der ein obskures Treffen in einer niedersächsischen Unternehmervilla initiiert hat, das aus nicht bekannten Gründen platzte. Und irgendwo dazwischen bewegte sich Lieke, stand möglicherweise zu allen dreien in Kontakt und wurde zum Opfer, weil sie etwas wusste, das einem oder mehreren anderen gefährlich wurde.« Hermann van Eyck schüttelte verwundert den Kopf.

»Du vergisst, was dieser Herr Wanninger zu dem Aufenthaltsort von Liekes Wagen am Unfalltag herausgefunden hat«, kommentierte seine Frau.

»Stimmt!«, nickte Hermann van Eyck. »Alles hört sich mysteriös und dunkel an, da gebe ich Ihnen recht. Aber alles erscheint mir noch ein bisschen dünn, oder sehen Sie das anders, Herr Knobel? Was halten Sie von diesem Gisbert Wanninger?«

Er sah Stephan eigentümlich lauernd ins Gesicht.

»Er hat mehrere Facetten«, antwortete Stephan vorsichtig und schilderte im Wechsel mit Marie die Eindrücke, die sie von dem Journalisten gewonnen hatten.

»Halten Sie es für denkbar, dass er sich in die Sache hineinsteigert, um eine Geschichte rundzumachen, die in die Zeit passt?«, fragte Hermann van Eyck weiter.

»Ich weiß es nicht, aber ich halte das nicht für wahrscheinlich«, meinte Stephan. »Wanninger steht mit seinem Namen für das, was er in die Öffentlichkeit trägt. Wenn sich seine Story als Seifenblase entpuppt, ist er erledigt.«

Stephan hielt einen Augenblick inne und trug behutsam Wanningers Anliegen vor.

»Anne soll ihren Hintern hinhalten«, entrüstete sich Hermann van Eyck.

»Aber dazu könnte es nur kommen, wenn die Geschichte wahr ist«, entgegnete Marie sanft, »und deshalb sind wir alle gefordert, so umsichtig wie möglich vorzugehen und selbstverständlich die Ermittlungsbehörden einzubeziehen, wenn wir etwas Greifbares haben. Ich glaube nicht, dass die Staatsanwaltschaft auf der Grundlage der wenigen Hinweise tätig wird, die wir bis jetzt haben und die sie zu recht als dünn bezeichnen, Herr van Eyck.«

»Und Herr Wanninger hat seine große Geschichte – allerdings auf Kosten meiner Frau, die in Gefahr gebracht wird.«

Hermann van Eyck stand wütend auf und entfernte sich in den hinteren Teil des Gartens. Er blieb an einem Kirschbaum stehen und sah gedankenverloren in die dicht belaubten Äste.

»Wenn sich Wanningers Verdacht bestätigt, kann er ruhig seine Geschichte haben«, meinte Anne van Eyck leise. »Die Wahrheit soll ans Licht, und wenn der Journalist dabei hilft, soll es mir im Ergebnis recht sein. Ich bin mir sicher, dass Hermann das ähnlich sieht. Immerhin hat Wanninger schon einige Dinge herausgefunden, die uns weiterhelfen werden.«

Sie beobachtete eine Weile ihren Mann.

»Der Kirschbaum dort war Liekes Lieblingsbaum«, sagte sie langsam. »Sie legte sich im Sommer oft in seinen Schatten. Das Gras ist dort stets höher als auf der anderen Rasenfläche. Wir mähen es nur gelegentlich, damit man dort wie auf einem weichen Teppich liegen kann. Lieke war dort oft. Meist hatte sie ein Buch bei sich, stellte eine Flasche Saft oder Wasser ins Gras, und dann legte sie sich hin, sah in den Baumhimmel über sich und schlief bald ein. Jeder Mensch braucht auf der Welt irgendeinen Ort, wo er ganz bei sich selbst sein kann. Dort hinten«, sie blickte versonnen zu dem Baum, »war Liekes Platz, ihr Stück Paradies. – Ich möchte, dass Sie eines wissen«, sagte sie und wandte sich wieder um, »ich vertraue Ihnen unsere Lieke an, Frau Schwarz und Herr Knobel. Ich möchte, dass Sie alles tun, um den Fall zu klären. Wenn es Sinn macht, diesen Herrn Wanninger einzubeziehen, dann sollten Sie dies tun. Aber Sie versprechen mir, dass er nichts Unüberlegtes tut und insbesondere nichts in die Öffentlichkeit trägt, was Liekes Bild beschädigt. Ich bin mir ganz sicher, dass Liekes Charakter rein und gut war. Denken Sie, wenn Sie an dem Fall arbeiten, immer an Liekes Baum. Sie werden sich dieses Bild einprägen«, sagte sie beschwörend. »Es gibt Bilder, die einen stets begleiten und erinnern. Mit dem Bild von diesem Baum wird es so sein. – Ich habe das Bild soeben in Ihr Herz gepflanzt«, fügte sie mit feierlichem Ernst an. Dann lächelte sie befreit.

»Halten Sie mich über alle Schritte auf dem Laufenden, Herr Knobel! Ich will vorher informiert sein, nicht später. Denken Sie daran: Ich bin und bleibe Ihre Mandantin!«

Stephan reichte ihr die Hand.

»Versprochen!«, schwor er, erleichtert, dass sie der Zusammenarbeit mit Wanninger letztlich zustimmte.

Herr van Eyck schlenderte zum Tisch zurück.

»Ist noch mal jemand auf Ihr Grundstück gekommen?«, fragte Stephan. Er deutete auf die Sträucher im hinteren Teil des Gartens.

»Wir haben nichts bemerkt«, sagte Anne van Eyck. »Aber wir haben jetzt auch an der Hinterseite des Gebäudes mehrere Bewegungsmelder angebracht. Sie schalten kleine Scheinwerfer an, die den Garten ausleuchten. Es gibt ein Gefühl der Sicherheit, auch wegen des Einbruchs im vergangenen März. Wir fühlen uns wohler damit.«

»Allerdings machen einen diese Dinger auch unruhig«, relativierte ihr Mann. Jede streunende Katze löst die Beleuchtung aus. Es gibt eben keinen perfekten Schutz.« Er zuckte mit den Schultern. »Seid ihr klar miteinander?«, fragte er Anne.

Seine Frau nickte.

»Herr Knobel weiß, worum es uns geht«, sagte sie beruhigt und sah Stephan ins Gesicht, als wollte sie ihre Zuversicht in seiner Miene bestätigt sehen.

»Wir machen keinen Schritt ohne Sie«, versicherte Marie. »Auch Wanninger wird sich daran zu halten haben. Wir werden dafür sorgen.«

»Das ist gut«, befand Hermann van Eyck dankbar. »Sie an unserer Seite zu wissen, gibt uns Kraft. Wir brauchen die Sicherheit, verstanden zu werden.«

Er nahm die Hand seiner Frau und streichelte sie behutsam. Sie waren sich einig.

Als Marie und Stephan den Hof verließen, war die Sonne bereits untergegangen. Die Schwüle des Tages verlor sich. Die Luft zog angenehm kühl durch die geöffneten Seitenfenster und erzeugte ein flatterndes schlagendes Geräusch.

»Der Hof ist mir unheimlich«, gestand Marie. »Er wirkte schon bei unserem ersten Besuch bedrückend auf mich, und heute war es nicht anders. Obwohl das Haus mit seinen hellroten Klinkern hell und freundlich aussieht und der Garten wunderschön gestaltet ist. Ich kann es nicht genau beschreiben.«

Stephan blickte sie kurz an und konzentrierte sich wieder auf die Straße.

»Deine Erinnerung klebt noch an der dunklen Gewitterfront«, vermutete er. »Das war eine Kulisse, die einen fürchten ließ. Aber es war nur ein Naturereignis.«

»Es ist nicht das Gewitter«, widersprach Marie. »Das blende ich aus. Mir erscheint alles dort so unwirklich.«

»Unwirklich«, wiederholte Stephan kopfschüttelnd. »Du stammst doch selbst von einem Bauernhof«, entgegnete er. »Ich finde, die Höfe ähneln einander. Ich glaube sogar, dass die Häuser einen vergleichbaren Grundriss haben.«

»Vergleichbarer Grundriss«, lachte Marie. »Das ist die Ausdrucksweise eines nüchternen Juristen.«

Stephan antwortete nicht. Sie nannte ihn gern einen nüchternen Juristen, wenn er in ihren Augen nicht in der Lage war, ihre Empfindungen zu teilen, die sich ihrer bemächtigten und rational nicht begründbar schienen. Sie machte nach außen sein trockenes theoretisches Studium dafür verantwortlich, wissend, dass es in Wirklichkeit seine Art des Denkens und Fühlens, vielleicht auch nur das grundsätzlich unterschiedliche Empfinden von Mann und Frau war, das ihn hinderte, ihr an diesen Stellen zu folgen.

8

Gisbert Wanninger unterhielt seit der Zeit, als er sich als Journalist selbständig gemacht hatte, ein Büro im Dortmunder Kreuzviertel. Es waren verschachtelt angeordnete Räume im Dachgeschoss eines vierstöckigen, aus der Gründerzeit stammenden Hauses, dessen Treppenhaus im Erdgeschoss prunkvoll und reichlich verziert war, in den oberen Etagen jedoch schlicht und reparaturbedürftig aussah. Marie wollte Wanninger am nächsten Morgen über die Zustimmung von Anne van Eyck unterrichten, in deren Erwartung der Journalist offensichtlich bereits vorgearbeitet hatte. Stephan war beruflich zu einem auswärtigen Termin. Marie und er hatten verabredet, dass sie mit dem Journalisten telefonieren sollte. Doch Wanninger bestand darauf, dass Marie ihn persönlich aufsuchte, und sie nahm direkt nach Schulschluss die Gelegenheit wahr, diesen eigensinnigen Mann zu besuchen, über den sie zwischenzeitlich im Internet mehr erfahren hatte. An dem Journalisten schieden sich die Geister, und es fiel auf, dass auffallend viele Internetnutzer ihre Meinung über ihn äußerten, die zumeist entweder sehr negativ und abwertend oder bewundernd und lobend ausfielen. Der Journalist bewegte sich in der öffentlichen Wahrnehmung nicht zwischen diesen Polen, sondern er galt entweder als mieser Schnüffler oder als wertvoller Aufklärer. In den letzten Jahren schrieben nur noch wenige etwas über ihn, weil Wanninger nicht mehr so häufig mit Artikeln in den Printmedien präsent war wie in früheren Zeiten.

Marie stieg die Treppen bis zu seinem Dachgeschossbüro hoch. Er rief sie von innen herein, als sie abwartend an die schlichte weiße Spanplattentür klopfte, die direkt in einen hohen Raum führte, der an allen Seiten mit Wandregalen bestückt war, in denen sich eine ungeordnete Masse von Büchern und losen Stapeln gesammelter Papiere verteilte. Wanninger selbst saß an einem in Raummitte platzierten Schreibtisch, der mit Zetteln, Broschüren und einer Menge Zeitungen übersät war, die teils gefaltet, teils aufgeschlagen, kreuz und quer übereinander lagen. Wanninger hatte nichts von der behäbigen Eleganz, die er mit seinem weißen Anzug verkörpert hatte. Er trug eine ausgeleierte Jeanshose und ein graues T-Shirt, das sich über seinen Bauch wölbte, der vor die Tischplatte gepresst war. Wanninger war unrasiert; es roch nach Schweiß – und nach Alkohol. Marie bemerkte dies erst, als sie sich ihm näherte und zugleich seine glasigen Augen bemerkte.

»Enttäuscht, Frau Lehrerin?«, gluckste er provokant. »Die Arbeit wird mir leider nicht vorgegeben, so wie es bei Ihnen der Fall ist. Ich muss mir die Arbeit erarbeiten. Jeden Tag aufs Neue. Jede Story muss entdeckt werden.

Das heißt, immer dran sein zu müssen. Bei mir gibt es keinen Schulschluss, Frau Schwarz.«

Marie antwortete nicht. Sie entfernte sich etwas von Wanninger und trat an eines der hohen Regale. Ihre Blicke wanderten ziellos über die gefüllten Fächer. Dann erregte ein Ausdruck aus dem Computer ihre Aufmerksamkeit, den Wanninger mit Heftzwecken an ein Regal befestigt hatte: ›Skandale von gestern – so leben ihre Akteure heute.‹ Marie sah sich fragend um.

»Ist nur ein Entwurf«, grunzte er, »der Titel muss noch greifbarer werden, aber ich werde eine Serie zu diesem Thema machen. Es gibt so viele Geschichten, die einst die Öffentlichkeit bewegten. Man will doch wissen, was aus denen geworden ist, deren Namen damals für die großen Skandale standen. Ich recherchiere schon seit Monaten. – Es wird ein Renner, da bin ich mir sicher. Große und kleine Namen, die wieder auf die Bühne müssen.«

Er vertiefte sich in die Lektüre eines Zeitungsartikels, der vor ihm lag.

Marie sah ihn mitleidig an. Wanninger wollte krampfhaft an seine frühere Popularität anknüpfen. Er griff die alten Geschichten auf, wollte wie ein alternder Star das frühere Repertoire aufwärmen. Er klammerte sich an die Hoffnung, dass jenes, was einmal funktioniert hatte, sich wiederholen und zum zweiten Erfolg verwandeln ließe.

»Sagen Sie mir ruhig, dass ich eine bedauernswerte Gestalt bin«, sagte er plötzlich. »Ich weiß doch, was Sie denken. Und ich weiß, wie fremd Ihnen meine Welt sein muss. An Ihrer Stelle würde ich genauso denken. – Sie sind eine attraktive Frau, Frau Schwarz«, sagte er plötzlich. »Richtig sexy!«

Er sah kurz auf und lächelte unbeholfen. Sein aufgedunsenes Gesicht glänzte im Licht der alten Schreibtischlampe.

»Sind Sie schon lange mit diesem Anwalt zusammen?«, fragte er. »Es geht mich nichts an, ich weiß. Aber ich frage immer nur Sachen, die mich nichts angehen. Das ist mein Beruf.« Er lachte heiser. »Wohl etwas empfindlich, was? Sie dürfen nicht so zimperlich sein, Frau Schwarz. Wenn Ihnen jemand sagt, dass Sie eine hübsche Frau sind, dann bejahen Sie das bitte und ziehen sich am besten aus, um sich zu zeigen. Was soll denn diese Verlogenheit? Sie hören doch gern, was ich sage. – Wäre auch eine Idee: Eine Reihe über Sex und Lüge. Knallige Bilder, saftige Storys. Alle lesen das gern. Ich liebe alles, was anrüchig ist. Sie doch auch, Frau Schwarz. Auch Ihr Herzchen Knobel. Alle tun es. Ich bin, wenn Sie so wollen, derjenige, der den Menschen Pornobildchen in die Gebetbücher legt.«

Er lachte laut auf, bückte sich, griff neben seinen Schreibtisch, holte eine kleine Schnapsflasche hervor, nahm einen Schluck und stellte sie wieder weg. Er wischte mit dem Handrücken über seine Lippen und leckte sie schmatzend ab.

»Es läuft nicht mehr so bei Ihnen«, bemerkte Marie. »Das tut mir leid.«

Sie setzte sich ihm gegenüber auf die andere Seite des Tisches.

»Ihnen muss nichts leid tun. Ich komme klar. Für mich bin ich ausschließlich selbst verantwortlich. Vielleicht hätte ich so eine Frau wie Sie gebraucht. Aber ich schätze, ich habe sie nicht erkannt, als sie mir über den Weg lief. Manche Chancen kommen nicht wieder. – Pech gehabt«, resümierte er lakonisch.

»Anne gibt grünes Licht?«, wechselte er das Thema.

»Mit Vorbehalten«, schränkte Marie ein. Sie erläuterte ihm, worauf es Frau van Eyck ankam.

»Haben Sie verstanden, worum es ihr geht?«, vergewisserte sie sich.

»Ich bin nicht besoffen, Frau Schwarz, und bestimmt helle genug, um zu wissen, dass ich die van Eyck brauche.«

Er wühlte durch das auf dem Schreibtisch liegende Papier und fingerte eine Skizze hervor.

»Es gibt zwei Personen bei ThyssenKrupp, die für uns von Bedeutung sind«, erklärte er. »Mindestens zwei, wenn ich richtig liege«, stellte er klar und überzeugte sich mit prüfendem Blick, ob Marie auf seine Skizze schaute, auf der er ein Beziehungsgeflecht entwickelte. In der Blattmitte stand der Name ThyssenKrupp, darunter der von Lieke van Eyck. Wanninger kreiste beide Namen ein. Die Kreise überschnitten sich teilweise und bildeten an dieser Stelle eine Schnittmenge, in die er den Begriff Loyalität setzte.

»Erstens gibt es den Informanten, der mir Briefe schreibt und Andeutungen macht«, erklärte er. »Was meinen Sie, Frau Schwarz? Warum macht er Andeutungen und deckt nicht den ganzen Skandal auf?«

Er schrieb das Wort ›Informant‹ in die linke obere Ecke seines Schaubildes und verband es mit einem Strich mit dem Namen ThyssenKrupp.

Wanninger schlüpfte wieder in die Rolle des Lehrers und sah Marie fordernd an. Er wirkte nüchtern, wenn er glänzen konnte.

»Weil er vermutlich nicht alles weiß«, beantwortete er sich selbst. »Er hat Hinweise, vielleicht einzelne Belege, aber er kann die Geschichte nicht rundmachen. Oder er will sich nicht offenbaren, weil er sich eigene Vorteile verspricht. Zugleich ist er eine Art Drahtzieher.«

Er setzte ein Fragezeichen über den Verbindungsstrich.

»Sei es, wie es sei: Von dem Informanten erfahren wir nicht die ganze Geschichte – oder nur dann, wenn und wann es ihm gefällt. Auf ihn können wir nicht bauen. Er ist nicht verlässlich oder nicht ergiebig.«

Wanninger holte tief Luft.

»Zweitens gibt es den Täter«, fuhr er fort und schrieb dieses Wort links unten in das Schaubild. »Er muss nicht direkt was mit Liekes Tod zu tun haben. Aber er ist jemand, der weiß, was gedreht wird. Er arbeitet vielleicht in der Konzernspitze, vielleicht auch nur mit ihr zusammen, vielleicht aber auch allein. Keine Ahnung. Er ist der, den wir suchen. Es ist wahrscheinlich, dass Lieke van Eyck in seinem Umfeld gearbeitet hat. Sie hat ihn entdeckt oder konnte aufgrund dessen, was sie gefunden hat, die richtigen Schlüsse ziehen. Ihn müssen wir fassen. Ihn müssen wir ausquetschen, dann habe ich die Story und Ihr Freund die Lösung seines Falles. Sind wir uns einig?«

Wanninger wirkte plötzlich konzentriert und voller Leben. Es war, als verlöre sich der Geruch von Schweiß und Alkohol in der Vitalität, die in ihn zurückgekehrt war und erahnen ließ, wie er früher einmal gewesen sein musste. Er malte weitere Striche in das Schaubild und verband den Täter sowohl mit dem Informanten als auch mit ThyssenKrupp und kennzeichnete beide Linien ebenfalls mit Fragezeichen.

»Viele Fragezeichen«, bemerkte Marie.

»Wie kriegen wir ihn?«, fragte Wanninger unbeirrt. »Anne van Eyck wird ihm einen Brief schreiben«, beantwortete er sich selbst mit kindlichem Stolz. »Sie schickt ihm Unterlagen, die sie bei ihrer Schwester gefunden hat und von denen augenscheinlich noch mehr vorhanden sind. Sie wird fragen, ob es Unterlagen sind, die das Unternehmen noch braucht oder ob sie die Unterlagen wegwerfen kann. – Sie verstehen, was ich will?«, hakte er nach. Die zuvor glasigen Augen blickten plötzlich listig vergnügt in den Raum.

»Nein«, bekannte Marie.

»Anne van Eyck wird an ThyssenKrupp schreiben«, bestimmte er. »Der Brief wird von seinem eigentlichen Adressaten verstanden werden«, war er sich sicher. Er kicherte und drehte seine Skizze um. Marie sah, dass er handschriftlich etwas ausgearbeitet hatte.

»Anne van Eyck sollte den Brief an Liekes Kollegin im Vorstandssekretariat richten«, empfahl er. »Man kann an die berufliche Nähe zwischen den beiden Damen gut anknüpfen. Das Schreiben muss ja einerseits unauffällig sein, andererseits den eigentlichen Adressaten aufschrecken. Verstehen Sie?«

Marie antwortete nicht.

»Hören Sie zu!«, befahl Wanninger. Er wischte mit dem Handrücken Spucke aus seinen Mundwinkeln.

»Sehr geehrte Frau Daschek«, begann er säuselnd, stockte, überlegte kurz und verbesserte sich dann: »Liebe Frau Daschek, meine Schwester Lieke hat mir oft von Ihnen erzählt. Persönlich haben wir uns leider nie kennengelernt, aber ich weiß von Lieke, dass Sie wie meine Schwester eine äußerst zuverlässige und liebenswürdige Frau sein müssen. Sie werden sich denken können, dass ich den Verlust Liekes noch nicht verwinden kann. Zu lebhaft ist die Erinnerung an meine geliebte Schwester, zu nah auch noch ihr Tod, der mein Leben verändert hat. Der Hof, auf dem Lieke gemeinsam mit mir und meinem Mann gelebt hat und der – wenn ich das so sagen darf – unser gemeinsames Paradies war, wirkt ohne Lieke verwaist. Sie war, mehr als es mir zu ihren Lebzeiten bewusst war, so etwas wie das Zentrum unserer kleinen Gemeinschaft, die sich aus der Hektik des Alltags zurückgezogen und auf dem Land ihre private Welt gefunden hatte. Mein Mann und ich haben uns lange nicht überwinden können, Liekes Sachen zu ordnen. Erst jetzt haben wir damit begonnen und dabei eine Reihe von Unterlagen gefunden, die möglicherweise mit ThyssenKrupp zu tun haben. Wegen des Umfangs habe ich die Dokumente nicht direkt gesandt. Bitte seien Sie so lieb und geben diesen Brief in den Umlauf, damit wir klären können, welche Unterlagen in das Unternehmen zurückgehen sollen. Alles andere würde ich gern behalten, denn ich erkenne in allem, was Lieke hinterlassen hat, ein Erinnerungsstück, das ich gern behalten möchte. So sind selbst ihre handschriftlichen Aufzeichnungen von Bedeutung für mich. Vielleicht reicht es aus, wenn ich diesbezüglich lediglich Fotokopien zurücksende und die Originale behalte. Im Einzelnen handelt es sich um folgende Dokumente:

- · ein Elba-Ordner mit gesammelten Artikeln über sogenannte seltene Erden,
- · handschriftliche Vermerke Liekes über die seltenen Erden und Daten und Namen von Personen,
- · vielleicht Geschäftspartner oder Ähnliches,
- · diverse Landkarten von der chinesischen Provinz Jiangxi,
- · ein Prospekt der Villa Wolff im niedersächsischen Bomlitz,
- · von Lieke geschriebene Kostenvoranschläge zu einer Hochzeit Drauschner.

Ich bitte höflich um Rückmeldung und grüße Sie herzlich,

Ihre Anne van Eyck.«

Wanninger lächelte verzückt.

»Das ist Ihre Strategie, Herr Wanninger?«, fragte Marie ungläubig. »Ein Brief, der den Täter locken soll? Glauben Sie ernsthaft, dass wir so zum Erfolg kommen?«

»Ich schreibe meistens solche Briefe«, erwiderte er stolz und lehnte sich behaglich zurück. »Viele meiner großen Storys nehmen ihren Anfang mit einem Brief, mit dem ich – oder für mich eine Marionette – in das gegnerische Lager eindringe, höflich und etwas devot, ein wenig verschüchtert und hilfsbereit, unsicher und bittend. Sie glauben gar nicht, wie oft das funktioniert und wie bereitwillig ich Auskünfte von Menschen erhalte, die mich gar nicht kennen. Oder sie vermitteln mir Kontakte zu dem Menschen, an den ich eigentlich heranwill: an meine Zielperson.«

»Aha! – Und bei einer derart komplexen Geschichte, bei der von Ihnen vermuteten geheimbundähnlichen Struktur, die in Ihrer Fantasie bei ThyssenKrupp wuchert, funktioniert das ebenfalls?«

Marie lächelte amüsiert.

»Wir werden es versuchen, und Sie werden das Ergebnis sehen«, gab sich Wanninger optimistisch. »Die Provinz Jiangxi gilt als das chinesische Mekka für seltene Erden«, belehrte er.

»Und wenn man seitens des Unternehmens artig für den Brief dankt und um Rückgabe aller Unterlagen bittet? Oder noch schlimmer: Man antwortet, dass man mit diesen Dingen nichts anzufangen wisse und Anne van Eyck alles behalten könne?«, wollte Marie wissen.

»Dann wäre es ein Rohrkrepierer gewesen«, kommentierte Wanninger ungerührt. »In diesem Fall müssten wir uns etwas Neues überlegen. Aber unser erster Angriff erfolgt über diesen Brief«, betonte er nachdrücklich.

»Sie haben einen Fehler gemacht«, sagte Marie.

Der Journalist zog erstaunt die Augenbrauen hoch.

»Das würde mich wundern«, bemerkte er selbstgefällig.

»Wenn Sie kryptisch Hochzeit Drauschner erwähnen, wobei es ja wohl nur darum geht, diesen Namen ins Spiel zu bringen, dann übersehen Sie, dass Lieke mutmaßlich von dem Namen Drauschner nichts wusste, denn der Eintrag in ihrem Taschenkalender ist bekanntlich erst nach ihrem Tod erfolgt. – Gleiches gilt für die

Villa Wolff. Es ist zweifelhaft, dass Lieke etwas davon wusste.«

»Sie sind eine schlaue Lehrerin«, lächelte Wanninger entspannt. »Derjenige, den dieser Brief wirklich etwas angeht, wird das natürlich erkennen und zugleich wissen, dass Anne van Eyck mehr weiß als das, was ihr Lieke vermeintlich hinterlassen hat. Das ist die eigentliche Botschaft, Frau Schwarz.«

»Was schlagen Sie jetzt vor?«, fragte Marie.

»Jetzt nehmen Sie den Entwurf und lassen ihn von Anne van Eyck abschreiben, möglichst auf eigenem Briefbogen, wenn sie so etwas hat. Sie soll auch ihre Telefonnummer angeben. Und dann geht der Brief in die Post. Vergewissern Sie sich, dass er abgeschickt wird. Ich will wissen, was passiert. Der Brief soll morgen ankommen. Es gibt keine Zeit zu verlieren.«

Wanninger stand auf und reckte sich. Unter seinen Achselhöhlen hatten sich Schweißflecken auf dem T-Shirt gebildet.

»Es wird vorwärts gehen, Frau Schwarz. Da bin ich mir sicher. Ich rieche es förmlich.«

Marie grinste innerlich.

»Gehen Sie jetzt zu Ihrem Freund?«, fragte Wanninger.

»Später. Er ist gerade unterwegs.«

Wanninger nickte. »Wir könnten mal zusammen was trinken gehen. Wir drei, meine ich. Ihr Freund wird doch in seinem Beruf mit spannenden Geschichten in Berührung kommen. So etwas wäre auch was für mich. Manche Mandanten werden die Hilfe der öffentlichen Meinung gebrauchen können, oder nicht?«

»Ich glaube, das ist keine gute Idee«, meinte Marie. »Es wird nicht gut für Stephans Ruf sein.«

»Alle Welt redet immer nur vom Ruf«, erwiderte er. »Die heutige Welt ist doch ganz anders. Einen Ruf hat der, der verrufen ist.« Er lachte bitter. »Nein, ich will die anderen«, stellte er klar. »Ich jage die Verbrecher. In der Öffentlichkeit gibt man sich doch besser mit den Guten solidarisch – nur wirtschaftlich ist das meist nicht optimal.«

Marie brachte den vorbereiteten Brief anschließend zu Anne van Eyck, die ihn kopfschüttelnd in den Computer übertrug, der im Büro der Unternehmensberatung stand. Sie las den Brief vor, und ihr Mann, der währenddessen an seinem Schreibtisch seiner Arbeit nachging, horchte zwischendurch auf und ließ seine Frau den einen oder anderen Satz wiederholen. Anne van Eyck übernahm wörtlich Wanningers Formulierung. Abschließend setzte sie noch ihre Telefonnummer mit ihrer Adresse auf das Schreiben.

»Sie glauben doch auch nicht, dass Wanningers Plan funktioniert«, meinte sie. Anne van Eyck druckte den Brief aus, unterschrieb ihn, faltete das Blatt zusammen und gab es Marie.

»Nehmen Sie den Brief«, bat sie, während sie aus einem Fach einen Umschlag nahm. Sie adressierte ihn an die ThyssenKrupp-Verwaltung in Essen, zu Händen Frau Daschek, wie Wanninger es vorgegeben hatte, und steckte das Schreiben in den Umschlag.

»Seien Sie so lieb und sorgen Sie dafür, dass er heute noch zur Post kommt«, fügte sie hinzu. »Wir arbeiten heute den Rest des Tages hier und werden es nicht mehr zu einem Briefkasten schaffen. Der nächste steht nämlich erst in Dorsten.« Sie schmunzelte. »Ich bin geneigt, Wanningers Idee für albern zu halten«, unkte sie.

Marie hob unschlüssig die Schultern.

»Ich verstehe Sie«, sagte sie, »wir müssen einfach abwarten.«

Marie nahm den Brief und ging. Als sie mit dem Auto vom Hof fuhr, winkten ihr Anne und Hermann van Eyck aus dem geöffneten Bürofenster hinterher. Sie bezweifelten die Sinnhaftigkeit des eingeschlagenen Weges, aber sie waren trotzdem erleichtert, dass sich etwas tat. Jetzt wirkte auch Hermann van Eyck befreit wie seine Frau am gestrigen Abend, als sie Marie und Stephan das Versprechen abgenommen hatte, nichts zu unternehmen, das dem Ansehen Liekes schaden könnte. Der Brief war unverfänglich. Marie warf den Brief beim Postamt ein und fuhr zu Stephan nach Hause.

Stephan rechnete die bisher angefallenen Stunden zusammen.

»Ich kann mich nicht entsinnen, an einem Fall nur damit verdient zu haben, dass ich mich lediglich mit der Mandantschaft oder einem Journalisten unterhalte, ohne dass es auch nur einmal um eine rechtliche Frage ging. Anne van Eyck braucht keinen Anwalt. Ich habe es ihr bereits ganz zu Anfang gesagt.«

Marie spürte seine unterschwellige Frustration.

»Aber du verdienst doch gut daran«, tastete sie sich

vor. »Bis jetzt ist es recht leicht verdientes Geld, und das tut im Moment einfach gut. Im Herzen bist du doch über jeden Fall froh, den du nicht lösen musst«, meinte sie liebevoll.

Stephan antwortete nicht. Marie wusste, dass er sich sorgte, nach dem Ausscheiden aus der früheren Kanzlei nicht richtig wirtschaftlich Fuß zu fassen. Einige der insgesamt wenigen Großkanzleien expandierten und mehrten ihren Reichtum. Im Gegensatz dazu gab es die immer zahlreicher werdenden Klein- und Einzelkanzleien, die oft keinen Ertrag abwarfen und nach kurzer Zeit wieder geschlossen werden mussten. Die auf den Markt drängenden Scharen von jungen Anwältinnen und Anwälten fanden keine Beschäftigung, die sie ernährte. Sie arbeiteten entweder zu Dumpingpreisen bei extremer Arbeitsbelastung in den Großkanzleien, oder sie scheiterten bei dem verzweifelten Versuch, sich mit einer eigenen Kanzlei zu behaupten.

»Es war richtig, Hübenthal und Löffke den Rücken zu kehren«, sagte Marie in die Stille. Sie setzte sich auf seinen Schoß.

»Du entscheidest einfach irgendwann, was für dich das Richtige ist«, sagte sie leise. »Ich verdiene doch, du hast keinen Druck.«

Sie umarmte ihn und streichelte sein Haar.

»Es ist keine Frage der Ehre, wer was verdient und was nicht«, flüsterte sie.

»Ich bin im Moment so etwas wie ein Privatdetektiv, der mit einem schmierigen Journalisten den großen Unbekannten bei ThyssenKrupp sucht, der nicht weniger macht, als seltene Erden jenseits der offiziellen Wege nach Deutschland zu holen und natürlich vor keinem Mord zurückschreckt. Es scheint so grotesk, Marie. Manchmal glaube ich, mich selbst auslachen zu müssen. Verstehst du das?«

Natürlich verstand sie. Sie löste sich von ihm und holte aus der Küche eine Flasche Wein. Es gab Tage, an denen das Leben nur dadurch weit und schön wurde, dass man sich auf die Liebe besann. Marie fühlte, dass Zweifel ihn nicht aus einer bloßen Missstimmung heraus hadern ließen. Die Zweifel waren grundsätzlicher Art, wucherten in verschiedene Richtungen, hinterfragten, ob er sich überhaupt für einen Beruf entschieden hatte, der ihn jemals erfüllen konnte.

Marie kannte seine Gedanken, die ihn in letzter Zeit immer häufiger quälten. Sie malte streichelnd ihre Welt in sein Gesicht, öffnete sein Hemd, zog ihr eigenes T-Shirt über den Kopf, ertastete und küsste ihn, ließ dem süßen Schweigen seinen Raum, weckte die Sinne, die belebt werden wollten, tauschte das Licht gegen eine flackernde Kerze. Da war sie, die Welt, die nichts zu stören vermochte, sich zitternd in den Schatten verlor, die im Schein der Kerze monströs und doch vertraut auf die Wand geworfen wurde. Sie liebten sich. Das Glück war ohne Girlanden, einfach und klar.

9

In den nächsten Tagen tat sich nichts. Wanninger erkundigte sich jeden Mittag und jeden Abend telefonisch bei Stephan, ob Anne van Eyck eine Antwort auf ihren Brief erhalten oder sich jemand bei ihr gemeldet habe. Stephan verneinte und wiederholte turnusmäßig, dass er sich sofort bei Wanninger melden werde, sobald er etwas höre. Der Journalist wirkte nervös. Seine Stimme war zittrig, er redete hastig und brach die Telefonate mit Stephan abrupt ab, nachdem er wieder vertröstet worden war. Marie mutmaßte, dass Wanninger unter Alkoholeinfluss stand und zwanghaft an seiner Theorie festhielt, die ihm die ersehnte große Story versprach.

Doch einige Tage später, am Samstag, dem 19. Mai, erhielt Anne van Eyck tatsächlich eine Antwort von ThyssenKrupp. Der Vorstandsvorsitzende Dr. Fyhre bedankte sich in einem persönlichen Brief für ihre Anfrage. Dr. Fyhre schrieb, dass er sich ohne weitere Prüfung der Unterlagen sicher sei, dass die in Liekes Nachlass gefundenen Dokumente nicht aus dem Unternehmen stammten und vollständig bei Anne van Eyck verbleiben könnten. Zweifellos seien die seltenen Erden in vielen Unternehmensbranchen und auch bei ThyssenKrupp ein aktuelles Thema, doch handele es sich bei den bei Lieke gefundenen Schriftstücken und Karten ersichtlich um solche, die sie aus privatem Interesse an diesem Thema gesammelt habe. Es gäbe keine Kontakte zu anderen Unternehmen, China oder in die

Politik, zu denen Lieke Informationen habe, die nicht auch anderweitig im Unternehmen hinterlegt seien. Eine Villa Wolff und eine Hochzeit Drauschner seien gänzlich unbekannt und diesbezügliche Prospekte oder Informationen offensichtlich rein privater Natur. Herr Dr. Fyhre dankte Anne van Eyck für ihre Aufmerksamkeit und Hilfsbereitschaft. Dann schloss sein Brief mit herzlichen Grüßen und nochmaliger Bekundung seiner Trauer über den Verlust einer menschlich und fachlich so überaus wertvollen Mitarbeiterin.

Kaum, dass Anne van Eyck Stephan diese Zeilen am Telefon vorgelesen hatte, sagte sie: »Ich hatte diese oder eine ähnliche Antwort erwartet. Und nun? – Was schlagen Sie vor, Herr Knobel? Ich muss gestehen, dass ich in dieser Sache mehr auf Sie setze als auf diesen merkwürdigen Gisbert Wanninger.«

Stephan verstand ihre Zweifel und wusste dennoch keine Antwort.

»Wir werden uns neu orientieren, Frau van Eyck«, meinte er. »Wir prüfen nüchtern und ergebnisoffen alle Spuren und Hinweise. Mehr kann ich im Augenblick nicht dazu sagen.«

Er ärgerte sich, Phrasen zu benutzen, deren Verwendung er bei anderen kritisierte. Nüchtern und ergebnisoffen zu prüfen hieß, keine Idee für einen Lösungsansatz zu haben. Anne van Eyck konnte dies nicht verborgen geblieben sein. Dennoch glaubte sie fest an Stephan und seine Arbeit.

Die Wende kam unerwartet am selben Nachmittag.

Stephan erhielt einen Telefonanruf von Sascha Sadowski aus der Villa Wolff: Friedemann Drauschner habe telefonisch seinen Besuch in der Villa für den morgigen Sonntag gegen 19 Uhr angekündigt. Es gehe um die Vorbereitung eines neuen Treffens. Sadowski hatte zugleich auch Wanninger von Drauschners Anruf unterrichtet, und der Journalist blühte augenblicklich auf. Es stand außer Frage, die Gelegenheit zu nutzen und Drauschner abzupassen. Wanninger wurde euphorisch.

Die van Eycks reagierten verhalten, als Stephan die Neuigkeit berichtete. Hermann van Eyck hinterfragte, warum diese Nachricht just an dem Tag eingehe, an dem ThyssenKrupp auf Annes Köderschreiben geantwortet habe, und wollte Stephans Vermutung, dass dies ein reiner Zufall sei, nicht gelten lassen. Doch wenn es kein Zufall war, schien sich Wanningers These zu bewahrheiten: Irgendjemand aus dem Unternehmen hatte den eigentlichen Sinngehalt von Annes Brief erfasst und reagiert. Hermann van Eyck überlegte weiter: Wenn die Nachricht vom angekündigten Besuch Drauschners in der Villa Wolff die Reaktion des großen Unbekannten aus dem Unternehmen auf Annes Brief sein sollte, musste derjenige, der sich hinter dieser Botschaft verbarg, darauf vertrauen können, dass diese Nachricht von Sascha Sadowski zu Anne van Eyck gelangte.

»Woher nimmt er diese Gewissheit?«, fragte Hermann van Eyck.

»Er wird sich denken können, dass Sadowski uns unterrichtet«, vermutete Stephan.

»Aber das setzt voraus, dass er überhaupt weiß, dass Sie meine Frau vertreten«, gab van Eyck zu bedenken.

»Der Kontakt von Sadowski zu meiner Frau läuft nur über Sie.«

»Der ungebetene Besuch im Garten«, erinnerte Stephan. »Er befand sich zu einer Zeit dort, als Marie und ich uns bei Ihnen im Garten aufgehalten haben. Er wird uns kennen. Vielleicht hat er mich über das Kennzeichen meines Autos ermittelt. Vielleicht hat er uns, wann und wie auch immer, belauscht.«

Hermann van Eyck schwieg einen Augenblick. Er war beunruhigt.

»Trotzdem: Woher weiß diese Person, dass Sadowski zu Ihnen und Wanninger Kontakt hat, sodass er davon ausgehen kann, dass Sie oder Wanninger quasi als Bote dienen?«, insistierte Hermann van Eyck. »Er muss wissen, dass Sie und Wanninger in der Villa Wolff waren. Woher soll er das wissen, wenn er es nicht von Sadowski wusste, den wir insoweit doch wohl als Informanten ausschließen können.«

»Ich weiß es nicht«, gab Stephan zu.

»Ich stolpere immer wieder über Gisbert Wanninger«, sagte Hermann van Eyck. »Er kennt im Vorhinein die ganze Geschichte, die sich auf wundersame Weise zu verwirklichen scheint. Er hat die anonymen Briefe aus Frankfurt bekommen. Er – und nur er – ist die lebende Garantie dafür, dass die Botschaft des angekündigten Besuchs dieses obskuren Herrn Drauschner in der Villa bei uns ankommt.«

»Wie meinen Sie das?«, fragte Stephan.

»Was wäre passiert, wenn Sadowski Sie oder Wanninger nicht angerufen hätte? – Ich will es Ihnen sagen: Wanninger hätte gewiss auf geheimnisvolle Weise die

Information erhalten, dass Drauschner morgen in der Villa auftauchen wird. Ganz sicher hätte er eine Nachricht von dem geheimnisvollen Unbekannten erhalten, die er dann an uns oder Sie weitergetragen hätte. Ich denke immer wieder an den unerklärlichen Einbruch in Liekes Wohnung in der Nacht vom 7. auf den 8. März, Herr Knobel. Schauen Sie sich Wanningers Statur an. Er hat ein stattliches Gewicht und eine Schuhgröße, die derjenigen entsprechen könnte, die der Täter hinterlassen hat. Ich darf daran erinnern, dass es bei dem Einbruch ganz offensichtlich nur darum ging, eine Eintragung in Liekes Kalender vorzunehmen. Also ging es vielleicht nur darum, eine Spur zu der Story zu legen, die Wanninger dringend braucht, um beruflich wieder Fuß zu fassen. Möglicherweise hat er alles geschickt eingefädelt. Er erhält vermeintlich den Hinweis auf die rätselhaften Umstände, unter denen Lieke tödlich verunglückt ist, er arrangiert den Auftritt des vermeintlichen Friedemann Drauschner in der Villa Wolff und wird vermeintlich auf die Spur zu dieser Villa gestoßen, auf den Zusammenhang mit der Jagd nach den seltenen Erden. – Ist das so abwegig?«

Hermann van Eyck war nervös.

»Verzeihen Sie, aber ich kann diese Gedanken nicht beiseite drängen. Wanninger nimmt in dieser Sache eine mehr als zweifelhafte Rolle ein.«

»Wenn es so ist, wie Sie sagen, müsste es zumindest eine zweite Person geben, mit der er zusammenwirkt«, antwortete Stephan, »nämlich jene Figur, die den Friedemann Drauschner spielt. Denn dass Wanninger nicht mit diesem Mann identisch ist, steht fest. Das hätte Sadowski bemerkt. Außerdem gibt es Spuren, die nicht von Wanninger fingiert sein können«, beruhigte Stephan. »Denken Sie an die Schmutzschicht auf Liekes Auto, die belegt, dass das Auto am Tag des Unfalls im Umkreis der Cleanochem AG im Dortmunder Hafengebiet gestanden haben muss, die das Siliciumdioxid emittiert hat.«

»Nachgeprüft hat das bis jetzt noch keiner«, entgegnete Hermann van Eyck hart. Die unausgesprochene Kritik an Stephan war deutlich herauszuhören.

»Sie sollten diesen Dingen nachgehen«, mahnte er versöhnlich.

»Sie haben recht«, stimmte Stephan zu.

»Anne und ich werden morgen ebenfalls nach Bomlitz fahren«, fuhr van Eyck fort. »Wir fahren mit dem eigenen Wagen. Ich gehe davon aus, dass Gisbert Wanninger bei Ihnen mitfährt. Fünf erwachsene Personen in einem Pkw sind für eine längere Fahrt ohnehin nicht angenehm, zumal angesichts der Körperfülle eines Gisbert Wanninger. Aber es passt auch atmosphärisch nicht, Herr Knobel. Meine Zweifel an diesem Journalisten kommen nicht von ungefähr!«

10

Während der Autofahrt nach Bomlitz saß Wanninger auf der Rückbank von Stephans Wagen. Er hatte sich mittig gesetzt und verhinderte auf diese Weise den Blick über den Innenspiegel in den rückwärtigen Verkehr, doch Stephan sagte nichts. Der Journalist trug wieder seinen weißen Anzug. Er war nüchtern und wirkte angespannt. Wanninger blieb auffallend still, beteiligte sich nicht an der Unterhaltung zwischen Stephan und Marie, stieg folgsam aus, als sie an der Autobahnraststätte Auetal, unmittelbar hinter der Landesgrenze zu Niedersachsen, eine Pause einlegten, und schloss sich Maries Bestellung an der Theke an: Cappuccino und ein Schokomuffin. Der Journalist wirkte im turbulenten Treiben des Rasthofes, in dem sich ein Pulk Busreisender um den Tresen scharte, gereizte Autofahrer darauf drängten, endlich bestellen zu können, und kleine Kinder entfesselt und schreiend durch die Spielwarenauslagen liefen, mehr noch als am Kemnader See wie ein Fels im Meer der ihn umspülenden Hektik. Er sah eigentümlich schrullig und zugleich vornehm aus. Gisbert Wanninger stellte in dieser Aufmachung etwas dar; er präsentierte sich und eine Wichtigkeit, die er ungetrübt nach wie vor für sich in Anspruch nahm. Stephan und Marie beobachteten ihn manchmal unauffällig. Die Worte Hermann van Eycks hatten sich in ihren Köpfen eingebrannt. Man konnte seinem Verdacht nichts entgegnen. Nicht nur, weil die Wahrheit noch nicht ans Tageslicht gekommen war, sondern auch und insbesondere deswegen, weil Gisbert Wanninger die Menschen nicht für sich gewinnen konnte. Er war kein Sympathieträger, kein Symbol für Aufrichtigkeit und all jene in diese Richtung weisenden Tugenden, die einen Beobachter dazu gebracht hätten, mit ihm solidarisch zu sein. Er hatte etwas Schräges, Listiges und auch Unaufrichtiges an sich, das zur Vorsicht mahnte. Marie verstand, dass ein Mensch wie Gisbert Wanninger letztlich allein bleiben musste, weil er alle Bindungen, die Menschen untereinander zu entwickeln vermochten, bereitwillig opferte, wenn dies der Präsentation einer Geschichte diente, deren Vermarktung ihm lukrativ erschien. Dennoch tat er Marie leid, mehr noch und in anderer Weise als in dem Moment, als sie dieses Bedauern im Zusammenhang mit ihrer Feststellung äußerte, dass es bei ihm nicht mehr so laufe. Intuitiv merkte sie, dass sich Wanninger nach einer Beständigkeit, Aufrichtigkeit und Herzlichkeit in einer Beziehung zu einem anderen Menschen sehnte und deshalb nach Werten strebte, die er bei seiner gnadenlosen Berichterstattung ignorierte. Wenn es die Geschichte hergab, war egal, was er mit deren wortgewaltiger Veröffentlichung zerstörte. Er galt als zynisch, beantwortete Fragen nach diesen Folgen seiner journalistischen Tätigkeit als Kollateralschäden, wobei er feixend grinste und ungerührt darauf verwies, dass er sich eines Begriffes bediene, der in den Nachrichten dieser Welt über kriegerische Auseinandersetzungen seinen festen Platz erobert hatte. Seine Opfer blieben immerhin am Leben, hatte er in einem Jahre zurückliegenden Interview gesagt, als ihn ein Kollege auf dem Höhepunkt seines Schaffens über seine teils als anstößig empfundenen Arbeitspraktiken befragte.

Als sie die Auffahrt vor der Villa Wolff hinauffuhren, waren Anne und Hermann van Eyck bereits eingetroffen. Sie befanden sich schon im Haus und hatten sich mit Sascha Sadowski bekannt gemacht, mit dem sie sich unterhielten, als Marie, Stephan und Gisbert Wanninger hinzustießen. Stephan wollte gerade ansetzen, Sascha gerafft zu erklären, was man bis jetzt herausgefunden hatte, als das Telefon der Villa klingelte. Sascha Sadowski nahm das Gespräch an der Nebenstelle im Flur der Villa entgegen und winkte, kaum dass er den Namen des Anrufers verstanden hatte, Stephan herbei. Als sich Stephan mit Namen gemeldet hatte, erfolgte die klare Anweisung des Anrufers, der sich knapp mit Drauschner meldete. Er erklärte, dass er ausschließlich mit Anne van Eyck sprechen wolle und bereit sei, sich mit ihr an einer Waldlichtung zu treffen, die zwischen Bomlitz und Walsrode an der von Uetzingen ausgehenden Landstraße gelegen und wegen des direkt an der Straße gelegenen quadratischen Fischteiches nicht zu verfehlen sei. Er werde nicht in die Villa kommen. Drauschner hängte ein, bevor Stephan etwas erwidern konnte.

Als Stephan den anderen über den Anruf berichtet hatte, sah Hermann van Eyck Gisbert Wanninger stechend ins Gesicht, während Sascha Sadowski die spürbare Spannung aufzufangen versuchte und scherzte, dass es ihm wohl nicht gelinge, Drauschner dazu zu bringen, seine Gäste in der Villa zusammenzuführen. Dann ging er mit unsicherem, charmantem Lächeln in die Küche, um den Kaffee aufzubrühen.

Stephan nahm Hermann van Eyck zur Seite.

»Wer auch immer hier angerufen hat: Es war mit Sicherheit nicht Gisbert Wanninger«, flüsterte er.

»Wundert es Sie nicht, dass der Anruf just in diesem Moment kommt?«, fragte Hermann van Eyck kühl.

»Gibt es etwas, das ich wissen müsste?«, tönte Wanninger spitz.

»Nein«, antwortete Stephan gelassen.

Er ging mit Anne und Hermann van Eyck, Marie und Gisbert Wanninger in die Küche. Sascha Sadowski servierte galant Kaffee, wie er es im Wohn- und Kaminzimmer der Villa tun würde.

»Wie kann dieser Drauschner überhaupt wissen, dass Anne van Eyck hier ist?«, fragte Marie.

»Wissen Sie eine Antwort?«, gab Hermann van Eyck die Frage an Wanninger weiter.

Der Journalist schüttelte den Kopf. »Ich weiß es nicht«, sagte er. »Ich kann es nur vermuten. Er wird Sie und Ihre Frau beobachtet haben. Wahrscheinlich hat er die Villa im Visier gehabt, als Sie hier ankamen. Alles andere macht keinen Sinn. Nur so kann er es ja auch zu diesem Teich schaffen. – Aber er muss auch Anne van Eyck kennen«, setzte Wanninger hinzu. »Er muss sie ja erkannt haben, als sie vorhin in die Villa ging.«

»Vielleicht lösen Sie das Rätsel, woher der vermeintliche Friedemann Drauschner Anne kennt, Herr Wanninger«, brummte Hermann van Eyck gereizt.

»Wissen Sie, welchen Teich er meint?«, wandte sich Stephan an Sascha Sadowski.

»Es gibt nur eine Stelle, auf die die Beschreibung zutrifft«, antwortete Sadowski. »Es ist nicht weit von hier. Sie verlassen Bomlitz in Richtung Walsrode. In Uetzingen zweigt eine Straße rechts ab. Dieser Straße folgen Sie, bis Sie nach etwa zwei Kilometern links den Teich sehen. Rechts befindet sich ein Parkplatz für Wanderer. Sie können die Stelle eigentlich nicht verfehlen.

Wenn Sie einen Bahnübergang überqueren, sind Sie zu weit gefahren. Der Teich befindet sich etwa einen Kilometer davor. Man muss nur die Augen aufhalten. Wollen Sie dorthin fahren?«, fragte Sadowski.

»Was würden Sie denn tun?«, fragte Hermann van Eyck zurück.

»Ich weiß es nicht«, sagte Sadowski. »Dieser Drauschner ist schon eigenartig. Wenn man sich treffen will, kann man das auch woanders tun, oder? Mir käme jedenfalls nicht die Lichtung an dem Teich in den Sinn.«

»Einen Friedemann Drauschner gibt es nicht«, warf Wanninger ein. Er schlürfte nachdenklich seinen Kaffee.

»Drauschner gibt es gar nicht?«, staunte Sadowski. »Dann gibt es doch gar keine Diskussion. Warum sollten Sie sich an dieser merkwürdigen Stelle mit einem Unbekannten treffen wollen?«

»Trifft man dort auf Spaziergänger?«, fragte Wanninger. »Kann man um diese Zeit dort gewöhnlich mit welchen rechnen?«

»Der kleine Parkplatz auf der anderen Seite des Teiches ist bei schönem Wetter häufig gefüllt«, meinte Sadowski. »Es gibt dort etliche Wanderwege, die in unterschiedliche Richtungen führen. Aber es ist Sonntagabend. Gewöhnlich gehen um diese Zeit nicht mehr viele spazieren. Der Weg in die Lichtung führt nach rund 200 Metern an eine Forstschranke. Dahinter geht es noch ein Stück weiter bis ins Moor. Dort kann man nicht weiter. Deshalb wird der Weg nicht häufig benutzt. Letztlich ist es eine Sackgasse. Liebespaare gehen manchmal dorthin. Es gibt einige nette Flecken, wo man ungestört ist.«

Sadowski sah van Eyck verwundert an.

»Sie wollen doch nicht ernsthaft dorthin?«

»Warum nicht?«, fragte van Eyck betont gelassen. »Wer auch immer Sie angerufen hat, Herr Sadowski: So ganz geheim sollte es wohl nicht sein, oder was denken Sie?«

»Sie wollen da hin, Herr van Eyck?«, staunte Wanninger.

»Was haben Sie dagegen, Herr Wanninger?«, konterte van Eyck ruhig. »Wir sind doch ganz auf Ihrer Spur. Sie sollten Ihrer Fährte folgen, statt sie zu hinterfragen. Vielleicht lüften wir gleich das große Geheimnis der seltenen Erden bei ThyssenKrupp.«

»Wenn es so ist, wie ich befürchte, werden Sie dort nichts Gutes erwarten können«, beharrte Wanninger.

»Ich sagte doch, Herr Wanninger: So schlimm wird es schon nicht werden, denn sonst hätten wir die geheimnisvolle Botschaft sicherlich anders erfahren als über diesen Anruf.«

Er lächelte entschuldigend und beobachtete, wie Wanninger seine Provokation aufnahm, doch der ignorierte van Eycks Anwurf.

»Du erwartest nicht, dass ich in dieses Waldstück gehe«, schaltete sich erstmals Anne van Eyck ein.

Ihr Mann behielt weiterhin Wanninger im Visier.

Doch der Journalist wehrte ab. »Drauschner will Anne van Eyck treffen. Also sollte zumindest eine Frau hingehen, selbstverständlich nur unter größten Vorsichtsmaßnahmen.«

»Größte Vorsichtsmaßnahmen«, wiederholte Hermann van Eyck höhnisch. »Wie stellen Sie sich das denn vor, Herr Wanninger?«

»Sie begleiten Ihre Frau«, schlug der Journalist vor.

»Nein!«, widersprach Hermann van Eyck entschieden. »Anne wird gar nicht hingehen. Und auch nicht in meiner Begleitung. Wir sind nicht lebensmüde.«

»Dann gehe ich eben selbst«, sagte Wanninger.

»Und warum?«, forschte van Eyck nach. Er strich über sein Kinn und musterte ungerührt den Journalisten.

»Weil wir ihn dort treffen werden«, war sich Wanninger sicher.

»Also müssen wir doch nicht mit dem Schlimmsten rechnen«, bohrte Hermann van Eyck nach. »Gerade waren Sie noch anderer Ansicht.«

Wanninger fuchtelte mit den Händen. »Ich verstehe Ihre Aggression nicht, Herr van Eyck!«

Sascha Sadowski schenkte Kaffee nach, doch die Geste wirkte hilflos. Er spürte, dass hinter der Figur des Herrn Drauschner eine Gefahr zu lauern schien, die er bisher nicht wahrgenommen hatte.

»Ich gehe davon aus, dass der Anrufer sich per Handy gemeldet hat«, sagte Marie und wandte sich an Sadowski. »Haben Sie seine Handynummer erkennen können?«

»Nein, er rief mit unterdrückter Nummer an.«

»War es die Stimme des Mannes, der Sie hier am 16. Dezember besucht hat?«, fragte Hermann van Eyck.

Sascha Sadowski zuckte mit den Schultern. »Ich habe ja eben nur gehört, dass er seinen Namen nannte. Aber ich meine, dass es die Stimme dieses Mannes war. Er spricht klar und etwas abgehackt, genau wie der Besucher in der Villa.«

Eine Weile schwiegen alle. Es gab keinen Grund, sich unnötig einer möglichen Gefahr auszusetzen. Hermann van Eyck lauerte auf Vorschläge Wanningers, doch der schwieg.

»Ich werde mit Ihnen gehen, Herr Wanninger«, entschied van Eyck schließlich nach reiflicher Überlegung. »Sie haben recht: Es ist eine Gelegenheit, hier und jetzt Licht ins Dunkel zu bringen. Die ganze Geschichte erscheint mir fast zu dick aufgetragen, zu konstruiert, fast grotesk, vielleicht sogar wie eine Komödie. Es wird nichts passieren. Ich denke eher, es ist ein Fake. Was denken Sie, Herr Wanninger? Wir beiden werden vor Ort klären, ob es den großen Unbekannten gibt, der sich hinter dem Namen Drauschner verbirgt. Denken Sie an den Skandal, den er enthüllen kann. Es werden Köpfe rollen, wenn Sie die Story an die Öffentlichkeit gebracht haben, Herr Wanninger. Das ist doch Ihr Job.«

»Sie denken die ganze Zeit, es gehe mir nur darum, Schlagzeilen zu produzieren«, erwiderte Wanninger irritiert. »Dabei bin ich weder leichtsinnig noch naiv.«

»Also?«, fragte van Eyck nach.

Wanninger überlegte nur kurz. Dann willigte er ein.

»Es gibt keinen Grund, weshalb ich meine Theorie verteidigen müsste«, erklärte er pikiert. »Meine Schlussfolgerungen sind logisch. Es ist schade, dass wir hier zu konkurrieren scheinen. Jedenfalls empfinde ich das so. Oder irre ich mich?«

»Es ist alles in Ordnung«, besänftigte Hermann van

Eyck kalt. »Ich finde es gut, dass Sie mit mir gehen, Herr Wanninger. Es beruhigt mich in gewisser Weise.«

Wanninger blinzelte ihn misstrauisch an, doch van Eyck reagierte nicht.

Sie beschlossen, mit beiden Wagen zu dem Teich zu fahren. Anne und Hermann van Eyck fuhren vorweg, Stephan, Marie und Wanninger folgten ihnen in Sichtweite. Die Straße führte hinter einem Kreisverkehr geradewegs aus Bomlitz heraus über eine kleine Kuppe und tauchte in ein Waldstück ein, in dem sich der von Sadowski beschriebene Abzweig befand. Wenige Minuten später erreichten sie den Fischteich. Der Ort war in der Tat nicht zu verfehlen. Sie parkten ihre Fahrzeuge und sahen sich um. Rechts und links waren einige Autos abgestellt. Stephan notierte vorsorglich die Kennzeichen, ausweislich derer die Wagen alle im Kreis Soltau-Fallingbostel zugelassen waren. Es war niemand zu sehen, und ein Blick auf die in einem hölzernen Wetterschutz ausgehängte Umgebungskarte belegte, dass Sadowskis Beschreibung zutraf. Von hier führte ein weit verzweigtes Wegenetz zu nahen und ferneren Zielen, ergänzt durch einige Rundwanderwege, die hier ihren Ausgangspunkt hatten. Auch der Teich und der neben ihm angelegte Forstweg waren eingezeichnet, der, wie Sadowski es beschrieben hatte, sich nach Durchqueren eines kleinen Waldstücks in einer als Moor gekennzeichneten Fläche verlor. Die Lichtung, durch die der Weg führte, war anfangs weiter und verengte sich mit zunehmender Entfernung vom Teich. Es handelte sich unzweifelhaft um den Weg, den der vermeintliche Friedemann Drauschner als Treffpunkt bestimmt hatte.

Anne van Eyck schlug vor, dass sie, Stephan und Marie auf dem Weg neben dem Teich an einer Stelle warten sollten, die aus der Lichtung gut einsehbar sein dürfte. Es war ratsam, sichtbare Präsenz zu zeigen und so die mögliche Gefahr zu bannen. Sie überquerten die Straße und gingen zu fünft den Weg ein Stück an dem Teich entlang. Dann lösten sich Wanninger und Hermann van Eyck und gingen langsam allein weiter. Sie sahen mehrfach zurück, um sich des Blickkontaktes zu den anderen zu vergewissern. Wanninger und van Eyck sahen konzentriert mal rechts und mal links in den Wald, ohne dass sie etwas entdeckten. Sie konnten recht weit schauen. Die schlanken geraden Stämme der Nadelbäume eigneten sich nicht als Versteck. Das spärliche Unterholz beschränkte sich auf trockenes, niedriges Gestrüpp. Einige Brennnesselbüsche säumten den Weg, der geradeaus weiterführte. Sie öffneten die geschlossene Forstschranke, ein verrostetes Eisenrohr, das in seinem Lager quietschte und hinter ihnen dumpf in die Gabel zurückfiel. Die Bäume standen nun unmittelbar am Weg, der immer schmaler wurde, aber der Wald blieb licht und gut einsehbar. Bei Hermann van Eyck löste sich die Anspannung. Er atmete tiefer durch, und Gisbert Wanninger tat es ihm gleich. Doch sie blieben wachsam, tasteten sich vor und sahen zurück. Hinter der Schranke, etwa 200 Meter weit entfernt, standen Marie, Stephan und Anne van Eyck. Vor ihnen lagen noch rund 100 Meter, dann hatten sie den Waldsaum erreicht. Dahinter breitete sich die anschließende Moorfläche im abendlichen Gegenlicht aus. Sie gingen noch einige Schritte und entdeckten nichts Außergewöhnliches. Die tanzenden Mücken zeugten von dem nahen Feuchtgebiet. Es war still.

»Ich glaube, wir sollten umkehren«, meinte Hermann van Eyck und beobachtete Gisbert Wanninger aus den Augenwinkeln. »Was meinen Sie?«

»Es sieht nicht wirklich danach aus, dass wir hier jemanden treffen«, bestätigte Wanninger. Er blickte zurück. »Außerdem entfernen wir uns zu weit von den anderen.« Er blieb stehen. »Und in das Moor möchte ich, ehrlich gesagt, nicht«, fügte er an.

»Nach Sadowskis Beschreibung und der Karte endet der Weg dahinten sowieso«, erwiderte Hermann van Eyck. »Kehren wir also um?«

Wanninger nickte.

Sie gingen gemächlich, wie sie gekommen waren, zurück, schauten wieder nach rechts und links, doch sie konnten nichts Auffälliges entdecken.

»Ich denke, hier ist und war nichts«, kommentierte Hermann van Eyck, als sie wieder auf die anderen trafen.

Stephan rief von seinem Handy bei Sascha Sadowski an, um sich zu erkundigen, ob sich Drauschner dort noch einmal gemeldet habe, doch der verneinte.

»Also geht es unverrichteter Dinge wieder zurück«, stellte Anne van Eyck fest. Sie lächelte unschlüssig. »Was halten Sie von der Sache, Herr Wanninger?«

Der Journalist verzog keine Miene. »Ich weiß es nicht, Frau van Eyck. Ich wünschte, ich wüsste mehr.«

Sie stiegen in die Autos. Wanninger quetschte sich wieder auf die Rückbank in Stephans Wagen, Marie und Stephan tauschten die Plätze. Zurück wollte sie fahren.

Wanninger war auf der Rückfahrt so schweigsam wie auf der Hinfahrt. Kurz hinter Hannover überholten die van Eycks Stephans Wagen. Er bemerkte das Fahrzeug hinter ihnen, als Hermann van Eyck zweimal kurz hintereinander mit der Lichthupe aufblendete. Dann zog das andere Auto an ihnen vorbei. Anne van Eyck winkte aus dem Beifahrerfenster Marie zu, und ihr Mann rief kurz über Handy durch. Weder die van Eycks noch Marie und Stephan oder Gisbert Wanninger wussten die merkwürdigen Ereignisse in Bomlitz zu deuten. Dann verschwand das Auto der van Eycks vor ihnen in der einbrechenden Dunkelheit.

Marie fuhr mit mäßigem Tempo. Sie und Stephan hatten gerade Wanninger an seiner nicht weit von seinem Büro gelegenen Wohnung im Dortmunder Kreuzviertel abgesetzt, als sie einen verzweifelten Anruf von Anne van Eyck erhielten. Sie war mit ihrem Mann soeben auf dem heimatlichen Hof nahe Dorsten angekommen und musste das Unfassbare feststellen: Es war abermals in Liekes Wohnung eingebrochen worden, dazu noch in das Büro der Unternehmensberatung van Eyck und in deren Privatwohnung. Marie versprach, sofort zu kommen, und als sie mit Stephan rund eine Dreiviertelstunde später auf dem Hof ankam, durchsuchten Polizeibeamte das Grundstück und sicherten Spuren in den verwüsteten Räumen.

»Mir ist jetzt klar, warum wir nach Bomlitz gelockt wurden«, hauchte Hermann van Eyck matt. »Wir haben den Tätern mit unserer Fahrt dorthin bis zu unserer Rückkehr kalkulierte sechs bis sieben Stunden Zeit gegeben. Das ist sonnenklar.«

Er begann, aufgebracht und ziellos über das Hofgelände zu gehen, dessen Vorderseite nun von Stativscheinwerfern ausgeleuchtet wurde. Ein Beamter bat Hermann van Eyck, nicht weiter umherzulaufen, um etwaige Spuren nicht zu beschädigen.

»Wo ist Ihre Frau?«, fragte Marie.

Herr van Eyck deutete auf einen Pkw, der an der Hofzufahrt parkte. Als Marie sich in das Fahrzeug beugte, zitterte Anne van Eyck. Ihr Gesicht war tränennass.

»Es ist viel zerstört worden«, flüsterte sie. »Es kann uns die Existenz kosten. Ich habe nur mit einem Blick die Verwüstung im Büro gesehen. Unsere Kunden wird nicht trösten, dass es Einbrecher waren, die unsere Arbeit vernichtet haben. Weg ist weg. – Und dann das Chaos in unserer und in Liekes Wohnung. Kein Vergleich zu dem ersten Einbruch Anfang März.«

»Sie haben der Polizei von Ihrem Verdacht erzählt?«, erkundigte sich Stephan, der hinter Marie getreten war.

»Natürlich«, sagte sie, »ich habe auch gesagt, dass es einen Zusammenhang mit dem ersten Einbruch geben dürfte.«

»Wie konkret haben Sie von Ihren Vermutungen berichtet?«, fragte Stephan weiter.

»Ich weiß überhaupt nicht, was ich denken soll.« Anne van Eyck vergrub ihren Kopf in ihrem Schoß.

»Haben Sie der Polizei von Wanninger und davon erzählt, dass er den Verdacht hat, dass der Tod Ihrer Schwester und auch die nachfolgenden Ereignisse möglicherweise mit Vorgängen im Unternehmen von ThyssenKrupp in Zusammenhang stehen, die den Handel mit seltenen Erden betreffen?«

»Wie soll ich eine solche Behauptung aufstellen, Herr Knobel?«, antwortete sie, ohne aufzublicken. »Es sind doch Behauptungen, die wie aus der Luft gegriffen scheinen. Ich habe immer gewollt, dass Liekes Tod aufgeklärt wird. Und ich weiß, dass hier etwas nicht mit rechten Dingen zugeht. Aber ich kenne doch keine Zusammenhänge, weiß keine Details. Was soll ich denn da behaupten?« Sie schluchzte in sich hinein. »Darum habe ich Sie doch engagiert, Herr Knobel! – Sagen Sie der Polizei, was Sie denken, Herr Knobel! Oder setzen Sie sich dafür ein, dass man Wanninger befragt. Ich bin mit meinen Kräften jedenfalls am Ende.«

Sie heulte, schrie fast. Ihre Stimme verausgabte sich, und sie ballte ihre Faust, dass die Fingerknöchel weiß hervortraten. Marie streichelte über Annes Kopf, doch sie ließ sich nicht beruhigen.

Stephan wandte sich um und betrachtete nachdenklich die sich bietende Szenerie. Jeweils eine Scheibe von den Fenstern der im Erdgeschoss liegenden Wohnungen von Lieke van Eyck und den Eheleuten van Eyck war eingeschlagen, ebenso ein Fenster des Büros der Unternehmensberatung. Der oder die Täter mussten keine Entdeckung fürchten. Das Haus lag gut versteckt, der Hof war von der Straße aus nicht einsehbar, und die schmale, von Bäumen und Sträuchern gesäumte Zufahrt diente nicht zugleich der Erschließung von Wirtschafts- oder Wanderwegen. Hermann van Eyck hatte recht. Wenn er und seine Frau gezielt nach Bomlitz gelockt worden waren, hatten sie den Einbrechern für die Durchführung der Tat ausreichend Zeit verschafft.

Hermann van Eyck kam langsam auf Stephan zu.

»Wir werden wohl von hier weggehen«, sagte er langsam. »Ich habe noch nicht mit Anne gesprochen, aber ich bin mir sicher, dass sie es genauso sehen wird. Man kann vielleicht einen Einbruch verkraften, aber nicht diese gehäufte Zahl von Vorkommnissen. Wissen Sie, Herr Knobel, wir werden nicht mehr in den Schlaf finden. Abgesehen von dem großen materiellen Schaden leidet unter solchen Angriffen die Psyche. Es wird nicht mehr möglich sein, abends entspannt nach Hause zu kommen, um sich auf einen friedlichen Abend in der Natur zu freuen. Ab jetzt regiert die Angst, dass wieder etwas passieren wird. Wir hatten geglaubt, uns mit den Bewegungsmeldern sicherer gemacht zu haben. Aber das ist natürlich reiner Selbstbetrug. Es schert keinen, wenn hier eingebrochen wird. Das ist in der Nacht so, und das ist am Tag so. Wenn Anne und ich nicht da sind, steht die ganze Anlage hier zur freien Bedienung. Und auch wenn wir da sind, werden wir heimgesucht. Denken Sie an den Nachmittag, als sich jemand im hinteren Bereich des Grundstücks aufgehalten hat. Also werden wir lieber auf dieses grüne Idyll verzichten, das keines mehr ist. Besser eine unscheinbare Stadtwohnung. Das ist auch keine Garantie für Sicherheit, aber schlimmer als hier kann es nicht mehr werden.«

»Das tut mir sehr leid, aber ich kann Sie verstehen«, sagte Stephan.

»Ich frage mich ja schon, warum nicht der ganze Hof abgebrannt worden ist. Das dürfte doch die beste Möglichkeit sein, Spuren zu beseitigen. Es hätte einige Zeit gedauert, bis der Brand bemerkt worden wäre«, bemerkte Hermann van Eyck zynisch.

»Die Zeit wird zeigen, wer dahintersteckte«, war Stephan überzeugt. »Der Informant oder jemand aus dem Dunstkreis der Personen, die die Geschäfte mit den seltenen Erden tätigen.«

»Sie glauben jetzt also an Wanningers Theorie?«, fragte van Eyck ungläubig.

»Sie ist die bisher einzige Theorie, die alle Vorkommnisse schlüssig zusammenführen kann«, antwortete Stephan. »Also arbeite ich zunächst mit ihr.«

»Und was soll sich in nächster Zeit zeigen?«, fragte van Eyck weiter.

»Das hängt davon ab, ob die betreffende Person fündig geworden ist«, antwortete Stephan.

»Also denken Sie daran, dass wir wieder heimgesucht werden«, schnaufte van Eyck, »nämlich in dem Fall, dass man hier nicht gefunden hat, was man gesucht hat. Verstehe ich Sie richtig?«

»Es könnte sein«, sagte Stephan zögernd.

Van Eyck beobachtete gedankenversunken das Treiben auf seinem Hof. Er und seine Frau sollten erst nach Abschluss der Ermittlungen wieder das Gebäude betreten dürfen.

»Wir können Wanningers Informanten als Täter des Einbruchs doch eigentlich ausschließen«, überlegte er.

142

Stephan sah ihn fragend an.

»Wanninger geht doch davon aus, dass der Informant nichts Genaues weiß«, erklärte van Eyck. »Wenn das so ist, gab es für ihn keinen Anlass, hier erneut einzubrechen. Denn erstens hätte er bereits bei seinem ersten Einbruch in der Nacht vom 7. auf den 8. März genauer suchen können ...«

»Aber er war nur in Liekes Wohnung«, unterbrach Stephan, »nicht in Ihrer und auch nicht im Büro.«

»Und warum geht er dann noch mal in Liekes Wohnung?«, fragte van Eyck. »Warum diese brutale Verwüstung, die er beim ersten Mal nicht angerichtet hat?«

»Vielleicht ist er enttäuscht, dass es nicht vorangeht«, fiel Stephan ein. »Wanninger tritt förmlich auf der Stelle. – Und zweitens?«

»Zweitens fällt einfach der zeitliche Zusammenhang zu dem Brief auf, den Anne auf Geheiß Wanningers an ThyssenKrupp geschrieben hat. Wenn der Einbruch hier eine Reaktion auf den Brief war, dann scheidet der Informant als Täter aus.«

»Es sei denn, er befindet sich im unmittelbaren Umkreis der Personen, die wir mit diesem Lockbrief eigentlich erreichen wollten«, entgegnete Stephan. »Diese Nähe ist sogar wahrscheinlich.«

Hermann van Eyck dachte eine Weile nach. Dann kümmerte er sich um seine Frau, die aus dem Auto ausgestiegen war und verstört in die Nacht starrte.

Die van Eycks gingen für diese Nacht in ein Hotel. Sie wären nicht auf dem Hof geblieben, selbst wenn es ihnen die Polizei gestattet hätte. Die Beamten arbeiteten mit

Akribie und großem Personaleinsatz. Ein wenig schien es, als machte man sich den Vorwurf, den Einbruch vom 7. auf den 8. März, bei dem man lediglich Fußabdrücke und offensichtlich nicht dem Täter zuzuordnende Fingerabdrücke sicherstellen konnte, zu leicht genommen zu haben.

Marie und Stephan fuhren kurz nach Mitternacht nach Hause. Ihnen fröstelte, obwohl es im Auto nicht kalt war. Stephan spürte, dass die van Eycks einer Bedrohung ausgesetzt waren, gegen die er bisher nichts auszurichten wusste. Er schämte sich, all die Stunden vergütet zu bekommen, die er tatsächlich in dieser Sache aufwendete und die sich häufig in reiner Beobachtung erschöpften. Insgeheim beschloss er, bei der späteren Abrechnung einen erheblichen Abschlag zu gewähren.

11

Drei Tage später, am Mittwochmittag, kehrten die van Eycks auf den Hof zurück. Sie waren länger als notwendig im Hotel geblieben. Die Sicherung aller Spuren war bereits am Montag abgeschlossen worden. Es waren Fuß- und Fingerabdrücke und DNA-Spuren gefunden worden, die jedoch nicht zwangsläufig vom Täter stammten und nun der Auswertung harrten. Anne und

Hermann van Eyck hatten sich bis zu jenem Mittwoch zurückgezogen, um sich neu zu orientieren. Der spontane Gedanke, den Hof endgültig zu verlassen, war zum festen Entschluss gereift. Die Rückkehr in das Haus war wie der Beginn des letzten Aktes, ein gründliches Aufräumen und großzügiges Wegwerfen. Die van Eycks würden nach Amsterdam gehen, die Unternehmensberatung von dort aus führen und gegebenenfalls sogar noch um einige inhaltliche Schwerpunkte erweitern. Anne van Eyck berichtete Stephan am Telefon von dem bevorstehenden Aufbruch.

»Wir werden Lieke in gewisser Weise hierlassen müssen«, sagte sie mit belegter Stimme.

Stephan erinnerte sich an den Baum, unter dem Lieke im Sommer so gern gelegen hatte. Das Bild hatte sich tatsächlich in ihm eingebrannt, wie Anne van Eyck es prophezeit hatte. Ihn beschlich eine Traurigkeit wegen des beabsichtigten Wegzugs der van Eycks, der eine verständliche Flucht war.

Marie hatte zwischenzeitlich mit dem chemischen Labor Kontakt aufgenommen, das in Wanningers Auftrag den dünnen Schmutzfilm auf dem Wrack des Fahrzeugs von Lieke van Eyck untersucht hatte. Die chemische Analyse war eindeutig und belegte in jedem Punkt das von Wanninger wiedergegebene Ergebnis. Liekes Fahrzeug stand ohne Zweifel am Abend des 12. September zwischen 19.30 Uhr und 21 Uhr im Umkreis der Cleanochem AG im Dortmunder Hafengebiet, als das Werk Siliciumdioxid emittierte, was in der betroffenen Umgebung wie Schnee auf die Erde gefallen war. Marie erfuhr, dass das Siliciumdioxid in Saucen, Suppen und Zahncremes Verwendung fand, Kosmetika geschmeidig und Pasten sämig machte. Das Werk emittierte häufiger Siliciumdioxid, deklarierte es als unschädliche Normalemission, während die betroffene Bevölkerung im Umkreis des Werkes, unterstützt von Umweltverbänden, das Werk heftig attackierte. Immer wieder musste man nach dem Fallout dieses Stoffes auf dem Lack vieler Autos Flecken und Verätzungen beklagen, und Gärtner beobachteten, dass in der Folge dieses Niederschlags Pflanzen eingingen und Nadelbäumchen sich verfärbten. Der Spur des über den Chemieniederschlag nachgewiesenen ungefähren Standortes von Liekes Fahrzeug vor dem Unfall nachzugehen, erschien Erfolg versprechender und vor allem sicherer als Wanningers Theorie, die glaubhaft und nachvollziehbar war, aber zunächst den Nachweis ihrer Richtigkeit schuldig blieb.

Der Journalist war in der Zwischenzeit abgetaucht. Stephan hatte ihn natürlich über den folgenschweren Einbruch auf dem Hof unterrichtet, doch Wanninger nahm diese Nachricht eigenartig zurückhaltend auf. Er sagte, dass er seine Ahnungen bestätigt sehe, aber er zeigte nicht einmal Interesse, sich auf dem Hof umzuschauen, obwohl Stephan das Einverständnis der van Eycks hierzu eingeholt hatte. Irgendwie wirkte in dem Journalisten der ereignislose Besuch in der Villa Wolff nach, den er zwar wie die anderen als einen von dem Einbrecher gelegten Köder verstand, um ungestört auf dem Hof wüten zu können. Aber ihn trieb die Frage um, woher Drauschner die detaillierten Ortskenntnisse in der Umgebung von Bomlitz besaß, nachdem er doch nach der bisherigen Annahme bei seinem ersten Besuch am 16. Dezember des letzten Jahres die Villa Wolff zielgerichtet vom Flughafen aus aufgesucht und diese ebenso zielstrebig mit unbekanntem, aber vermutlich entferntem Ziel wieder verlassen hatte. Der Fischteich lag zu weit abseits. Überdies dürfte er am Abend des 16. Dezember in der Dunkelheit nicht sichtbar gewesen sein. Welchen Bezug hatte Drauschner zu diesem Ort, zu dieser Gegend? Die von Drauschner veranlasste Fahrt zu dem Forstweg neben dem Fischteich passte nicht ins Bild und wollte sich nicht allein dadurch erklären, dass es dem Täter auf diese Weise gelungen war, die Abwesenheit der van Eycks von ihrem heimatlichen Hof um rund eine Stunde zu verlängern.

Wanningers Eifer war neu entfacht, als ihm Anfang Juni der Ausdruck eines Digitalfotos zugespielt wurde, den er zunächst akribisch für sich auswertete, im Detail vergrößerte und schließlich wie eine Trophäe an die Wand in seinem Büro neben die aktuelle Version des Titels seiner neuen Serie über alte Skandale hängte. Dann bestellte er Marie, Stephan und die van Eycks ein, beseitigte aus diesem Anlass sogar die gröbste Unordnung in seinem Büro und präsentierte sich konzentriert und abgeklärt, als er seine Gäste in seinen Räumlichkeiten, die er nun Studio nannte, platziert und dann effektvoll einen Strahler eingeschaltet hatte, der das Bild wirksam in Szene setzte. Es war 19 Uhr. Die Hitze des ausgehenden Tages lastete drückend auf allen, und der Strahler heizte den Raum noch weiter auf.

»Das Foto erreichte mich gestern mit der Post, anonym in Frankfurt abgesandt und deshalb mutmaßlich wie die vorherigen Briefe eine Botschaft meines Informanten«, begann er. Sein Gesicht glänzte im Scheinwerferlicht.

»Sie sehen drei Personen, genauer gesagt drei Männer irgendwo im Grünen. Vermutlich stehen sie im hohen Gras, jedenfalls aber nicht auf einem Weg. Im Vordergrund links sehen Sie, allerdings recht unscharf, Äste eines Baumes oder Strauchwerks. Der unbekannte Fotograf richtete die Kamera auf die Personen, nicht auf den Vordergrund, auf den es selbstredend nicht ankommt, der aber – das liegt nahe – den Fotografen decken sollte, sodass er quasi aus seinem Versteck heraus die Akteure ablichten konnte. Diesem Umstand ist es zugleich zuzuschreiben, dass die drei Männer nicht so fotografiert werden konnten, wie sich der Fotograf dies mutmaßlich gewünscht hat. Es gibt gewisse Unschärfen, insbesondere aber Schatten, schlechte Standpositionen und einen ungünstigen Lichteinfall, den man sicher vermieden hätte, wenn keine heimliche Aufnahme geschossen worden wäre.«

Wanninger stellte sich nun vor das Bild, betrachtete das Motiv fast liebevoll und mit demonstriertem Sachverstand, als müsse er sich ein weiteres Mal der Richtigkeit seiner Analyse vergewissern.

»Lassen Sie uns noch einen Augenblick bei dem Bildhintergrund verweilen«, fuhr er fort, trat zur Seite und kostete die spürbare Ungeduld seiner Zuhörer aus.

»Die Wiese, oder was immer es auch ist, auf der die drei Herren stehen, setzt sich in den Hintergrund fort.

Sie ist irgendwann nicht mehr sichtbar, und ich vermute, dass sie nach hinten abfällt, die Personen also an einem Hang oder an dessen oberem Abschluss stehen. Die Bäume oder die Sträucher, die im Vordergrund links stehen und von denen nur unscharf vorn einzelne Äste zu sehen sind, scheinen zu einem Wald oder Buschwerk zu gehören, das sich ebenfalls nach hinten fortsetzt. Ich folgere das aus dem Schatten, der auf die Wiese geworfen wird und sich nach hinten fortsetzt. Im Hintergrund sieht man einen Höhenzug. Er ist nur schwach in einer blassblauen Farbe zu erkennen. Vergleicht man diese mit den kräftigen leuchtenden Farbtönen im Vordergrund, muss der Höhenzug recht weit entfernt sein. Es spricht vieles dafür, dass sich zwischen dem Hang oder Hügel, auf dem sich die Wiese befindet, und dem Höhenzug im Hintergrund ein weites Tal erstreckt. Schaut man genauer auf den Hintergrund, erkennt man schemenhaft ein größeres Gebäude auf dem Bergrücken. Es könnte, da es sich offensichtlich nicht um eine Ortschaft handelt, so etwas wie eine Kirche, ein Kloster oder eine Burg sein. Zum Zeitpunkt der Aufnahme herrschte offensichtlich in der Ferne Dunst. Wir werden die Konturen des Gebäudes auf dem Foto nicht schärfer bekommen. – Aber mir kommt das Motiv irgendwie bekannt vor«, sagte er schließlich. »Irgendwoher kenne ich das Gebäude im Hintergrund. Obwohl wir nur schemenhaft die Umrisse erkennen können.«

»Vielleicht ist es eine Sehenswürdigkeit«, meinte Hermann van Eyck. »Ein Gebäude, dessen Umrisse einem irgendwie vertraut vorkommen, weil man es immer wieder sieht, es aber noch nie gezielt betrachtet hat.« Er stand auf, studierte das Bild und nahm wieder Platz.

»Ich glaube eher, dass es eine Burg ist«, vermutete er, »eine Kirche wäre gedrungener, aber ich bin mir nicht sicher. – Was meinst du, Anne?«

Seine Frau zuckte mit den Schultern.

»Werfen Sie bitte noch einen zweiten Blick auf den Vordergrund«, fuhr Wanninger fort, »und zwar im Wortsinne auf den vorderen Bildrand, ganz unten!«

Er tippte mit dem Zeigefinger auf die beschriebene Stelle, und das aufgehängte Foto zitterte ein wenig.

»Es ist kaum erkennbar«, sagte er, seiner eigenen Beobachtungsgabe Lob zollend.

»Ganz vorn erkennt man, nur hauchdünn und nach rechts verschwindend, eine silberne Linie, die ebenfalls etwas unscharf ist, aber im Farbton eine – sagen wir – marmorne Struktur aufweist. Kurzum: Es handelt sich, da bin ich mir sicher, um eine Leitplanke an einer Straße, die bekanntlich zumeist verzinkt ist und deshalb dieses Aussehen aufweist. Also: Wir sehen drei Männer jenseits der Leitplanke einer Straße auf einer Wiese stehen, am Rand eines Waldes oder größerer Sträucher, vor dem Panorama einer weiten Landschaft, in deren Hintergrund sich irgendeine singuläre Baulichkeit befindet, die über ihre Silhouette wahrscheinlich zu identifizieren ist.«

Er hielt inne und wandte sich um, als wollte er seine Zuhörer ermuntern, Fragen zu stellen, aber alle blieben still.

»Nun zu den Männern«, hob Wanninger erneut an und konzentrierte sich auf das Wesentliche.

»Sie müssen genau hinsehen«, sagte er, »wegen der ungünstigen Fotografierposition erkennt man die Details wirklich erst beim zweiten intensiven Betrachten. Der in der Mitte ist unverkennbar ein Asiate. Man sieht recht deutlich seine fernöstlichen Gesichtszüge, einen schwarzen Schnäuzer und das schwarze glatte Haar. Er trägt eine schwarze Hose, ein weißes Hemd und darüber eine schwarze Weste. Von seinem Unterkörper ist nicht viel sichtbar. Vor ihm befindet sich ein schwarzer Koffer, dessen aufgeklappter Deckel mit seinem Rücken zum Betrachter weist. Der Koffer steht auf irgendeinem Gegenstand, vielleicht einem Hocker, Klappstuhl oder sonstigem Gestell. Es lässt sich nicht genau feststellen, weil dieser Gegenstand offensichtlich vollständig in das hohe Gras eintaucht. Viel wichtiger ist natürlich der Koffer, dessen Inhalt uns aber leider verborgen bleibt. Links von dem Asiaten, dessen Alter ich nicht schätzen kann, steht der zweite Mann, bekleidet mit einem grauen Anzug. Er steht seitwärts zum Fotografen, sodass wir im Wesentlichen nur sein Profil erkennen können. Er beugt sich jedoch etwas vor, und zwar in Richtung des geöffneten Koffers, in den er hineinsieht. Immerhin hält er das Gesicht etwas nach vorn gedreht, sodass es gelingen könnte, diesen Mann zu identifizieren. Ich erkenne ein längliches, etwas gefurchtes Gesicht, einen Oberlippenbart, eine hohe Stirn und recht schütteres blondes Haar. Das Gesicht wirkt rötlich. Es scheint ein Mann mit heller, etwas sonnenempfindlicher Haut zu sein. Ich schätze ihn auf 50, vielleicht auch etwas älter. – Kommt Ihnen dieser Mann bekannt vor – oder vielleicht sogar der Asiate?«, fragte Wanninger und sah flüchtig auf die Eheleute van Eyck.

Sie schüttelten den Kopf.

»Es wäre auch zu schön gewesen«, knurrte Wanninger. »Dafür ist uns der dritte Mann bekannt. Schauen Sie ihn sich bitte genauer an!«, bat er.

Stephan stand auf und studierte das Bild.

»Sie meinen, es sei dieser Drauschner«, meinte er schließlich. »Hagere Statur, hochgewachsen, Stoppelhaarschnitt, eine Nickelbrille. So hat Sadowski den Besucher in der Villa beschrieben.«

»Sadowski ist sich ziemlich sicher, dass der Mann auf diesem Bild der mysteriöse Herr Drauschner ist«, triumphierte Wanninger. »Ich habe das Bild eingescannt und ihm übermittelt. Er hat mich heute Mittag angerufen.«

»Wenn ich Sie richtig verstanden habe, ist er sich nur ziemlich, aber eben nicht absolut sicher, dass der Mann auf dem Foto Drauschner ist«, relativierte van Eyck.

»Es spricht für Herrn Sadowski, dass er sich stets zurückhaltend äußert«, parierte Wanninger. »Ich wäre misstrauisch, wenn er sich hundertprozentig festlegen würde. Mir sind immer diejenigen suspekt, die alles genau wissen oder erkennen. Immerhin ist es auch schon einige Monate her, dass Sadowski Drauschner gesehen hat. Aber es wäre fast lebensfremd, wenn mir im Zusammenhang mit der Suche nach den Akteuren dieser rätselhaften Geschichte das Foto von einem Mann zugespielt wird, der nur zufällig der Person frappierend ähnlich sieht, die im Gesamtkontext eine zentrale Rolle spielt.«

»Das wäre in der Tat unwahrscheinlich«, stimmte Hermann van Eyck zu. »Meinen Sie, dass das Foto von Lieke stammt?«, fragte er.

»Das wäre meine Frage an Sie gewesen«, antwortete Wanninger.

»Ich habe dieses oder ein ähnliches Bild nie bei Lieke gesehen«, sagte Anne van Eyck.

»Und bei uns war dieses Bild bestimmt nicht«, ergänzte ihr Mann. »Weder in der Wohnung noch im Büro. – Meinen Sie, dass es aus dem Einbruch stammt? Ist es das, wonach bei dem Einbruch gesucht wurde?«

»Wenn kein weiterer Einbruch folgt, wird es vielleicht das Objekt der Begierde gewesen sein«, meinte Stephan.

»Nach Ihrem Zynismus steht mir nicht der Sinn«, erwiderte Hermann van Eyck barsch. »Wir sind nervlich am Ende. – Wie lautet nun Ihre Strategie?«, fügte er fordernd an und blickte abwechselnd zu Wanninger und Stephan. »Was machen Sie jetzt? Geben Sie das Bild an die Polizei? – Nach meiner Meinung haben wir nichts in der Hand. Es sind alles nur Informationen, die Zusammenhänge vielleicht wahrscheinlicher machen, ohne dass irgendetwas belegt wird. Was machen Sie mit diesem Bild, Herr Wanninger?«, wandte er sich nochmals konkret an den Journalisten. »Wenn ich Sie richtig verstehe, suchen wir neben Drauschner nun noch einen Asiaten und einen etwa 50-jährigen Mann mit hoher Stirn und blondem Oberlippenbart – nicht zu vergessen natürlich einen schwarzen Koffer mit geheimnisvollem Inhalt«, setzte er mit hörbarer Ironie hinzu. »Haben Sie nun einen Beleg für das schwarze Geschäft mit den seltenen Erden? Vielleicht sollte man nach den drei Personen im Konzern suchen. Wenigstens einer von den beiden Europäern könnte bei ThyssenKrupp beschäftigt sein. Vielleicht auch der Asiate. Was weiß ich?«

»Es ist vielleicht nicht die schlechteste Idee, Hermann«, wandte seine Frau ein. »Immerhin scheint es so zu sein, dass mein Brief an ThyssenKrupp letztlich den Einbruch in unser Haus ausgelöst hat. Vielleicht ist es ein Weg weiterzukommen.«

»Du willst nicht ernsthaft ein weiteres Mal Herrn Dr. Fyhre anschreiben?«, fragte Hermann van Eyck erstaunt. »Hast du nicht gemerkt, dass sein letztes Antwortschreiben höflich, aber sehr bestimmt einen Schlussstrich unter die Angelegenheit ziehen sollte?«

»Vielleicht könnten Sie es tun, Herr Knobel«, wandte sich Anne van Eyck an Stephan. »Ich bitte Sie sogar darum. Sie werden die richtigen Worte finden, da bin ich mir sicher. Vermeiden Sie unbedingt den Eindruck, dass wir einer fixen Idee verfallen sind. Ich möchte nicht noch größeren Schaden anrichten als den, der bereits eingetreten ist. Es muss bald zu einem Ende kommen. Wir sind wirklich mit den Nerven fast am Ende. Mein Mann hat es gesagt.«

Wanninger hatte aufmerksam den Wortwechsel verfolgt. Die Idee, das Foto als neuen Köder in das Unternehmen von ThyssenKrupp zu senden, gefiel ihm offensichtlich, ohne dass er offen für diese Idee werben wollte. Die van Eycks waren zu angespannt, sodass es unglücklich gewesen wäre, diesen Vorschlag selbst zu unterbreiten. Immerhin spürte Wanninger, dass er mit seiner Präsentation etwas bewirkt hatte. Das Foto hatte seine Gäste beeindruckt. Sie ahnten, auf der richtigen Fährte zu sein. Der Journalist übte sich jetzt in überlegener Zurückhaltung. Er wischte zufrieden den Schweiß von seiner Stirn.

»Schreiben Sie rein, Sie hätten das Bild vom Journalisten Gisbert Wanninger erhalten«, sagte er schließlich und sah die Eheleute van Eyck an. »Sie haben schon genug gelitten. Wenn der Köder wirkt, soll es mich treffen.«

»Das ehrt Sie!«, lobte Hermann van Eyck. Er nickte dankbar.

12

Stephan setzte sich nach ihrer Rückkehr noch am Abend zu Hause an seinen Computer. Anne van Eycks Auftrag, das an Gisbert Wanninger gesandte Foto, von dem Stephan im Büro des Journalisten weitere Kopien gefertigt hatte, in das Unternehmen ThyssenKrupp zu senden, erschien ebenso simpel wie schwierig. Gewiss bestand die Hoffnung, dass einer der Männer oder vielleicht sogar alle drei auf dem Foto von jemandem erkannt würden und günstigstenfalls das Foto vielleicht denjenigen hervorlocken könnte, den Wanninger als Drahtzieher all der rätselhaften kriminellen Machenschaften vermutete. Stephan verstand einerseits Anne van Eycks Motivation, andererseits war der Auftrag in der Durchführung heikel, weil sein Ausgang unabsehbar war. Es war möglich, dass sich Stephan lächerlich machte, weil das Bild von den drei Männern im Gras, die sich um einen geheimnisvoll geöffneten Koffer scharten, als albernes Fotorätsel empfunden werden mochte. Aber es war auch möglich, dass das Foto tatsächlich denjenigen erreichte, den es eigentlich anging, und unkalkulierbare Reaktionen auslösen konnte. Marie fand, dass Anne van Eyck durchaus diesen Brief hätte selbst schreiben können. Es schien fernliegend, dass sich Anne damit dem Gespött ausgesetzt hätte. Im Gegenteil: Die nachvollziehbare Trauer um den Verlust ihrer bei einem rätselhaften Unfall ums Leben gekommenen Schwester machte ihre Bemühungen nachvollziehbar, alles zu unternehmen, um die umgeklärten Fragen zu beantworten. Sich hierbei eines Anwalts zu bedienen, hob die Sache unnötig auf eine andere Ebene und lenkte von dem ernsthaften Anliegen ab, das durch Stephans Einschaltung vielleicht entwertet würde. Wozu brauchte Anne van Eyck einen Anwalt? Maries Frage bestätigte einerseits Stephans Zweifel an der Notwendigkeit seiner Tätigkeit; andererseits war er dankbar, nunmehr etwas unternehmen zu können.

Er schrieb höflich und zurückhaltend an den Vorstandsvorsitzenden Dr. Fyhre von ThyssenKrupp, bezog sich auf Annes vorhergehenden Brief und wiederholte mit anwaltlich nüchternen Worten das drängende Interesse seiner Mandantin, den Tod ihrer Schwester

Lieke aufklären zu wollen und deshalb nichts unversucht zu lassen, was Licht ins Dunkel bringen könne. Er fügte eine der ihm überlassenen Kopien des Ausdrucks des Digitalfotos bei, bat darum, die Mitarbeiter des Unternehmens zu veranlassen, sich mit dem Bild zu beschäftigen und sodann mit Stephans Büro in Verbindung zu setzen, soweit Hinweise auf die Identität der abgebildeten Personen, den Ort oder die Zeit der Aufnahme gemacht werden könnten. Abschließend wies er darauf hin, dass dem bekannten Journalisten Gisbert Wanninger dieses Bild zugespielt worden sei, der in dieser Sache recherchiere und Hintergrundinformationen zusammentrage.

Marie korrigierte währenddessen Schulhefte. Sie teilte mit Stephan das kleine Arbeitszimmer, das von seinem Zuschnitt her offensichtlich als Kinderzimmer in der Wohnung in Dortmund-Asseln gedacht war. Marie belegte mit ihren schlichten hölzernen Regalen, gefüllt mit Heften, Fachbüchern und Kalendern, die eine und Stephan die andere Seite, wobei sich seine Arbeitsmittel auf den Computer, zwei dicke rote Gesetzesbände und einige ältere Kommentare beschränkten, die er auf seinem alten Schreibtisch positioniert hatte. Seit er sich von Hübenthal und Löffke getrennt hatte, gab es keine Akten, die er abends daheim nach- oder vorbereitete. Es fehlte insgesamt an Akten, weil die Fälle fehlten. Sie lebten derzeit im Wesentlichen von Maries Einkünften. Auch das schmerzte ihn.

Er druckte den Entwurf seines Briefs an ThyssenKrupp aus und reichte ihn Marie zum Lesen. Sie überflog die Zeilen, setzte hier und da noch mit ihrem Kor-

rekturstift ein Komma und gab ihm das Schreiben mit
einem Kopfnicken zurück.

Stephan lächelte gequält. Marie konnte, wenn sie
wollte, tatsächlich die Lehrerin spielen.

»Wir sollten morgen Nachmittag zu dem Schrotthändler fahren, bei dem das Wrack von Liekes Auto
steht«, sagte sie, schon wieder über ihre Hefte gebeugt.
»Und danach fahren wir raus ins Grüne!«

Jetzt sah sie auf und lachte ihn an. Sie verstand ihn.

13

Hendryk Swentowski betrieb seinen Schrotthandel in
Wanne-Eickel nahe dem am Rhein-Herne-Kanal gelegenen Westhafen. Die Zufahrt auf sein Firmengrund-
stück zwängte sich zwischen zwei mit Hallen bebau-
ten Industriegrundstücken hindurch, vor denen Coils
lagerten, die silbrig in der Sonne glänzten. Es war ein
schmuckloses Gewerbegebiet mit trostlosen Straßen,
auf denen die Laster grauweißen Staub aufwirbelten,
der sich in trüben Wolken verflüchtigte.

Swentowski führte Marie und Stephan über sein nach
hinten weit verzweigtes Betriebsgelände, auf dem sich
schrottreife Autos türmten, teilweise bereits zu kleinen
Paketen gepresst, die zum Abtransport gestapelt waren.
Sie folgten dem Inhaber durch die zwischen den Altfahr-

zeugen frei gehaltenen Gassen, die das Areal schachbrett-
artig gliederten und von der beeindruckenden Ordnung
zeugten, mit der Swentowski sein Unternehmen führte
und die Betriebsabläufe steuerte. Das Wrack von Liekes
BMW stand am Rand des Firmengeländes unter einem
grobschlächtig errichteten Wetterschutz, der nach oben
mit Wellblech abgedeckt war und neben Liekes Wagen
noch einige Altfahrzeuge beherbergte, die aus irgendeinem Grund eines besonderen Schutzes bedurften. Swentowski schlug weit ausholend eine graue Plastikplane
zurück, unter der Liekes Wagen verborgen war.

»Stand bis vor einiger Zeit draußen«, erklärte Swentowski auf Stephans fragenden Blick, »aber die Kundin wünscht, dass der Wagen noch zusätzlich geschützt
wird. Hat ja im vorderen Bereich auch schon Rost ange-
setzt.« Er zeigte auf den gestauchten Frontbereich, der
durch den Aufprall des Wagens völlig zerstört und bis
in den Innenraum gedrückt war.

»Die Kundin?«, fragte Marie, während sie betroffen
das Fahrzeug musterte und sich unwillkürlich vorstellte,
wie Lieke van Eyck verunglückt war.

»Die Schwester«, erläuterte Swentowski in einem
Tonfall, als offenbare er längst Bekanntes. »Frau van
Eyck vermutet, dass es bei dem Unfall nicht mit rechten Dingen zugegangen ist. Deshalb will sie das Fahrzeug sichern, um notfalls noch irgendetwas beweisen
zu können. Vor Kurzem wollte sie, dass ich das Auto
unterstelle. Das habe ich dann gemacht. Die Frau zahlt
mir eine monatliche Standgebühr. Ist also alles in Ordnung, oder nicht?«

»Ist es«, bekräftigte Stephan. »Sie hatte es uns nur

159

nicht gesagt. Deshalb sind wir überrascht. Ich wunderte mich schon, dass Sie im Bilde waren, als ich vorhin anrief und sagte, dass wir den Unfallwagen von Lieke van Eyck ansehen wollten. Sie haben hier doch Hunderte Unfallwagen.«

»Stimmt«, bestätigte Swentowski. Er bückte sich, um die Plastikplane zusammenzufalten. »Aber mit diesem Auto ist es schon etwas Besonderes. Ich kenne die Geschichte dieses Unfalls, und ich habe eine Vorstellung von der Fahrerin. Die Schwester und ihr Mann haben mir alles erzählt. Eigentlich möchte ich so etwas gar nicht hören. Wissen Sie, für mich sind die kaputten Autos hier bloßer Schrott, den ich entweder in die Presse schicke oder an Leute verkaufe, die mit dem einen oder anderen Teil noch irgendetwas anfangen können. Ich will die Geschichte dieser Autos gar nicht kennenlernen. Viele Fahrzeuge enden in einem Unfall, und es schützt, darüber so wenig wie möglich zu wissen.«

»Meinen Sie denn, dass die Vermutung der Schwester und des Schwagers richtig sein könnte?«, fragte Marie.

»Sie meinen, dass es letztlich kein Unfall war?« Hendryk Swentowski legte die zusammengefaltete Plane auf das Autodach. »Keine Ahnung. Ich beschäftige mich jetzt seit 25 Jahren mit Autoschrott. Aber glauben Sie nicht, dass ich deshalb all diese unfallanalytischen Gutachten nachvollziehen kann, in denen Sachverständige aus einem Knäuel Blech den genauen Unfallhergang rekonstruieren. – Wer möchte schon akzeptieren, dass ein geliebter Mensch durch einen Schicksalsschlag getötet wurde? Wir suchen doch alle immer einen Schuldi-

160

gen.« Er lächelte. »Wir Polen wenden uns in diesen Fällen mehr an Gott als an die Sachverständigen.«

»Es war vor einiger Zeit schon einmal jemand da, der sich für diesen Wagen interessiert hat. Stimmt das?«, fragte Stephan.

»Stimmt«, nickte Swentowski. »Es war ein dicker, älterer Mann, der das Auto eingehend untersuchte. Er kratzte sogar etwas von der Schmutzschicht ab, die auf dem Auto war.«

Stephan betrachtete den Lack der unversehrt gebliebenen Teile der Karosserie.

»Allzu viel ist von diesem Dreck nicht mehr zu sehen«, fand er.

»Der Wagen stand die ganze Zeit draußen«, erinnerte Swentowski. »Über die Wintermonate ist viel durch Regen und Schnee abgewaschen worden. Aber einzelne Partikel und in den Lack eingefressene Flecken sind immer noch da. Dieser Mann, von dem Sie gerade sprachen, hat wohl zielgerichtet danach gesucht. Als er kam, hatte man nicht mehr sehen können, dass der Wagen zu dem Zeitpunkt, als er hier auf den Hof gebracht wurde, so beschmutzt war, als hätte man ihn unter einer Dusche mit einer feinen weißen Flüssigkeit bespritzt.«

»Aber das Heckfenster war sauber«, vergewisserte sich Stephan.

»Nicht nur das Heckfenster«, antwortete Swentowski. »Von der Frontscheibe war natürlich nichts mehr übrig und die Seitenfenster an Fahrer- und Beifahrertür sind, wie Sie sehen, auch zerstört. Aber die anderen Fenster waren ebenfalls ziemlich sauber, genau wie die Heckscheibe. Bis in die Ecken sogar. Normalerweise reinigt man ja verdreckte Scheiben nur so weit, dass man eben hindurchsehen kann. Also nicht bis in die hinteren Ecken und erst recht nicht die hinteren Seitenfenster. Jedenfalls nicht in dieser Gründlichkeit.«

»Typisch Lieke«, bemerkte Stephan leise.

Swentowski ging an das Fahrzeugwrack und öffnete den Kofferraum. Die Heckklappe federte ächzend nach oben. Im Kofferraum steckten ein Autoatlas, ein Warndreieck und eingeschweißte Gummihandschuhe sorgfältig in einem Seitennetz. Der Kunstfaserboden des Kofferraums war sorgfältig gesaugt. Seitlich lag ein Fensterwischer, mit dem offensichtlich das Fensterglas gereinigt worden war. An der Wischlippe haftete eine weiße verkrustete Substanz, die am Schaft heruntergelaufene getrocknete Schlieren hinterlassen hatte.

Marie betrachtete eingehend den Fensterwischer.

»Hat der Dicke in den Kofferraum gesehen?«, erkundigte sie sich.

Swentowski hob die Schultern.

»Ich weiß es nicht«, sagte er. »Ich war nicht die ganze Zeit dabei. Erinnern kann ich mich nicht.«

»Was meinst du?«, fragte Stephan.

»Es passt nicht zu Lieke, dass sie die Scheiben mit diesem Wischer gereinigt hat, ohne die Gummihandschuhe zu benutzen. Wir wissen, dass sie immer sehr auf Sauberkeit geachtet hat und den Wagen wöchentlich reinigen ließ. Wenn sie, wie in diesem besonderen Fall, gezwungen war, selbst Hand anzulegen, hätte sie dies nicht ohne die Schutzhandschuhe gemacht, die sie ja wahrscheinlich eigens für solche Zwecke im Wagen hatte.«

Marie deutete auf das Netz im Kofferraum.

»Dieses milchig weiße Zeug ist sogar am Schaft des Wischers heruntergelaufen. Man sieht es ganz deutlich. Lieke hätte dieses Ding niemals mit bloßen Händen angefasst.«

»Aber die Scheiben sind so gereinigt worden, wie es Liekes Sauberkeitssinn entsprach. Vollständig und bis in die Ecken«, sagte Stephan.

»Es könnte ja sein, dass jemand nach ihrer Anleitung die Scheiben gereinigt und danach diesen Wischer in den Kofferraum gelegt hat«, vermutete Marie. »Denn auch das passt nicht zu Lieke: Sie hätte den Wischer zumindest in eine Plastiktüte oder auf eine Unterlage in den Kofferraum, aber niemals das Gerät so auf den Kofferraumboden gelegt.«

»Vielleicht hat sie die Scheiben an einer Tankstelle reinigen lassen«, überlegte Stephan.

»Aber dort hätte man eigenes Reinigungsgerät benutzt«, war sich Marie sicher. »Es spricht mehr dafür, dass es jemand war, den Lieke gekannt hat. Denn wenn eine Tankstelle ausscheidet, kommt nur jemand in Betracht, der Liekes Wunsch, die Scheiben bis in die kleinsten Winkel zu reinigen, ohne Weiteres entsprochen hat. Das wird kein Fremder sein, der von Lieke um eine Gefälligkeit gebeten wurde. Wir sollten den Wischer mitnehmen und der Polizei geben«, schlug sie vor. »Wenn Liekes dubiose Fahrt nach Dortmund zu der geheimnisvollen Geschichte gehört, an die Wanninger glaubt, und Teil dieser Geschichte wiederum die Einbrüche in Liekes Wohnung sind, könnte der Wischer ein Beweisstück in der Einbruchssache sein. – Und er führt uns vielleicht zu dem Unbekannten, mit dem sich Lieke getroffen hat.«

Marie bat Swentowski um eine Plastiktüte, die er aus einer nahen Baracke zwischen gestapelten Schrottfahrzeugen besorgte. Er schaute verwundert zu, wie Marie den Wischer mit einem Papiertaschentuch vorsichtig am Gummi der Wischlippe hochhob und in die Plastiktüte gleiten ließ.

»Werden Sie davon der Schwester der Fahrerin erzählen?«, fragte er.

»Sicher«, sagte Stephan. »Sie wissen doch, dass ich die Frau van Eyck vertrete.«

»Ja, schon, aber es hört sich irgendwie so geheimnisvoll an«, entgegnete er. »Da steht dieses Auto monatelang hier rum, ohne dass sich jemand dafür interessiert. Und plötzlich ist alles anders.«

Swentowski knetete die Hände und wirkte eigenartig unbeholfen. Der Schrotthändler, der jeden Tag das Grobe erledigte, wich verstört vor den filigranen Schlussfolgerungen zurück, die Marie leicht über die Lippen gingen.

Er schloss den Kofferraum des Autos leise und entfaltete wieder die Plane, die er behutsam über das Auto zog und unterhalb des Chassis festzurrte. Swentowski folgte Marie und Stephan bis zu dem verrosteten Schiebetor an der Zufahrt zu seinem Firmengelände.

»Manchmal spricht man von Autofriedhöfen«, sagte er zum Abschied. »Der Begriff hat mich nie berührt.«

Er redete nicht weiter und reichte Marie und Stephan die Hand. Es war der kräftige Händedruck eines Mannes, der auf diese Weise Geschäfte besiegelte und sie handwerklich erledigte. Jetzt symbolisierte der Händedruck sein Vertrauen, dass er ein Geheimnis, das auf seinem Autofriedhof verborgen war, in andere Hände gegeben hatte, in denen er es gut aufgehoben wusste. Er ging unwirklich zärtlich damit um. Swentowski winkte, als Stephan und Marie ins Auto stiegen. Hinter ihm packten die stählernen Zähne des Greifers einer seiner schweren Maschinen in ein unversehrt scheinendes Auto und hoben es wie Spielzeug hoch. Einige Glassplitter fielen im Licht der tief stehenden Sonne glitzernd wie Funkenregen auf die Erde. Im Hintergrund zog ein Gewitter auf. Die weißen Kühltürme des Kraftwerks in Herne-Baukau und der hohe schlanke Schornstein hoben sich wie pittoreske marmorne Statuen vor dem dunklen Himmel ab.

Marie und Stephan nahmen den Weg zurück nach Dortmund über die Autobahn. Sie hatten sich versprochen, nach dem Besuch ins Grüne zu fahren. Sie suchten Einhalt, wollten durchatmen und sich auf sich besinnen. Das aufziehende Unwetter verbat vernünftigerweise, daran nur einen Gedanken zu verschwenden. Doch keiner von ihnen sagte etwas. Es war an der Zeit, endlich das zu tun, was sie sich vorgenommen hatten, und die verabredete Fahrt ins Grüne war in Wirklichkeit eine Flucht, symbolisierte den längst fälligen Ausbruch aus dem Alltag, der sich ihrer bemächtigte und drohte, sie in ihrer Liebe zueinander zu beschneiden und zu ersticken. Sie erlagen einem hämmernden Takt, der das Herzklopfen überdröhnte, die Planung der nächsten Stunde, des nächsten Tages verlangte und keine Zeit für das Wichtige ließ. Der Himmel färbte sich schwarz und grau.

Die Gewitterwolken wucherten zu monströsen Gebilden, ihre wabernden Konturen zu einer giftig aufgeladenen Masse.

Sie parkten das Auto oberhalb von Bodelschwingh an dem kleinen Friedhof. Sie standen auf der Anhöhe, in der Stephan in seiner Kindheit mit den Eltern einmal rodeln war, als er mit ihnen seine Tante besucht hatte, die hier wohnte. Sie war Witwe eines Bergmanns, der sein Berufsleben unter Tage auf der Zeche Hansa verbracht hatte. Gemeinsam machten sie damals im Schnee einen Spaziergang auf diesen Hügel, von dem aus Stephan, der wie Marie im Münsterland aufgewachsen war, zum ersten Mal einen Eindruck von der Stadt bekam, in der seine Tante wohnte. Aus Kinderaugen erschien dieser Höhenzug mit seinen Feldern und ausgedehnten Waldflächen viel höher, als er war, aber man konnte von hier tatsächlich in die Ferne und über die ganze Stadt schauen, in der Kokereien und Stahlwerke ihre Blicke auf sich zogen, dunkelbraune Gebilde mit qualmenden Schloten, die in einem weiten Tal verstreut schienen, ebenso einige Gasometer, die wie große graue Dosen aussahen. Es gab Zechen, deren Fördertürme aus dieser Perspektive wie spielzeugartige Turngeräte erschienen. Die dominierenden Farben in Stephans Erinnerung an diesen Tag waren Grau, Braun und Weiß. Die Stadt war grau, die Industrieklötze dunkelbraun, der Schnee auf dem Berg weiß wie der Qualm aus der Kokerei. Im Schnee verschmolz alles miteinander. Hier auf dem Berg blieb der Schnee lange weiß. Es war weit draußen vor der Stadt. Am Fuße dieses Berges lag sogar ein schö-

166

nes Wasserschloss. Seine Tante sagte immer, das Schloss Bodelschwingh sei schöner als die meisten der anderen deutschen Wasserschlösser. Sie hatte recht. Wenn sie in den Alpen ein solches Schloss hätten, meinte sie, würde man die Touristen in Bussen ankarren. Im Ruhrgebiet sei man nur nicht genügend stolz auf sich.

Von hier oben hatte man alles im Blick: heimelige Natur und groteske Industrie. Hier hatte ihm seine Tante erzählt, dass in Dortmund die Straßenbahn die Farben Braun und Beige trugen, damit der Schmutz nicht so schnell auffiel. Heute wohnte Stephan in dieser Stadt, deren Aussehen sich stark verändert hatte. Jetzt war alles anders. Die schmutzige Industrie war fort. Die Stadt war grün, die Straßenbahnen trugen die Farben Rot und Weiß, aber das Image war geblieben. Stephan zog es seither immer wieder auf den Berg. Einige der Gasometer waren verschwunden. Die braunen Industrieklötze waren, wenn sie überhaupt noch standen, zu Industriedenkmälern geworden. Man ließ die Gebäude und Anlagen, wie sie waren. Die Natur eroberte sich die ihr entrissenen Areale zurück. Aus Maschinenhäusern und Kohlebunkern sprossen Birken, verrostete Gleise verschwanden unter wucherndem Gestrüpp. Der Blick vom Bodelschwingher Berg bot im Panorama eine Zusammenfassung des vollzogenen Wandels.

Marie und Stephan gingen Arm in Arm den Weg am Waldsaum entlang. Links leuchteten die Felder unwirklich gelb im Licht der Sonne, die sich gegen die Wolken zu behaupten suchte, die ihr wie eine träge Masse entgegenzutreiben schienen. Weit unten lagen die nordwestlichen Teile der Stadt, hinten die Dortmunder Innenstadt, über die sich zuckende Blitze entluden. Am Horizont, im Süden über den Höhen des Ardeygebirges, war es hell, wieder hell, wie gereinigt und erneuert. Marie und Stephan setzten sich ins Gras neben den Weg. Es fielen erste Tropfen, warm und weich. Der Wind frischte auf, trieb vertrocknete Blätter und Staub vor sich her, verwirbelte sie, ließ sie tanzen und presste sie weg. Der Sturm reinigte vor. Der Donner knallte, die Blitze zuckten und schienen für Sekundenbruchteile starr und wie in den Himmel geklebt, grell weiß und rötlich scharf. Einige hundert Meter entfernt ragten die Masten der Hochspannungsleitung wie stählerne Skelette in den bleiernen Himmel. Die schweren Wolken entluden sich und schütteten ihr Wasser auf die ausgetrocknete Erde. Die Tropfen schlugen hämmernd auf den Boden, klopften auf die staubigen Krusten des Bodens, fluteten seine Poren und peitschten das Feld. Das Wasser rann über ihre Körper, Donner und Regen lärmten, redeten und schrien. Das Wasser massierte und umspülte sie. Sie hatten sich noch nie im Freien geliebt.

14

Am nächsten Morgen fuhr Stephan zum Polizeipräsidium in Recklinghausen und übergab den Fensterwischer dem zuständigen Kriminalhauptkommissar

Schreiber, der die Ermittlungen in der Einbruchsache van Eyck führte. Er nahm Stephans Hinweise auf den zwangsläufigen Aufenthalt von Liekes Wagen im Dortmunder Hafengebiet zum Zeitpunkt der Emission aus der Cleanochem AG und Maries Schlussfolgerung über die Art und Weise der Reinigung der Scheiben an Liekes Wagen auf und vermerkte, dass Stephan Anne van Eyck vertrat. Stephan verwies auf die bei der Staatsanwaltschaft in Essen geführte und vorläufig abgeschlossene Akte zum Unfalltod von Lieke van Eyck.

»Die Fälle gehören wahrscheinlich zusammen«, schloss Stephan.

Herr Schreiber notierte sich dieses und jenes.

»Wir werden diesen Fensterwischer untersuchen und uns mit den Kollegen in Essen in Verbindung setzen«, versprach Schreiber. »Wenn das Ergebnis vorliegt, sehen wir weiter.«

Als Stephan in sein Büro zurückkam, überreichte ihm Hubert Löffke im Erdgeschoss des Kanzleigebäudes einen Briefumschlag.

»Sie haben heute einen Posteingang«, säuselte Löffke ironisch und verbeugte sich devot. »Laut Absender von ThyssenKrupp.« Er reichte Stephan mit der ausgestreckten rechten Hand den Umschlag, die andere steckte lässig in seiner Hosentasche. Löffke trug trotz der Wärme einen schwarzen Anzug. Das weiße Hemd war bis oben zugeknöpft, die rote Krawatte korrekt mit einer Krawattennadel justiert.

»Den erfolgreichen Anwalt kennzeichnet nicht zwingend eine Flut von Mandaten«, dozierte er süffisant, »es müssen nur die richtigen Mandate sein. Sie werden sich doch nicht etwa ThyssenKrupp geangelt haben, Kollege Knobel?«, frotzelte er, während Stephan den Umschlag entgegennahm. »Sie haben ThyssenKrupp doch nur in irgendeiner Sache als Gegner, oder?«, forschte er, insgeheim befürchtend, dass ThyssenKrupp tatsächlich zu Stephan gefunden haben könnte.

»Es bahnt sich etwas Größeres an«, meinte Stephan beiläufig und stieg die Treppen hinauf in sein Büro.

»Wir könnten in der einen oder anderen Sache auch zusammenarbeiten«, rief Löffke hinterher. »Konzerne sehen es gern, wenn die sie vertretende Kanzlei Manpower haben. Ein Einzelanwalt wirkt unprofessionell, Kollege Knobel! Nur eine große Kanzlei verkörpert Kompetenz.«

»Dann erkennen Sie, was mir unter diesen Umständen gelungen ist, werter Herr Löffke«, rief Stephan gönnerhaft durch das Treppenhaus nach unten. »Danke für das großzügige Angebot!«

Der Brief enthielt die erwartete Antwort des Vorstandsvorsitzenden von ThyssenKrupp, Dr. Fyhre. Man könne leider nicht behilflich sein. Das Unternehmen habe Tausende von Beschäftigten an den unterschiedlichsten Standorten. Es sei unmöglich, alle zu einem Bild zu befragen, dessen Bedeutung für den Tod von Lieke van Eyck sich für ihn auch nicht erschließen wolle. Dr. Fyhre bat höflich um Verständnis, dass man sich um diese Sache, wie er sich ausdrückte, nicht weiter kümmern könne. Zugleich zeigte er sich erfreut, dass sich Anne van Eyck anwaltlicher Hilfe bediene, und war überzeugt, dass nun gewährleistet sei, die Nachforschungen professionell zu betreiben. Abschließend bat der Vorstandsvorsitzende unmissverständlich darum, ihn und das Unternehmen in dieser Sache nicht um weitere Informationen zu bitten. Man sei ersichtlich nicht in der Lage, Hinweise zu geben, die zu der gewünschten Aufklärung der Umstände des Todes von Lieke van Eyck beitragen könnten. Dr. Fyhre hatte das Foto beigelegt, das er mit verbindlichen Grüßen zu seiner Entlastung zurückgab.

Stephan nahm Dr. Fyhres Schreiben mit dem Ausdruck des Fotos zu der nach wie vor dünn bleibenden Akte van Eyck und informierte Wanninger telefonisch von der erwarteten Reaktion des Unternehmens. Er erreichte den Journalisten über Handy. Im Hintergrund waren Fahrgeräusche zu hören.

»Hat er etwas zu meiner Person geschrieben?«, fragte Wanninger. »Sie hatten ihm doch mitgeteilt, dass Frau van Eyck das Foto von mir erhalten hatte.«

»Nein«, antwortete Stephan. »Er ist mit keinem Wort auf Sie eingegangen.«

»Finden Sie das nicht eigenartig?«

»Es scheint Dr. Fyhre nicht wichtig zu sein, woher das Foto stammt«, sagte Stephan. »Das Unternehmen will mit dieser Sache nicht behelligt werden.«

Wanninger reagierte nicht sofort. Stephan hörte durch den Hörer nur das Rauschen des Fahrtwindes. Wanninger fuhr mit geöffnetem Seitenfenster.

»Ich gehe einer Spur nach«, sagte er schließlich. »Besser gesagt, ich fahre ihr nach. Und ich bin zuversichtlich, dass ich fündig werde, Herr Knobel.«

»Welche Spur?«

»Das Gebäude auf dem Foto. Sie wissen schon: der Bildhintergrund. Hermann van Eyck hat mich unbewusst auf die richtige Fährte gebracht. Ich denke, dass es sich um eine Burg handelt. Habe da eine Vermutung, Herr Knobel. Wir dürfen uns nicht abwimmeln lassen. Denken Sie an meine Worte! Ich melde mich wieder.«

Wanninger brach die Verbindung ab, und Stephan sandte Dr. Fyhres Brief per Fax zur Kenntnisnahme an seine Mandantin.

15

Die Antwort von Kriminalhauptkommissar Schreiber kam am Spätnachmittag des folgenden Tages und viel schneller als erwartet. Man hatte den Fensterwischer kriminaltechnisch untersucht und sowohl Fingerabdrücke als auch genetische Spuren festgestellt. Sie waren identisch mit Spuren, die man bei dem Einbruch in die Wohnung von Lieke van Eyck in der Nacht vom 7. auf den 8. März und auch bei dem jüngsten Einbruch in das Hofgebäude sichergestellt hatte. Stephan hörte Schreiber die Überraschung deutlich an. Ihm waren Stephans Rückschlüsse, die letztlich diejenigen von Marie waren, zu fernliegend erschienen, als dass er ihre Richtigkeit ernsthaft in Betracht gezogen hatte. Seine Zusage, den Wischer untersuchen zu lassen, war pflichtschuldig erfolgt, weil man bemüht war, jedem Hinweis zur Aufklärung dieser rätselhaft gebliebenen Einbrüche nachgehen zu wollen. Er erkundigte sich, ob Stephan noch heute zu ihm in die Dienststelle kommen könne, und bat darum, dass er seine Mandantschaft möglichst nicht mitbringen solle. Stephan merkte, dass die aktuellen Erkenntnisse die Ermittlungsbehörde in eine neue Richtung denken ließ. Sie verabredeten sich für 18 Uhr im Polizeipräsidium Recklinghausen.

Unmittelbar nach seinem Telefonat mit Schreiber meldete sich Anne van Eyck bei Stephan. Sie hatte die Antwort des Vorstandsvorsitzenden von ThyssenKrupp gelesen.

»Ich habe nichts anderes erwartet«, resümierte sie. »Allerdings habe ich den Eindruck, dass wir Dr. Fyhre auf die Nerven gefallen sind. Ich wünsche also, dass wir nicht mehr an ihn herantreten«, sagte sie. »Es liegt auf der Hand, dass wir uns lächerlich machen und das Andenken an Lieke beschädigt wird. – Versprechen Sie mir das, Herr Knobel?«

Stephan verstand seine Mandantin. Er versprach es.

Als Stephan mit Marie zur vereinbarten Zeit in Schreibers Büro erschien, hatte er weder die van Eycks noch Wanninger von den Neuigkeiten unterrichtet, die in der Tat eine Wende bedeuteten. Erstmals gab es ein nachweisbares Bindeglied zwischen Liekes letzter Autofahrt und den Einbrüchen, und es lag nahe, dass diese auch mit ihrem Tod in Verbindung standen. Stephan hatte die van

Eycks nicht unterrichtet, weil er nichts über ein Beweisstück sagen wollte, dessen Aussagekraft er bis dahin bezweifelt hatte. Zum anderen störte ihn, dass Anne van Eyck ihm nichts darüber erzählt hatte, dass sie das Autowrack auf dem Schrottplatz von Hendryk Swentowski geparkt hatte. So nachvollziehbar es war, das Fahrzeug als möglichen Spurenträger vor einer Vernichtung zu bewahren, so wenig verständlich erschien, dass sie ausgerechnet hiervon Stephan nicht in Kenntnis gesetzt hatte. Stephan hatte es auch unterlassen, Gisbert Wanninger zu unterrichten, dessen zunächst so kühn erscheinende Theorie, wonach alle rätselhaften Vorgänge miteinander verknüpft seien, unerwartet ihre Bestätigung erfuhr und deshalb zu erwarten stand, dass er sich aufgedrängt und darauf bestanden hätte, Marie und Stephan ins Polizeipräsidium zu begleiten. Sie erhofften sich von dem Gespräch mit Schreiber eine nüchterne Zwischenbilanz jenseits der Thesen und Schlussfolgerungen, die Stephans Mandantschaft und Wanninger anstellten. Erstmals schien es greifbare Resultate zu geben.

Das Dienstgebäude wirkte fast verlassen. Kriminalhauptkommissar Schreiber holte Marie und Stephan an der Pförtnerloge ab, in der ein Wachtmeister teilnahmslos auf die wechselnden Bilder auf dem Monitor sah, die von den Überwachungskameras stammten. Sie folgten Schreiber über lange und mit grauem Linoleum ausgelegte Flure, die klinisch rein im noch satten Tageslicht glänzten. Dann bat Schreiber seinen Besuch in sein Dienstzimmer, in dem er Marie und Stephan mit Staatsanwalt Bekim Ylberi bekannt machen wollte, den sie jedoch schon aus einem früheren Fall kannten. Ylberi hatte die Akte zu Liekes Unfalltod auf den runden Besprechungstisch gelegt.

Marie und Stephan freuten sich über die unerwartete Anwesenheit von Bekim Ylberi, und er erwiderte diese Sympathie mit dem ihm eigenen feinen Lächeln, das schnell vergessen ließ, dass er in seiner Behörde als scharfsinniger Analytiker galt, dem eine steile Beamtenkarriere vorausgesagt wurde, die er unmittelbar nach dem Ende seines Jurastudiums und der Annahme der deutschen Staatsangehörigkeit begonnen und erfolgreich vorangetrieben hatte. Nach nur wenigen Dienstjahren als Staatsanwalt in Dortmund war kürzlich er zum Oberstaatsanwalt ernannt worden und leitete in Essen ein Dezernat für Tötungsdelikte.

Hauptkommissar Schreiber eröffnete die Besprechung und begann mit einer Zusammenfassung der bisherigen Ermittlungsergebnisse, die in den beabsichtigten Gedankenaustausch überleiten sollte.

»Ich möchte Ihnen vorab dafür danken, Herr Rechtsanwalt Knobel, dass Sie davon abgesehen haben, Ihre Mandantin zu dieser Besprechung mitzubringen«, eröffnete er. »Selbstverständlich respektiere ich Ihre verfahrensrechtliche Rolle«, erläuterte Schreiber, »aber es scheint mir sinnvoll, quasi informell in dieser Runde tiefer in diese beiden Fälle einzusteigen, die nach neuen Erkenntnissen vielleicht ein einziger Fall sind. Deshalb habe ich Herrn Ylberi hinzugebeten. Ich darf Sie zunächst um Vertraulichkeit bitten, was den Inhalt dieses Gesprächs angeht, soweit Sie dies mit der Vertretung von Anne van Eyck vereinbaren können.«

Stephan nickte.

Staatsanwalt Bekim Ylberi war elegant gekleidet. So hatten ihn Stephan und Marie kennengelernt, als sie ihm bei der Lösung eines früheren Falles begegnet waren und unausgesprochen so etwas wie ein Team wurden, in dem ein jeder aus seiner beruflichen Funktion heraus unterschiedliche Perspektiven und Aspekte entwickelte, die sich mosaikartig zu einem für alle überraschenden Ergebnis zusammenfügten. Als gebürtigem Südeuropäer konnte Ylberi die Wärme nichts anhaben. Er war mit diesem Klima vertraut und wusste ihm mit sparsamer Bewegung und dem regelmäßigen Genuss von Tee zu begegnen, während Schreiber in seinem roten Poloshirt schwitzte und seinen Durst mit zimmerwarmer Limonade zu stillen versuchte.

Schreiber erläuterte das Ergebnis der kriminaltechnischen Untersuchung des Fensterwischers: Man hatte an der Wischlippe und auch am Schaft, dort allerdings nur verdünnt, Siliciumdioxid gefunden, das bei der bekannten Emission der Cleanochem AG im Industriegebiet am Dortmunder Hafen am 12. September freigesetzt worden war und sich in der näheren Umgebung wie Niederschlag abgesetzt hatte. Der Umstand, dass diese Substanz nur in verdünnter Konzentration am Stiel des Wischers festgestellt wurde, ließ den Rückschluss zu, dass die Scheiben von Liekes Pkw unter Zuhilfenahme von Wasser gereinigt wurden, was auch naheliege, weil die ausgetretene weißliche Substanz dazu neige, Kratzer und Schleifspuren zu hinterlassen, wenn man versuche, sie trocken zu entfernen.

»Der Wagen war nicht übermäßig, aber durchgehend leicht mit diesem Stoff überzogen«, warf Ylberi ein. »Diesem Umstand wurde damals keine besondere Bedeutung beigemessen. Man kam nicht auf die Idee, die Verschmutzung des Autos zu analysieren, weil es keinerlei Hinweise darauf gab, dass diese in irgendeiner Weise für den tragischen Unfall ursächlich oder mitverantwortlich war. Man ging einfach davon aus, dass es sich um eine gewöhnliche leichte Verschmutzung handelte.«

»Wir haben den Fensterwischer am heutigen Tag auf Fingerabdrücke und DNA-Spuren untersucht«, fuhr Schreiber fort, »und dabei herausgefunden, dass diese Spuren zweifelsfrei mit einigen derjenigen übereinstimmen, die wir bei den Einbrüchen in das Hofgebäude in Dorsten sichern konnten, und zwar sowohl bei dem ersten Einbruch, der ausschließlich die Wohnung der Lieke van Eyck betraf, als auch bei dem von Verwüstungen begleiteten Einbruch, bei dem erneut die Wohnung von Lieke van Eyck, zusätzlich aber auch diejenige der Eheleute Anne und Hermann van Eyck sowie deren Büro betroffen war. Es sind jedoch Spuren einer Person, die nicht als Täter der Einbrüche in Betracht kommt.«

»Wie meinen Sie das?«, fragte Marie.

»Wie Sie wissen, haben wir im Rahmen der Spurensicherung bei beiden Einbrüchen eine Fülle von Spuren gesichert«, antwortete Schreiber. »Das liegt auf der Hand, denn die Wohnungen und das Büro wurden ja normal genutzt, sodass auch alle Personen, die sich legal darin aufgehalten haben, ihre Spuren hinterlassen haben. Das betrifft folgerichtig nicht nur die Bewohner, also Lieke und Anne van Eyck sowie deren Mann, sondern auch alle Besucher. Der Täter – wir gehen in der Konsequenz wirklich nur von einer Person aus – hat bei der Ausführung der Taten offensichtlich Handschuhe getragen. Wir haben keine Spuren an den Stellen gefunden, die vom Täter angefasst worden sein müssen, beispielsweise an den Fenstergriffen innerhalb der Räume, mit denen er, nachdem er die Scheiben von außen eingeworfen hatte, die Fenster durch Zugriff von außen nach innen geöffnet hat. Es gab auch keine Fingerabdrücke an Schubladen oder Einrichtungsgegenständen, die der Täter im Laufe der Tat von ihrem früheren Platz gerissen haben musste. Man bekommt im Laufe der jahrelangen Erfahrung eine recht präzise Vorstellung davon, wie so eine Tat abläuft und somit auch davon, wie und in welcher Reihenfolge Gegenstände angefasst werden, wenn es sich um Geschehensabläufe handelt, die den hier Streitigen ähnlich sind. Die Spuren, die wir auf dem Fensterwischer gefunden haben, befinden sich demgegenüber in der Wohnung von Lieke van Eyck überraschenderweise an Stellen, die der Einbrecher nach unserer Meinung gar nicht berührt hat, nämlich zum Beispiel an der Innenseite eines Wäscheschranks im Schlafzimmer der Wohnung von Lieke van Eyck oder auch an der Unterseite eines Badezimmerspiegelschranks in der Besuchertoilette der Unternehmensberatung der Eheleute van Eyck.«

»Und es sind nicht die Fingerabdrücke von Lieke van Eyck«, stellte Staatsanwalt Ylberi klar. »Im Rahmen der Ermittlungen nach dem Unfalltod wurden Fingerabdrücke von Lieke genommen. Da ist nichts versäumt worden.«

»Ich habe nicht vermutet, dass Sie alle Räume so genau untersucht haben«, gestand Stephan überrascht.

»Wir stehen natürlich etwas dumm da, wenn binnen relativ kurzer Zeit in dieselben Räumlichkeiten erneut eingebrochen wird und wir nach der ersten Tat keine nennenswerten Spuren sichern konnten«, erklärte Schreiber. »Damals waren das neben den zunächst nicht zuzuordnenden DNA-Spuren im Wesentlichen die Fußabdrücke im Schnee, die nach unserer Auswertung und Rückrechnung auf einen korpulenten Menschen mit einer Schuhgröße 48 schließen ließen. Aber so etwas führt erfahrungsgemäß zunächst nicht weiter. Derartige Spuren können die Ermittlungen abrunden, wenn man einen Verdächtigen hat, aber den haben wir bisher nicht. Stutzig machte uns, dass bei beiden Taten offensichtlich nichts gestohlen wurde. Herr van Eyck hat noch vorgestern auf unsere Nachfrage ausdrücklich bestätigt, dass er bisher keinen Gegenstand vermisse.«

»Sie vermuten also, dass die Person, die die Scheiben an dem Fahrzeug von Lieke van Eyck gereinigt hat, mit Lieke oder Anne oder Hermann van Eyck, vielleicht auch mit allen dreien, bekannt ist«, folgerte Marie.

»Es scheint eine Person zu sein, die zumindest in der Wohnung der Lieke van Eyck und auch im Büro der Eheleute van Eyck mindestens einmal – und mutmaßlich nicht vor längerer Zeit – gewesen ist«, präzisierte Schreiber. »Und der Umstand, dass diese Fingerabdrücke auch in der Innenseite des Wäscheschranks im Schlafzimmer der Wohnung von Lieke van Eyck zu finden ist, lässt nur den Schluss zu, dass es eine Person ist, die zumindest Lieke, vielleicht aber auch den anderen, vertraut war. Wir haben nach dem letzten Einbruch wirklich die Räumlichkeiten spurentechnisch auf den Kopf gestellt«, bekräftigte Schreiber. »Es ist eigenartig, dass zweimal hintereinander derartige Taten verübt werden, aber augenscheinlich nichts gestohlen wird. Es muss etwas anderes dahinterstecken.«

»Halten Sie es für möglich, dass die betreffenden Spuren von Anne van Eyck stammen?«, fragte Stephan.

»Das können wir ausschließen«, antwortete Schreiber. »Die Fingerabdrücke und DNA-Spuren der beiden lassen sich insbesondere an einer Vielzahl an Geräten im Büro und auch an vielen Haushaltsgegenständen in der eigenen Wohnung zuordnen. Sie sind ohne Zweifel nicht mit den Abdrücken identisch, um die es hier geht.«

»Also suchen wir einen Menschen, der sowohl Lieke als auch Anne und Hermann van Eyck bekannt sein dürfte und der am Unfalltag die Scheiben von Liekes Wagen mit diesem Gerät gereinigt hat«, schloss Stephan.

»Wir können noch genauer sein«, präzisierte Ylberi. »Es muss jemand sein, der in der Zeit von etwa 21 Uhr bis 22.30 Uhr die Scheiben gereinigt hat. Die Emission begann gegen 19.30 Uhr und erstreckte sich über einen Zeitraum von etwa eineinhalb Stunden. In dieser Zeit trat Siliciumdioxid aus und setzte sich in der Umgebung als Niederschlag ab. Das Bild vom Fahrzeugwrack legt nahe, dass Liekes Auto während dieser Zeit an einer Stelle gestanden hat, wo es gleichmäßig und dauerhaft mit dieser Substanz benetzt wurde. Wäre Lieke van Eyck nur durch diesen Niederschlag gefahren, hätte das Fahrzeug anders ausgesehen. Es hätte keine gleich-

mäßige Verteilung der Substanz auf dem Wagen gegeben.
Erst danach wurden die Scheiben gereinigt. Die Fahrt
bis zum Unfallzeitpunkt beträgt etwa eine Dreiviertelstunde, eine vorsichtige Fahrweise zugrunde gelegt, die
man allseits Lieke van Eyck attestiert, und im Weiteren unterstellt, dass sie den direkten Weg zu der Stelle
genommen hat, an der sie verunglückt ist.«

Ylberi hielt inne und sah abwechselnd Marie und Stephan an.

»Sie machen keinen zufriedenen Eindruck, oder
täusche ich mich? – Sehen Sie, ich habe in den Akten
gelesen, wie sehr Ihre Mandantin Anne van Eyck bei der
Staatsanwaltschaft Essen insistierte, dass der Tod ihrer
Schwester Lieke nochmals genauer untersucht werden
müsse. Damals wussten wir lediglich, dass Lieke van
Eyck, aus welchen Gründen auch immer, nach Ende
ihres Dienstes mehrere Stunden unterwegs gewesen sein
musste, bevor sie verunglückte. Was sie in dieser Zeit
gemacht hat, wann und aus welchem Grund sie Alkohol
zu sich genommen hat, war völlig unklar. Anne van Eyck
war sich sicher, dass es irgendeinen Menschen geben
müsse, der für Liekes Tod verantwortlich ist. Es konnte
sich nur um jemanden handeln, mit dem sie in der fraglichen Zeit Kontakt hatte. Wo wir suchen sollten und
wer die betreffende Person sein könnte, blieb damals ein
Rätsel. Die Zeitspanne zwischen Liekes Dienstschluss
bei ThyssenKrupp am 12.9. und dem Unfall war ein
schwarzes Loch. Dieses Loch begann sich zu füllen, als
Sie, Herr Knobel, den Hinweis gaben, dass das Auto
zwischen ihrem Feierabend und dem späteren Unfall
zwangsläufig im Dortmunder Hafengebiet gewesen

sein muss. Durch Ihren Hinweis wissen wir nun, wo das Auto in dieser Zeit war. Darüber hinaus haben wir durch die Untersuchung des Fensterwischers festgestellt, dass Lieke an dem bewussten Tag – und zwar nach der Emission des betreffenden Stoffes bei der Cleanochem AG, aber vor ihrem Unfall – in Dortmund Kontakt zu einer Person hatte, die sie kannte. Wir können ausschließen, dass sich diese Person in dem Auto befand, als der Unfall passierte. Es ist undenkbar, dass diese Person unverletzt aus dem Wrack hätte steigen können. Als Beifahrer hätte sie Liekes Schicksal geteilt, als Insasse auf der Rückbank wären zumindest schwerste Verletzungen die Folge gewesen. Es ist auch unzweifelhaft, dass Lieke das Auto selbst gesteuert hat. Die Spurenlage ist insoweit absolut eindeutig.«

Ylberi lächelte geduldig.

»Ich erzähle Ihnen all dies, weil mich folgende Frage umtreibt: Wenn Anne van Eyck so sehr davon überzeugt ist, dass bei dem Tod ihrer Schwester ein bislang unbekannter Dritter die Hand im Spiel hatte, dann sollte sie doch zumindest einen Verdacht haben, wer ein Interesse daran haben könnte, ihrer Schwester nach dem Leben zu trachten. Wir wissen aus Liekes Leben so gut wie nichts, und es schien bislang auch nicht wichtig, weil es keinerlei Hinweise darauf gab, dass ein wie auch immer geartetes Verschulden eines Dritten vorlag. Lieke hat sich nach meiner festen Überzeugung mit einem Bekannten getroffen, und es wird zu klären sein, warum sie – ich vermute, im Laufe dieser Begegnung – Alkohol zu sich nahm. Es deutet alles darauf hin, dass hier eine vielleicht sehr einfache erklärbare menschliche Geschichte im Hintergrund steht, die das Geheimnis lüften kann. Offen gestanden wundert es mich, dass Anne van Eyck jedenfalls nach außen nicht an einen einzigen Menschen denkt, der eine Beziehung zu Dortmund hat, vielleicht sogar dort wohnt und derjenige sein könnte, den wir suchen. Ich vermute doch richtig, dass Ihre Mandantin davon weiß, dass Liekes Wagen am Unfalltag im Dortmunder Hafengebiet gewesen sein muss?«

Er sah prüfend zu Stephan. Ylberi war ruhig und analysierte nüchtern. So hatte ihn Stephan kennengelernt. Er nickte.

»Sehen Sie«, sagte Ylberi weich. »Bei dieser Nachricht musste bei Frau van Eyck doch ein Schalter umgelegt worden sein. Sie muss einen Verdacht haben, wenn es sich nicht um eine Person handelt, die mit dieser Stadt gar nichts zu tun hat und sich nur zufällig oder vielleicht auf eine konkrete Verabredung hin mit Lieke an dieser entlegenen Stelle getroffen hat. Aber warum soll sich Lieke van Eyck aus Dorsten mit einem Unbekannten im Dortmunder Hafengebiet treffen? Das wirft Fragen auf. – Arbeitet es da nicht im Gehirn Ihrer Mandantin?«, forschte der Staatsanwalt. »Ich frage nur deshalb, weil Frau van Eyck Gott und die Welt in Bewegung setzen will, um Licht ins Dunkel zu bringen. Wie es aussieht, könnte es sich bei dem Unbekannten um eine Person handeln, die Anne van Eyck kennt. Vielleicht forschen Sie selbst in diese Richtung weiter, Herr Knobel«, empfahl der Staatsanwalt. »Anhaltspunkte für ein vorsätzliches Tötungsdelikt haben wir nach wie vor nicht. Es sei denn, dass der unbekannte Bekannte Lieke van Eyck mit der Verabreichung von Alkohol zu einer tödlichen Trunkenheitsfahrt verleiten und zumindest ihren Tod billigend in Kauf nehmen wollte. Wie es aussieht, kommt insoweit allenfalls Fahrlässigkeit in Betracht. – Fragen Sie Anne van Eyck«, riet der Staatsanwalt, »es spricht alles dafür, dass sie mehr weiß.«

»Der Fensterwischer trug übrigens nur die Spuren dieser noch unbekannten Person«, warf Schreiber ein.

»Das heißt?«, fragte Stephan irritiert.

»Das heißt, dass der Wischer vermutlich neu gekauft und frisch aus einer Verpackung genommen wurde«, erläuterte Schreiber. »Lieke van Eyck oder sonst jemand hat ihn jedenfalls nie in Händen gehabt.«

Man tauschte untereinander Telefonnummern aus. Staatsanwalt Ylberi bekundete sein Interesse, weiter informiert zu werden, soweit dies mit Stephans Mandat vereinbar sei.

»Ich habe Ihnen all dies nur gesagt, weil Anne van Eyck so nachdrücklich nach dem großen Unbekannten sucht«, betonte er. »Doch es scheint, als sei es ein Bekannter, der hier weiterhelfen kann.«

Ylberi verabschiedete sich galant und höflich. Er nahm seine Akte und verschwand über den Flur.

Marie und Stephan fuhren nachdenklich nach Hause. Es war ein klarer Frühsommerabend. Die Natur hatte nach den unwetterartigen Regengüssen, die auf die Erde gefallen waren, Kraft gewonnen. Bäume und Felder leuchteten in kräftigen Farben.

»Irgendwie hat sich jetzt alles verändert«, meinte Marie. »Wir hatten erwartet, dass die Übereinstimmung der Spuren auf dem Fensterwischer mit denen in den Räumlichkeiten der van Eycks die Einbrüche und Liekes Todesfahrt planvoll miteinander verknüpft, aber es scheint fast das Gegenteil einzutreten. Der Unfall steht wohl eher für sich und hat vielleicht irgendeine zufällige Verbindung zu einer Person, die im Hause der van Eycks bekannt war.«

Stephan dachte eine Weile nach. Tatsächlich hatte das Gespräch mit Schreiber und Ylberi einerseits in der Sache nicht die Brücke geschlagen, die sie sich erhofft hatten. Andererseits wussten weder die Polizei noch der Staatsanwalt etwas von der Hintergrundgeschichte, an die Gisbert Wanninger glaubte. Die neuen Erkenntnisse stellten die früheren Überlegungen nicht auf den Kopf, aber es blieb rätselhaft, warum Anne van Eyck nicht von sich aus über Umstände berichtet hatte, die im Zusammenhang mit dem Tod von Lieke doch eine Rolle spielen konnten.

Er rief seine Mandantin vom Auto aus an, berichtete ihr von dem Fund des Fensterwischers im Kofferraum von Liekes Wagen und dem Ergebnis der Spurenauswertung.

»Es muss einen Menschen geben, der mit Lieke an ihrem letzten Lebenstag vor dem Unfall Kontakt hatte und zugleich mit Ihrer Schwester, vielleicht auch mit Ihnen und Ihrem Mann persönlich bekannt war. Wer könnte das sein?«

Frau van Eyck stutzte. Stephan merkte, dass sie das Handy vom Ohr nahm, und er hörte, wie sie ihrem Mann die Neuigkeiten berichtete, der sich offensichtlich im Hintergrund befand.

Anne van Eyck nahm das Gespräch mit Stephan wieder auf.

»Wir können uns das nicht erklären, Herr Knobel«, versicherte sie. »Woraus schließt die Polizei denn, dass sich diese Person vor nicht allzu langer Zeit in unserem Büro beziehungsweise in Liekes Schlafzimmer befunden haben muss?«

»Ich nehme an, dass die Spuren recht frisch sind. Irgendwann werden Fingerabdrücke von anderen überlagert oder verlieren sich vielleicht sonst wie, ich weiß es nicht. Ich wiederhole nur, was mir gesagt wurde«, sagte Stephan.

Anne van Eyck gab die Information an ihren Mann weiter.

»Gab es jemanden, der Lieke vor einiger Zeit auf dem Hof besuchte?«, fragte Stephan, als Anne van Eyck schwieg. »Vielleicht im Zeitraum bis etwa drei Monate vor dem Unfall? Sie haben mir zu Anfang einmal erzählt, dass Lieke seit etwa zehn Jahren ohne Freund gewesen sei, aber immer eine neue Bekanntschaft gesucht habe. Hat sie jemanden mit nach Hause gebracht? Oder waren sonstige Freunde oder Bekannte zu Besuch? Frauen oder Männer, die bei Lieke im Schlafzimmer und auch in der Toilette Ihres Büros waren?«

»Nein«, antwortete Anne van Eyck. »Mein Mann und ich können uns keinen Reim auf diese Sache machen.«

Seine Mandantin wirkte verstört.

»Warum haben Sie mir nichts davon erzählt, dass Sie den Schrotthändler Swentowski dafür bezahlen, dass er Liekes Auto weiter verwahrt?«, fragte Stephan weiter.

Anne van Eyck räusperte sich erstaunt. »Das war doch nicht wichtig, Herr Knobel«, erwiderte sie erstaunt. »Sie wissen doch, dass ich daran zweifle, dass Liekes Tod ein bloßer Unfall war. Ich weiß, dass man damals das Auto genau untersucht hat. Aber kann ich wissen, ob wirklich alle Spuren gesichert wurden? Vielleicht wird man das Auto noch einmal im Detail überprüfen müssen, wenn wir genauer wissen, wer dahintersteckt. Ich zahle jeden Monat zehn Euro an Swentowski. Das ist mir die Sache wert. Sie können mich doch verstehen, oder?«

»Sicher«, gab Stephan zurück, »ich hätte es nur gern vorher gewusst. So ist es irgendwie merkwürdig.«

»Herr Knobel?«

»Ja?«

»Haben Sie plötzlich Zweifel? – Was ist denn auf dieser Polizeidienststelle passiert? Warum haben Sie mich nicht angerufen, als Sie diesen Wischer im Kofferraum gefunden haben? Ich wusste nicht, dass Sie dieses Ding an die Polizei gegeben haben.«

»Es war nur eine Idee«, antwortete er ausweichend. »Ich hielt es zu diesem Zeitpunkt nicht für wichtig.«

»Sehen Sie!« Anne van Eyck entspannte sich. »Dann wissen Sie ja, dass man nicht immer alles für so wichtig hält, dass man es sofort erzählt.«

Sie entließ Stephan mit dieser freundschaftlichen Belehrung.

16

Marie und Stephan waren kaum zu Hause angelangt, als Gisbert Wanninger anrief und darauf drängte, dass sie ihn noch in seinem Studio im Kreuzviertel besuchen sollten. Es dauere nicht lange, haspelte er erregt, aber es gäbe Neuigkeiten, die sie unbedingt erfahren müssten.

»Sagen Sie nicht, dass das auch Zeit bis morgen hat«, lachte er eigenartig schrill. »Alles hat immer Zeit bis morgen, aber dieser Satz ist in meinem Beruf tödlich. Und Sie sollten diesen Satz in Ihrem Job ebenfalls streichen, Herr Knobel! Ich habe zugleich ein neues Mandat für Sie. Also kommen Sie bitte!«

Wanningers Euphorie wirkte unbekümmert und naiv angesichts der bei Marie und Stephan vorherrschenden Gedanken, die immer wieder daran Anstoß nahmen, dass Anne van Eyck niemanden zu benennen vermochte, der der unbekannte Bekannte gewesen sein konnte, der seine Fingerabdrücke an ungewöhnlichen Stellen auf dem Hof der van Eycks hinterlassen hatte. Wanningers Neuigkeiten zu erfahren, barg die Chance, sich neu zu orientieren, die Ergebnisse des heutigen Tages zu bewerten und einordnen zu können. Und es winkte ein neues Mandat …

Der Journalist empfing sie frisch geduscht. Er hatte ein weißes T-Shirt angezogen, auf dem der Spruch ›Kill your idols‹ und darunter ein Bild von dem gekreuzigten Jesus Christus prangte. Marie fand das Motiv geschmacklos, aber sie wusste, dass die Provokation eines der wesentlichen Instrumente war, derer sich Gisbert Wanninger auf dem Höhepunkt seiner Karriere bedient hatte und die er selbst als Stilmittel verstand.

Diesmal führte er seine Gäste in die kleine Küche seines Büros, deren Einrichtung im Wesentlichen aus einem alten Esstisch und drei hölzernen schmucklosen Stühlen, einer Kaffeemaschine auf einem Regal, einer Ansammlung von Süßigkeitstüten und Keksdosen und Tetrapackungen mit haltbarer Milch und einem Kühlschrank beschränkte, der, wie Wanningers gezielter Griff ins Innere zeigte, hauptsächlich der Lagerung von Weißwein diente, von dem er eine Flasche entkorkte und auf den Tisch stellte. Marie nahm zur Kenntnis, dass er in seinem Büro zu allen Tageszeiten dem Alkohol frönte, aber jetzt tat er es mit einer befreiten Leichtigkeit, die vermuten ließ, dass er tatsächlich etwas Wesentliches herausgefunden hatte.

Sie setzten sich an den Tisch. Wanninger schenkte allen in bereitstehende Gläser ein. Es waren Werbegeschenke einer nahen Weinhandlung.

»Sie sprachen von einem neuen Mandat«, hob Stephan an, ungeschickt früh, weil sein betontes Interesse offenbarte, wie dringend er sich aus wirtschaftlichen Gründen um neue Aufträge bemühen musste.

Wanninger durchschaute ihn sofort.

»Der eine kämpft um Mandate, der andere um Reportagen und Berichte, die er gewinnbringend an die Medien verkaufen kann. So ist das eben, Herr Knobel, und es ist ein Zeichen unserer Zeit, dass alle um ihre Existenz kämpfen müssen. Es gibt keine Selbstläufer mehr. Vor 30 oder 40 Jahren hatte man ein gesichertes Auskommen, wenn man Anwalt wurde. Der große Kuchen musste nicht so viele Anwälte ernähren. Bei uns Journalisten war das nicht anders. Die Technik war noch nicht so entwickelt. Nachrichten wurden auf heute archaisch wirkenden technischen Wegen übermittelt. Ein Journalist, der wachsam durch die Welt ging und Augen und Ohren am Puls der Zeit hatte, hatte ausgesorgt. Ich ging zu den Geschichten und bereitete sie auf. Heute ist das anders. Auch unser Kuchen ist nicht größer geworden. Aber es gibt viel mehr, die davon satt werden müssen. Und leider sind es nicht nur Leute meiner Profession, sondern auch immer mehr Laien. Es gibt Medien, die ihre Nutzer auffordern, sich journalistisch zu betätigen. Unsere Zeit ist scheiße, Herr Knobel, das wissen wir alle, aber es sagen längst nicht alle. Früher hätte ich über die, die im öffentlichen Anstellungsverhältnis stehen, die Nase gerümpft. Langweilig! Angepasst! Spießertum, Staatsdiener. Ich hätte kotzen können. Heute beneide ich so Menschen wie Sie, Frau Schwarz. Aber ich würde es nie öffentlich sagen.«

Er leerte sein Glas in einem Zug und füllte es bis zum Rand wieder voll.

»Da kommt ein Bußgeldbescheid auf mich zu, Herr Knobel«, wandte er sich Stephan zu. »Machen Sie so was?« Er lachte bellend. »Natürlich machen Sie so was«, wusste er und wischte sich den Schweiß von der Stirn. »Das weiß ich aus meiner Arbeit. Alle Anwälte machen gern Bußgeldsachen, wenn eine Rechtsschutzversicherung dahintersteht. Leicht verdientes Geld, wie ich höre. Also, lieber Herr Knobel, ich habe eine Rechtsschutzversicherung. Wie sieht es aus?«

Marie warf Stephan einen fragenden Blick zu. Auch wenn Stephans wirtschaftliche Situation nicht rosig war, gab es keinen Grund, demütig um Mandate zu betteln, damit einige Euro in die Kasse gespült wurden.

Wanninger merkte, überzogen zu haben.

»Ich bin auf dem Seitenstreifen der Autobahn spazieren gegangen, wenn man so will«, erklärte er. »Dummerweise fiel ich einer Polizeistreife auf.«

»Hatten Sie eine Panne oder mussten Sie eine Notdurft verrichten«, fragte Stephan.

»Wenn es hilft, sollten Sie es über die Notdurft machen, wie Sie sich auszudrücken belieben, Herr Knobel. Der Begriff ist gut. Schreiben Sie, ich hätte pissen müssen. Das überlasse ich Ihnen. In Wahrheit hatte ich einen weitaus wichtigeren Grund, aber den werden wir nicht verwerten können. – Sie erinnern sich daran, dass mir die Silhouette des Gebäudes im Hintergrund des Bildes, auf dem die drei Männer zu sehen sind, bekannt vorkommt? – Mir hat das keine Ruhe gelassen. Ich kenne das Gebäude tatsächlich. Nicht richtig, aber es hatte sich in mir eingeprägt. Und ich wette, Ihnen geht es mit ganz vielen Burgen, Schlössern, Kirchen oder sonstigen Sehenswürdigkeiten genauso.«

Wanningers Augen leuchteten kindlich freudig.

»Sie kennen doch diese braunen Tafeln an den Autobahnen in Deutschland, auf denen recht geschickt mit einfacher, fast piktogrammartiger Darstellung auf einzelne Sehenswürdigkeiten entlang der Strecke hingewiesen wird? – Natürlich kennen Sie diese Tafeln! Wir haben sie auch hier im Ruhrgebiet. Die Silhouette im Hintergrund des Fotos entspricht der zeichnerischen

Darstellung auf einer dieser Tafeln, die ich irgendwo im Vorbeifahren wahrgenommen und die sich in der Erinnerung eingeprägt hatte, einfach deshalb, weil ich im Laufe der Jahre immer wieder einmal dort vorbeigefahren bin: Es ist die Burg Greifenstein.«

Er kostete die Überraschung aus, blickte triumphierend Marie und Stephan ins Gesicht und belohnte sich mit einem tiefen Zug aus seinem Weinglas.

»Gelegen an der A 45 auf dem Weg in den Süden, zwischen Herborn und Wetzlar, unweit der Raststätte Katzenfurt«, erläuterte er. »Mir waren die Konturen dieser Burg in Erinnerung, und ich wusste, dass es eine Burg war, die ich schon häufiger von Weitem gesehen habe. Also bin ich die A 45 abgefahren, die ich oft benutze, weil ich beruflich immer wieder in eine Stadt muss, die uns von den anonymen Briefen her bekannt ist: Frankfurt. Die Stelle, wo das Foto aufgenommen worden ist, liegt in der Nähe von Frankfurt. Das muss nichts bedeuten, aber wir sollten diesen Umstand zur Kenntnis nehmen.«

»Sie sind also an der Autobahn entlanggegangen, um den genauen Standort des Fotografen zu finden«, folgerte Marie.

Wanninger nickte.

»Wie Sie wissen, ist im Vordergrund eine Leitplanke zu sehen. In Betracht kam nur die Fahrbahn von Norden in Richtung Süden. Die Burg Greifenstein ist ein Stück hinter der Raststätte Katzenfurt zu sehen. Ich bin also mit dem Auto langsam über den Standstreifen gefahren, habe es dann abgestellt und bin zu Fuß weitergegangen.«

Er stand auf, ging aus der Küche und präsentierte, als er zurückkam, den Ausdruck seines Digitalfotos, auf dem klar und deutlich der bekannte Hintergrund zu sehen war: der Waldsaum, die Wiese, dahinter das abfallende Gelände und weiter hinten, ebenso klar, die Burg Greifenstein, die majestätisch auf einem Bergrücken thronte und nun auch Stephan bekannt vorkam. Es bestand kein Zweifel. Wanninger hatte den Standort gefunden, an dem das rätselhafte Bild aufgenommen worden war.

»Jetzt stellt sich die Frage: Warum treffen sich diese drei Herren rund drei Kilometer hinter der Raststätte an genau dieser Stelle jenseits der Leitplanke der Autobahn? Warum treffen sie sich nicht in der Raststätte? Warum hier mitten im Grünen, und zwar an einem Ort, der trotz seiner unmittelbaren Nähe zur Autobahn sehr verdeckt ist. Denn wie Sie sehen«, Wanninger legte weitere Fotos vor, »ist diese Wiese zumindest in Nähe der Autobahn sehr schmal. Hinter der Leitplanke ist durchgehend Gebüsch. Es gibt nur einen Streifen von wenigen Metern Breite, der Einblick auf die Wiese gewährt. Kein Autofahrer nimmt das im Vorbeifahren wahr. Niemand erkennt Details, wenn er zufällig den Blick in diese Richtung wendet. Meine Vermutung ist, dass diese Herren eine Panne simuliert und sich dann jenseits der Leitplanke im Grünen getroffen haben, um ihre Geschäfte zu tätigen. Sie erreichen diese Stelle übrigens nicht über irgendeine andere Straße. Man kommt nur über die Autobahn dorthin. Verkehrstechnisch ist der Treffpunkt nicht ungeschickt gewählt. Man kann in Fahrtrichtung Süden eine Vielzahl von Zielen ansteuern.

Außer der für uns bedeutsamen Stadt Frankfurt bieten sich München, Basel, Kassel und viele andere Städte an. Man wird sich nicht zufällig in der Nähe bedeutsamer Autobahnkreuze getroffen haben.«

Wanninger nahm das Foto in die Hand. Seine Schlussfolgerungen schienen zwingend. Er brachte seinen Beweis in das Nebenzimmer zurück, dann setzte er sich wieder zu Marie und Stephan, schlug entspannt die Beine übereinander und verschränkte die Hände hinter seinem Kopf.

»Es ist immer gut, Zweifel zu haben«, war er überzeugt. »Der Zweifel ist in unserer Arbeit so etwas wie die Angst im täglichen Leben. Er ist eine Art Lebensversicherung, vorausgesetzt, der Zweifel beschränkt sich auf ein vernünftiges Maß und wuchert nicht zu einer Größe an, in der er uns zu lähmen beginnt. Der Zweifel soll uns nützlich sein, aber er darf uns nicht beherrschen. Wenn ich auf jeden Zweifel höre und ihn als Schranke begreife, bringe ich nichts auf den Weg. Ich habe große Skandale aufgedeckt, weil ich die letzten bestehenden Zweifel beiseitegewischt habe. Sie waren nicht groß genug, um das Gesamtergebnis meiner Arbeit in Frage zu stellen. Man muss sich letztlich die Frage stellen, ob der bestehende Restzweifel vernünftigerweise das Gesamtergebnis kippt. Und wenn das nicht der Fall ist, dann ist es eine gleichermaßen mutige wie vernünftige Entscheidung, diesen Restzweifeln Schweigen zu gebieten.« Er unterbrach und überzeugte sich, dass ihm Marie und Stephan gedanklich folgten.

»Ich möchte vor diesem Hintergrund etwas zu den Fingerabdrücken sagen, von denen Sie heute im

Gespräch mit der Polizei etwas erfahren haben«, setzte er wieder an.

»Woher wissen Sie denn davon?«, fragte Marie verwundert. »Das ist gerade erst knapp zwei Stunden her.«

»Natürlich!«, besänftigte Wanninger. »Aber Sie können sich doch denken, dass Frau van Eyck mich angerufen hat, nachdem Sie mit ihr gesprochen haben. Es ist ganz deutlich: Sie haben Zweifel, Herr Knobel! Und ich gestehe, dass man Zweifel haben darf. Aber wir müssen auch prüfen, ob diese Zweifel begründet sind. Und ich bin recht schnell, nämlich eigentlich in der kurzen Zeit zwischen dem Telefonat mit Frau van Eyck und Ihrer Ankunft bei mir zu dem Schluss gekommen, dass all das, was Ihre Zweifel auslöst, im Grunde nur meine Theorie bestärkt.«

Er lehnte sich vor, nahm jetzt nur einen kleinen Schluck und wischte sich genüsslich mit dem Handrücken über den Mund.

»Wie oft fassen Sie denn unter Ihren Badezimmerschrank oder an die Innenseite des Schlafzimmerschranks?«, wollte er wissen.

»Wie meinen Sie das?«, fragte Stephan.

Wanninger lächelte. »Die Frage ist doch klar formuliert«, befand er. »Beantworten Sie sie einfach!«

»Man macht so etwas nicht bewusst«, meinte Marie. »Deshalb ist es kaum möglich, diese Frage zu beantworten.«

»Das ist ja erstaunlich«, entgegnete Wanninger überlegen. »Erinnern Sie sich denn daran, überhaupt jemals an diesen Stellen die Schränke berührt zu haben?«

Er blickte Stephan lauernd an.

195

»Die Wahrheit ist doch, dass Sie die Schränke nie dort anfassen, weil es dafür überhaupt keinen Grund gibt. Selbstverständlich öffnen Sie einen Badezimmerschrank nur an den Griffleisten, und bei einem Schlafzimmerschrank fassen Sie ebenfalls nur an die Türgriffe oder vielleicht an den Schlüssel. Ausgerechnet im Haushalt der Lieke van Eyck und dem Büro der Unternehmensberatung van Eyck scheint das ganz anders zu sein, und wie aus heiterem Himmel finden sich dort Fingerabdrücke an Stellen, die kein Mensch im normalen Alltag berührt. – Wissen Sie«, er trank wieder, und Marie registrierte, dass die Abstände, in denen er zum Glas griff, kürzer wurden, »ich war ganz begeistert, als ich von den van Eycks vorhin hörte, dass Sie mit dem Fensterwischer offensichtlich einen ganz wichtigen Spurenträger gefunden haben, der mir – ich gestehe, dumm genug – gar nicht als wichtig aufgefallen war. Ich hatte mir zu diesem Gerät keine Gedanken gemacht, hatte wie selbstverständlich vorausgesetzt, dass es Lieke selbst war, die damit die Scheiben ihres Wagens gereinigt hat. Klasse!, habe ich gedacht. Darauf hätte ich selbst kommen müssen. Aber man soll nie zu schnell loben! Was haben Sie aus Ihrer Entdeckung gemacht? Sie kombinieren nicht selbst, sondern übernehmen ungefiltert die Schlussfolgerungen dieses Staatsanwalts, die mir eben Frau van Eyck referiert hat. Wissen Sie was? Die Frau ist ganz ratlos! Ach, was sage ich? Sie ist betroffen! Sie und ihr Mann können sich keinen Reim darauf machen. Sie kennen den vermeintlichen Bekannten nicht und haben nie eine Person gesehen, die auf dem Hof in Dorsten quasi zu Hause ist, denn nur dann könnte sie ja Spuren an den Stellen zurückgelassen haben, über die wir uns gerade unterhalten.«

»Die Kundentoilette im Büro der van Eycks ist kein vertraulicher Raum«, warf Marie ein.

Wanninger überging den Einwand.

»Kommt denn niemand auf die Idee, dass der Täter, der ansonsten Handschuhe getragen haben mag, die Unterseite des Badezimmerschrankes im Toilettenraum des Büros der van Eycks und die Innenseite des Schlafzimmerschrankes in der Wohnung der Lieke van Eyck gezielt mit seinen bloßen Fingern berührt hat, um die Spur auf einen geheimnisvollen Bekannten zu lenken, den es gar nicht gibt?«

Wanningers Gesicht war rot angelaufen.

»Warum sollte er denn überhaupt Spuren legen, Herr Wanninger?«, entgegnete Stephan kühl. »Fingerabdrücke sind bekanntlich individuell. Der Täter riskiert, identifiziert zu werden. Das erscheint abwegig. Warum soll er bewusst seine Spuren an dem Wischer und damit den Beweis für sein Zusammentreffen mit Lieke van Eyck vor dem Unfall mit dem Beweis seiner Anwesenheit auf dem Hof verbinden? Das macht keinen Sinn, Herr Wanninger.«

Die Augen des Journalisten funkelten spöttisch.

»Man braucht für diesen Fall mehr Fantasie. Ich jedenfalls gehe dieser Idee weiter nach. Hier scheint etwas konstruiert zu sein, und meine Nase täuscht mich selten.«

Wanninger war enttäuscht, mit seiner Idee nicht begeistern zu können, die ihm spontan gekommen war und gerade deswegen so wertvoll war, weil sie auf den ersten Blick absurd erschien. Wie viele zunächst absurd erschei-

197

nende Hinweise hatte es in diesem Fall schon gegeben? Er erinnerte sich an den Fischteich in der Nähe von Bomlitz. Eigentlich konnte der Täter keine Ortskenntnisse besitzen. Nichts deutete darauf hin, dass er in irgendeiner näheren Beziehung zu diesem Ort in der Lüneburger Heide und seiner Umgebung stand. Gleichwohl kannte er den ins Moor führenden Weg bis ins Detail. Konnte es nicht sein, dass der Täter mit diesen Elementen spielte, das scheinbar Absurde quasi zum Stilmittel seiner Taten machte?

»Übernehmen Sie meinen Fall?«, fragte Wanninger.

»Ist nicht Erfolg versprechend«, prognostizierte Stephan.

Wanninger nickte wieder, diesmal wirkte er resigniert.

»Übernehmen Sie Fälle nur dann, wenn von Anfang an feststeht, dass Sie sie gewinnen werden?«, fragte er. Seine Stimme hatte einen verächtlichen Unterton gewonnen. »Ich biete relativ viel Geld für relativ wenig Arbeit. Lockt das nicht?«

»Sie erwarten von mir eine realistische Einschätzung Ihrer Erfolgsaussichten, Herr Wanninger. Und die muss ich verneinen. Es geht nicht nur ums Geld.«

»So?« Wanninger tat erstaunt. »Es geht um das, wovon wir gerade sprechen: Fantasie. Lassen Sie sich etwas einfallen, mit dem Sie punkten können. Tragen Sie vor, mir sei schlecht geworden, ich sei verwirrt rumgelaufen, hätte mich übergeben, mich an einer ruhigen Stelle hinlegen müssen oder sonst was. Fehlt Ihnen für so etwas die Fantasie, Herr Knobel?«

»Soll ich Ihren Führerschein gefährden, indem ich

vortrage, dass Sie gesundheitlich womöglich nicht in der Lage sind, ein Auto zu fahren?«

Wanninger schüttelte verständnislos den Kopf. Er leerte sein Glas in einem Zug, hastiger noch als beim ersten Mal.

»Sie sind ja richtig fantasielos, Herr Knobel«, stellte er fest. »Wenn ich so meinen Beruf ausüben würde …« Er lachte höhnisch. »Wissen Sie was: Das ginge gar nicht. Sie schreiben nur Geschichte, wenn Sie Geschichten schreiben können, Herr Knobel. Wenn Sie querdenken, von vorn nach hinten, von rechts und links. Sie müssen Seile spannen, die miteinander verbinden, was nicht zueinander zu gehören scheint. Daraus wachsen neue Geschichten, und plötzlich sind die Geschichten wahr. Sie brauchen Mut, sich so der Wahrheit zu nähern.«

»Tja«, bemerkte Stephan.

»Also übernehmen Sie den Fall nicht?«, insistierte Wanninger. »Obwohl Sie Geld brauchen? Ich weiß doch, wie es um Ihren Laden steht.«

»Nein«, sagte Stephan fest.

»Es scheint für Sie auch ohne Bedeutung zu sein, dass ich die Burg Greifenstein gefunden habe«, stichelte Wanninger weiter.

»Sind wir denn dadurch wirklich ein Stück weiter?«, fragte Marie.

»Frankfurt!«, bellte Wanninger und schlug mit der Faust auf den Tisch. »Der Zusammenhang springt doch ins Auge. Sie sind ignorant!«

»Marie!«, sagte Stephan und erhob sich.

»Sie sind einfach anders gepolt!«, schrie Wanninger. »Aber so kommen Sie nicht weiter. – Keine Sorge: Ich werde Frau van Eyck nichts sagen. Obwohl ich starke Zweifel habe, dass sie den richtigen Anwalt hat.«

Er stand erregt auf.

»Wir wären beruflich niemals Partner geworden, Herr Knobel. Dabei suggeriert Ihr Name verheißungsvolle Qualitäten.«

Stephan zuckte die Schultern.

»Es ist spät geworden, Herr Wanninger. Lassen Sie es gut sein.«

»Sie suchen also weiter den Bekannten?«, schloss Wanninger.

Marie nickte. »Und Sie den Unbekannten?«

»Passt mehr zur Geschichte«, wusste Wanninger. »Sie deuten die Zeichen falsch.«

Sie verließen sein Studio. Der Journalist sah ihnen nach, als sie die Treppen hinunterstiegen.

»Vielleicht ergänzt es sich ja irgendwie«, rief er ihnen nach, leutselig und für ihn ungewöhnlich versöhnlich. Aber er wusste, dass der Anwalt und seine Freundin auf dem Holzweg waren.

17

Wanninger betrank sich an diesem Abend. Er schwitzte den Wein aus, den er lustlos in sich hineinschüttete. Es war ein billiger Riesling aus dem Supermarkt gegenüber, gut gekühlt, süßlich und süffig. Das Glas beschlug, wenn der Wein aus der Flasche in das Glas floss. Wanninger saß wieder am Schreibtisch in seinem Büro. Er hatte die Fenster geöffnet, damit die schwüle Hitze aus dem Raum verschwand, die sich unter dem Dach staute. Von der Straße drangen Geräusche nach oben. Sie stammten von Autos, die sich in die wenigen Parklücken zwängten. Er hörte Türen schlagen, undeutliche Stimmen, die sich voneinander verabschiedeten. Es wurde stiller in dem Viertel. Nur noch wenige Fenster, hinter denen Licht schimmerte. Die Mondsichel war unwirklich grell. Einige Wolkenfetzen, die träge am Himmel trieben. Die milde Abendluft tat gut. Wanninger saß im Schein seiner Schreibtischlampe. Die aufs Papier gebrachten Notizen über das heutige Leben der Skandalfiguren von damals raschelten im lauen Luftzug. Wanninger hatte sein Büro im belebten Kreuzviertel eingerichtet. Er wollte unter und zwischen den Menschen, mit dem Leben dieses Viertels verwoben sein, durch die Straßen flanieren, in den kleinen Geschäften einkaufen, sich treiben lassen. Doch er ging nie aus. Es zog ihn immer sofort nach oben in das Büro oder in seine kleine Wohnung drei Straßen weiter, die er aus denselben Gründen hier und nicht woanders genommen hatte. Er mischte sich nicht unter die Menschen. Er mied sie, konnte sich nicht treiben lassen, war immer nur getrieben. Wenn er nichts zu tun hatte, ging er aus seinem Büro in die Wohnung und wieder zurück. Wanninger kam nie zur Ruhe. Er blieb allein.

Wanninger löschte das Licht, legte die Füße auf den Tisch und schaltete das Fernsehen ein. Die Zeit war klebrig. Er wartete sie ab. Es war lange her, dass er wegen seines Berufes und aus eigenem Interesse möglichst viele Nachrichtensendungen im Fernsehen verfolgte. In letzter Zeit sah er sie nur dann und wann, blieb lose auf dem Laufenden, recherchierte themenorientiert im Internet, wenn es nötig war. Er sah gedankenverloren die Spätnachrichten. Irgendwann fiel Wanninger an diesem Abend an seinem Schreibtisch in einen unruhigen Schlaf.

Weit nach Mitternacht, etwa gegen halb zwei, erhielt er einen Anruf. Er hörte sein Handy erst spät, wachte erschreckt auf und blieb zugleich in trunkener Schläfrigkeit. Er sah das grünlich leuchtende Display seines Handys. Wanninger horchte in das Gerät. Er hörte eine männliche Stimme, ruhig und kühl, klar und etwas abgehackt, die ihn für den morgigen späten Nachmittag einbestellte. Wanninger war durcheinander. Der Riesling hämmerte in seinem Kopf. Seine wirren Träume, aus denen er schweißgebadet gerissen worden war, flackerten dämonenhaft durch sein Unterbewusstsein. Die Stimme duldete keine Nachfragen. Wanninger bebte. Der Anruf war längst beendet, als er das Handy auf den Tisch warf. Sein Herz raste. Er hielt die Hände schützend vor seine Brust, übte das ruhige Atmen, bewegte sich wiegend hin und her. Irgendwann dämmerte er wieder weg. Das T-Shirt klebte an seinem Oberkörper.

18

Stephan recherchierte am nächsten Vormittag im Internet Informationen über die Emission von Siliciumdioxid bei der Cleanochem AG im Hafengebiet. Da der Zwischenfall bis auf die üblichen Unmutsbekundungen der Anwohner und der Hobbygärtner in der Kleingartenanlage an der Hafenwiese folgenlos geblieben war, fanden sich nur wenige Hinweise auf diesen Vorfall, dessen Bedeutung sich im Wesentlichen darin erschöpft hatte, ein optisches Schauspiel geboten zu haben. Stephan interessierte eine genaue Beschreibung des Gebietes, in dem die emittierte Substanz verstärkt niedergegangen war, fand jedoch keine. Liekes Wagen musste während des Niederschlags an einer Stelle geparkt gewesen sein, an der der Stoff in relativ starker Konzentration niedergegangen war, was zunächst auf eine örtliche Nähe zur Cleanochem AG schließen ließ, in der Konsequenz jedoch nicht zwingend war. Das ausgestoßene Siliciumdioxid war leicht wie Puder und konnte schon bei geringen Wind recht weit getragen werden, weshalb in den Zeitungsartikeln davon geschrieben wurde, dass auch Anwohner in einigen Kilometern Entfernung noch Spuren dieses Stoffes auf ihren Autos und Häusern gefunden hatten. Ein Blick auf die Wetterdaten des 12. September zeigte, dass damals leichter Westwind herrschte, was zumindest vom Werk der Cleanochem AG aus gesehen die Richtung vorgab, in der Liekes Wagen recht ungeschützt gestanden haben musste. Der Umstand, dass das Dach relativ gleichmäßig von Siliciumdioxid bedeckt war, ließ darauf schließen, dass in der Nähe keine Bäume oder Gebäude standen, die den freien Niederschlag auf das Auto behindert hätten. Es sprach einiges dafür, dass der Wagen in Fahrtrichtung Osten geparkt worden war, weil an der Heckseite Spuren der Substanz bis herab auf die Stoßstange hafteten, was unwahrscheinlich gewesen wäre, wenn er mit dem Heck auf der Wind abgewandten Seite gestanden hätte. Weitere Erkenntnisse ließen sich jedoch nicht gewinnen. Ein Blick auf den Stadtplan zeigte, dass neben der unmittelbar in der Nähe des Werks vorhandenen Industriebebauung nur ein Standort innerhalb des anschließenden Wohnviertels in der Dortmunder Nordstadt in Betracht kam, hier vorzugsweise am Rande einer Straße, die in West-Ost-Richtung verlief und nicht begrünt war. Es gab etliche Straßen, die diese Kriterien erfüllten, doch es schien wenig Erfolg versprechend, ohne weitere Anhaltspunkte hier fündig zu werden.

Stephan rief Anne van Eyck an, um ihr von seinen Gedanken zu berichten, doch sein Anruf war nur ein pflichtschuldiger Akt, zu dem er sich getrieben fühlte, weil ihn ein unbestimmtes Störgefühl beschlich. Er erfragte geschickt Einzelheiten zu dem letzten Gespräch zwischen Anne van Eyck und Gisbert Wanninger, und Anne erzählte unbekümmert, dass sie sich die von der Polizei gefundenen Spuren nicht erklären konnte und deshalb mit dem Journalisten gesprochen habe.

»Er hat immer so frische Ideen«, lobte sie und fühlte zugleich, mit dieser Aussage Stephans Arbeit zu entwerten. »Natürlich schätze ich Ihre grundsolide Arbeit, Herr Knobel«, beschwichtigte sie. »Sonst wäre ich längst abgesprungen.«

Stephan merkte deutlich, dass es in ihrem Telefonat mit Wanninger um die Fantasie gegangen sein musste, die Stephan nach Auffassung des Journalisten Stephan fehlte und ihn deshalb daran hinderte, den Pfad zur Lösung des Falles zu sehen.

»Machen Sie nur weiter so, Herr Knobel!«, bat seine Mandantin. »Oder verlieren Sie etwa den Mut?«

Stephan verneinte. Auch um den Mut war es in dem gestrigen Gespräch mit Wanninger gegangen. Er beendete das Gespräch, unsicherer in seiner Meinung über Anne van Eyck, als er es zuvor gewesen war, und ohne dass er benennen konnte, was ihn störte.

Stephan nahm noch einmal die staatsanwaltschaftliche Ermittlungsakte zum Unfalltod von Lieke van Eyck zur Hand, blätterte alle Seiten durch und studierte ihren Inhalt ein zweites Mal. Seine Erfassung über die in dieser Sache aufgewendeten Arbeitsstunden hatte eine stattliche Länge bekommen. Es stand außer Frage, dass er sich diesem Fall niemals in diesem Umfang hätte widmen können, wenn seine Kanzlei mit anderen Mandaten ausgelastet gewesen wäre.

Stephan betrachtete das Schreiben der Essener Großkanzlei, die Mitte März gegenüber der Staatsanwaltschaft Essen die Vertretung von Anne van Eyck und schon wenige Tage später die Beendigung des Mandats anzeigte. Anne van Eyck hatte Stephan erzählt, dass sie in dieser Sache bereits andere Rechtsanwälte beauftragt hatte. Eigenartig erschien nur, dass die Essener Kanzlei das Mandat erst angenommen und dann schnell wieder niedergelegt hatte.

Stephan hatte sich das Profil der Kanzlei zuvor im Internet angesehen und daraus erfahren, dass es sich bei dem seinerzeit Anne van Eyck vertretenden Kollegen Dr. Suselkamp um einen Fachanwalt für Strafrecht handelte, Partner der Sozietät und augenscheinlich einer ihrer führenden Köpfe. Er rief Suselkamp an.

Stephan erklärte, Anne van Eyck zu vertreten und gab vor, einige Unterlagen zu benötigen, die er für die Bearbeitung der Sache brauche, von seiner Mandantin allerdings nicht beigebracht werden könnten und sich mutmaßlich noch in der früheren Kanzlei befinden müssten.

»Sicher nicht!«, beschied der Kollege knapp. »Wir haben kein einziges Blatt. Ich erinnere mich noch genau. Es gibt höchstens einen Aktenvermerk. Die Sache ist längst weggelegt.«

»Darf ich fragen, woran das Mandat scheiterte?«, erkundigte sich Stephan.

»Haben Sie denn schon in dieser Sache Geld gesehen?«, fragte der Kollege zurück.

»Nein, ich …«

»Na, sehen Sie«, kommentierte Dr. Suselkamp überlegen.

»Aber Sie werden doch nicht sofort nach Mandatsübernahme abgerechnet haben«, hielt Stephan dagegen.

»Es geht doch um diesen Unfalltod?«, vergewisserte sich der Kollege. »Wir reden doch über diese Mandantin, die nicht wahrhaben will, dass ihre Schwester durch einen Unfall ums Leben gekommen ist? – Es war Alkohol im Spiel, wenn ich mich recht erinnere.«

Stephan bejahte.

»So sehr Mandate dieser Art menschlich verständlich sein mögen, Herr Knobel«, antwortete Dr. Suselkamp gönnerhaft: »Die Wahrscheinlichkeit, dass sich hinter einer solchen Geschichte eben nicht das geheime Komplott verbirgt, sondern nur ein trauriges, aber alltägliches Unfallschicksal, ist recht groß. Wenn also Mandanten wünschen, dass ich meine Nase tief in eine solche Geschichte stecke, an der aller Voraussicht nach nichts dran ist, dann möchte ich für so etwas entsprechend honoriert werden. Und die Zauberformel heißt in solchen Fällen zeitabhängige Vergütung.«

»Ja, und?«, fragte Stephan.

»Die wollte die Mandantin nicht zahlen. Das heißt, erst sagte sie, dass sie damit einverstanden sei. Und ich habe schon mal die ersten Tätigkeiten entwickelt. Es gab ein Bestellungsschreiben an die Staatsanwaltschaft. Was man so macht. Parallel habe ich der Mandantin die Honorarvereinbarung zugeschickt. Aber sie hat sie mir nicht unterschrieben zurückgesandt. Ich habe dann noch mal bei ihr telefonisch nachgefragt, aber sie hat definitiv erklärt, das Honorar nicht zahlen zu wollen. Also habe ich das Mandat wieder niedergelegt. Ist doch klar, oder?«

»Wie viel Honorar wollten Sie denn je Stunde nehmen?«, wollte Stephan wissen.

»150 Euro.«

»150?«, wiederholte Stephan. »Habe ich Sie richtig verstanden?«

»Ja, finden Sie das zu hoch? Das holt ja kaum die Kosten rein. War schon fast ein Freundschaftspreis. Deshalb gab es auch nichts mehr zu verhandeln. Aber das tat sie nicht einmal. Sie wollte einfach nicht zahlen. Also habe ich einen Schlussstrich gezogen.«

»Merkwürdig«, meinte Stephan.

»Warum?«

»Ich habe 250 Euro je Stunde mit ihr vereinbart. Sie hat mir dieses Honorar sogar angeboten.«

»Viel Spaß damit«, schnarrte der Kollege. »Hoffe, Sie kriegen ihr Geld …«

Er lachte und verabschiedete sich.

19

Der Anrufer hatte Ort und Zeit genau vorgegeben: 17 Uhr auf dem Gelände der Kokerei Hansa im Dortmunder Westen – auf der sogenannten Schwarzen Straße. Die seit 1992 stillgelegte Anlage war seit einigen Jahren Industriedenkmal und prägte mit dem Kohlenturm, dem Sortenturm und der zu ihr ansteigenden Kohlenbandbrücke die Silhouette des Dortmunder Westens. Anders als bei anderen Industriedenkmälern verzichtete man hier bewusst darauf, die Außenanlagen zu pflegen. Die Natur sollte sich das Gelände zurückerobern, und im Laufe der Jahre hatten Birkenwäldchen das alte Fabrikareal überzogen, aus deren hellem Grün die rostigen Anlagen pittoresk hervorstachen.

Gisbert Wanninger hatte sich eine Stunde vorher auf dem Parkplatz vor der früheren Waschkaue eingefunden. Er hatte das Auto unten an der Straße geparkt und sodann die Umgebung des Eingangsbereichs erkundet. Auf dem Parkplatz standen vier Autos. Er notierte sich die Kennzeichen und achtete darauf, wer das Gebäude durch das Tor verließ und sich mit dem Auto entfernte. Es waren nur wenige Besucher da, was daran liegen mochte, dass die Anlage täglich um 18 Uhr geschlossen wurde und an normalen Werktagen außerhalb der Schulferien mit keinem Andrang zu rechnen war. Wanninger betrat um 16.45 Uhr das neben der Waschkaue gelegene Sozialgebäude, in dem sich der sogenannte Infopunkt befand und neben auf einigen Tischen ausliegender Literatur über die Industriegeschichte des Ruhrgebietes insbesondere die Kasse beherbergte, an der Wanninger eine Eintrittskarte löste. Er legte passend drei Euro in 50-Cent-Stücken auf den Tisch. Die freundliche Frau hinter der Theke bat ihn, sich in die Besucherliste einzutragen, und wies auf einen an der Seite liegenden Formularblock. Wanninger studierte die vor ihm eingetragenen Namen. Morgens war eine 18-köpfige Besuchergruppe da gewesen, dann bis in den Nachmittag hinein einzelne Personen, einige Paare und eine Vierergruppe. Der letzte Eintrag datierte von 15.45 Uhr. Er versuchte, die Namen zu entziffern, die in der Besucherliste eingetragen waren, doch er konnte sie teilweise nicht lesen. Wanninger hielt die Liste näher vor sein Gesicht. Seine Augen waren im Laufe der letzten Jahre schlechter geworden, doch seine Eitelkeit hinderte ihn daran, die eigentlich nötige Brille zu kaufen.

»Ist was?«, fragte die Frau hinter der Theke. »Kann ich Ihnen helfen?«

»Ich schaue, ob heute nicht bereits ein Bekannter von mir da war«, sagte Wanninger, »aber ich kann die Schrift kaum entziffern. Vielleicht können Sie mir helfen. – Sagen Sie mir doch bitte, wer sich um 15.45 Uhr eingetragen hat!«

Er sah nach rechts auf die Austragliste. Der Besucher war offensichtlich noch da, ebenso wie die Vierergruppe. Im Austrag war nichts vermerkt. Die Frau hinter der Theke lächelte, nahm die Liste und prüfte den Namenszug.

»Einfach Schmidt«, sagte sie ohne Zögern. »Der Name ist etwas flüchtig geschrieben, aber ich bin mir sicher, dass er Schmidt heißen soll.«

»Heißen soll, aha«, ächzte Wanninger und schnalzte nervös mit der Zunge.

»Wie sah er denn aus, dieser Herr Schmidt?«, fragte er.

Sie hob die Schultern. »Weiß nicht«, sagte sie, »ziemlich klein, dick, grauer Bürstenhaarschnitt. Irgendwie ein Dutzendgesicht.«

»Brille?«

Sie schüttelte den Kopf und sah wieder auf die Liste.

»Sie haben sich noch gar nicht eingetragen«, stellte sie fest. »Ich mache das für Sie, Herr ...« Sie sah prüfend auf und lächelte wieder.

»Wanninger«, sagte er angespannt.

»Wanninger«, wiederholte sie und trug seinen Namen mit geschwungener Schrift ein. »Sie wissen, dass wir um 18 Uhr schließen, Herr Wanninger. Aber für einen Rundgang durch die Kokerei wird es reichen.«

»Wo ist denn die Schwarze Straße?«, fragte Wanninger.

»Es gibt nur zwei Straßen, die durch das Gelände führen, die sogenannte Weiße und die sogenannte Schwarze Straße. Sie verlaufen parallel zueinander. Die Schwarze Straße liegt ostwärts. Sie führt an der früher über 500 Meter langen Flucht der Koksofenbatterien vorbei. Sie sind das Herzstück der Kokerei. Dort gab es jede Menge Koks- und Kohlenstaub. Deshalb ist das die Schwarze Straße. Die Weiße Straße liegt westwärts. Sie …«

»Danke! Nur die Schwarze Straße«, fiel ihr Wanninger ins Wort.

»Sie sollten beide Straßen besichtigen«, empfahl sie unbeirrt und holte einen Flyer hervor, der über den Aufbau der Kokerei informierte. Wanninger faltete das Papier auseinander und versuchte, sich im Lageplan zurechtzufinden.

»Wo?«, fragte er.

»Von Ihnen aus gesehen die obere Straße auf dem Plan«, antwortete sie und schien amüsiert.

»Ist sonst jemand auf dem Gelände?«, fragte er.

»Außer den Besuchern?«

Er nickte ungeduldig.

»Lurche in den Hallen, Falken in den Türmen, vielleicht auch Füchse unter den Birken.« Jetzt lachte sie.

»Ich meine es ernst«, sagte er brüsk.

»Ich auch, Herr Wanninger. Es gibt in der Tat viele Tiere hier. – Nun gehen Sie schon. – Und nehmen Sie dies hier mit!«

Sie holte ein Gerät unter der Theke hervor.

»Was ist das?«, fragte Wanninger.

»Ein Audioguide.«

»Ich brauche ihn nicht«, wehrte er ab.

»Doch, Herr Wanninger, Sie werden ihn brauchen. Nehmen Sie ihn, bitte! Vertrauen Sie mir doch einfach!«

Sie schwenkte das Gerät in der Hand und schmunzelte.

»Wir lassen nämlich niemand ohne den Audioguide auf das Gelände«, erklärte sie.

Er griff nach dem Gerät und schaute flüchtig auf die Tasten.

»Rechts«, sagte sie. »Sie müssen nur auf den grünen Knopf drücken.«

Sie umrundete den Tresen, setzte ihm den Kopfhörer auf und stöpselte den Stecker in die Büchse des Gerätes.

»Auf Grün drücken!«, forderte sie und tat es für ihn. »Nun los!«, befahl sie sanft.

Er ging durch eine Glastür nach draußen, hielt den Plan von der Kokerei in der Hand und blickte angestrengt darauf. Aus dem Kopfhörer des Audioguides rauschte es. Wanninger nahm das Gerät in die Hand und suchte die Regelung für die Lautstärke.

»Ich begrüße Sie zu unserem Treffen, Herr Wanninger!«, drang es durch die Lautsprecher klar an seine Ohren. Er erschrak und blickte sich um. Die Frau an dem Infopunkt winkte ihm durch die geöffnete Glastür zu.

»Nicht zurückgehen, Herr Wanninger!«, sagte die Stimme.

Sie hatte einen harten, fast metallischen Klang.

»Sehen Sie sich um, Herr Wanninger!«, fuhr die Stimme fort. »Sie befinden sich in einem Denkmal. Seien Sie ein wenig ehrfürchtig. Denken Sie sich 20 oder 30 Jahre zurück. Kennen Sie noch Kokereien im Betrieb? Natürlich kennen Sie sie. Sie haben noch den Gestank in der Nase. Alle, die im Ruhrgebiet seit Jahrzehnten wohnen, kennen Kokereien. Ein Gestank wie der von faulen Eiern. Graue Rauchschwaden, dann wieder weißer Dampf, der in großen Wolken nach oben steigt. Wasserdampf, wenn der Koks gelöscht wird. Es gibt kaum noch die alte Industrie, Herr Wanninger. Sie wissen, dass es um ganz neue Produktzweige geht. Deutschland, Europa, die ganze Welt richtet sich neu aus. – Gehen Sie weiter, Herr Wanninger! Sie wollen doch nicht immer an dieser Stelle stehen. Die Dame vom Empfang wundert sich ja schon.«

»Wohin?«, fragte Wanninger.

»Sie müssen das Gerät näher an Ihren Mund halten«, sagte die Stimme. »Ich verstehe Sie sonst nicht.«

Wanninger hielt das Gerät vor sein Gesicht und sprach in den Audioguide wie in ein Funksprechgerät.

»Wohin?«, wiederholte er.

»Gehen Sie den empfohlenen Besucherweg«, sagte die Stimme, »Sie stehen schon richtig. Einfach nur nach vorn gehen. Der Weg beschreibt gleich eine Linkskurve. Sie gehen um die Kompressorenhalle herum, Nummer zehn in Ihrem Lageplan.«

»Wohin?«, fragte Wanninger wieder und sah zugleich auf den Plan.

Die Stimme sagte nichts.

Wanninger ging mechanisch weiter. Der Asphalt endete und ging in feinen Kies über. Er umrundete die Kompressorenhalle. Es standen einige rostige Loren herum, einzelne Achsen von Eisenbahndrehgestellen. Gleisreste, die unter dem Kies verschwanden. Von hier sah man auf die vor dem Gelände vorbeiführende Straße. Es herrschte Feierabendverkehr, von ihm nur durch einen Maschendrahtzaun getrennt.

»Weiter!«, forderte die Stimme ungeduldig.

Die Vierergruppe kam ihm entgegen. Sie strebte lachend und lärmend dem Ausgang entgegen. Es schienen Studenten zu sein. Der Weg hatte einen Halbkreis gemacht. Wanninger ging nun in die entgegengesetzte Richtung. Jetzt befand er sich auf der Schwarzen Straße. Links begann die lange Reihe der Ofenbatterien, schmale und hohe rostige Kammern, in die die Kohle von oben eingefüllt und aus denen sie nach dem Verkokungsprozess in einen Löschwagen gedrückt wurde. Die Kammern der Ofenbatterien reihten sich nahtlos aneinander. Sie standen soldatenhaft in Reih und Glied, ein skelettartiges totes Gebilde. Wanninger maß die Reihe, soweit sein Blick reichte. Rechts begann der Aufstieg der Kohlenbandbrücke, die oben am Kohlensortenturm endete. Am Boden verliefen monströse Rohre, teilweise durchtrennt, von Birken überwuchert. Sie leuchteten rostig rot in der noch hoch stehenden Sonne. Wanninger stand mitten auf der Schwarzen Straße, die vorn schnurgerade zwischen den Ofenbatterien und der Kohlenbandbrücke und hinten zwischen Sortenturm und Kohlenturm verlief, bevor sie sich im Grünen verlor. Er stand da wie ein Sheriff auf der verlassenen Straße eines Dorfes im Wilden Westen. Wanninger trug wieder seinen weißen Anzug, den Kopfhörer auf dem Kopf, den Audioguide in der rechten Hand. Die Hand war feucht, er schwitzte am ganzen Körper, blickte sich flüchtig um, sah hinten die Straße, auf der sich außerhalb des Kokerei-geländes der Feierabendverkehr drängte. Man nahm von ihm von außen keinerlei Notiz. Er verkrampfte.

»Weiter gehen!«, forderte die Stimme.

Wanninger hielt das Gerät an sein Ohr und horchte. Dann blieb er stehen.

»Warum lassen Sie die Dinge nicht, wie sie sind?«, fragte die Stimme. »Was interessieren Sie die seltenen Erden? Was sie sind und woher sie kommen? Es geht allerorten nur darum, dass die Wirtschaft funktioniert. So ist der Lauf der Welt, und so ist auch Ihr Leben, Herr Wanninger. Sie benutzen alle Dinge des Alltags wie selbstverständlich. Autos, Handys, Elektronik in allen Geräten. Sie nehmen an den technischen Errun-genschaften unserer Welt teil. Aber es interessiert Sie nicht, woher was kommt. Warum sind Sie nicht froh, dass sich andere darum kümmern, dass es weiterhin so funktioniert? Dass Sie und andere so leben können, wie Sie es gewohnt sind?«

Wanninger tastete sich weiter vor. Er sah nieman-den. Die Kohlenbandbrücke stieg rechts neben ihm nach oben. Sie war schon drei bis vier Meter über dem Boden. Die Kammern der Öfen links neben ihm schimmer-ten im Sonnenlicht. Er blickte flüchtig in die geöffne-ten Kammern und näherte sich den Türmen. Es waren gewaltige schlichte und trotzdem elegante Gebäude. Betonbauten mit Backsteinfassaden.

Wanninger blieb in der Straßenmitte. Er war ein leuchtender weißer Punkt auf der Schwarzen Straße.

»Lieke van Eyck«, sagte Wanninger schließlich in das Gerät. Seine Stimme war belegt. Er benetzte seine Lippen mit Spucke.

»Sie wusste zu viel«, sagte die Stimme, »drohte gar, sich an die Öffentlichkeit zu wenden. Sie hat sich mit einem Berufskollegen von Ihnen treffen wollen, hier in Dortmund.«

»Am 12. September?«, fragte Wanninger erregt.

»Sie wissen doch alles«, antwortete die Stimme ruhig. Sie hatte ihren harten kantigen Klang verloren.

»Warum wollte sie an die Öffentlichkeit?«, fragte Wanninger. Er hob seine Hände, als wollte er demonstrieren, unbewaffnet zu sein.

»Meinen Sie, es ging nur darum, an den offiziellen Handelswegen vorbei Zugriff auf die seltenen Erden zu bekommen?«, fragte die Stimme. »Ist Ihnen nicht klar, dass es schon Opfer gab und die Wege blutig sind? Es sind keine sauberen Strukturen, von denen wir reden, Wanninger.«

»Lieke wusste das?«, hauchte Wanninger.

»Lieke wusste das«, bestätigte die Stimme. »Es gibt Menschen, die zu sauber sind für diese Welt. Das macht nichts, solange sie nur zu Hause reinlich sind. Aber sie werden zum Problem, wenn sie die Prozesse zu stören beginnen.«

Wanninger tastete sich weiter vor, Schritt für Schritt. Er war an den Türmen angelangt.

»Dr. Fyhre?«, fragte Wanninger zitternd.

»Fyhre ist ein Name«, antwortete die Stimme.

»Gehört er zu der Gruppe, die sich in der Villa Wolff treffen wollte?«

»In der Villa wollten sich die Mächtigen treffen, Wanninger. Warum sind Sie so dumm, wissend werden zu wollen? Geht es immer noch um Lieke van Eyck? In Bomlitz sollten die Geschäfte besiegelt werden. Mengen und Preise, und natürlich die, sagen wir, Handelswege.«

»Und warum scheiterte das Treffen, wenn ich fragen darf?«, Wanninger wurde unterwürfig und flehend.

»Es gab schon damals Hinweise auf einen Informanten, der alles zu Fall zu bringen drohte. Er sitzt irgendwo im Unternehmen und treibt noch immer sein Unwesen. Sie kennen ihn doch, Wanninger. Er ist Ihr Mann. Sie leben von ihm.«

»Dr. Fyhre?«, fragte Wanninger wieder.

»Es war zu gefährlich geworden«, sagte die Stimme. »Gehen Sie weiter, Wanninger. Es lauert niemand in den Türmen.«

»Wie kam Lieke ums Leben?«, fragte Wanninger. Er ging Schritt für Schritt die Schwarze Straße weiter. Links befand sich nun der Kohlenturm, rechts der Sortenturm. Rund 30 Meter über ihm verband eine Brücke die beiden Türme.

»Ich sagte doch, sie hat sich am 12. September mit einem Berufskollegen von Ihnen treffen wollen, Herr Wanninger, und sie hat sich auch mit jemandem getroffen, von dem sie meinte, dass er ein Berufskollege von Ihnen war. Aber es war ein anderer ... Sie hat nicht nur Alkohol zu sich genommen, Herr Wanninger.«

»War er einmal bei Lieke zu Hause? Oder im Büro der Schwester und des Schwagers?«

Wanninger fühlte sich auf einmal sicherer. Die Stimme wollte mit ihm reden, ließ ihn hinter die Kulissen blicken. Warum wollte sie sich offenbaren? Wanninger wusste, dass die meisten Menschen einen Drang verspürten, Geheimnisse zu offenbaren. Er lebte davon, merkte, wenn sich ein Mensch zu öffnen begann, sich erst noch zierte, etwas preiszugeben. Er konnte warten, verstand es, seine Fesseln, die er dem anderen anlegte, unsichtbar sein zu lassen, wog den anderen in der trügerischen Sicherheit, noch darüber bestimmen zu können, ob er sich weiter öffnete. Wanninger schaffte es regelmäßig, die Nuss zu knacken. Er wurde freundschaftlich und vertraulich, appellierte an das Gewissen seiner Informanten, die Dinge ans Licht bringen zu müssen. Wanninger musste Vertrauen vorschießen. Er tat es auch jetzt. Er ging aufrecht über die Schwarze Straße. Er glaubte, eine Ebene gefunden zu haben, auf der er der Stimme begegnen konnte. Die Schwarze Straße war breit und leer. Die Kokerei wirkte aufgeräumt, fast freundlich. Der Boden roch penetrant nach Teer und Benzol. Es roch noch nach Betrieb. Alles war unwirklich unmittelbar. Ein Hase rannte vor ihm über die Schwarze Straße.

»Er war bei den van Eycks. Und er hat mitgenommen, was er suchte«, antwortete die Stimme.

Wanninger nickte. Er hatte es gewusst. Die Spuren waren klar.

»Das Treffen an der Autobahn bei Greifenstein?«, wagte er zu fragen.

Die Stimme antwortete nicht. Im Kopfhörer war nur Rauschen.

»Hallo?«, fragte Wanninger leise. Er tippte mit der

218

einen Hand gegen den Kopfhörer, mit der anderen versuchte er die Einstellung am Gerät zu verändern. Vielleicht störten die Türme den Empfang. Er blinzelte nach oben und sah nichts. Die Schattenseite des Kohlenturms ragte tiefbraun, fast schwarz in den blauen wolkenlosen Himmel.

Der Schuss peitschte durch die Luft. Er schmetterte irgendwo gegen dicken Stahl, es klang hell und zugleich dumpf. Dann war es still. Sekundenbruchteile nur, doch es war wie eine Ewigkeit. Einige Vögel stiegen mit heftigem Flügelschlag auf. Wanninger stürzte zu Boden. Das Herz raste. Er hatte die Kugel gehört, sich instinktiv auf den Asphalt geworfen, den Kopf eingezogen, reagiert, als hätte er sich vor dem Schuss noch schützen können, als er bereits gefallen war. Wanninger lag bebend still, lebendig tot.

Das Blut hämmerte in seinem Kopf. Der Metallbügel des Kopfhörers drückte auf seine Schläfe. Wanninger blieb regungslos. Seine Finger zitterten, er vibrierte am ganzen Körper. Man konnte nicht sehen, dass er lebte, noch lebte. Wanninger wartete auf den zweiten Schuss. Seine Augen waren aufgerissen. Er starrte auf den Boden. Erstmals bereute er, seine Nase in Dinge zu stecken, die ihn nichts angingen. Es war eine absurde kindliche Beichte vor sich selbst – und zugleich die Erkenntnis, dass er für niemand anderen verantwortlich war. Er beherrschte jeden Muskel seines Körpers. Äußerlich blieb er so still, wie er es noch nie vermocht hatte. Wanninger war erstarrt. Eine Ameise krabbelte über seine rechte Hand. Er verspürte ein leichtes Kitzeln, doch er rührte sich nicht. Indem er sich tot stellte, wuchs er über sich hinaus.

Kurz nach 18 Uhr stolperte Wanninger in den Infopunkt. Die Frau hinter dem Tresen blickte erst auf ihre Armbanduhr, dann verwundert auf seinen Anzug.

»Sind Sie gefallen?«, fragte sie erstaunt. »Und wo ist Ihr Freund?«

»Welcher Freund?«, fragte Wanninger wie ein Automat.

»Der Sie hier überraschen wollte. Heute, an Ihrem Geburtstag!«

»Ich habe heute nicht Geburtstag«, stammelte Wanninger.

Er wankte und suchte an der Theke Halt.

»Ich verstehe nicht«, stotterte sie betroffen. »Wasser?«

Er nickte.

Sie griff unter den Tresen und reichte ihm eine Sprudelflasche.

»Sind Sie verletzt?«, fragte sie unsicher. »Ist Ihnen was passiert? Soll ich Hilfe holen?«

Sie war bleich geworden.

»Wo ist er hin?«, fragte Wanninger.

»Er ist nicht mehr hier gewesen«, stammelte sie. »Ich dachte, er wäre bei Ihnen. Haben Sie ihn denn nicht getroffen?«

Sie spürte, dass etwas passiert war – und auch – dass sie etwas falsch gemacht hatte.

»Was war denn mit dem Gerät?«, fragte sie.

Wanninger antwortete nicht. Er atmete hastig.

Sie schob ihm einen Stuhl hin.

»Er war schon heute Vormittag einmal da gewesen«, sagte sie. »Er gab mir ein Gerät, das so ähnlich aussieht wie einer unserer Audioguides, die wir den Besuchern mitgeben, wenn sie die Kokerei besichtigen. Er sagte, er sei ein Freund von Ihnen und Sie beide hätten vor Jahren hier zusammen gearbeitet. Heute sei Ihr Geburtstag, und er wusste, dass Sie herkommen wollten. Er sagte, er hätte dieses Gerät vorbereitet, das ich Ihnen geben sollte. Wenn Sie es aufsetzen, würde er mit Ihnen sprechen und Sie über das Gelände führen, vorbei an den Stationen, an denen Sie beide früher hier gearbeitet haben. Er wusste, dass Sie nach der Schwarzen Straße fragen würden, weil er Ihnen irgendwie zugetragen hatte, dass dort heute eine Überraschung auf Sie warten würde. Es sollte ein Spaziergang in alte Zeiten sein. Also spielte ich mit. Ich wusste, dass Sie Wanninger heißen, denn er hatte Sie ja mit Namen angekündigt. Und er heißt natürlich nicht Schmidt. Er sagte, dass er sich so nenne, denn er wollte ja nicht, dass Sie sofort seinen richtigen Namen lesen, wenn Sie auf die Liste sehen. Heute Nachmittag kam er dann wieder, zahlte, trug sich in die Liste ein und zwinkerte mir zu.«

Sie sah Wanninger verstört an.

»Er war nicht Ihr Freund, oder? – Hat er Ihnen was getan? Soll ich jemanden holen, der Ihnen hilft?«

Sie war hilflos. Natürlich wusste sie, dass sie sich auf dieses Spiel gar nicht hätte einlassen dürfen.

»Wie heißt er? Er muss doch einen Namen genannt haben.«

»Drauschner«, antwortete sie, ohne zu zögern.

»Dann kann er nicht so ausgesehen haben, wie Sie ihn beschrieben haben«, widersprach Wanninger. »Sie haben mir gesagt, er sei ziemlich klein und dick gewesen, hätte einen Bürstenhaarschnitt gehabt und keine Brille getragen«, erinnerte er sich.

Die Frau sah zu Boden.

Wanninger verstand. »Sie haben genau das Gegenteil beschrieben«, ahnte er. »In Wahrheit war er ziemlich groß und schmal, hatte Stoppelhaare und trug eine Nickelbrille mit kreisrunden Gläsern. – So sah er doch aus, oder?«

Sie nickte.

»Er wollte es so. Sie sollten nicht sofort wissen, dass er hier war. Er rechnete damit, dass Sie mich nach seinem Aussehen fragen würden.«

»Haben Sie seinen Personalausweis gesehen?«, fragte Wanninger. Er kam wieder zu Kräften. Das Zittern ließ nach.

»Wir sind nur ein Industriedenkmal, kein Hochsicherheitstrakt«, antwortete sie. »Nein, ich habe ihm vertraut. Er war sehr nett. Ich habe mir nichts dabei gedacht. Als Sie vorhin auf die Liste sahen, dachte ich, dass Sie schon von der Überraschung ahnten, die auf Sie wartete. Sie interessierten sich ja sehr für den Herrn Schmidt.«

»Wo ist er hin?«, japste Wanninger wieder. »Er kann, er muss doch noch auf dem Gelände sein, wenn er hier nicht vorbeigekommen ist.«

»Er wird zu der anderen Seite heraus sein«, mutmaßte sie. »Die Kokerei ist nicht vollständig umzäunt. Hinten, wo die alten Gleisanlagen sind, ist alles offen. Da kann jeder raus und rein. Es ist sowieso unmöglich, so ein Werk vollständig unter Kontrolle zu halten.«

Sie hob ratlos die Schultern.

»Werden Sie es melden?«, fragte sie kleinlaut.

Sie fragte noch immer nicht, was passiert war.

»Eigentlich hatte ich mich etwas gewundert«, gestand sie. »Als der Herr Drauschner mir das Gerät gab, war es in einer Plastiktüte. Ich nahm es selbst aus der Tüte, und er sagte mir nur, wie ich Ihnen die Funktion erklären sollte. Also, dass Sie nur auf den grünen Knopf drücken sollten. Aber er nahm das Gerät nicht in die Hand.«

»Warum wohl?«, zischte Wanninger. Er betrachtete das Gerät, das er mit dem Kopfhörer in der rechten Hand hielt.

»Ich bin in eine Falle gelaufen«, schnaufte er und wandte sich ab.

»Sie werden es nicht melden, bitte!«, flehte sie. »Ich habe es nur gut gemeint. Es wird mir nie wieder passieren. Sie sollten den Anzug reinigen lassen.«

Sie drehte sich um und kramte aus ihrer Handtasche, die in einem Regal an der Wand stand, ihr Portemonnaie hervor.

»Lassen Sie es!«

Wanninger hob im Weggehen abwehrend die Hand.

Er ging zu seinem Auto, setzte sich hinein und verriegelte die Türen. Es war ein heller, schöner Tag. Noch immer herrschte auf der vorbeiführenden Straße starker Verkehr. Alles war normal. Es gab keinen Grund, nicht an diesem normalen Leben teilzunehmen. Wanninger hatte sich in eine andere Welt locken lassen. Nirgends war ein Hinterhalt einfacher zu arrangieren als auf dem unübersichtlichen Kokereigelände, das um diese Uhrzeit kaum jemand besuchte. Aber Wanninger sah sich auch bestätigt. Dass er für Drauschner gefährlich geworden war, bewies, dass Wanninger wieder gefährlich war. Ein Journalist konnte nur gut sein, wenn er für andere gefährlich war.

20

Zur gleichen Zeit fuhren Marie und Stephan die Tankstellen ab, die in der Nordstadt im Einzugsbereich der damaligen Emission der Cleanochem AG lagen. Maries Überlegung war einfach: Die Scheiben an Liekes Wagen mussten unter Zuhilfenahme von Wasser gereinigt worden sein. Sonst wäre das Siliciumdioxid zerrieben oder weiter verteilt worden. Der Umstand, dass sich auf dem Fensterwischer nur Fingerabdrücke einer Person befanden, konnte in der Tat dafür sprechen, dass der Wischer, wie von Schreiber vermutet, neu erworben und frisch aus der Verpackung genommen worden war. Soweit sich das Gerät also nicht neu verpackt bereits in Liekes Auto befunden hatte, was nicht aufzuklären war, musste es neu gekauft worden sein. Dass Lieke van Eyck zeitnah vor dem Unfall eine Tankstelle aufgesucht hatte, war zwingend, denn das Auto war nach den amtlichen Fest-

224

stellungen zum Unfallzeitpunkt nahezu vollgetankt, was darauf schließen ließ, dass sie den Wagen in Dortmund hatte volltanken lassen. Dies passte zu dem nur sehr geringfügigen Spritverbrauch für die etwa 45 Kilometer lange Strecke bis zum Unfallort. Deswegen war unwahrscheinlich, dass Lieke irgendwo zwischendurch tanken musste, denn die wöchentliche regelmäßige Betankung des Fahrzeugs freitags an einer Essener Tankstelle reichte für die gewöhnlichen Fahrten vom Hof bei Dorsten zur Konzernzentrale in Essen und zurück über eine ganze Woche bei Weitem aus. All dies sprach dafür, dass die durch die Cleanochem AG ausgelöste Verschmutzung der Scheiben des Wagens den Kauf des Fensterwischers und die Reinigung mit Wasser erforderlich machte und deshalb eine Tankstelle aufgesucht wurde, an der bei dieser Gelegenheit das Fahrzeug zugleich aufgetankt wurde. Eine Tankquittung hatte man in Liekes Geldbörse nicht gefunden. Das war unauffällig, weil sie diese Belege nicht aufhob und ihre Fahrtkosten über eine Pauschale steuerlich geltend machte.

Es war Zufall, als sie bei einer Tankstelle an der Bornstraße, Fahrtrichtung Norden, fündig wurden. Der Tankwart konnte sich erinnern, aber nicht an Lieke, sondern an einen Stammkunden, der regelmäßig hier seinen silbernen Mercedes betankte. Just an dem Tag, als die Waschstraße an der Tankstelle wegen der Emission der Cleanochem AG stark frequentiert war, hatte dieser Mann noch einen Fensterwischer ergattert, den der Tankwart eigens aus der Werkstatt geholt hatte, wo er frisch verpackt mit einigen weiteren Exemplaren lagerte.

225

Sie waren nicht für den Verkauf, sondern als Ersatz für die Geräte bestimmt, die neben den Zapfsäulen in den für die Kunden bereitstehenden Wassereimern hingen. Der Tankwart wollte seinem langjährigen Stammkunden einen Gefallen tun, der den Wischer wiederum nicht für sein Auto benötigte, sondern für den Wagen seiner Freundin, deren schwarzer BMW an der Zapfsäule stand. Hierdurch wurde der Tankwart auf Lieke aufmerksam, die er bis dahin seiner Erinnerung nach noch nie gesehen hatte und jetzt nur deshalb genau wahrnahm, weil sie die attraktive Partnerin seines Stammkunden war. Über ihn wiederum wusste der Tankwart nur zu berichten, dass er einen silbernen Mercedes mit Dortmunder Kennzeichen und der Buchstabenkombination AS fuhr, des Weiteren, dass dieser Kunde stets freundlich sei und hin und wieder mit ihm einige belanglose Worte wechsele, wenn es das Geschäft zulasse. All dies erzählte der Tankwart, als Maries Fragen nach Lieke van Eyck, dem Kauf eines Fensterwischers und das Reinigen der Scheiben des kleinen BMW erst dann seine Erinnerung weckten, als Stephan den Ausdruck des Fotos von dem geheimnisvollen Treffen der drei Männer an der A 45 in Höhe der Burg Greifenstein gezeigt hatte. Der Tankwart war sich ohne Zaudern sicher: Der Mann links auf dem Bild war sein Stammkunde: etwa 50 Jahre alt, schütteres blondes Haar, hohe Stirn, Oberlippenbart.

Stephan überreichte dem Tankwart seine Karte und bat ihn dringend, sich zu melden, sobald der Kunde wieder an der Tankstelle erscheine. Er solle sich auf jeden Fall das vollständige Kennzeichen des Wagens notieren.

21

»Es ist kaum vorstellbar, dass Anne van Eyck und ihr Mann nichts von Liekes Lebensgefährten wussten«, meinte Marie, als sie die Tankstelle verließen. »Er war nachweisbar im Toilettenraum ihres Büros.«

»Es ist so einiges rätselhaft«, bestätigte Stephan. Er berichtete ihr von seinem Gespräch mit dem Essener Kollegen und Annes Weigerung, dessen Honorarforderungen zu akzeptieren.

Anschließend informierte Stephan Wanninger telefonisch von den neuesten Erkenntnissen.

»Ylberi hat recht«, sagte er. »Der große Unbekannte ist in Wirklichkeit ein Bekannter. Derjenige, der seine Fingerabdrücke auf dem Wischer und auf dem Hof hinterlassen hat, ist offensichtlich der Freund von Lieke van Eyck, von dessen Existenz wir bislang nichts wussten.«

»Es muss andere Zusammenhänge geben«, erwiderte Wanninger brüsk. »Machen Sie mit dem vermeintlichen Lebensgefährten, was Sie wollen!«

»Herr Wanninger?«, fragte Stephan besorgt.

»Auf mich ist geschossen worden!«, schrie Wanninger barsch. »Ich muss hier weg!«

Dann brach er das Gespräch ab.

Stephan versuchte, ihn über Handy neu anzuwählen, doch der Journalist nahm nicht ab.

Marie und Stephan fuhren zu seinem Büro. Es öffnete niemand, als sie unten an der Haustür in der Plauener

Straße klingelten. Sie warteten, bis ein Nachbar zufällig das Haus verließ, und stiegen die Stufen bis unter das Dachgeschoss hoch. Die Tür zu seinem Büro war nur angelehnt, das Rahmenholz gesplittert und das Schloss aufgehebelt. Stephan trat vorsichtig gegen das Türblatt, das nach hinten zurückwich. Sein Blick fiel auf Wanningers Schreibtisch, der mitten im Raum stand. Das schwindende Tageslicht streifte matt einige Regale.

Wanningers geplante Artikelserie hatte einen neuen Titel: ›Skandale und ihre Täter – damals geächtet, heute geachtet.‹ Er hatte die Worte mit dickem schwarzem Filzstift auf ein Blatt notiert und an das Regal geheftet. Das Blatt bewegte sich leise raschelnd. Irgendwo musste ein geöffnetes Fenster sein.

»Herr Wanninger?«

Stephan wagte keinen Schritt in das Büro.

Marie zog Stephan auf das Treppenpodest zurück. Sie wählte vom Handy erneut Wanningers Nummer.

»Wir stehen vor Ihrem Büro. Bei Ihnen ist offensichtlich eingebrochen worden«, sagte sie hastig, nachdem er sich endlich gemeldet hatte.

»Ich weiß, ich bin in ein Hotel gegangen. Ich bin nicht mehr sicher. Auch nicht in meiner Wohnung. Bin eben im Hotel angekommen.«

Marie hörte im Hintergrund, dass ihm ein Zimmerschlüssel übergeben wurde.

»Wo sind Sie, Herr Wanninger?«, insistierte sie. »Sie brauchen doch Hilfe. Ich verständige die Polizei.«

»Das tun Sie nicht!«, bellte er durchs Telefon.

»Sie werden mich nicht daran hindern«, gab sie bestimmt zurück.

»Ich bin nahe dran«, sagte er deutlich leiser. »Sie machen alles kaputt!« Er schnaufte resigniert.

»Welchen Preis wollen Sie denn für Ihre Geschichte bezahlen, Herr Wanninger? Sie müssen verrückt sein.«

»Sie wissen eben nicht, dass die Wahrheit ihren Preis fordert, Frau Schwarz. Hier geht es um ganz andere Kategorien als diejenigen, die Ihnen vertraut sind.«

Er atmete schwer. Wanninger war angeschlagen und müde und zugleich unverkennbar stolz darüber, dass er einen noch unbekannten Gegner aus der Reserve gelockt hatte. Er beschritt einen schmalen Grat, um wieder an seinen früheren Ruhm anzuknüpfen. Wanninger deckte auf – und lief Gefahr, erdrückt zu werden.

»Sie brauchen Hilfe«, wiederholte Marie leise. »Wo sind Sie, Herr Wanninger? – Bitte!«

Er war in einem kleinen Hotel, direkt um die Ecke. Wanninger saß in einer ungemütlichen kalten Sitzecke gegenüber der Rezeption in einem alten wuchtigen Sessel, dessen Kunstlederbezug abgegriffen und speckig war. Der Journalist trug noch immer seinen verschmutzten weißen Anzug. Er hatte seinen Laptop aufgeklappt auf den klobigen kleinen Marmorcouchtisch gestellt. Das Gerät fuhr gerade hoch, als Marie und Stephan eintraten.

»Den Computer hatte ich zum Glück im Auto«, sagte er, »aber es ist ohnehin nichts darin gespeichert, das für die interessant wäre.«

»Wer sind denn die?«, fragte Marie und setzte sich mit Stephan auf das Wanninger gegenüberstehende Sofa.

»Es ist alles so, wie ich es vermutet habe«, sagte Wanninger. »Es geht um die seltenen Erden, um geheime

Handelswege, einen ganz besonders organisierten Schwarzmarkt und wahrscheinlich um ein Kartell in der deutschen Industrie, das all dies initiiert und die seltenen Stoffe unter sich aufteilt. Und es gibt auch einen Herrn Drauschner, der mit dem Besucher in der Villa Wolff und dem Typ rechts auf dem Foto identisch ist. Eine Zeugin hat ihn heute erkannt.«

Er erzählte, was ihm widerfahren war.

»Ich habe leider nicht geschaltet, als mir die Frau am Eingang der Kokerei diesen Drauschner beschrieben hat. Aber es ist genau dieselbe Figur, die Sadowski in der Villa Wolff erlebt hat. Er ist es, der heute auf mich geschossen hat. Und das just zu einem Zeitpunkt, als er meine Vermutungen praktisch vollständig und süffisant bestätigt hat, nachdem er mich über das Gelände der alten Kokerei Hansa dirigiert hat – und zwar mit diesem Gerät hier.«

Er zog den vermeintlichen Audioguide und den Kopfhörer mit dem inzwischen verbogenen Bügel aus seiner Anzuginnentasche und legte die Geräte auf den Couchtisch.

»Sie dürfen die Sachen ruhig anfassen«, sagte er mit bitterem Lächeln, »es werden selbstverständlich keine Spuren darauf zu finden sein.«

»Sie wissen doch gar nicht, welche Untersuchungsmöglichkeiten es gibt«, meinte Marie kopfschüttelnd. »Sie können das doch nicht alles so abtun!«

»Und was macht Liekes angeblicher Lebensgefährte?«, fragte Wanninger gereizt, Maries Einwurf übergehend. »Woher haben Sie denn Ihre schlauen Erkenntnisse?«

Stephan schilderte, was sie an der Tankstelle erfahren hatten.

»Ein Tankwart bringt also Licht ins Dunkel«, seufzte Wanninger. »Der linke Mann auf unserem Foto soll also Liekes Lebensgefährte gewesen sein. Ein Mann mit einem silbernen Mercedes«, raunte er. »Woher wissen Sie denn, dass dieser Mann wirklich der Lebensgefährte von Lieke van Eyck war?«

Er blickte Marie und Stephan abwechselnd müde an und antwortete sich selbst: »Sie wissen es nicht, sondern Sie meinen es nur zu wissen, weil Sie als wahr unterstellen, was dieser Mann dem Tankwart gesagt hat. War Lieke dabei? Hat sie den Mann bestätigt? Hat der Tankwart die beiden knutschend gesehen? – Nein! – Und warum soll Lieke den vermeintlichen Lebensgefährten wie aus einem Versteck heraus fotografiert haben, als er sich mit einem Asiaten, ich sage einfach Chinesen, und mit Drauschner getroffen hat? Denken Sie an das Foto von den drei Männern an der Autobahn in Höhe der Burg Greifenstein. Warum fotografierte Lieke so, dass die drei vermutlich nicht bemerken konnten und nicht bemerken sollten, dass sie fotografierte? Na? – Dass Lieke das Foto geschossen haben muss, ist mir aus dem, was mir Drauschner vorhin auf der Kokerei erzählte, sonnenklar.«

Wanninger lehnte sich in seinen Sessel zurück.

»Denkbar ist doch nur, dass das Foto in irgendeiner Weise gegen diese drei Personen oder einzelne von ihnen hätte verwendet werden können oder als Beweis für irgendetwas dienen sollte. Wenn der Stammkunde von der Tankstelle und Lieke wirklich ein Liebespaar gewesen wären, hätten die van Eycks auf dem Hof davon etwas mitbekommen. Denken Sie doch mal in logischen Kategorien! Warum gibt es eine solche Person denn nicht, obwohl sie doch Fingerabdrücke an der Bürotoilette hinterlassen haben soll? – Fragen über Fragen, nicht wahr? Aber der Schuss vorhin spricht eine eindeutige Sprache. Als ich danach in mein Büro kam, war die Tür aufgebrochen. Nicht fachmännisch, aber das heißt ja nichts. Es dürfte auch nicht schwer gewesen sein. Ich hatte keine besonderen Sicherungen an der Tür. Konnte ja nicht ahnen, dass ich auf meine alten Tage noch einmal gewissen Personen gefährlich werden könnte.«

»Ist etwas gestohlen worden?«, fragte Stephan.

»Auf jeden Fall eine Kopie von dem Autobahnfoto. Sie war an eines der Regale geheftet. Ich mache das immer so mit wichtigen Dokumenten, die ich gerade verwerte. Ist aber nicht schlimm. Ich habe noch genügend Kopien von dem Bild.«

»Und sonst?«

»Sonst weiß ich nichts«, brummte Wanninger. »Habe nicht alles durchsucht. Ich bin sofort gegangen. Es reicht, dass ich zur Zielscheibe geworden bin. Und zwar im Wortsinn. Das ist der Beweis, dass ich richtig liege. Also werde ich jetzt die Geschichte schreiben.«

Er deutete mit einem Kopfnicken auf den Laptop.

»Ich schreibe alles, was ich weiß. Es sind Fakten, die man nur auflisten muss. Der kluge und weitsichtige Leser wird mir folgen können. Wenn die Geschichte raus ist, bin ich als Zielscheibe nicht mehr interessant. Titel: ›Tod einer Topsekretärin – Opfer eines erbarmungslosen Komplotts der Industrie um die seltenen Erden‹. Ich

232

sehe alles genau vor mir. Wenn der Titel steht, ist das Schreiben der Geschichte bloßer Automatismus. Es ist so ähnlich wie bei einem Künstler, der lange über das Motiv nachdenkt und dann, wenn er es vor Augen hat, nur noch malt, was in seinem Kopf schon bis zum letzten Pinselstrich konzipiert ist.«

»Sie sind sehr mutig«, meinte Marie.

»Darüber sprachen wir schon einmal«, nickte Wanninger.

Er sah auf die Uhr.

»Ich werde jetzt im Restaurant eine Kleinigkeit essen, und dann geht's ans Werk. Es wird eine Story werden, die unser Land aufmischt.«

Er klappte seinen Laptop zu und erhob sich.

»Sie halten sich besser aus der Geschichte raus«, sagte er. »Es tut nicht gut, im Fokus zu stehen. Ich meine, im Fokus von Leuten wie Drauschner. Solche Dinge sind nicht Ihr Format, Herr Knobel. Nehmen Sie das nicht persönlich. Wir sind da nur sehr unterschiedlich gepolt! – Und keine Polizei! Erst die Geschichte, dann die Ermittlung! Sie wird mich sowieso nur bestätigen. Meine Geschichte wird die Namen an die Öffentlichkeit bringen.«

Wanninger schien die Erlebnisse des Tages verkraftet zu haben. Er drückte sein Kreuz stolz durch, als er seine Hand zum Abschied reichte. Der weiße Anzug war knitterfrei. Nur der Schmutz von der Schwarzen Straße der Kokerei haftete auf dem Stoff und bildete graue Flecken. Dann verließ er die Rezeption durch eine Glastür in den Restaurantbereich.

233

Marie und Stephan blieben nachdenklich zurück. Als sie das Hotel verlassen hatten, wählte Stephan die Handynummer von Oberstaatsanwalt Ylberi. Zwei Stunden später hatte Ylberi alles erfahren, was in diesem Fall passiert war und welche Umstände mit anderen zusammenzuhängen schienen. Um den Unfalltod von Lieke van Eyck und die rätselhaften Einbrüche auf dem Hof in Dorsten rankten sich für Ylberi nun weitere Vorfälle, begonnen mit dem unentdeckten ungebetenen Besuch auf dem Hof, als Marie und Stephan bei den van Eycks zu Gast waren, über den dubiosen Besucher in der Villa Wolff am 16. Dezember, dessen angekündigter erneuter Besuch in der Villa die van Eycks vom Hof locken sollte, bis hin zu dem Mordanschlag auf Wanninger auf dem alten Kokereigelände und dem Einbruch in sein Büro. Ylberi betrachtete die Kopie des Fotos von den drei Männern an der Autobahn, das Stephan eingescannt und Ylberi gemailt hatte. Der Staatsanwalt vollzog Wanningers Schlussfolgerungen auf einem skizzierten Beziehungsgeflecht nach, das er nach Stephans Vorgaben zeichnete und zu den gewonnenen Ermittlungsergebnissen in Relation setzte. Abschließend berichtete Stephan, was ihm der Tankwart erzählt hatte.

»Es war richtig, dass Sie mich umfassend informiert haben«, schloss der Staatsanwalt. Er notierte sich die Handynummern von Anne van Eyck und von Wanninger sowie dessen Hoteladresse. Es war 22.30 Uhr.

Ylberi erkundigte sich noch in der Nacht telefonisch bei Anne van Eyck, ob sie nichts zu dem möglichen Lebensgefährten von Lieke sagen könne, den der Tankwart beschrieben hatte. Doch Anne blieb dabei, dass Lieke in den letzten Jahren niemanden mit nach Hause gebracht habe, der ihr Freund oder Lebenspartner gewesen sei. Sie kenne keinen der Männer von dem an der Autobahn geschossenen Foto. Und von einem silbernen Mercedes wisse sie auch nichts. Ylberi bemerkte deutlich ihr Erstaunen darüber, dass sich die Staatsanwaltschaft wieder mit dem Fall beschäftigte.

»Ich brauche eine Liste der Namen aller Personen, die sich im Laufe des letzten Jahres bis heute in irgendeiner Räumlichkeit auf Ihrem Hof aufgehalten haben«, sagte er ebenso höflich wie bestimmt.

»Wie soll das gehen?«, fragte Anne van Eyck. »Wir haben kaum einen Überblick. Es waren auch etliche Kunden da, manchmal in Begleitung weiterer Personen, deren Namen wir nicht einmal kennen. Das ist nicht zu leisten, Herr Staatsanwalt!«

»Alle Namen!«, bekräftigte Ylberi. »Ich bin mir sicher, dass Sie kaum jemanden vergessen werden, Frau van Eyck. Es geht um Ihre Schwester, vergessen Sie das nicht!«

22

Ylberi bekam kurz vor 23.30 Uhr auch Wanninger ans Telefon, doch als dieser merkte, dass der Staatsanwaltschaft dank Stephans Information über alles im Bilde war, verweigerte er die Beantwortung weiterer Fragen und beendete abrupt das Gespräch.

Der Staatsanwalt fuhr sofort in Wanningers Hotel und traf ihn, als er gerade die Tür seines Zimmers von außen abschloss. Der Journalist hatte eine kleine Reisetasche und eine Ledertasche bei sich, in der sich augenscheinlich sein Laptop befand.

»Sie gehen?«, fragte Ylberi überrascht. »Wollen Sie etwa nach Hause zurück?«

Wanninger zog den Schlüssel ab und drängte sich wortlos an dem Staatsanwalt vorbei.

»Ich habe bohrende Fragen an Sie, Herr Wanninger!«

Wanninger drückte auf den Fahrstuhlknopf, wartete ungeduldig einen Augenblick und nahm dann die Treppe. Er hastete die Stufen hinunter und sah sich nicht um.

»Haben Sie mich nicht verstanden?«, rief Ylberi ihm hinterher.

»Doch, ich habe Sie verstanden«, schrie Wanninger zurück, »aber ich werde Ihnen keine Fragen beantworten. Jedenfalls nicht jetzt.«

Er nahm mehrere Stufen mit einem Satz und eilte unten an die Rezeption, wo er ungeduldig auf die Nachtglocke schlug und barsch die Rechnung verlangte.

»Gehen Sie nach Hause zurück?«, wiederholte Ylberi seine Frage.

»Sicher nicht, und ich werde Ihnen bestimmt nicht sagen, wohin ich gehe«, sagte Wanninger, ohne den Blick von der Tür zu nehmen, die von der Rezeption in ein hinteres Büro zu führen schien. Er hämmerte auf die Nachtglocke.

»Ich habe Sie nicht gerufen, Herr Staatsanwalt.

Genauer gesagt: Ich will gar nicht, dass Sie irgendwelchen Dingen nachgehen. Oder habe ich wegen irgendetwas Anzeige erstattet? – Sie kommen doch nur, weil dieser Rechtsanwalt auf der Stelle tritt.«

Der Nachwächter erschien aus dem Hinterzimmer, vermutlich ein Pensionär, der sich hier ein paar Euro verdiente. Aus dem Nebenraum war leise der Fernseher zu hören. Er fragte nicht, warum der Gast um diese ungewöhnliche Uhrzeit auschecken wollte.

»Minibar?«, fragte der Portier mürrisch und machte auf dem Rechnungsblock einen Strich, ohne Wanningers Antwort abgewartet zu haben.

»Ankunft war erst heute, stimmt das?«, fragte er im Verhörton weiter.

Wanninger bejahte.

»83 Euro.« Der Portier blickte auf.

»Aber ohne Frühstück«, wandte Wanninger ein.

»War aber so gebucht«, stellte der Portier mit Blick auf das Anmeldeformular fest. »Was bestellt ist, wird bezahlt. Ist ja auch schon vorher eingekauft worden.«

»Die Brötchen, der Kaffee oder was?«, brüllte Wanninger. Sein Gesicht lief rot an. »Wissen Sie überhaupt, wer ich bin?«

Der Portier öffnete umständlich den kleinen Tresor seitlich des Tresens, bückte sich nach unten und kam dann mit einer kleinen Kassette wieder zum Vorschein.

»Nein«, brummte er und öffnete die Kassette.

»83 Euro«, wiederholte er. »Ich habe meine Vorgaben.«

»Wanninger, Gisbert Wanninger«, schnalzte der Journalist schneidend scharf. »Sie sollten den Namen kennen.«

Der Portier zuckte mit den Schultern.

»Tut mir leid«, antwortete er.

Er blieb in der Nähe der geöffneten Tür zum Hinterzimmer und versuchte, mit einem Ohr der Fernsehsendung zu folgen, von der einzelne Wortfetzen in den Empfang drangen. Der Journalist interessierte ihn nicht.

Wanninger zahlte fluchend den geforderten Betrag und bemühte sich, den Restbetrag von drei Euro in möglichst kleiner Stückelung auf den Tisch zu legen. Er kostete es aus, wie der Portier die Zehn- und 20-Cent-Stücke gruppierte, nachzählte und sich wiederholt verzählte.

»Adieu!«, rief Wanninger und strebte dem Ausgang zu.

Er stieß die Schwenktür mit einem Fußtritt auf. Ylberi lief ihm hinterher und hielt ihn draußen an der Schulter fest.

»Es bedarf keiner Anzeige von Ihnen«, erklärte Ylberi. »Hier stehen Delikte im Raum, bei denen wir von Amts wegen ermitteln müssen, wenn wir, auf welche Weise auch immer, vom möglichen Vorliegen einer solchen Straftat erfahren. Das sind hier versuchter Mord, Herr Wanninger, vollendeter oder versuchter Diebstahl hinsichtlich des Einbruchs in Ihre Wohnung, ebensolche Diebstähle bei den Geschwistern van Eyck und womöglich Wirtschaftskriminalität.«

»Womöglich Wirtschaftskriminalität«, äffte Wanninger nach. »Das ist wohl eine Nummer zu groß für Sie, oder?«

Seine Augen blitzten in der Dunkelheit. »Mir reicht zunächst der Mordversuch«, antwortete Ylberi provokant bescheiden und streckte die Hand aus.

»Was wollen Sie denn?«, fragte Wanninger gereizt.

»Diesen Audioguide, mit dem der Täter Sie über das Kokereigelände gelotst hat.«

Wanningers Augen weiteten sich.

»Nein!«, antwortete er entschieden.

»Wir benötigen dieses Gerät, und Sie wissen das auch. Es ist ein wichtiges Beweismittel. Genauso wie die anonymen Briefe, die Sie bekommen haben.«

»Nein!«, beharrte Wanninger trotzig.

Er stellte die kleine Reisetasche und die Laptoptasche auf den Boden und verschränkte demonstrativ die Arme.

»Was soll das, Herr Wanninger? Muss ich Zwang anwenden?«

»Haben Sie denn die rechtlichen Voraussetzungen dafür geschaffen?«, blaffte Wanninger. »Versuchen Sie es, Herr Staatsanwalt! Sie glauben gar nicht, was über Sie in der Zeitung stehen wird. Ich schreibe gerade über Skandale, wenn auch über frühere. Ich ergänze die Serie gern um ein Beispiel aus unserer Zeit.«

Ylberi hob beschwichtigend die Hände.

»Ich komme Ihnen nicht mit Vorschriften, Herr Wanninger. Ich appelliere nur an Ihre Vernunft. Sie sind in Gefahr. Das sehen Sie nicht anders. Sonst würden Sie nicht flüchten.«

Wanninger zauderte, aber er mochte das Gerät nicht rausgeben.

»Wo genau ist auf dem Kokereigelände auf Sie

geschossen worden?«, fragte Ylberi weiter. »Wir müssen Spuren sichern. Soweit ich weiß, ist es ein sehr großes Areal. Muten Sie mir bitte nicht zu, das gesamte Gelände nach dem Geschoss und sonstigen Spuren abzusuchen, die vom Täter stammen könnten.«

Doch Wanninger blieb hart.

»Ich rühre das Gerät nicht an«, versprach er. »Sie können es haben, wenn alles vorbei ist.«

Dann rannte er weg, erstaunlich flink für seine Korpulenz, stoppte kurz an der nächsten Straßeneinmündung und sah ängstlich zurück. Ylberi war stehen geblieben. Er sah dem dicken Mann nach, der sich einer Gefahr aussetzte, um sich die Geschichte zu sichern, deren Publikation ihn wieder in die Schlagzeilen zu bringen versprach. Wanninger rannte weiter und verschwand aus Ylberis Blick. Der Staatsanwalt hörte nur noch seine hastenden Schritte, die sich entfernten und von der Nacht geschluckt wurden.

Am nächsten Morgen stand Ylberi pünktlich um zehn Uhr an der Pforte des Kokereigeländes, gerade rechtzeitig, als die Mitarbeiterin der Stiftung Industriedenkmalpflege und Geschichtskultur das alte Kokereitor und damit die gesamte Anlage für die Besucher öffnete. Der Staatsanwalt wies sich aus und erklärte den Anlass seines Besuches. Er trug einen Koffer mit erkennungsdienstlichem Material. Es hatte zu regnen begonnen. Auf der Kokerei würde es ein ruhiger Tag werden, noch ruhiger als sonst.

»Hat dieser vermeintliche Herr Schmidt für den Eintritt bezahlt?«, fragte Ylberi.

Die Frau nickte unmerklich. Ihre Befürchtung, dass

sich hinter dem gestrigen Ereignis mehr verbarg und sie mit ihrer bloßen Gefälligkeit für den vorgeblichen Herrn Schmidt sich selbst keinen Gefallen getan hatte, bewahrheitete sich. Sie war froh, den Job an der Pforte der Kokerei zu haben, der half, die finanziellen Lasten zu tragen, die sie mit ihrem Mann hatte.

»Hat er mit einem Schein oder mit Münzen bezahlt?«, fragte Ylberi.

Sie überlegte kurz.

»Er hatte es passend, glaube ich«, antwortete sie unsicher.

»Und die Einnahmen von gestern sind noch in der Kasse?«, vergewisserte er sich.

»Ja. Wir machen nur einmal in der Woche Kassensturz. Es kommt in den normalen Wochen außerhalb der Ferien meist nicht so viel zusammen.«

»Also sind die Münzen von Herrn Schmidt noch in der Kasse«, folgerte Ylberi. »Denn wie ich erfahren habe, kam er erst recht spät und nach ihm nur noch der Herr Wanninger als letzter offizieller Besucher dieses Tages. Wie hat der bezahlt?«

»Münzen«, antwortete sie irritiert.

»Erinnern Sie sich an die Stückelung?«, wollte Ylberi wissen.

»Ich glaube, Schmidt zahlte mit einem Zwei-Euro- und einem Ein-Euro-Stück.«

»Und Wanninger?«, fragte Ylberi.

»Auch passend, aber in Cent-Münzen. Ich meine, es waren sechs 50-Cent-Münzen. Die beiden waren die letzten Gäste an dem Tag. Ich habe die ganze Nacht darüber nachgedacht. Ich komme einfach nicht zur Ruhe.«

»Wenn die beiden Herren so bezahlt haben, wie Sie es sagen, erleichtert das uns die Sache sehr«, sagte Ylberi und lächelte zufrieden. »Dann geben Sie mir bitte den gesamten Münzbestand, der sich in der Kasse befindet«, bat er, »das heißt, geben Sie mir bitte die Kasse, damit ich die Münzen entnehmen kann. Wir wollen ja keine Fingerabdrücke verwischen!«

Er zog ein paar Gummihandschuhe aus seinem Koffer.

»Heute Abend ist wieder Kassensturz«, sagte sie. »Ich muss die Buchhaltung fortführen und den Kassenbestand und die Anzahl der verkauften Eintrittskarten eintragen.«

Ylberi verstand.

»Geht es um viel?«

»Weiß nicht.« Sie schloss die Tür zum Infopunkt auf, holte die Kassette aus einem kleinen Schrank und öffnete sie. »40 oder 50 Euro in Münzen werden es wohl sein«, schätzte sie.

Ylberi zückte sein Portemonnaie.

»Zählen Sie bitte das Geld, ohne es zu berühren!«, bat er. »Bewegen Sie die Münzen nur mit einem Kugelschreiber oder Ähnlichem. Wir tauschen es aus.«

Sie nickte dankbar.

»Wissen Sie, wo der Herr Wanninger gestern den vermeintlichen Herrn Schmidt auf dem Gelände getroffen hat? Hat er Ihnen gegenüber genaue Angaben gemacht?«

»Er wollte unbedingt zur Schwarzen Straße.«

Sie erklärte Ylberi, was es mit diesem Namen auf sich hatte. Dann verließ der Staatsanwalt den Infopunkt. Während er die Frau die Münzen zählen ließ, lief er um die Kompressorenhalle herum und über die Schwarze Straße bis hin zu dem Sorten- und dem Kohlenturm. Wanninger hatte Stephan erzählt, dass im Bereich der Türme auf ihn geschossen worden sei, und Ylberi nahm diesen Bereich flüchtig in Augenschein. Das fragliche Gebiet war zu groß und zu unübersichtlich, als dass sich ohne eingehende Untersuchung feststellen ließ, ob es hier tatsächlich zu einem Schuss gekommen war. Die Backsteinwände der Türme waren vom Zahn der Zeit gezeichnet und wiesen diverse Schadstellen auf, sodass sie ein mögliches Einschussloch gut kaschierten. Am Fuße der Türme wucherten Birken aus einem stattlich sprießenden Gestrüpp. Der sich verstärkende Regen nahm jede Chance, hier zielgerichtet und schnell fündig zu werden. Denkbar war auch, dass der Schuss an den Wänden vorbei in die angrenzenden Bereiche ging, in denen ein Gewirr von rostigen Rohren, Unkraut und Gebüsch jede Spurensuche erschwerte. Ohne Zweifel hatte der Täter den Tatort geschickt ausgesucht. Der Staatsanwalt ging zur Pforte zurück. Der Regen trieb in feinen Schleiern über die alten Ofenbatterien. Die rostigen Anlagen blieben stumme Zeugen einer vergangenen Zeit und trotzten der sie umwuchernden Natur, aus der sie wie stählerne Skulpturen herausragten.

Die Frau im Infopunkt hatte gezählt und einen Kaffee für Ylberi gemacht.

»37 Euro in Münzen«, sagte sie und schob dem Staatsanwalt Kassette und Kaffee über die Theke. Sie lächelte unsicher.

Ylberi zückte kleine Plastiktüten aus seinem Koffer und entnahm der Kassette mit einer Pinzette Münze für Münze, die er jeweils in gesonderte Tüten steckte. Danach gab er ihr den gleichen Betrag aus seiner eigenen Geldbörse.

»Wo kann der Täter hin sein, wenn er nicht durch das Tor die Kokerei verließ?«

Er ließ sich erklären, dass das Gelände nach hinten nicht eingezäunt war und man sowohl von der parallel zur Kokerei verlaufenden Bahnstrecke als auch nördlich über das anschließende Gelände der alten Benzolfabrik ungehindert verschwinden könne.

Ylberi packte seine Sachen zusammen und nahm seinen Kaffee.

»Wir werden heute das Gelände noch sehr genau untersuchen. Offizielle Lesart wird sein, dass von einem Besucher Schüsse wahrgenommen wurden, die mutmaßlich von jemandem abgefeuert worden sind, der auf das Gelände eingedrungen ist. Sie werden bitte bis dahin dafür sorgen, dass kein Besucher auf die Schwarze Straße geht.«

Ylberi sah die Frau augenzwinkernd an.

»Haben wir uns verstanden?«, fragte er.

Sie nickte dankbar.

23

Wanninger war bis halb drei in der Nacht mit seinem
Auto ziellos umhergefahren. Die Straßen waren men-
schenleer gewesen. Er hatte nicht einmal Nachtschwär-
mer gesehen, die träge ihren Weg nach Hause suchten.
In den Nächten zwischen normalen Werktagen herrschte
eine fast bedrückende Stille. Etwa um eins hatte es wieder
zu regnen begonnen. Der zugleich aufbrausende Wind
hatte Blätter aus den dichten Laubkronen der an den Straßen stehenden Ahornbäume auf die Fahrbahn gewirbelt.
Wanninger hatte das Schauspiel beobachtet, während er
langsam durch die Straßen fuhr. Der Scheibenwischer
schmierte anfangs und kämpfte gegen den Staub und
Schmutz an, der sich auf der Windschutzscheibe abgesetzt hatte. Wanninger war wiederholt an dem Haus in
der Plauener Straße vorbeigefahren, in dessen Dachgeschoss er sein Büro hatte, und er war ebenso oft durch die
Chemnitzer Straße gefahren, in deren oberem Abschnitt
seine Wohnung lag. Ihm war nichts Verdächtiges aufgefallen, aber er wusste, dass man ihn im Visier hatte. Um
halb drei schließlich hatte er sich doch in seine Wohnung gewagt, die Tür nicht nur, wie er es immer tat, von
innen verschlossen und den Sperrriegel umgelegt, sondern auch noch einen kleinen Aktenschrank aus dem Flur
vor die Tür geschoben. Er wusste, dass dieser Schrank
ihn im Zweifel nicht schützen würde, aber ihn beruhigte
das Gefühl, eine Barrikade errichtet zu haben. Er legte
sich angezogen auf das Bett. Die Schwüle der vergangenen Tage lastete noch bleiern in seiner Wohnung, doch

er wagte weder, sich zu entkleiden, noch eines der Fenster zu öffnen, weil die Wohnung sowohl an der Vorder-, als auch an der Hinterfront des Hauses über durchgehende Balkone verfügte, über die man ungehindert einsteigen konnte. Als Wanninger die Wohnung angemietet hatte, gefielen ihm die mit kunstvollen schmiedeeisernen Geländern gesicherten Balkone, die Pariser Charme verbreiteten. Wanninger wollte eine Wohnung, aus der er in das ihn umgebende Leben lauschen und zu den Nachbarn gehen konnte, wenn er es wollte. Jetzt fürchtete er sich, lag schweißgebadet auf dem Bett, das er noch nie mit jemandem in Liebe geteilt hatte, wusste die Reisetasche und den Laptop neben sich und grübelte. Er war leichtsinnig gewesen, als er sich von der Stimme durch die Kokerei dirigieren ließ, aber er wollte wissender werden, hatte seine warnenden Gedanken beiseitegedrängt, weil er dachte, dass man ihn anderenorts leichter würde töten können. Der Mann hatte mit der Frau am Eingang der Kokerei gesprochen, ihr erklärt, wie sie ihm – Wanninger – dieses technische Gerät andienen sollte. Er hatte ihr die Technik erklärt und eine Geschichte erfunden, die sie davon überzeugte, Statist in einer raffiniert erscheinenden Geburtstagsüberraschung zu sein. All dies war ihm schlagartig durch den Kopf gegangen, als er die Schwarze Straße entlanggegangen war, sich Meter für Meter an den alten Ofenbatterien entlanggetastet hatte. Der Unbekannte war mit Menschen in Kontakt getreten, die ihn wiedererkennen würden. Deshalb hatte Wanninger zunächst geglaubt, der Kokereibesucher sei sein Informant gewesen. Doch er hätte misstrauisch werden müssen. Die Stimme des Unbekannten hatte sich so ange-

246

hört, wie Sadowski diejenige von Drauschner beschrieben hatte. Und der Informant hatte Wanninger noch nie angerufen. Trotzdem war auch Drauschner so etwas wie ein Informant. Wanninger wusste diesen Drauschner nicht richtig einzuschätzen.

Er schlief erst in den frühen Morgenstunden ein. Es war ein unruhiger Schlaf, aus dem er gegen sieben Uhr mit rasendem Herzen erwachte. Er aß zwei Scheiben Toast, die er mit Schnittkäse belegte, dessen Haltbarkeitsdatum schon um eine Woche überschritten war. Dazu zog er einen Kaffee aus seiner alten Kaffeemaschine.

Die Flucht vor dem unbekannten Gegner machte ihn hektisch und trieb ihn zugleich dazu, die Zeit totzuschlagen. Er wusste keine Ziele, die er ansteuern konnte oder wollte. Wanninger ahnte, dass er wieder eine Nachricht bekommen würde. Ylberi um Schutz zu bitten kam nicht in Frage. Der Staatsanwalt würde keinen Schutz bieten können. Ylberi verkannte die Dimensionen, wenn er verharmlosend von Wirtschaftskriminalität sprach. Alles deutete darauf hin, dass es um Akteure, vielleicht auch um eine Organisation ging, die taktisch klug im Verborgenen arbeitete. Alle Beweise für ihre Existenz erschienen wie Zufallsfunde, die irgendwo an die Oberfläche gelangten und Teile eines Mosaiks bildeten, das Wanninger Stück für Stück zusammenfügen würde, ohne dass ihn die Ermittlungsbehörden dabei störten. Es ging nicht nur um die Geschichte, die er schreiben wollte. Es ging auch um die Wanninger zuteil werdende Ehre, die Hintergründe in einem Komplott erforschen zu dürfen.

Der Journalist verließ gegen acht Uhr seine Wohnung, stieg in sein Auto und passierte die Plauener Straße.

Er sah mehrere Personen in das Haus gehen. Es waren Polizeibeamte in Zivil, die von Ylberi beauftragt waren. Wanninger wurde klar, dass man seine Büroräume in der Nacht bewacht hatte, um sie vor dem nochmaligen Zugriff der Täter zu schützen. Jetzt, im Tageslicht, würden sie beginnen, sein Büro zu durchsuchen. Sie nannten es Spurensicherung, aber Wanninger wusste, dass sie seine Schubladen durchwühlen und all das zutage fördern würden, was er im Verborgenen recherchiert hatte. Sie drangen in seine Sphäre ein, ohne dass er dies gewollt hatte. Er hatte sich diesen Schnüfflern verweigern wollen, aber sie durchsuchten im öffentlichen Interesse, sie ermittelten von Amts wegen. Wanninger wagte nicht, auszusteigen und in seinen Briefkasten zu sehen. Der Briefträger kam gewöhnlich gegen neun Uhr. Wanninger fuhr langsam weiter und parkte sein Auto in einer Seitenstraße. Der Postbote begann seine Tour am östlichen Ende der Saarlandstraße. Wanninger positionierte sich dort und wartete. Er fing den Postboten im strömenden Regen ab und ließ sich seine Briefe aushändigen. Er blätterte durch die Post, ignorierte die Mahnungen, mit denen ihn irgendwelche Gläubiger immer häufiger belästigten, und starrte auf den Brief, dessen Zugang er intuitiv erwartet hatte: Ein anonymer Umschlag, abgestempelt in Frankfurt. Wanninger rannte in eine geschützte Hausecke, vergewisserte sich, dass ihn niemand beobachtete und riss den Umschlag auf:

›Sie haben gestern großes Glück gehabt, Wanninger. Obwohl Sie so leichtsinnig waren. Es hat sich herumgesprochen, dass der Anschlag fehlgeschlagen ist. Das Geschäft wird heute Abend besiegelt. Treffen vermutlich nach Besuch einer Aufführung im Konzerthaus Dortmund. Die Entscheider werden da sein. Nutzen Sie Ihre Chance – und seien Sie diesmal vorsichtig!‹

Wanninger las den Text ein zweites Mal. Regentropfen fielen auf das Papier, das wie die vorhergehenden Briefe die Fotokopie eines auf einem Computer gefertigten Schreibens war. Der Regen drohte das Papier aufzuweichen. Wanninger faltete den Brief und steckte ihn in seine Hosentasche. Er wusste nicht, warum er eine Nachricht seines Informanten erwartet hatte. Er hatte es nur gefühlt. Der Informant musste an der Quelle sitzen.

Wanninger fuhr in die Innenstadt, lief zum Konzerthaus und studierte das aktuelle Programm. Um 20 Uhr würde der chinesische Meistercellist Yo-Yo Ma auftreten. Der Journalist betrat das Foyer, das während der Veranstaltungs- und auch zu den normalen Geschäftszeiten frei zugänglich war, und wollte sofort eine Karte erwerben, doch die Aufführung war bereits ausverkauft.

24

Stephan erhielt gegen Mittag einen Anruf von seiner Mandantin. Wanninger habe sich bei ihr gemeldet und ihr mitgeteilt, dass er eine heiße Spur verfolge. Er erwäge, mit der Geschichte an die Öffentlichkeit zu gehen, wenn sich der neue Hinweis als Treffer erweise.

»Was halten Sie davon, Frau van Eyck?«, fragte Stephan, als sie geendet hatte.

»Ich glaube, es war keine gute Idee, Ylberi von dieser Sache zu erzählen. Wanninger fühlt sich jetzt wie ein Getriebener«, meinte sie. »Ich kann verstehen, dass er nun nach vorn prescht. Es gibt niemanden, der ihn wirklich schützen kann.«

Anne van Eyck redete, als sei sie Gisbert Wanninger.

»Wanningers Theorie ist bislang nicht zu belegen«, hielt ihr Stephan entgegen. »Wenn er damit an die Öffentlichkeit geht, kann genau das passieren, was Sie eigentlich verhindern wollten, Frau van Eyck. Welche Spur verfolgt er denn?«

»Er hat es mir nicht gesagt. Aber ich glaube auch nicht, dass es ihm recht wäre, wenn ich es Ihnen sagen würde.«

»Die Sache hat sich verselbstständigt«, sagte Stephan. »Ich kann Wanninger nicht mehr erreichen – im wörtlichen wie im übertragenen Sinne. Wenn ich seine Nummer anwähle, geht er nicht ran. Ylberi geht es genauso. Er hat es mir gesagt.«

Sie sind ziemlich dicke mit dem Staatsanwalt«, stellte Anne van Eyck fest. Ihr vorwurfsvoller Unterton war nicht zu überhören.

»Ich habe ihn als äußerst verlässlich und scharfsinnig kennengelernt«, entgegnete Stephan. »Er kann in dieser Situation nur helfen.«

»Ist es wirklich gut, wenn man sich über die Rollen hinweg kennenlernt, Herr Knobel? Sie sind mein Anwalt und nicht Zuträger dieses Staatsanwalts. Ich fühle mich nicht wohl damit.«

»Sie fühlen sich doch nicht etwa verraten?«, forschte er und schlug einen festen Ton an.

»Es hat weniger mit mir zu tun, eher mit Wanninger.«

»Sie wollten Wanninger zu Beginn gar nicht eingebunden wissen«, hielt ihr Stephan vor.

»Ich möchte mich nicht mit Ihnen streiten, Herr Knobel«, erwiderte Anne van Eyck. »Ich habe nur das Gefühl, dass Sie immer mehr zweifeln, während Wanninger umso entschiedener die Sache nach vorn treibt. Verstehen Sie, was ich meine? Eigentlich sollte es doch umgekehrt sein.«

»Haben Sie angerufen, um mir das zu sagen?«, fragte Stephan.

»Ich meine nur, dass Sie und Ylberi Wanninger in Ruhe lassen sollten. Er weiß, was er tut. Sie sollten ihn seinen Weg gehen lassen.«

Sie sprach freundlich, doch sehr verbindlich. Stephan pflegte auf vergleichbare Empfehlungen anderer Mandanten zu erwidern, dass er seine Klientel zwar vertrete, aber nicht ihr willfähriger Handlanger sei. Den Weg bestimme er und nicht der Mandant. Doch auf Anne van Eycks Bitte erwiderte er nichts.

Wanninger fand sich bereits um 18.30 Uhr im Konzerthaus ein. Er hatte sich mit der Vita des chinesischen Cellisten Yo-Yo Ma flüchtig vertraut gemacht: Geboren 1955 in Paris, Sohn der Hongkonger Sängerin Marina Lo und des Violinisten, Musikprofessors und Dirigenten Hiao-Tsiun Ma. Yo-Yo-Ma begann mit dem Cellospiel als Vierjähriger. Mit sieben Jahren zog seine Familie nach New York um, und mit acht Jahren trat er bereits mit Leonard Bernstein im US-amerikanischen Fernsehen auf. Dieser vermittelte ihn auch zur Juilliard School, wo er Schüler von Leonard Rose wurde. Yo-Yo Ma hatte mehr als 50 Alben veröffentlicht. Er hatte mehr als ein Dutzend Grammys verliehen bekommen, darüber hinaus viele andere bedeutende Preise. Am 20. Januar 2009 hatte er die Inaugurationsfeier von Barack Obama mit einem Quartett und einem von John Williams komponierten Stück begleitet. Wanninger hatte alle diese Informationen dem Internetportal Wikipedia entnommen und sie auswendig gelernt. Ihn interessierten weder der Künstler noch sein Werk, aber er wollte gewappnet sein, wenn er Small Talk führen und sich zum Schein interessiert zeigen musste.

Gisbert Wanninger hatte am frühen Nachmittag aus seiner Wohnung das eleganteste Kleidungsstück geholt, das er besaß: einen maßgeschneiderten anthrazitfarbenen Nadelstreifenanzug. Er hatte den Anzug schon vor Jahren anfertigen lassen. Damals war er auf dem Höhepunkt seines journalistischen Schaffens, verdiente satt, und der ständig wiederkehrende Geldsegen aus seinen in diversen Magazinen abgedruckten Artikeln ließ ihn Dinge kaufen, die er bis dahin nicht für nötig oder interessant gehalten hatte. Plötzlich hatte er sich für solche Sachen interessiert, die Statuszeichen für Macht und Wohlstand waren und die er sich hart erarbeitet hatte. Auch der Anzug gehörte zu diesen Dingen. Er hatte ihn nur zu außergewöhnlichen Anlässen getragen, insbesondere anlässlich der Gala, in deren Rahmen ihm vor sieben Jahren eine Medaille für unerschrockenen Journalismus verliehen worden war. Seither hatte der Anzug fast durchgehend im Schrank gehangen. Er passte auch nicht mehr so wie in früherer Zeit. Wanninger war deutlich fülliger als früher. Hose und Jackett zwängten.

Er war seit dem frühen Nachmittag nervös durch die Innenstadt gelaufen, nachdem er sein Auto in der Nähe des Konzerthauses im Innenhof eines Geschäftshauses abgestellt hatte, dessen Inhaber er seinen Parkplatz für den Rest des Tages mit stolzen 30 Euro abgekauft hatte. Wanninger wollte einen Standplatz, von dem er bei Bedarf schnell in alle Richtungen davonfahren konnte. Im Auto befand sich seine Reisetasche mit dem Notwendigsten, um ein paar Tage untertauchen zu können, des Weiteren die anonymen Briefe und der Audioguide, der keiner war. Die Tasche hatte Wanninger im Kofferraum unter einer Plane und seinen Laptop unter dem Beifahrersitz versteckt, und danach mehrfach kontrolliert, ob auch alle Türen seines Autos abgeschlossen waren. Wanninger hatte zwischendurch in einem Schnellimbiss gesessen, in dem er ein sehniges Schnitzel und fettige Pommes frites gegessen hatte, die ihn aufstoßen ließen. Er hatte daraufhin eine Flasche mit einem halben Liter kohlensäurefreiem Mineralwasser in einem Zug geleert und sich dann auferlegt, bis zur Aufführung keine weitere Nahrung aufzunehmen. Er wollte fit bleiben.

Ab 18.30 Uhr saß Wanninger im Stravinski, dem im Erdgeschoss des Konzerthauses gelegenen Restaurant, das in seinem modern eleganten und gleichzeitig nüchternen Stil demjenigen des Konzerthauses entsprach. Wanninger nippte geduldig an dem georderten Orangensaft. In seinem Anzug hatte er eine kleine Digitalkamera versteckt, bereit, Begegnungen zwischen Personen zu fotografieren, die verdächtig erschienen. Wanninger hatte keine Angst. Er wähnte sich sicher, wenn er unter Menschen blieb. Von seinem Platz im Stravinski konnte er das Foyer vollständig mit seinem Blick erfassen, von den gläsernen Eingangstüren bis zur Empfangstheke und der Garderobe sowie den Zugangsbereichen zu den Toiletten. Zeitgleich mit ihm waren die ersten Gäste erschienen, von denen sich einige untereinander offensichtlich flüchtig kannten. Es waren Besitzer von Dauerkarten, die einen Großteil des kulturellen Programms wahrnahmen und wegen der verlässlichen Einnahmen aus dem Abonnementverkauf der häufig defizitären Finanzlage des Hauses guttaten. Man war festlich gekleidet. Etliche der Frauen trugen Abendkleider und feinen Schmuck. Wanninger betrachtete aufmerksam die nun immer zahlreicher werdenden Gäste, unter denen sich auch eine Vielzahl von Chinesen befand. Der Journalist witterte hinter jedem aus Fernost stammenden Mann denjenigen, der auf dem an der Autobahn geschossenen Foto in der Mitte abgelichtet war. Er verglich alle mit dem Asiaten auf dem Bild, das er unter dem Tisch verborgen in Händen hielt.

Kurz nach halb acht Uhr kam Bewegung in die Sache. Dr. Fyhre, der Vorstandsvorsitzende von ThyssenKrupp, erschien mit seiner Gattin im Foyer. Der Journalist hatte Dr. Fyhre bis dahin nie persönlich gesehen, aber er erkannte ihn sofort und ohne jeden Zweifel. Wanninger hatte bebilderte Artikel über ihn gelesen und ihn auch unter einer Kolumne mit seiner Gattin abgelichtet gesehen. Wanninger stand unwillkürlich auf, winkte hastig nach dem Kellner, um den Orangensaft zu bezahlen und ließ Dr. Fyhre nicht mehr aus dem Blick. Der Vorstandsvorsitzende schritt an die Garderobe, half seiner Frau aus einem leichten Sommermantel, der bei der kühleren Witterung angezeigt erschien, und legte das Kleidungsstück nebst einem Schirm auf die Theke, bevor er sich mit seiner Frau in das Zentrum des Foyers bewegte und dort ein Ehepaar begrüßte, das Wanninger unbekannt war. Er verließ das Restaurant und tauchte in die Menge ein, die in feierlicher Laune den Beginn der Vorstellung erwartete. Wanninger arbeitete sich bis in die Nähe Dr. Fyhres vor und fing Fetzen eines belanglosen Wortwechsels zwischen den Ehepaaren auf. Er lauschte und sah sich zugleich sorgfältig weiter um. Wanninger erfasste jeden Winkel des Foyers, betrachtete jeden Besucher, verweilte mit seinen Blicken bei dem einen länger, bei dem anderen kürzer. Dr. Fyhre repetierte währenddessen sein Wissen über Yo-Yo Ma und fand in seinen Gesprächspartnern Musikkenner, mit denen er sich angeregt austauschte. Wanninger hörte die belanglose Plauderei wie eine Hintergrundunterhaltung. Plötzlich kreuzten sich Wanningers Blicke mit einem großen hageren, fast kahlköpfigen Mann, den er jetzt das erste Mal im Foyer sah. Die kreisrunden Brillengläser blitzten im Schein der festlichen Foyerbeleuchtung. Wanninger erstarrte und wusste, dass ihn der andere erkannt hatte und ebenso lauernd beobachtete, wie es Wanninger seinerseits tat. Der Journalist nahm ein leichtes Zucken in den Mundwinkeln des anderen wahr. Sie starrten sich an, doch Wanninger hielt dem Blick stand, bis sich der andere abwandte. Der andere war ohne Zweifel Drauschner. Er sah so aus, wie Sadowski ihn beschrieben hatte. Und er war von den drei Männern auf dem Foto derjenige, der rechts stand und in den geöffneten Koffer des unbekannten Chinesen sah. Dieser Mann musste der gewesen sein, der sich bei der Frau an der Pforte der Kokerei als Wanningers vermeintlicher Freund vorgestellt hatte. Wanninger behielt Drauschner im Visier, der nun mit auffällig schnellem Schritt in die andere Ecke des Foyers strebte, dort kurz stehen blieb und sich nach Wanninger umschaute, der seinerseits seinen Standort gewechselt und sich hinter walkürenhaft rundlichen Damen versteckt hatte. Wanninger beobachtete, wie Drauschner zwei chinesische Männer ansprach und sich mit ihnen austauschte. Der Journalist wagte mit zittriger Hand ein Foto von den dreien, kurz bevor sich Drauschner wieder von den Chinesen löste und nun in die Herrentoilette lief.

Inzwischen strömten die Besucher in den Konzertsaal. Ein Gong kündigte den baldigen Beginn der Veranstaltung an. Dr. Fyhre nahm seine Gattin an die Hand und ging mit ihr gemächlichen Schrittes die Treppe nach oben. Wanninger nahm auf einem Ledersofa im Foyer Platz, den Eingang zur Herrentoilette fest im Visier, den Fotoapparat in der Hand.

Die Zeit verging. Es folgte ein zweiter Gong. Das Foyer leerte sich. Es wurde leiser. Einige Nachzügler ließen jetzt ihre Gläser auf den Stehtischen im Erdgeschoss zurück und liefen nach oben. Wanninger hörte, wie die Türen zum Konzertsaal geschlossen wurden.

Minuten später brandete Beifall auf, der dumpf durch die geschlossenen Türen nach unten drang. Wanninger wurde unruhig. Er erhob sich und ging, ohne den Blick von der Toilettentür zu lassen, zur Empfangstheke. Die freundliche junge Dame hinter dem Tresen fragte ihn, ob er nicht dem Konzert beiwohnen wolle, und Wanninger sagte, dass er keine Karte mehr habe kaufen können, aber hier unten in der Hoffnung verweilen möchte, dass ihn der eine oder andere Ton des weltberühmten Cellisten erreichen möge. Er betete in Stichworten seine Kenntnisse über Yo-Yo Ma herunter und log, dass er ihn bereits in New York live habe genießen dürfen und überaus verzückt sei, dass diese Persönlichkeit ihr einmaliges Können nun dem Publikum in Dortmund zu Gehör bringe. Wanninger gelang es, in feierlichem Ton zu schwärmen und einen huldvollen Augenaufschlag zu machen, der die Frau hinter dem Tresen indes nur erstaunte.

»Darf ich fragen, ob die Toilette nach hinten einen weiteren Ausgang hat?«, fragte er nun und verwunderte damit die Frau noch mehr, die sich sicher war, einen schrulligen Sonderling vor sich zu haben.

Sie verneinte artig seine Frage.

Wanninger dankte und begab sich wieder auf sein Sofa.

»Ich hoffe, Sie hören etwas von Yo-Yo Ma«, rief sie von hinten und lächelte.

Wanninger nickte und bewegte seine rechte Hand im Takt wie ein Dirigent.

Drauschner kam nicht aus der Toilette, und Wanninger wagte sich nicht hinein. Er ließ sich von Drauschner nicht in die Falle locken.

Der Journalist lehnte sich bequem auf dem Sofa zurück. Er schlug die Beine übereinander. Er hatte Zeit. Von oben drang der Beifall in das Foyer. Die Frau hinter dem Tresen beobachtete Wanninger und war amüsiert. Sie konnte nicht wissen, dass sie Wanninger mit ihrer Anwesenheit behütete.

25

Um 20.30 Uhr lagen die Ergebnisse der kriminaltechnischen Untersuchung der Münzen vor, die Ylberi am Morgen aus der Kasse der Kokerei mitgenommen hatte. Die Sache genoss Priorität. Am späten Nachmittag hatte man zudem auf der Schwarzen Straße auch ein Projektil sicherstellen können. Das Geschoss war in einer Höhe von 176 Zentimetern an einem Stahlrohr neben dem Sortenturm abgeprallt und hatte sich etwa fünf Meter weiter in den Stamm einer Birke gebohrt. Die Spuren ließen keinen Zweifel daran, dass es sich um einen frisch abgegebenen Schuss handelte. An der Stelle, an der das Geschoss auf das

Stahlrohr geprallt war, hatte sich frischer Rost gebildet, der erst einige Stunden alt sein konnte. Ylberi informierte Stephan telefonisch über die neuesten Erkenntnisse.

»Wir konnten an zwei Euromünzen zweifelsfrei Fingerabdrücke feststellen, die mit denjenigen identisch sind, die wir bei dem letzten Einbruch in den Hof in Dorsten sichern konnten«, sagte er, »und zwar sowohl in der Wohnung von Lieke van Eyck als auch in der Wohnung von Anne und Hermann van Eyck und auch in deren Büro.«

Stephan überlegte. »Also hat diejenige Person auf Wanninger geschossen, die sich am Unfalltag mit Lieke van Eyck getroffen und die Scheiben ihres BMW gereinigt hat. Nach Lage der Dinge somit der Mann, den der Tankwart auf dem Foto als langjährigen Stammkunden wiedererkannt hat«, schloss Stephan.

»Nein«, widersprach Ylberi. »Diese Personen sind nicht identisch. Derjenige, der gestern eine Eintrittskarte für den Besuch des Kokereigeländes gekauft und in der von der Dame im Infopunkt genannten Stückelung bezahlte, war unzweifelhaft auf dem Hof in Dorsten, doch er ist nicht identisch mit demjenigen, dessen Fingerabdrücke wir auf dem Fensterwischer, in Liekes Schlafzimmerschrank und unter dem Badezimmerschrank in der Gästetoilette der Unternehmensberatung van Eyck gefunden haben. Es gibt also mindestens zwei Personen, die in diese Sache verstrickt sind und jeweils mindestens einmal auf dem Hof in Dorsten waren. Nach unserer Auffassung gehen die Spuren von dem Hof aus, und sie führen zugleich wieder dorthin.«

»Und Wanninger?«, fragte Stephan.

»Wanninger ist jedenfalls bis einschließlich des zweiten Einbruchs nicht auf dem Hof gewesen. Fingerabdrücke von ihm wurden dort nirgends gefunden. Seine Fingerabdrücke befinden sich ebenfalls auf den Münzen, die ich heute Morgen in der Kasse der Kokerei sichergestellt habe. Mutmaßlich handelt es sich um die Abdrücke, die wir auf sechs 50-Cent-Münzen gefunden haben, was mit der Angabe der Dame an der Kasse übereinstimmt, die mir berichtete, dass Wanninger in dieser Stückelung bezahlt habe. Diese Fingerabdrücke sind jedoch mit keinem der Abdrücke identisch, die wir im Rahmen der Spurensicherung nach den Einbrüchen sichergestellt haben. – All das sind nur erste Ergebnisse, Herr Knobel, aber Sie stoßen sicher selbst auf die Fragen, die sich unweigerlich aufdrängen. Ich muss dringend mit Ihrer Mandantin sprechen. Sie muss mehr wissen, als sie zugibt.«

»Ist denn der neue Fingerabdruck, also derjenige von dem rätselhaften Besucher der Kokerei, der wahrscheinlich auf Wanninger geschossen hat, identisch mit denen von Anne oder Hermann van Eyck?«

»Nein, es war keiner von beiden«, antwortete Ylberi. »Die Fingerabdrücke der Eheleute van Eyck konnten schon im Rahmen der Untersuchung des ersten Einbruchs eindeutig identifiziert und ausgesondert werden. Aber es spricht alles dafür, dass es sich auch bei dem Kokereibesucher um eine Person handelt, die den van Eycks bekannt gewesen sein muss, weil wir die Fingerabdrücke an Gegenständen gefunden haben, die der Einbrecher mutmaßlich gar nicht berührt hat, selbst wenn er seine Handschuhe ausgezogen hat. So finden sich etwa Spuren dieses Mannes an einem Bildband, der in einem Regal im Wohnzimmer der Eheleute van Eyck steht, bei dem Einbruch aber offensichtlich nicht von dem Täter berührt wurde. Der Fall wird zunehmend rätselhafter, Herr Knobel. – Sprechen Sie bitte mit Frau van Eyck und veranlassen Sie sie, morgen gegen zehn Uhr in mein Büro zu kommen. Begleiten Sie Ihre Mandantin, wenn Sie es für richtig halten. Ich habe versucht, Ihre Mandantin zu erreichen. Es ist nur eine Mailbox dran. Ich habe sie gebeten, sofort zurückzurufen. Doch bis jetzt habe ich von ihr nichts gehört.«

»Was macht Wanninger?«, fragte Stephan.

»Wir suchen ihn dringend, nicht nur, weil wir die Beweisstücke brauchen, die er in Händen hat und mir nicht freiwillig geben wollte. Über Handy ist er nicht erreichbar. Ich habe seit Stunden versucht, ihn ans Handy zu bekommen. Er ging nicht ran. Also haben wir sein Handy orten lassen. Es liegt in seiner Wohnung, aber er ist nicht da. Da Wanninger im Besitz von Beweisstücken ist, die er nicht freiwillig rausgeben will, habe ich einen Durchsuchungsbeschluss nach § 103 der Strafprozessordnung erwirkt, um diese Gegenstände in seiner Wohnung zu beschlagnahmen. Aber die Sachen befinden sich dort nicht. Vermutlich hat er sie bei sich, ebenso seinen Laptop. Keine Ahnung, warum sein Handy in der Wohnung liegt. Ich habe mir das Gerät angesehen. Es gibt jede Menge Anrufe Wanningers bei Frau van Eyck und umgekehrt. Die beiden sind in regem Kontakt, Herr Knobel. Wussten Sie das? Alle Verbindungen sind noch gespeichert.«

»Ich weiß, dass sie miteinander Kontakt haben, aber ich weiß nicht, wie oft«, relativierte Stephan.

»In Wanningers Büro haben wir reichlich Material zu seinem Projekt ›Skandale und ihre Täter – gestern geächtet, heute geachtet‹ gefunden. Wissen Sie was darüber?«, fragte Ylberi.

»Nur, dass er dieses Projekt verfolgt«, antwortete Stephan. »Aber ich kenne davon nicht mehr als den Titel.«

»Er gräbt sich durch verschiedene Skandale der Vergangenheit«, erklärte Ylberi. »Es geht unter anderem um einen Chefarzt, der unter Alkoholeinfluss eine Operation versaut und dadurch einen Menschen in den Rollstuhl gebracht hat. Der Mann arbeitet heute unbehelligt in Günzburg in Süddeutschland als Internist. In einem zweiten Fall geht es um einen Vergewaltiger, der nach Verbüßung seiner Haftstrafe in Viersen sesshaft geworden und mittlerweile Mitglied des Kreistages ist. Das sind nur zwei Beispiele von vielen. Wanninger arbeitet all diese Geschichten auf und stellt die Personen an den Pranger, die den Schatten ihrer Vergangenheit abwerfen und irgendwo neu Fuß fassen konnten. Wir haben Recherchematerial zu mindestens 20 solcher Geschichten gefunden.«

»Er scheint es nötig zu haben«, meinte Stephan. »Von seinem Ruhm ist viel verloren gegangen. Wanninger will sich wieder in die Schlagzeilen kämpfen.«

»Eine Nachbarin hat ihn vor rund drei Stunden in festlichem Anzug weggehen sehen«, sagte Ylberi. »Sie haben nicht zufällig eine Ahnung ...«

»Leider nein«, unterbrach Stephan.

Nach dem Telefonat mit Ylberi ließ Stephan die Neuigkeiten gedanklich Revue passieren. Schließlich rief er Anne van Eyck an. Zu seiner Überraschung erreichte er sie auf dem Handy.

Stephan erklärte ihr, dass der Staatsanwalt mit ihr sprechen wolle.

»Das geht nicht, Herr Knobel«, erwiderte sie. »Hermann und ich sind in Amsterdam. Sagen Sie ihm das bitte! Wir haben morgen einen dringenden geschäftlichen Termin. Den können wir nicht verschieben. Vielleicht klappt es übermorgen, wenn wir hier im Laufe des morgigen Tages fertig werden.«

»Es ist sehr dringend«, beharrte Stephan, ohne ihr mitzuteilen, was Ylberi herausgefunden hatte. Er spürte die zunehmende Distanz, die sich zwischen ihm und Anne van Eyck aufbaute. Das Vertrauen schwand, ohne dass er sich sicher war, ob und in welchem Umfang seine Mandantin ihn belog oder mit Fakten hinter dem Berg hielt. Es wäre richtig gewesen, sie damit zu konfrontieren, doch Stephan konnte ihr außer den sich aufdrängenden Ungereimtheiten nichts Greifbares vorwerfen. Es fehlte jedes erkennbare Motiv Anne van Eycks oder ihres Mannes, was ihr Handeln oder das Unterdrücken von Fakten erklärlich machte. Von Anne van Eyck war zu Beginn die Initiative ausgegangen. Sie war es, die Stephan dieses Mandat übertragen und gedrängt hatte, dass er sich eines Falles annehmen sollte, dessen Behandlung durch Polizei und Staatsanwaltschaft sie als unzureichend und oberflächlich empfunden hatte.

»Ich habe Ihnen heute übrigens einen Vorschuss überwiesen«, sagte sie. »Zunächst 2.000 Euro. Sie haben doch schon viele Stunden an dieser Sache gearbeitet. Andere klopfen da sofort auf den Tisch und stellen eine Zwischenabrechnung. Sie nicht, Herr Knobel. Aber das sollten Sie tun! So etwas ist normal. Erstellen Sie mir über den Vorschuss eine Rechnung, damit wir das buchen können. Vielleicht schreiben Sie als Betreff nur ›van Eyck, Beratung Unternehmensberatung‹. Dann können wir es absetzen.«

Sie lachte über den albern wirkenden Betreff, den sie vorgeschlagen hatte.

Stephan hörte im Hintergrund holländisches Stimmengewirr und das Bimmeln einer Straßenbahn. War sie tatsächlich in Amsterdam oder täuschte sie es nur vor? Warum hatte er bis jetzt keine Hintergrundgeräusche gehört? Sollte er Ylberi bitten, ihr Handy zu orten? Warum sprach sie gerade jetzt das Honorar an?

»Haben Sie Kontakt zu Wanninger?«, wollte Stephan wissen.

»Mein Mann und ich haben hier zu tun«, betonte sie verwundert. »Wir haben jetzt keine Zeit für Wanninger. Wenn wir uns nicht mehr um die Geschäfte kümmern, können wir schließen, Herr Knobel. Sie wissen doch, wie schnell man als Selbständiger draußen ist. – Also: Sagen Sie Ylberi, dass wir selbstverständlich gern zur Verfügung stehen. Aber bitte nicht vor übermorgen. Die Staatsanwaltschaft war bislang langsam genug. Also wird es jetzt nicht auf einen Tag ankommen.«

Im Hintergrund bimmelte wieder eine Bahn. Stephan hörte erst lautes Fluchen, dann vergnügt klingende Wortsalven. Alles auf Holländisch.

26

Wanninger hatte den Blick nicht von der Toilettentür abgewandt. In der Zwischenzeit war ein Angestellter des Konzerthauses für kurze Zeit im Toilettenraum verschwunden und dann wieder ins Foyer zurückgekehrt. Wanninger versuchte, aus seiner Miene zu lesen, ob ihm Ungewöhnliches aufgefallen war, doch der Mann zeigte keine Regung und gesellte sich zu der Kollegin hinter dem Tresen, die weitere Verstärkung aus einem dahinterliegenden Personalraum erhielt und damit begann, Wein- und Saftflaschen zu öffnen und Gläser bereitzustellen. In der Vorstellung würde gleich Pause sein. Wanninger konzentrierte sich. Die Anspannung, die in der letzten Stunde etwas gewichen war, kroch wieder durch seinen Körper.

Von oben drang dumpf der Applaus ins Foyer, dann wurde es unvermittelt laut. Noch während der Beifall andauerte, verließen die ersten Besucher den Konzertsaal und strebten der Bar zu. Die Gläser wurden gefüllt, dann strömten die Konzertbesucher aus den geöffneten Türen herbei. Wanninger stand auf. Er lief Gefahr, in der Menge den Überblick zu verlieren. Dr. Fyhre nebst Gattin kam gemessenen Schrittes die Treppe herunter. In ihrer Begleitung befand sich das Ehepaar, mit dem sich die beiden vorhin unterhalten hatten. Wanninger konnte Fyhre nicht weiter mit seinen Blicken verfolgen. Das Treiben vor der Toilette war zu unübersichtlich. Wanninger sah Männer hineingehen und herauskommen. Einige unterhielten sich miteinander, blieben stehen und wurden von anderen sanft beiseitegeschoben, die sich vorbeidrängten.

Endlich tauchte Drauschner auf. Er spähte angestrengt durch das Foyer, suchte jemanden und heftete seinen nervösen Blick kurz auf Wanninger. Dann löste er sich und strebte quer durch die Gäste, die sich um die Stehtische scharten und in Begeisterung über den Cellisten schwelgten. Drauschner lief geradewegs zur Bar, drängte sich vor und winkte eine Angestellte des Hauses zu sich, zu der er sich über den Tresen beugte und erregt etwas zu sagen schien, während er ihr einen Zettel in die Hand drückte. Wanninger fotografierte die Szene, so heimlich ihm dies möglich war und nur deshalb gelang, weil außer Drauschner niemand von ihm Notiz zu nehmen schien. Drauschner entfernte sich von der Bar, lief auf eine der Treppen zu, stellte sich auf die zweite Stufe, ließ den Blick schweifen und ging dann zielstrebig auf die beiden Chinesen zu, mit denen er vor Beginn der Aufführung gesprochen hatte. Wanninger sah, dass er dem einen der beiden ebenfalls einen Zettel zusteckte. Zwischen den dreien entwickelte sich ein reger Wortwechsel. Drauschner löste sich sofort wieder von den Chinesen, als er Wanningers Kommen bemerkte. Durch das Foyer dröhnte ein Gong, ähnlich dem, der den Beginn der Vorstellung signalisierte, doch ohne den typischen Nachhall, und es folgte die Durchsage einer weiblichen Stimme, die den Fahrer eines BMW mit einem Essener Kennzeichen bat, umgehend zu seinem Fahrzeug zu kommen. Wanninger achtete erst gar nicht auf die Durchsage und wurde erst nachträglich auf sie aufmerksam, als er dem sich entfernenden Drauschner nachsah, der in der Nähe von Dr. Fyhre vorbeiging und auf eine gegenüberliegende Tür zulief. Nun trennte sich der Vorstandsvorsitzende von seiner Frau und dem Ehepaar und bewegte sich zügigen Schrittes auf die Tür zu, durch die Drauschner soeben verschwunden war. Wanninger begriff, dass jetzt etwas Entscheidendes bevorstand. Er rannte quer durch das Foyer, rempelte eine ältere Dame an, die sich kopfschüttelnd über ihn entrüstete, und drückte schwungvoll die Tür auf, durch die Drauschner und Dr. Fyhre verschwunden waren und die in einen Flur mündete, der ins Parkhaus führte. Er stieß eine grüne stählerne Feuertür nach der anderen auf, die hinter ihm dumpf ins Schloss fielen, und gelangte endlich in ein Treppenhaus, durch dessen Schacht er nach unten blickte und gerade noch gewahrte, dass Dr. Fyhre eine Etage tiefer die Tür in das erste Tiefgeschoss öffnete. Wanninger folgte in sicherem Abstand, öffnete leise die Tür, die der Vorstandsvorsitzende eben passiert hatte, und sah vorsichtig in das weite Parkdeck, dessen Stützpfeiler den Überblick erschwerten. Wanninger tastete sich an der Wand weiter vor, sah niemanden und suchte Fahrzeugreihe für Fahrzeugreihe ab, während er nach vorn schlich und zugleich immer wieder prüfend zurückblickte. An der Decke verliefen isolierte Rohre, dazwischen hingen die Leuchtstoffröhren, die das Parkdeck recht gut ausleuchteten. Wanninger ging auf Zehenspitzen weiter, passierte den nächsten Stützpfeiler – und erschrak.

Er sah Dr. Fyhre und Drauschner in einer der hinteren Fahrzeugreihen stehen. Sie unterhielten sich, doch Wanninger konnte sie nicht verstehen. Drauschner machte eine Handbewegung, mit der er Dr. Fyhre bedeutete, leise zu sprechen. Wanninger duckte sich und tastete sich an den Autos entlang, kniete sich vorsichtig hin und lugte unter den Fahrzeugen hindurch, sah von Drauschner und Dr. Fyhre nur deren gelackte schwarze Schuhe – und einen schwarzen Lederkoffer. Wanninger pochte das Herz. Er kroch weiter und fand endlich eine Position, von der aus er alles im Blick hatte: Drauschner, Dr. Fyhre und den Lederkoffer. Wanninger griff zitternd zu seiner Digitalkamera. Er beugte sich vor. Seine Muskeln spannten sich. Es bedeutete eine gewaltige Anstrengung für ihn. Die Kamera durfte nicht den Blitz auslösen. Wanninger schaltete ihn mit verschwitzten Fingern aus und blinzelte nochmals vorsichtig auf das Display. Dann drückte er ab. Wanninger wich zurück und beherrschte mühsam seinen Atem. Er hätte keuchen müssen, doch es gelang ihm, still zu bleiben. Er kontrollierte auf dem Display das geschossene Foto. Ja, es war alles deutlich zu sehen: Drauschner, Dr. Fyhre und der Lederkoffer. Es war Wanningers wichtigstes Foto überhaupt. Man hatte ihn nicht bemerkt, als er seitwärts in geduckter Haltung an einem Auto vorbei fotografierte und all das erfasste, was wichtig war. Wanninger entspannte sich, ließ sich zurückfallen und fiel lautlos mit dem Gesäß auf den Betonboden. Er rollte sich zur Seite, sah wieder unter den Autos hindurch und suchte die beiden Männer, doch er sah sie nicht. Er drehte den Kopf, versuchte zwischen den Reifen der geparkten Autos etwas zu sehen und nahm zu spät einen Schatten wahr, der sich langsam über ihn beugte. Wanninger spürte die Mündung einer Waffe an seiner Schläfe.

Wanninger rührte sich nicht. Er merkte, wie der Schuh der über ihn stehenden Person seinen Kopf zu Boden drückte. Wanningers Mund und Nase pressten sich auf den nackten Beton. Der Schuh drohte ihn zu zerquetschen. Er röchelte auf den Boden. Der Mann über ihm beugte sich zu ihm herunter.

»Bleib so liegen!«

Wanninger erstarrte wie befohlen.

»Um Gottes Willen, was machen Sie denn da?«, hörte er eine Stimme neben sich sagen. Es war die Stimme von Dr. Fyhre.

»Er ist es«, antwortete Drauschner. »Er hat sich hier versteckt. Gehen Sie wieder nach oben und holen Sie die anderen, Herr Dr. Fyhre. Ich passe auf ihn auf.«

Der Vorstandsvorsitzende entfernte sich mit hastigen Schritten. Drauschner hielt seinen Schuh auf Wanningers Kopf. Wanninger hörte schwach, dass die Tür zum Treppenhaus geöffnet wurde und dann zuschlug. Jetzt war es wieder still. Wanninger wollte gerade den Kopf langsam zur Seite drehen, als Drauschners Handy klingelte. Er spürte einen Tritt in seinem Nacken. Wanningers Kopf fiel hart auf den Beton zurück. Der Schädel hämmerte. Drauschner drückte ihm irgendetwas in die rechte Hand.

»Greif richtig zu, du Sack!«, herrschte ihn Drauschner an, während er den Anruf wegdrückte, und Wanninger gehorchte. Er fühlte, dass Drauschner ihm in die Hosentaschen fasste.

»Was weißt du wirklich, Wanninger?«, herrschte ihn Drauschner an. »Warum tauchst du immer wieder auf?«

Drauschner fingerte Wanningers Autoschlüssel hervor und trat sie zur Seite. Mehr fand er nicht. Die kleine Kamera ruhte verborgen in Wanningers Anzuginnentasche. Wanninger bemühte sich, gleichmäßig zu atmen.

»Du machst alles kaputt«, keuchte Drauschner. »Was treibt dich an, du Presseschwein? Was geht dich diese Sache an? Du wirst nicht die deutsche Industrie boykottieren, du elender Verräter! Du bist eine kleine unbedeutende Kreatur – ein kleines nutzloses Rad wie Lieke van Eyck.«

Drauschner packte ihn hart am linken Oberarm und riss ihn herum. Er entwickelte ungeheure Kräfte und trat Wanninger so brutal in die Seite, dass dieser aufschrie.

»Wir drehen den Spieß um, Wanninger!«, schrie Drauschner. »Guck', was du in den Händen hältst!«

Wanninger sah verstört in seine rechte Hand, die den Handknauf eines Stichels umgriff, ein spitzes Werkzeug, mit dem man Löcher ins Holz stach.

»Du hast hier viele Autos kaputtgemacht, Wanninger«, sagte Drauschner überlegen und lachte schrill auf. »Sieh dich um! Überall Kratzer im Lack, teilweise sogar Löcher im Blech. Das warst du, Wanninger. Und gleich kommen die anderen, Fyhre und die Chinesen und noch viel mehr. Man hat dich erwischt. Keine Ahnung, warum du so gehandelt hast. Du brauchst doch Aufmerksamkeit, Wanninger. Du machst dir deine eigenen Geschichten. Bist wie ein Feuerwehrmann, der selbst Feuer legt. Wer wird dir denn deine blöde Geschichte glauben, der du auf der Spur sein willst? Hier unten hast du nachweisbar gewütet, Wanninger. Sieh dir die Schäden an den Autos an! Du bist am Ende, kleiner Journalist Wanninger!«

Drauschner trat ihm noch mal kräftig in die Seite.

Dann rannte er davon. Wanninger beobachtete aus den Augenwinkeln, dass Drauschner sich den Koffer schnappte, bevor er durch eine Fluchttür am anderen Ende des Parkdecks verschwand. Er richtete sich benommen auf, hob zitternd seine Schlüssel auf und schlug wie mechanisch den Dreck aus seinem Anzug. Er stolperte erst in die eine und dann in die andere Richtung. Er suchte nach Überwachungskameras, doch er fand keine. Wanninger taumelte nach vorn. Sein Kopf schmerzte. Er umgriff den Stichel in seiner rechten Hand noch fester. Wanninger durfte sie nicht fallen lassen. Dann begann er zu laufen, so gut er es vermochte, drückte die Klinke an der Fluchttür herunter und stemmte sich mit seinem Körpergewicht dagegen. Die Tür gab nach. Er fiel beinahe hin, steckte den Stichel zitternd in seine Hosentasche und zog sich am Geländer des Treppenhauses hoch. Sie würden gleich kommen und ihn suchen. Er musste raus, ihnen entkommen. Wanninger schaffte es irgendwie nach oben. Er öffnete eine Tür nach draußen und rang nach Luft. Die Welt drehte sich. Er blinzelte in den Abendhimmel. Der Schweiß lief ihm in die Augen und brannte. Er rieb sich fahrig durchs Gesicht. Das Tageslicht schwand. Hinter ihm lag das Konzerthaus.

Wanninger ging unauffällig. Er durfte nicht rennen, durfte keine Aufmerksamkeit auf sich ziehen. Er ging nicht den direkten Weg zu seinem Auto, sondern nahm einen Umweg, blickte sich zwischendurch um und beäugte argwöhnisch die Gestalten, die sich im Brückstraßenviertel herumtrieben. Jeder konnte Drauschner sein.

Als Wanninger den Hinterhof des Geschäftshauses erreichte, in dem er sein Auto geparkt hatte, löste er einen Bewegungsmelder aus. Ein an der Hausfassade angebrachter Scheinwerfer tauchte den Hof in gleißendes Licht. Wanninger fuhr herum. Er stand in seinem dunklen Anzug mitten auf der weißen Hoffläche. Er erschrak vor dem Schatten, den sein Körper an die gegenüberliegende Wand warf. Wanninger schlich wie eine Katze zu seinem Auto, obwohl er wie ein Solist einsam auf der Bühne war. Er öffnete zitternd sein Auto, griff wie automatisch unter den Beifahrersitz. Der Laptop war noch da. Wanninger ließ sich in sein Auto fallen, startete den Wagen und fuhr langsam vom Hof. Er umrundete das Zentrum auf dem Wallring, gewann plötzlich an Sicherheit und fuhr schneller. Hin und wieder sah er in den Rückspiegel, doch es folgte ihm keiner. Er machte das Radio an. Es kam eine Zusammenfassung der Nachrichten des Tages. Der Moderator spulte seinen Text monoton herunter. Das Monotone tat gut, es beflügelte Wanninger. Er fuhr Richtung Westen, kreuzte in Lütgendortmund und Bövinghausen ziellos durch die Straßen und quartierte sich schließlich für eine Nacht in einem schäbigen Hotel an der Stadtgrenze ein, das er zufällig fand.

Es gab keinen Portier. Er erhielt den Zimmerschlüssel von der Wirtin, einer recht korpulenten Frau Mitte 30, die eher widerwillig die leere Gaststube verließ, in der alte Schlager spielten, um ihn in den ersten Stock zu führen. Der Flur zwischen den Zimmern war dunkel. Eine Korblampe beleuchtete ihn notdürftig. Die Wände waren mit brauner Textiltapete beklebt, der Boden mit grauem, verschlissenem Teppichboden belegt. Es roch muffig. Die Wirtin fragte, ob er ein Zimmer nach vorn zur Straße oder nach hinten raus haben wolle. Es waren keine weiteren Gäste da. Sie sagte, sie hätte immer nur Leute im Haus, die auf Montage seien. Im Moment liefe es überall schlecht. Wanninger sagte, er wolle ein Zimmer, aus dem er noch herauskomme, wenn Feuer sei. Sie musterte ihn misstrauisch. Sie war sich sicher, dass er Dreck am Stecken hatte. Noch nie war jemand in ihr Hotel gekommen, der so feinen Zwirn trug.

»Rauchen ist verboten!«, sagte sie und verlangte Vorkasse. Sie streckte ihm ihre geöffnete Hand entgegen. »80 Euro bar, keine Karten!«

Das waren die Konditionen. Wanninger verstand, dass der hohe Preis für diese Abstiege Garantien beinhaltete. Sie schloss die Tür zu Zimmer 5 auf.

In dem Zimmer hingen alte schwere Vorhänge vor dem Fenster. Sie zog den dicken karierten Stoff zurück und öffnete es. Von draußen zog milde Abendluft ein.

»Unten sind Garagendächer«, sagte sie. »Wenn Feuer ist, müssen Sie springen!«

Er warf einen Blick nach unten, dann nickte er, schloss sofort wieder das Fenster und zog die schweren Vorhänge zu. Wanninger stellte die Reisetasche auf eine speckige Kofferablage und den Laptop auf den kleinen schlichten Holztisch neben dem Fenster. Dann zückte er einen 100-Euro-Schein aus seinem Portemonnaie und gab ihn ihr.

Sie sah ihn fragend an.

»Stimmt so!«, sagte er.

»Soll ich Sie morgen früh wecken – oder wenn Feuer ist?«, fragte sie. »Handynummer?«

»Ich reise ohne Handy«, antwortete er. »Es stören sonst so viele!«

Er lächelte vielsagend.

Sie nickte. Der Typ war professionell. Sie verließ das Zimmer und wünschte ihm augenzwinkernd eine gute Nacht.

»Schließen Sie ab!«, rief sie ihm von der Treppe aus zu. »Und wenn Sie morgen gehen, legen Sie den Schlüssel auf die Theke. Die Tür nach hinten in den Hof ist immer von innen zu öffnen, die nach vorn zur Straße abgeschlossen.«

Er verriegelte die Tür von innen und warf sich auf das Bett, dessen Matratze unter ihm nachgab und ihn in eine tiefe Kuhle sinken ließ. Wanninger starrte eine Weile an die Decke und ließ die Ereignisse im Konzerthaus durch seinen Kopf gehen. Zwischendurch schlief er eine Weile. Irgendwann in der Nacht stand er auf, legte seinen Anzug ab und duschte in dem kleinen Badezimmer. Die Duschtasse war alt und voller Risse. Wider Erwarten kam aus der Brause ein satter warmer Strahl, in dem er sich reckte und massieren ließ. Gisbert Wanninger kam wieder zu Kräften. Als er aus der Dusche stieg, war das unansehnliche Badezimmer von Wasserdampfschwaden erfüllt. Er nahm ein frisches T-Shirt und Boxershorts aus seiner Reisetasche, rubbelte seinen Körper mit einem mitgebrachten Handtuch ab, hing es dann zum Trocknen über eine Stuhllehne und setzte sich an den alten schmucklosen Tisch. Er klappte den Laptop auf und schloss ihn an. Das Gerät fuhr hoch. Wanninger sammelte sich. Vor seinem geistigen Auge war alles klar und geordnet. Dann begann er, die Geschichte niederzuschreiben.

27

Der Anruf des Tankwarts weckte Stephan am kommenden Morgen um 5.30 Uhr. Er war noch zu benommen, als dass er den schnellen Worten des Tankwarts folgen konnte, der ihm mitteilte, dass der gesuchte Stammkunde mit dem silbernen Mercedes gerade sein Auto betankt habe und es dem Mitarbeiter der Tankstelle gelungen sei, diesen zu überzeugen, direkt mit Stephan zu sprechen, um zu klären, worum es gehe. Mit diesen Worten gab der Tankwart sein Handy an den Kunden weiter, der sich nicht mit Namen meldete, sondern zunächst nur fragte, mit wem er spreche.

Stephan wurde nun hellwach, hielt mit der einen Hand das Handy an sein Ohr und stieß mit der anderen Marie an, die noch unter ihrer Bettdecke vergraben war und sein Rütteln mit unwirschen schläfrigen Handbewegungen abwehrte. Stephan nannte seinen Namen und lauschte angestrengt nach dem des anderen, der ihn noch immer nicht preisgab. Stephan erklärte, als Rechtsanwalt in einer Unfallsache zu ermitteln, und erst, als er den Namen Lieke van Eyck erwähnte, offenbarte sich der Mann. Er stellte sich als Dr. Alexander Seuter vor und schwieg, als Stephan ihn danach fragte, in welcher Beziehung er zu Lieke gestanden habe. Stephan merkte, dass den anderen in diesem Moment etwas einholte, das er nicht an sich heranlassen wollte, und er nahm sich in dem heiklen Telefonat etwas zurück. Stephan schlug vor, sich so schnell wie möglich zu treffen, um im persönlichen Gespräch die Fragen zu stellen, die dringend einer

Antwort harrten. Stephan fürchtete, dass der dubiose Dr. Seuter sich jetzt entziehen könnte, aber er war sich auch gewiss, letztlich dieses Menschen habhaft geworden zu sein. Der Tankwart hatte ihn zuverlässig eingefangen und würde zumindest das Autokennzeichen des silbernen Mercedes notieren, mit dem Seuter vorgefahren war. Der große Unbekannte war gefunden.

Eigenartigerweise forcierte Seuter nun selbst ein Treffen und drängte darauf, dass man sich exakt in einer Stunde an der Raststätte Rhynern Süd an der A 2, Fahrtrichtung Hannover, treffen solle. Er werde mit seinem Wagen auf dem Parkplatz neben dem Raststättengebäude warten.

»Wie ich höre, sind Sie im Besitz eines Fotos, auf dem ich abgebildet bin. Es erübrigt sich also, dass ich mich beschreibe«, sagte Seuter nüchtern. »Sie werden mein Auto und mich finden. Ich erwarte Sie pünktlich. Verzeihen Sie meine Eile. Ich werde einen Geschäftstermin in Bielefeld etwas nach hinten verschieben. Aber mehr ist nicht drin. Ich möchte die Sache schnell klären.«

Er gab das Handy an den Tankwart zurück, der noch diensteifrig nachfragte, ob Stephan alles verstanden habe.

Stephan bejahte, verdutzt darüber, dass der geheimnisvolle Mann augenscheinlich die Flucht nach vorn antrat und sich mit der von ihm so beschriebenen Klärung der Sache auch einer solchen zu entledigen suchte. Dass der vorgegebene Treffpunkt an einer Autobahn lag, mochte im Hinblick auf das Foto von den drei Männern ein symbolträchtiger Zufall sein – oder vielleicht auch nicht.

Stephan zog sich in Windeseile an, und Marie, die mittlerweile wach geworden war und verstanden hatte, worum es ging, schickte sich an, etwas zu tun, was sie bislang noch nie getan hatte: Sie beschloss, die in ihrer Schule für acht Uhr anberaumte Konferenz wegen eines vorgeblichen Arzttermins zu schwänzen, was ihr zu Stephans Überraschung leichtfiel.

Sie kamen mit Verspätung auf dem Rastplatz an und fanden Seuter auf Anhieb, der vorwurfsvoll auf die Uhr sah, als Stephan auf seinen silbernen Mercedes zuging und an die Windschutzscheibe klopfte. Dr. Seuter stieg aus seinem Auto, und aufrecht stehend war er in der Tat völlig unzweifelhaft die Person, die links auf dem Bild zu sehen war, das an der A 45 in Höhe der Burg Greifenstein aufgenommen worden war. Seuter begrüßte Stephan förmlich und geschäftsmäßig, wiederholte diese Prozedur bei Marie, die er als Person und in ihrer Funktion noch weniger als Stephan einzuordnen verstand. Er schlug vor, sich an einen der Tische zu setzen, die am Rand der Parkbuchten in einem Grünstreifen aufgestellt waren und bei gutem Wetter denjenigen eine entspannte Rast versprachen, die sich von den auf der Autobahn dahinjagenden Autos nicht stören ließen und zu einer Ruhe fanden, die äußerlich der Atmosphäre eines gemütlichen Picknicks entsprach.

Dr. Seuter war korrekt und gut gekleidet und schien auf den ersten Blick ein Geschäftsmann zu sein, der Form und Norm verinnerlicht hatte und von anderen einzufordern verstand.

Stephan begriff intuitiv, dass Seuter zu denen gehörte,

die zu lenken verstanden und dominierten, wenn man es versäumte, die Zügel selbst in die Hand zu nehmen. Er setzte sich neben Marie an einen der Picknicktische, Seuter saß ihnen gegenüber. Es war früh am Morgen, Viertel vor sieben. Die Sonne stieg glutrot über den Höhen des in der Ferne liegenden Weserberglandes auf. Es würde ein schöner Tag werden. Neben den Picknicktischen hielt ein polnischer Reisebus und entließ seine Fahrgäste zu einer kurzen Pause.

Stephan erklärte mit knappen Worten sein Mandat, offenbarte seine Auftraggeberin und schilderte gerafft die Fakten und Schlussfolgerungen, die zur Person des Alexander Seuter führten. Dr. Seuter hörte konzentriert zu und sah Stephan aufmerksam an, während er redete. Sein Blick wich nicht aus. Er saß unbeweglich auf seiner Bank und hielt die Hände vor sich wie zum Gebet gefaltet. Marie bemerkte, dass er manikürte Hände hatte, in jeder Beziehung äußerlich gepflegt und in seinem Verhalten beherrscht war. Sein Gesicht hatte eine glatte, reine Haut, der Oberlippenbart war akkurat gestutzt. Er spitzte die Lippen, als Stephan geendet hatte, ordnete gedanklich das Gesagte und kalkulierte wortlos die Folgen dessen, womit er konfrontiert wurde.

»Die Sache mit Lieke war ein Fehler«, begann er und bediente sich der ihm vertrauten Kategorie, die stets auf eine Sache hinauszulaufen schien. Doch er merkte feinsinnig, dass er sich zu weit vorlehnte, eine Arroganz offenbarte, die ihm schaden könnte, und wechselte unvermittelt auf eine andere Ebene.

»Lieke und ich lernten uns über eine Anzeige kennen«,

setzte er neu an, »und ich gestehe gleich, dass es mein Fehler war, überhaupt auf eine Anzeige zu antworten. Lieke hatte in einer Zeitung inseriert. Es war eine jener Anzeigen, deren Hintergrund sich schnell erschließt. Es schrieb eine Frau, die von ihrem Beruf beherrscht war und privat kaum noch Freiräume hatte, gleich, ob sie sie persönlich nicht zu finden vermochte oder sie nicht finden konnte, weil sie der Job erdrückte. Aus der Anzeige sprach ein unerfülltes Verlangen, aber auch eine Disziplin, der beruflichen Einbindung stets den Vorrang einzuräumen.«

Seuter analysierte emotionslos und klar. Marie sah den Mann verwundert an, der Liekes Freund gewesen sein sollte.

»Sie wurden also ein Paar«, folgerte sie fragend.

»Wir kamen zusammen«, sagte Seuter, und Marie war sich sicher, dass er seine Worte mit Bedacht gewählt hatte.

»Wann war das?«, fragte Stephan.

»Im Mai des letzten Jahres«, antwortete Seuter, »Wir trafen uns erstmals auf dem Alten Markt hier in der Stadt. Von da an sahen wir uns wöchentlich. Lieke kam nach ihrer Arbeit bei ThyssenKrupp einmal in der Woche hier nach Dortmund und wir unternahmen etwas. Mal gingen wir nur spazieren, mal gingen wir essen. Es war zunächst nur eine Bekanntschaft. Wir verabredeten uns nie über das Handy, sondern nur über Diensttelefon. Ich bin Prokurist eines Stahlbauunternehmens hier in Dortmund. Es fiel also gar nicht auf, wenn wir miteinander telefonierten. Unser Unternehmen steht in ständiger Geschäftsbeziehung zu ThyssenKrupp.«

»Warum diese Heimlichkeit?«, fragte Marie.

»Ich bin verheiratet und habe drei Kinder«, erklärte Dr. Seuter knapp. »Ich muss die Ehe der Kinder wegen halten.«

»Oder wegen des Geldes«, warf Stephan ein. »Die Scheidung kann Sie viel kosten.«

Dr. Seuter kommentierte das nicht.

»Lieke wusste von Anfang an davon, ich habe ihr nichts verschwiegen«, sagte er. »Ich hatte anfangs nicht den Eindruck, dass sie von mir verlangte, mein normales Leben aufzugeben. Auch sie war keine Frau, die ganz in eine Beziehung eintauchen wollte. Das Private stand stets hinter dem Beruf.«

»So wie bei Ihnen«, vermutete Stephan.

»Ja«, stimmte er zu, »so wie bei mir. Und wenn man in dieser prinzipiellen Frage einer Meinung ist, dann funktioniert so etwas. Niemand ist verletzt, und jeder nimmt einen festen Platz ein.«

»Irgendwann haben Sie Lieke in Dorsten auf dem Hof besucht. Wann war das?«, fragte Marie.

»Etwa Mitte August letzten Jahres, genau weiß ich das nicht mehr. Es war ein Freitag. Lieke hatte an diesem Tag gegen 16 Uhr Schluss, und wir hatten etwa eine Stunde zuvor miteinander telefoniert. Ich schlug ihr vor, dass wir uns am Baldeneysee im Essener Süden treffen, weil ich wegen eines kurzen geschäftlichen Notartermins um 16.30 Uhr ohnehin nach Essen musste. Aber sie bestand darauf, dass ich sie einmal zu Hause besuchen sollte. Ich wusste, dass sie mit ihrer Schwester und ihrem Schwager auf einem Bauernhof wohnte, aber ich dachte, dass beide Parteien eigene Eingänge hatten.«

»Was ja auch stimmt«, sagte Marie.

»Ja, es stimmt. Aber als ich mich auf ihren Vorschlag eingelassen hatte und nach dem Notartermin hinter ihr mit meinem Wagen auf den Hof fuhr, erwarteten mich dort bereits Anne und Hermann van Eyck. Sie hatten im Garten hinter dem Haus Kaffee und Kuchen serviert, und aus dem, wie sie mit mir redeten, wurde mir klar, dass Lieke mich zuvor ganz anders dargestellt haben musste, nämlich als festen Freund und Lebenspartner. Da merkte ich, dass Lieke offensichtlich ganz andere Vorstellungen hatte. Später saßen wir alle unter diesem Baum, in dessen Schatten Lieke wohl so gern lag. Wir haben ein richtiges Picknick gemacht, und es war ein schöner Nachmittag und auch ein schöner Abend. Wir haben uns nett unterhalten. Anne van Eyck und ihr Mann boten mir das Du an. Ich hatte an dem Abend zu viel getrunken. Es war leichtsinnig gewesen, überhaupt etwas zu trinken. Ich trinke sonst kaum etwas. Genauso wie Lieke. Aber es geschah aus einer Laune heraus. Es war die Leichtigkeit dieses Abends, die ich plötzlich empfand, in der ich mich geborgen fühlte und völlig irrational an dem Gedanken Gefallen fand, dass ich eines Tages vielleicht wirklich mit Lieke fest verbunden sein könnte. Ich wurde an diesem Abend von einer Atmosphäre eingefangen, die mich schlicht betäubte. Auf dem Hof war es wie in einer anderen Welt, als seien alle Bindungen aufgehoben, die ansonsten mein Leben bestimmten. Wenn mir Lieke an diesem Abend gesagt hätte, dass wir ab jetzt zusammen auf diesem Hof leben würden und ich mein bisheriges Leben aufgeben sollte, hätte ich es vielleicht getan. Ich war völlig unvernünftig an diesem Abend.«

Er lächelte unbeholfen. Seuter fand Gefallen an der

Vorstellung von einem ganz anderen, viel schöneren Leben, das ihm gutgetan hätte und zu dem er sich nicht zu bekennen wagte.

»Es war unser schönster Tag«, sagte er leise und zugleich die einzige Nacht, die ich mit Lieke verbracht habe – und die einzige Nacht, in der ich nicht bei meiner Frau und den Kindern war. Ich hatte einen Kollegen überreden können, mir ein Alibi zu liefern. Er sollte bekunden, dass wir die ganze Nacht im Büro verbracht hätten, um ein neues Geschäft vorzubereiten.«

Seuter hatte feuchte Augen bekommen. Er wandte sich ab und starrte in die weite Landschaft. Hinter ihm dröhnte der Lärm der Autobahn.

Marie und Stephan ließen ihm Zeit. Seuter wusste, dass der Abend auf dem Hof sein Leben vor eine Entscheidung geführt hatte, deren Chance er erkannt, aber nicht genutzt hatte.

»Es war alles so irreal einfach in jener Zeit von einem Freitagnachmittag bis zum nächsten Samstagmorgen«, fuhr er fort. »Es war eine wunderbare Nacht mit Lieke, dann ein verträumtes Frühstück im Gras unter dem Baum. Alles war wie Wirklichkeit gewordene Fantasie. Später erschienen Anne und Hermann. Sie aßen noch etwas mit uns, und dann habe ich Hermann geholfen, im Toilettenraum des Büros den Badezimmerschrank neu zu justieren. Er hatte ihn eine Woche zuvor gekauft und schief montiert.«

»Sie haben den Schrank also unten angefasst?«, fragte Stephan.

»Unten?« Er zuckte mit den Schultern. »Vielleicht, ja, ich denke schon. – Warum ist das interessant?«

Stephan winkte ab. »Nicht wichtig«, sagte er.

»Ich habe bis dahin nie etwas Handwerkliches gemacht«, erklärte Seuter. »Aber selbst das war auf einmal so normal, der Kontakt unter uns vieren so selbstverständlich und leicht, als würden wir uns schon Jahre kennen. Lieke stand lachend dabei. Sie fühlte sich dort angekommen, wo auch sie im Herzen immer hin wollte. Es waren Momente tiefsten Glücks, und ich empfand erstmals im Leben ebenso. Auf einmal schien alles lösbar: Ich würde meine Frau verlassen, die Kinder regelmäßig besuchen oder sie zu mir nehmen, vielleicht eine neue Arbeit suchen. Es war eine der ganz seltenen Zeiten im Leben, in denen man bereit ist, für eine Sache alles andere zu ändern und in der man in diesen Momenten auch dazu fähig ist.«

Er hielt inne. Der Begriff der Sache hatte eine andere Bedeutung gewonnen als zu Beginn des Gesprächs. Was anfangs nach kühler und bürokratischer Erledigung klang, barg jetzt das, dessen sich Seuter damals erstmals richtig bewusst geworden war: Er hatte das Glück gefunden.

»Nach unseren handwerklichen Arbeiten, die uns ins Schwitzen brachten, weil auch Hermann van Eyck darin so unbeholfen ist wie ich, sind wir zum Schwimmen gefahren. Lieke hat mich in ihr Schlafzimmer gezogen, sie hat den Schlafzimmerschrank aufgerissen, und ich musste aus einem dieser Fächer große Badetücher herausziehen. Sie wollte ein Tuch mit großen Blumenmotiven mitnehmen, das sie irgendwann einmal gekauft, aber wohl noch nie gebraucht hatte. Ich weiß, dass ich im Überschwang etwas taumelte und mich innen

283

im Schrank festhalten musste. Dadurch wankte der Schrank, und es purzelte alles Mögliche heraus. Irgendwie war in dieser Zeit alles anders und alle machten etwas, was sie sonst nicht taten. Es war wie ein kleines anderes Leben.«

Seuter verstummte. Die Erinnerung hatte in ihm eine Poesie geweckt, die man ihm nicht zutraute.

»Was geschah am Unfalltag?«, fragte Stephan nach einer Weile.

»Ich hatte nach unserem Wochenende in Dorsten im Dortmunder Norden eine kleine Wohnung angemietet. Nichts Besonderes, einfach nur zwei Zimmer, Küche und Bad. Ganz in der Nähe dieser Tankstelle an der Bornstraße, an der ich schon seit Jahren tanke, wenn ich von meinem Haus im Kaiserviertel, was ich dort mit meiner Familie besitze, zu meiner Firma in Derne fahre. Die kleine Wohnung war ein erster Schritt. Ich wollte eine Rückzugsmöglichkeit haben. Es sollte nicht für immer sein, eher nur ein Provisorium. Ich hatte mich schon ein bisschen auf den Weg in ein anderes Leben gemacht, verstehen Sie? Darum habe ich auch keine teuren Einrichtungsgegenstände gekauft. Nur das Nötigste, und das billig. Meine Frau wusste davon nichts. Ich habe mich in der Folgezeit häufiger mit Lieke dort getroffen, doch immer nur für Stunden. Wir waren in dieser Wohnung nicht ein einziges Mal über Nacht zusammen. Die Wohnung war Lieke zu dunkel, zu kalt, die Wohngegend zu grau und deprimierend, als dass sie sich dort wirklich wohlgefühlt hätte. Auf den Hof nach Dorsten bin ich wiederum nicht gefahren. Es ergab sich nicht. Der Weg dorthin ist weit, verschlingt fast eine Stunde und ging von unserer gemeinsamen Zeit ab. Ich wollte mir keine Alibis besorgen müssen. Unsere Beziehung sollte geheim bleiben, was natürlich auch Lieke nicht verborgen blieb. Sie fragte, ob ich endlich meine Frau von unserer Beziehung und darüber informiert hätte, dass ich mich scheiden lassen möchte. Diese Fragen musste ich verneinen, und ich weiß, dass ich feige war. Irgendwie schien nun plötzlich doch alles anders. Auf der einen Seite wollte ich Lieke – und auf der anderen Seite sah ich keine Notwendigkeit, meine Frau, insbesondere aber meine Kinder, zu verlassen. Wir hätten auch so miteinander leben können, zumal Lieke und ich beruflich derart eingespannt waren, dass es unrealistisch erschien, viel Zeit miteinander verbringen zu können. Ich arbeite regelmäßig auch an Wochenenden, und daran wird sich nichts ändern. Das kleine ganz neue Leben in Dorsten wirkte in der Rückschau plötzlich wie ein paradiesischer Ausflug in eine heile Welt, die aber eben doch nicht der Wirklichkeit entsprach, in der Lieke, vor allem aber auch ich, lebte. Ich war also letztlich entschlossen, alles so zu belassen, wie es war, und erwog auch, die schäbige kleine Wohnung in der Nordstadt gegen ein besseres Domizil zu tauschen, in dem sich Lieke bei ihren Besuchen wohler gefühlt hätte. Sie müssen mir nicht erklären, dass ich feige war. Ich weiß es.

An ihrem letzten Tag kam sie von ThyssenKrupp in Essen zu meiner kleinen Wohnung in die Nordstadt gefahren. Sie parkte das Auto an der Bornstraße, etwa 500 Meter von der Tankstelle entfernt. Von dort sind es zu meiner Wohnung noch rund 100 Meter. Die Wohnung liegt in einer Seitenstraße. Wir schliefen miteinander, dann aßen und tranken wir etwas. Aber nur wenig. Jeder trank höchstens ein Glas Weißwein. Gegen 21 Uhr wollte Lieke fahren. Wir küssten uns zum Abschied. Ich hatte ihr bis dahin noch nicht gesagt, was ich mir für diesen Abend vorgenommen hatte: Ich wollte ihr sagen, dass ich mich der Kinder wegen nicht von meiner Frau trennen würde. Lieke lief die Treppen hinunter, aber nicht so beschwingt wie sonst. Sie hatte gemerkt, dass etwas zwischen uns stand und unausgesprochen geblieben war. Sie war gerade ein paar Minuten aus dem Haus, als sie wieder klingelte. Ich war im Begriff, mich anzuziehen, um zu meinem Haus ins Kaiserviertel zu fahren. Als ich öffnete, rief sie durchs Treppenhaus, dass das Auto verdreckt sei. Ich sollte unbedingt kommen. Das habe ich dann gemacht. Wir sahen, dass überall irgendein weißes Zeug wie Regen niedergegangen war. Autos, Bäume, überall lag so etwas wie eine Staubschicht. Mal mehr, mal weniger. Ich ging mit ihr zu ihrem Auto, und ich habe mit dem Zeigefinger probiert, ob sich der Dreck von der Scheibe löste. Das ging nicht richtig. Wir benötigten natürlich etwas, womit man wischen konnte. Mit dem Scheibenwischer funktionierte es nicht, weil die Gefahr bestand, dass die Scheiben verkratzt wurden. Also bin ich mit ihr in ihrem Auto zu der Tankstelle gefahren, wo mir der Tankwart einen frisch verpackten Fensterwischer aus der Werkstatt holte. Der war eigentlich nicht für den Verkauf bestimmt, aber ich bekam ihn, weil ich dort Stammkunde bin. Es war Riesenandrang an der Tankstelle, weil viele Autobesitzer mit dem Dreck kämpften und die Wischer, die im Verkaufsraum hingen, schon ausverkauft waren. Danach habe ich die Scheiben an Liekes Wagen gereinigt, und wir haben den Wagen auch noch aufgetankt, weil wir ja nun sowieso gerade da waren. Da Lieke mich häufiger in Dortmund besuchte, verbrauchte sie auch mehr Sprit. Danach sind wir wieder zu der kleinen Wohnung gefahren. Als ich aussteigen wollte, sagte sie plötzlich, dass sie etwas zwischen uns spüre. Ich antwortete ihr nicht, sondern nahm sie wortlos mit nach oben. Dann redeten wir noch lange. Ich sagte ihr das, was ich mich vorher nicht getraut hatte, wagte nicht einmal, sie dabei anzusehen. Und ich sagte ihr auch, dass ich mich selbst als das sehe, was ich wirklich bin: ein feiges Schwein. Lieke hörte mir wortlos und traurig zu. Sie begann zu weinen, ohne dass ich es schaffte, sie in den Arm zu nehmen. Schließlich holte sie die Flasche Wein, die wir vorher angebrochen hatten, und trank noch zwei oder drei Gläser. Ich bat sie, damit aufzuhören, weil sie doch noch fahren müsse, aber sie erwiderte barsch, dass ich nicht zu befürchten hätte, dass sie sich in einen fahruntüchtigen Zustand versetzen wolle. Sie wisse ja, dass sie bei mir keine Bleibe haben werde. Dann öffnete sie noch eine zweite Flasche und trank auch daraus noch. Dann irgendwann ging sie. Ich habe sie zurückhalten wollen, weil sie sichtlich unter Alkoholeinfluss stand. Doch sie schlug um sich und riss sich los. Sie sagte, dass sie wie immer auf sich selbst aufpassen werde. Ich habe sie nicht halten können, Herr Knobel. Ich habe sie aus dem Leben gehen lassen.«

Seuter begann hemmungslos zu heulen. In seinem Inneren wusste er, dass er Lieke verstoßen hatte. Sie hatte sich von ihm losgerissen, als sie das verstanden hatte.

Die Insassen des polnischen Reisebusses kamen von der Raststätte zurück, sahen aus neugieriger Distanz herüber, bestiegen den Bus und gafften durch die Fensterscheiben.

Marie zog ein Papiertaschentuch aus ihrer Jacke, und Stephan legte den Ausdruck des Fotos auf den Tisch und drehte ihn so, dass Seuter das Motiv erkennen konnte.

»Was ist das für ein Treffen, Herr Seuter?«

Seuter rieb sich die nassen Augen, dann musste er lächeln.

»Ist das das Foto, das Sie dem Tankwart gezeigt haben?«

Stephan nickte.

Jetzt begann Seuter sogar ein ersticktes Lachen.

»Das war Anfang August letzten Jahres«, sagte er und hustete, »ich hatte Lieke an einem Tag, an dem sie Überstunden abfeierte, zu einem dienstlichen Termin mit nach Frankfurt genommen. Wir sind über die A 45 gefahren. Kurz vor Wetzlar war ein Laster mit Kies verunglückt und hatte seine ganze Ladung über die Fahrbahn verstreut. Die Autobahn war also Richtung Frankfurt für längere Zeit gesperrt. Es bildete sich ein kilometerlanger Stau, in dem auch wir standen. Es gab keine Abfahrten, über die man den Stau hätte ableiten können. Alle Autos standen hintereinander, und das für Stunden. Fast alle haben ihre Wagen verlassen. Es war warm draußen. Wir sind also auch ausgestiegen und dann über die Leitplanke geklettert. Auf der Wiese stand ein Chinese, der kleine Tricks vorführte.«

»Tricks?«, fragte Stephan verwundert.

»Ja«, lächelte Seuter, »es war ein chinesischer Zauberer Namens Yong Fang, der wie wir mit seinem Auto im Stau stand und abends eine Vorführung in einem Seniorenheim in Bad Nauheim hatte. Er nutzte die Wartezeit, um noch mal seine Zauberstücke zu probieren. Wir sind also zu ihm hingegangen, und er zeigte mir, wie er einen Tischtennisball verschwinden ließ und wieder zum Vorschein brachte. Ich habe bestimmt eine halbe Stunde zugeschaut, aber ich habe nicht begriffen, wie er es machte.«

»Und der Mann rechts im Bild?«, fragte Stephan. »Der mit den Stoppelhaaren?«

»Weiß nicht«, sagte Seuter. »Irgendein anderer Autofahrer, der sich wie wir die Zeit vertrieb.«

»Nicht ein Herr Drauschner?«, vergewisserte sich Stephan.

»Drauschner? – Keine Ahnung, wie der hieß. Der Name sagt mir nichts, und ich habe den Mann nie wieder gesehen. Wie gesagt: Es war reiner Zufall. Dieser Mann war wie ich einfach neugierig auf die Zauberstücke von Yong Fang.«

»Und Lieke?«, fragte Marie.

»Lieke hat uns so fotografiert, als hätte sie heimlich ein konspiratives mafiöses Treffen aufgenommen. Der Chinese sah wegen dieses Zauberkoffers so mysteriös aus. Wir haben herzhaft gelacht, als wir später dieses Bild betrachtet haben. Anne und Hermann haben sich ebenfalls prächtig amüsiert. Wir haben uns das Bild nämlich an dem Abend angesehen, als ich bei Lieke in Dorsten war.«

Marie und Stephan sahen sich an.

»Es geht also nicht um seltene Erden und irgendwelche Absprachen in der deutschen Industrie?«, hakte Stephan nach, sich dessen bewusst, eine Frage gestellt zu haben, die sich soeben erübrigt hatte.

»Nein, es war nur eine Probe von Yong Fang. Ein chinesischer Zauberer, der die Zeit im Stau genutzt und uns dabei kostenlos unterhalten hat. Wie kommen Sie denn auf seltene Erden, Herr Knobel?«, staunte Dr. Seuter. »Es ging darum, wie man Tischtennisbälle verschwinden lässt …«

Stephan winkte ab. Er faltete das Bild zusammen und steckte es ein.

»Wussten Anne und Hermann vom Verlauf ihres letzten Abends mit Lieke?«, fragte er abschließend.

Seuter nickte. Ich habe es ihnen gesagt, als mich Anne am nächsten Tag anrief, um mir zu sagen, dass Lieke verunglückt war. Sie schrie mich an, wie mich noch niemand im Leben angeschrien hatte. Und sie hatte so recht!«

Plötzlich sprang Seuter wie ein Getriebener wortlos auf, rannte zu seinem Auto und fuhr mit seinem silbernen Mercedes rasant davon. Er raste auf den Schienen des ihm vertrauten Lebens weiter, ohne dass er das Leben gewann. Die Sonne stand nun höher am Himmel. Seuter fuhr ihr entgegen, ohne dass ihn die Sonne beschien.

»Ich sollte alles Ylberi erzählen«, meinte Stephan, »aber ich darf es wegen der Schweigepflicht nicht.«

Er nahm sein Handy zur Hand, wählte Anne van Eycks Nummer und wartete. Als sie sich nicht meldete, sandte er ihr wütend eine SMS: ›Sie haben mich belogen. Stichworte: Greifenstein, Alexander Seuter, Liekes Tod. Werde das Mandat niederlegen. Erwarte Ihre Stellungnahme.‹

Stephan vergewisserte sich, dass die Nachricht versandt worden war. Anne van Eyck und ihr Mann hatten ihn und Marie getäuscht. Aber welchen Sinn machte es, dass sie nach einem Verbrechen an Lieke forschen ließen, von dem sie wussten, dass es nie stattgefunden hatte?

28

Wanninger hatte bis vier Uhr früh geschrieben. Er hatte seine Geschichte mit dem Tod von Lieke van Eyck begonnen, die während ihrer Arbeit bei ThyssenKrupp Kenntnis von den geheimen Absprachen bekommen hatte, die diesem, vielleicht auch noch anderen Unternehmen vorbei an den offiziellen Märkten und der Politik Zugriff auf die seltenen Erden sichern sollte, auf denen China saß, entweder im eigenen Land oder kraft gesicherter Schürfrechte an den afrikanischen Vorkommen. Auf Seiten des Unternehmens ThyssenKrupp war zumindest der Vorstandsvorsitzende Dr. Fyhre beteiligt, der nachweislich Kontakt zu einem Drauschner hatte, der seinerseits zweifelsfrei Mittelsmann zu chinesischen Rohstoffhändlern war, von denen er zumindest einen nahe der Autobahn A 45 in Höhe der Burg Greifenstein, wahrscheinlich aber auch noch weitere, geschützt durch die Fassade einer Aufführung des Meistercellisten Yo-Yo Ma im Dortmunder Konzerthaus, getroffen hatte. Wanninger hatte die Anbahnung des dortigen Treffens in der Tiefgarage empfindlich gestört, aber es lag auf der Hand, dass Wanninger das kriminelle Gebaren nicht würde stoppen können. Er selbst war in das Fadenkreuz dieser Organisation geraten, nachdem ihm ein Informant, der aus dem inneren Zirkel der Macht des Unternehmens stammte, mit Hinweisen versorgt hatte, denen Wanninger nachgegangen war und die er alle verifizieren konnte. Er erhielt nicht nur den Bildbeweis über das Treffen Drauschners mit dem Chinesen an der Autobahn, sondern auch den Hinweis auf ein geplatztes Treffen der führenden Köpfe dieser Organisation am 16. Dezember in der Villa Wolff in Bomlitz nahe Walsrode. Der Zeuge Sascha Sadowski war glaubwürdig, seine Schilderung glaubhaft und der Umstand, dass der geheimnisvolle Gast, der zweifelsfrei Drauschner sein musste, im Ergebnis 6.000 Euro für nichts gezahlt hatte, der schlagende Beweis, das Geld keine Rolle zu spielen schien, wenn es darum ging, an abgelegenen Orten unbeobachtet von der Öffentlichkeit fragwürdigen Geschäften nachzugehen. Wanninger gab die Schilderung Sadowskis über den Verlauf des Abends jenes denkwürdigen 16. Dezember in der Villa Wolff so detailgenau wieder, als es ihm möglich war. Wanninger schilderte auch die Einbrüche auf dem Hof in Dorsten. Der erste Einbruch war ersichtlich eine Tat des Informanten, der – ebenso wie der von ihm an Wanninger gesandte zweite anonyme Brief – eine deutliche Spur in die Villa Wolff legte, von der man im Rahmen

292

dieser Geschichte sonst kaum jemals Kenntnis erhalten hätte. Der zweite Einbruch schließlich erfolgte durch die Organisation, den eigentlichen Täter, und diente offensichtlich dem Zweck, bei Lieke oder ihrer Schwester vermutetes Beweismaterial aufzufinden. Anne van Eyck und deren Mann zum Zeitpunkt des Einbruchs vom Hof zu locken, weil Drauschner selbst vorgeblich erneut sein Erscheinen in der Villa Wolff in Niedersachsen angekündigt hatte, war ein überaus geschickter Schachzug, der wie ein Mosaikstein in das sich fügende Bild passte. Schließlich beschrieb er das gescheiterte Attentat auf sich auf dem Gelände der alten Kokerei Hansa, den Einbruch in sein Büro und Drauschners Angriff gegen sich im Parkhaus des Konzerthauses. Die Attacke endete nur deshalb nicht mit Wanningers Ermordung, weil diese Tat unerwünschte Polizeipräsenz provoziert und die Gefahr begründet hätte, dass einige Akteure ungewollt in polizeiliche Ermittlungen verstrickt worden wären. Wanninger rundete seinen Bericht mit den Fotos ab, die seine Behauptungen und Schlussfolgerungen illustrierten.

Kurz nach vier Uhr in der Früh war er fertig geworden. Er hatte das Fenster seines Hotelzimmers geöffnet und die schweren Vorhänge zugezogen gelassen. Ein leichter Wind hatte die Vorhänge manchmal etwas aufgebläht und Wanninger für Sekunden erstarren lassen. Doch es kam niemand. Keiner wusste, wo er war. Er hatte sich in einem kleinen Vorstadthotel einquartiert, das er bis dahin nicht einmal selbst kannte. Er war durch Zufall auf das Hotel gestoßen, als er ziellos durch die Straßen fuhr und eine Bleibe suchte. Das Handy hatte er zu Hause gelassen, weil er fürchtete, dass man ihn orten könne. Sein Auto hatte er in der Seitenstraße neben einem Autowrack geparkt. Es war mehr als unwahrscheinlich, dass ihn jemand hier aufspüren würde. Als sein Text fertig war, las er ihn noch zweimal gründlich durch, glättete den einen oder anderen Satz, fügte hier und da etwas ein oder kürzte zu lange Satzreihen. Zuletzt passte alles. Die Geschichte war rund und die Beweiskette geschlossen. Die Bilder waren eindeutig. Er verlor noch ein Wort zu seiner Moral: Selbst wenn die Organisation im Interesse der deutschen Wirtschaft handelte, rechtfertigte nichts den Tod eines Menschen. Der Satz stand wie ein Programm am Ende seiner Geschichte. Wanninger wusste, dass der Satz wirkte. Allein das war wichtig und entscheidend. Er las sein Werk ein letztes Mal, dann duschte er erneut. Er musste den Schweiß abwaschen, den er bei seiner konzentrierten Arbeit produziert hatte. Richtige Arbeit muss man riechen können, pflegte er früher immer zu sagen, wenn er zu seinen Hochzeiten junge Redakteure anzutreiben versuchte, die sich zu fein waren, alles zu geben. Er hatte den beruflichen Nachwuchs zunehmend verachtet. Dass früher alles besser gewesen sei, mochte er in dieser Allgemeinheit nicht sagen, aber ihm fehlte bei der jungen Generation der Kampfgeist, der ihn nach vorn gebracht und letztlich bestätigt hatte. Mit der neuen Geschichte war er vorn und wieder dabei. Er las sie ein letztes Mal, dann vergewisserte er sich, dass seine Fotos richtig angehängt und Text und Bilder zusammen versandt werden konnten. Als er alles kontrolliert hatte, zückte er sein Notizbuch und gab die Internetadressen der Medien ein, die er dort verwahrte: Es waren die Adressen von Spiegel, Focus, Stern, DPA, BILD, FAZ, TAZ, Die Welt und so fort. Er gab jede Adresse sorgfältig ein und prüfte ein letztes Mal. Dann gab er seine Geschichte auf den Weg, geboren in Zimmer 5 dieses schäbigen Hotels am westlichen Stadtrand von Dortmund. Es war ein stilles Feuerwerk, das er entfachte. Niemand, der draußen vom Hof die sanft bewegenden Vorhänge sah, hätte vermutet, dass Gisbert Wanninger gerade einen Skandal öffentlich machte, von dem Deutschland, von dem die Welt reden würde. Es war eine Geburt, eher eine Schöpfung, die sich hier vollzog, verborgen vor und ignoriert von einer Welt, die ihr Heil in Dokusoaps und Endlosserien zu finden suchte. Als Wanninger auf Senden drückte, waren seine Haare noch nass. Er hatte ein frisches T-Shirt angezogen, das sich über seinen dicken Bauch spannte, Shorts, deren Bund genau unter seinem Bauch an eine Grenze stieß. Er sandte eine Kopie per Mail an Anne van Eyck.

Dann fiel er ins Bett, ermattet und im Bewusstsein, ein Sieger zu sein. Das Werk war vollbracht. Wanninger war zufrieden.

Gegen elf Uhr klopfte es immer wieder an die Tür von Wanningers Hotelzimmer. Er schreckte aus einer Tiefschlafphase auf, richtete sich verstört auf und blieb still. Der Schweiß lief an den Schläfen herunter. Sein Shirt war durchnässt.

»Ich bin es«, hörte er. »Geht es Ihnen gut, Herr …«

Ihm fiel ein, dass er ihr seinen Namen nicht genannt hatte. Es war die Wirtin.

»Es ist nichts, kein Feuer …«, beruhigte sie.

Er lächelte.

»Ja«, sagte er heiser. Seine Stimme war belegt.

»Wollen Sie einen Kaffee?«

Er stand auf und öffnete die Tür. Sie stand in einem geblümten ärmellosen Sommerkleid vor ihm. Ihre kräftigen Oberarme schimmerten weiß in einem Sonnenstrahl, der schmal und schneidend zwischen den Wollvorhängen durch sein Zimmer in den dunklen Flur fiel. Sie hatte ihre rötlichen Haare zu einem kurzen Zopf gebunden.

»Ist ja ein Brutkasten hier«, schnaufte sie. »Machen Sie doch die Vorhänge auf! Sie ersticken ja fast. Von draußen kann man hier nicht reinsehen. Da sind nur Bäume, dahinter die Rückwand einer Werkstatt.«

»Ich fürchte mich nicht mehr«, sagte er und rieb sich die Müdigkeit aus den Augen.

»Ist was passiert heute Nacht?«, fragte sie.

Auf dem Tisch stand aufgeklappt sein Laptop. Der Bildschirmschoner ließ kleine Fische über die Fläche treiben.

»Wir könnten zusammen einen Kaffee trinken«, meinte sie. »Ist im Preis mit drin.« Sie zwinkerte mit den Augen. »Sie haben wohl noch lange gearbeitet?«

Wanninger mochte ihre unbeholfene Neugier.

»Ich musste etwas niederschreiben«, sagte er. »Die Geschichte eines Skandals, nein, die Geschichte eines Mordes, in dessen Strudel ich beinahe das nächste Opfer geworden wäre.«

»Echt?« Die Wirtin schaute ihn unsicher an. Sie hatte gemutmaßt, dass er abtauchen musste. Aber sie hatte

296

auch gespürt, dass er etwas Besseres sein musste. Sie hatte seinen feinen teuren Anzug gesehen. Qualität und Preise solcher Anzüge kannte sie aus ihrer Zeit als Mitarbeiterin in einem Kostümverleih. Dort hatte sie zufällig Harald kennengelernt, der mit ihr zusammen den Traum der Selbstständigkeit gesponnen und dann mit ihr auf Kredit diese Bruchbude gekauft und ihr nach seinem Herztod im letzten Jahr nur Schulden hinterlassen hatte. Die einzigen Gäste waren hin und wieder Arbeiter, die auf Montage waren und eine günstige Unterkunft suchten. Der Mann, der jetzt verschwitzt vor ihr stand, hatte sich bloß in dieses Hotel verirrt. Er würde normalerweise woanders logieren. Der Unbekannte vor ihr schien reif und klar. Er mochte 25 Jahre älter sein als sie.

Wanninger strich sich über das unrasierte Kinn. Er fühlte die Bartstoppeln, seine klebrigen Achseln, die Schwere seines Körpers. Die Arbeit hatte ihre Spuren hinterlassen. Er konnte nicht mehr so wie früher.

»Ich bringe den Kaffee hoch«, sagte sie und ging, ohne seine Antwort abzuwarten.

Er setzte sich auf die Bettkante und sah in den Spiegel über der alten Kofferablage. Das Glas hatte Sprünge. Sein Spiegelbild brach an diesen Stellen mit kleinem Versatz.

Sie kam mit einer orangefarbenen Kaffeekanne, zwei Tassen und einer Tetrapackung Milch zurück und setzte sich zu ihm auf die Bettkante, das Tablett mit der Kanne und den Tassen auf ihren Knien. Sie schenkte den Kaffee ein und gab Milch dazu. Wanninger beobachtete sie währenddessen von der Seite, sah für Sekundenbruchteile auf ihre weiße Brust, als sie den Arm hob, um ihre Tasse zu füllen.

»Sie sind nur hier, weil Sie sonst nie hier wären«, sagte sie schließlich. »Also findet Sie hier keiner.«

Er schlürfte den Kaffee.

»Wenn Sie es mal lesen wollen ...« Er deutete auf die Fische auf dem Bildschirm. »Ich habe es allen namhaften Magazinen und Zeitungen angeboten. Aber Sie sind der erste Mensch, der es nur so liest. Sie sind sozusagen meine erste Leserin.«

Er zwinkerte ihr zu.

Sie lächelte. Er berührte sie mit dem, was und wie er es sagte. Sie wagte nicht, sofort Ja zu sagen, und wartete, dass er sie von sich aus die Geschichte lesen ließ.

Wanninger trank seinen Kaffee aus, stand auf und rief in seinem Laptop die Story auf.

»Kommen Sie«, sagte er und reichte ihr die Hand. Er tat es elegant, fast verführerisch, und sie ließ sich an den Laptop entführen. Er rief die Seiten auf, die den ungeheuerlichen Skandal an den Leser bringen würden, die Geschichte des Mordes an Lieke van Eyck, befohlen oder gebilligt von Dr. Fyhre, dem Vorstandsvorsitzenden von ThyssenKrupp. Sie las die Geschichte, verschlang sie förmlich, und hielt ihre Hände dabei gefaltet auf ihrem Schoß, als wage sie nicht, das Gerät anzufassen, dem Gisbert Wanninger die Geschichte anvertraut hatte, die von hier ihren Weg in die Welt antreten würde. Wanninger scrollte die Seiten weiter, wenn sie eine zu Ende gelesen hatte und kurz ›Fertig!‹ sagte.

»Du bist eine echte Nummer!«, staunte sie, als sie auch die letzte Zeile verschlungen hatte. Sie war ihm

298

während des Lesens nahegekommen, in die Duzform gefallen, weil sie mit ihm den Täter gejagt hatte, der ihm auf der Spur war und vor dem er sich versteckte.

»Wo willst du denn jetzt hin?«, fragte sie sanft. »Es ist ja nicht vorbei.«

Wanninger zuckte die Schultern.

»Du kennst ja niemanden wirklich«, meinte sie. »Und man weiß auch nicht, ob du deinem Informanten trauen kannst. Er hätte sich doch eigentlich zu erkennen geben können.«

»Wieso?«, fragte er, während er den Laptop herunterfuhr. »Er hat Angst, das ist doch klar. Jeder, der hier die Nase reinsteckt, setzt sein Leben aufs Spiel. Das habe ich begriffen.«

»Du bist sehr mutig«, stellte sie leise fest und lächelte verzückt.

Wanninger tat, als habe er ihr Lob überhört. Er klappte das Gerät zu. Er durfte jetzt nicht auf die Antworten seiner Mails lauern. Wanninger geduldete sich. Er musste sich Zeit nehmen.

»Ich bleibe etwas hier«, entschied er.

Sie lächelte glücklich.

29

Anne und Hermann van Eyck erschienen unangemeldet gegen 14 Uhr in Stephans Kanzlei. Sie nahmen vor seinem Schreibtisch Platz. Stephan hätte erwartet, dass sie nervös sein oder sich in irgendeiner Weise sichtbar ihres Verhaltens schämen würden, doch er irrte sich. Anne van Eyck lächelte sogar gewinnend, als Stephan sie eher unfreundlich aufforderte, das zu sagen, was sie zu sagen habe.

»Hier auf diesem Stuhl saß ich, als wir uns kennenlernten«, sagte sie. »Ich erinnere mich genau an diesen Tag, Herr Knobel. Ich bat Sie, den ungeklärten tödlichen Unfall meiner Schwester zu untersuchen, einen Fall, den die Staatsanwaltschaft bereits zu den Akten gelegt hatte.«

»Sie müssen das nicht wiederholen«, unterbrach Stephan. »Ich weiß, was Sie gesagt haben, und ich weiß heute auch, dass die Staatsanwaltschaft richtig entschieden hat. Ihre Schwester ist durch einen tragischen Unfall ums Leben gekommen, ausgelöst oder begünstigt durch erheblichen Alkoholgenuss, der seinerzeit auf das unglückliche Gespräch Liekes mit Dr. Alexander Seuter zurückzuführen ist.«

Sie nickte.

»Sie scheinen all das zu wissen, und es stimmt. Nehmen Sie Liekes tragischen Unfall als Faktum und zugleich als eine Art Vorgeschichte zu dem, was ich Ihnen nun erzähle.«

»Erzählen Sie mir nichts, sagen Sie mir nur die Wahrheit!«, forderte Stephan barsch.

Hermann hob beschwichtigend die Hand, dann fuhr seine Frau fort: »Rund eineinhalb Monate nach Liekes Tod erfuhren wir von Hermanns Bruder Franz, dass sich bei ihm ein gewisser Gisbert Wanninger gemeldet hatte, ein Journalist, der alte Skandale aufarbeite und eine Serie plane, in der er die alten Geschichten aufwärme und die – sagen wir – Sünder von damals in ihrem heutigen Leben zeigen wolle. Die Motivation dieses Menschen liegt klar auf der Hand: Er will zu seinem eigenen Gewinn Menschen wieder ans Tageslicht zerren, die vielleicht einmal etwas falsch gemacht, für diesen Fehler aber längst gebüßt haben. Wanninger geht es um die Vernichtung derer, die er – wie er sich meinem Schwager gegenüber geäußert hat – Störkanten der Gesellschaft nennt. Er schämt sich nicht einmal, dieses Anliegen klar zu benennen. In seiner Geschichte sollte es indes nicht um Franz gehen, denn der war in seinem bisherigen Leben nie in irgendwelche anrüchigen Geschichten verstrickt. Es ging ihm um den Bruder von Franz, nämlich um meinen Mann Hermann, der früher den Namen Gustendorf trug und bei unserer Eheschließung meinen Namen annahm und seither van Eyck heißt.«

»Sagt Ihnen mein früherer Name etwas?«, fragte Hermann van Eyck dazwischen. »Niemals den Namen Jan Gustendorf gehört? Ich heiße eigentlich Jan-Hermann. Seit dieser Geschichte trage ich aber nur noch den zweiten Vornamen.«

Stephan schüttelte den Kopf.

»Sehen Sie«, sagte Anne van Eyck weich, »die Geschichte ist längst in Vergessenheit geraten. Zumindest dürften die jüngeren Menschen mit dem Namen Jan Gustendorf nichts anfangen können. Warum soll es nicht dabei bleiben? Warum soll ein schmieriger Gisbert Wanninger alles wieder aufkochen und Menschen zerstören können, die sich ein neues Leben aufgebaut und sich gewandelt haben. Vernichtung von Existenzen, nur, weil ein alternder Journalist seine Popularität verloren hat und über solche Geschichten wieder an seinen früheren Ruhm anknüpfen will? Ist das legitim, Herr Knobel?«

Stephan antwortete nicht. Er wusste, dass sich die Beantwortung dieser Frage rechtlichen Bewertungen entzog.

»Der falsche Doktor«, gab Hermann van Eyck als Stichwort.

Stephan hatte diesen Begriff irgendwo einmal gehört, aber er konnte ihn nicht mit einem Geschehen in Verbindung bringen.

»Mein Mann hatte in jungen Jahren eine Dezernentenstelle in Soest bekommen, allerdings bei der Bewerbung eine gefälschte Promotionsurkunde der Westfälischen Wilhelms-Universität in Münster vorgelegt. Er hatte nie promoviert, und es steht außer Frage, dass er diese Fälschung nie hätte begehen und sich unter Vorlage dieses Dokumentes keine Stelle hätte erschleichen dürfen. Mein Mann war damals 32 Jahre alt, der Vorgang ist satte 25 Jahre her. Die Sache flog auf, als ein Mitglied des Stadtrates, das der Oppositionspartei angehörte und alle Gelegenheiten nutzte, der den Bürgermeister stellenden Partei vor die Füße zu pinkeln, eher zufällig die Promotionsurkunde sah und Unstimmigkeiten entdeckte.

Möglich war ihm dies nur, weil er selbst in Münster studiert und dort auch promoviert hatte und Abweichungen im Schriftbild der Urkunde im Vergleich zu seiner eigenen erkannte. Schließlich fand dieser Typ sogar heraus, dass das Datum, unter dem der Dekan Hermanns Promotionsurkunde unterschrieben haben sollte, ausgerechnet in den Semesterferien lag.«

Stephan musste unwillkürlich darüber lächeln, dass Anne van Eyck das Auffliegen dieser dilettantischen Fälschung wie ein unverdientes Unglück darstellte.

»Die Sache schlug damals natürlich hohe Wellen. Mein Mann flog sofort raus, und die Sache konnte strafrechtlich nur deshalb einigermaßen glimpflich zu Ende gebracht werden, weil Hermann einige Korruptionsfälle aufdeckte, denen er in den letzten Tagen seiner Tätigkeit auf die Spur gekommen war und hinter denen sich offensichtlich derjenige verbarg, der die Fälschung der Promotionsurkunde entdeckt hatte. All das änderte natürlich nichts daran, dass mein Mann erledigt war. Der Jan-Hermann Gustendorf war bekannt und zugleich verbrannt. Etwa drei Jahre später lernte ich Hermann bei einem seiner Hollandbesuche kennen, und er erzählte mir all das freiwillig, als wir uns ineinander verliebt hatten. Weitere zwei Jahre später haben wir in den USA geheiratet, und mein Mann hieß fortan Hermann van Eyck. Wir haben alles getan, dass man ihn urkundlich kaum nachverfolgen konnte, und dabei sicherlich auch gegen das eine oder andere Meldegesetz verstoßen. Wir gründeten eine Unternehmensberatung, die mein Mann aufgrund seiner unzweifelhaften fachlichen Fähigkeiten schnell in Fahrt brachte und die wir schließlich – weitab von Soest – in Dorsten ansiedelten. Mein Mann trägt seither einen Bart. Die Gefahr, dass ihn zufällig jemand erkennen würde, ist gering.«

»Und dann kommt einer und droht dieses Lebenswerk zu sprengen ...«, folgerte Stephan.

»Richtig«, stimmte Anne van Eyck zu. »Dann kam Wanninger, weil gefälschte Promotionen, Plagiate und anderes gerade ein öffentlichkeitswirksames Thema sind und weil er darauf bauen kann, dass dieses Thema den Älteren noch in Erinnerung und für die Jungen eine interessante Facette sein dürfte. Was glauben Sie, was mit einer Unternehmensberatung passiert, deren Chef diese Vergangenheit hat?«

Stephan antwortete nicht.

»Der Ruin ist vorprogrammiert«, sagte ihr Mann. »Welcher Kunde will sich von jemandem beraten lassen, der als Fälscher aufgefallen ist? Zu unseren Kunden zählen namhafte mittelständische und größere Unternehmen. Wir können und wollen uns das nicht leisten.«

»Wanninger trat also an Hermanns Bruder Franz Gustendorf heran«, fuhr Anne van Eyck fort. »Er belästigte ihn immer wieder mit Telefonaten, forschte nach Hermanns Verbleib, den er selbst nicht aufklären konnte und schon deshalb einen neuen Skandal witterte. Typen wie Wanninger sind Ungeziefer. Wenn sie Scheiße riechen, drehen sie fast durch und heften sich an die Sache an. Aber Franz hielt still. Er vertröstete Wanninger und lockte ihn auf falsche Fährten, ahnend, dass er ihn damit noch mehr reizen würde, aber es gelang zumindest, Wanninger zunächst auf Abstand zu halten. Wanninger hatte Hermann unseres Wissens nie persön-

304

lich gesehen. Er konnte ihn eigentlich nur aus damaligen Medienberichten kennen, die ein Foto von meinem Mann zeigten, der damals noch keinen Bart trug. Wanninger hatte auch Franz nie persönlich gesehen. Er kannte ihn nicht einmal von irgendeinem Foto. Er hatte nur in Erfahrung gebracht, dass Hermann einen Bruder namens Franz Gustendorf hat. Ein persönliches Treffen mit Wanninger konnte Franz bislang immer abwenden. Es gab lediglich etliche Telefonate, die ausschließlich von Wanninger ausgingen.«

»Und dann kam Ihnen eine Idee ...«, meinte Stephan.

»Eher kam Franz die Idee«, korrigierte Anne van Eyck. »Er hatte bei einem Besuch bei uns in Dorsten das Foto gesehen, dass Lieke geschossen hatte, als sie mit Alexander nach Frankfurt gefahren war und die beiden in einen fürchterlichen Stau gerieten. Sie kennen ja das Bild.«

»Ich kenne jetzt auch den chinesischen Zauberer«, nickte Stephan.

»Und Sie kennen den Mann, der auf dem Bild rechts zu sehen ist«, sagte Anne van Eyck. »Irgendein Autofahrer, der sich ebenfalls auf der Wiese die Wartezeit vertrieb und dem Zauberer bei seinen Proben zuschaute.«

»Der vermeintliche Herr Drauschner«, ergänzte Stephan.

»Der von seiner Statur her jedoch meinem Schwager Franz sehr ähnlich sieht«, ergänzte Anne van Eyck. »Es bedurfte lediglich noch der Stoppelhaare und der Nickelbrille. Schon hatten wir die wesentlichen Merkmale des unbekannten Autofahrers kopiert. Da man den

Mann rechts neben dem Zauberer auch nicht in allen Details erkennt, ähneln er und mein Schwager Franz oberflächlich einander wie ein Chinese dem anderen.«

»Lustiger Vergleich! – Also wurde Herr Drauschner geboren«, verstand Stephan.

»Und mit ihm die Geschichte einer Verschwörung, die vermutlich in der Vorstandsetage von ThyssenKrupp ihren Ausgangspunkt hat«, bestätigte Anne van Eyck nicht ohne Stolz.

»Es begann mit dem dubiosen Treffen in der Villa Wolff in Bomlitz, einem Haus, das wir bei der Hochzeitsfeier eines befreundeten Ehepaares vor einigen Jahren zufällig kennengelernt haben. Eine Industrievilla, in der man die Aura vergangener Tage schmeckt. Beste Kulisse für ein konspiratives Treffen. Franz hat eine fulminante One-Man-Show hingelegt, die uns immerhin 6.000 Euro gekostet hat«, erklärte Hermann van Eyck. »Wir haben Franz am Abend des 16. Dezember in die Nähe der Villa gefahren. Zurück hat er vereinbarungsgemäß ein Taxi bis zum Flughafen Hannover benutzt. Dort haben wir ihn wieder abgeholt. Franz hat hervorragend gespielt und wirklich alles getan, damit dem lieben Herrn Sadowski alles in präziser Erinnerung blieb. Er hat lediglich seine Stimme etwas verändert und diese beibehalten, weil ja klar war, dass Franz in seiner Rolle als Drauschner irgendwann mit Wanninger sprechen würde. Er sollte Franz nicht an seiner Stimme erkennen.«

»Dann kam der Einbruch in der Nacht vom 7. auf den 8. März«, knüpfte Stephan an.

»Eine gute Leistung von mir selbst«, lobte Hermann van Eyck, »denn die Spurenlage war nicht einfach zu konstruieren. Anne hatte mich am Abend des 7. März im Auto mit vom Hof genommen. Es hatte gerade zu schneien begonnen. Also bestand die Hoffnung, dass wir eine richtige Schneedecke bekamen. Während Anne weiter zum Supermarkt fuhr, bin ich auf der Straße ausgestiegen und habe meine Schuhe gegen solche mit der Größe 48 getauscht, die mir natürlich zu groß sind. Ich habe die Zwischenräume mit Stoff gefüllt und mir einen Rucksack aufgesetzt, der mit Steinen gefüllt war. In dieser Montur wartete ich zwei oder drei Stunden. Anne war zwischenzeitlich allein mit dem Wagen auf den Hof gefahren und ins Haus gegangen. Irgendwann bin ich dann über die Zuwegung zum Haus gelaufen, habe den Einbruch in Liekes Wohnung simuliert, mit Handschuhen die Scheibe eingeschlagen und in der Wohnung eine überschaubare Unordnung geschaffen. Dann bin ich wieder in derselben Montur zurück zur Straße. Es war der ungemütlichste Teil unseres ganzen Schauspiels, weil ich die ganze Nacht im Freien verbracht habe. Die Ballastgewichte und die Schuhe habe ich in einer Tüte mit mir herumgetragen und ein Stück weit vom Hof versteckt. Mit meinen normalen Sachen stand ich dann morgens an der Straße, als Anne die Polizei geholt und sich zu mir an die Straße gestellt hat.«

»Das waren sozusagen die ersten Akte«, sagte Anne van Eyck und übernahm die weitere Schilderung. »Parallel liefen bereits die Bemühungen, das Verfahren wegen Liekes Tod wieder in Gang zu bringen und die Einschaltung eines Anwalts in Essen, den ich nur pro forma beauftragte, um meine rechtlichen Aktivitäten zu dokumentieren.«

»Eigentlich wollten Sie von vornherein einen Anwalt in Dortmund, weil Wanninger hier lebt und arbeitet und der Unfall Ihrer Schwester hier gewissermaßen seinen Ausgang genommen hat«, schloss Stephan. »Sie suchten einen Anwalt vor Ort, damit unproblematisch häufige Treffen mit Wanninger stattfinden konnten, und sind letztlich auf mich gekommen, weil mein Angebot Detektivdienste umfasst.«

»Und weil Sie als Einzelanwalt noch nicht ausgelastet sind«, ergänzte Anne van Eyck schmunzelnd. »Ich hatte mich eingehend erkundigt. Es wurde ein Anwalt gebraucht, der Zeit hat. Bitte seien Sie mir nicht böse!«

Sie lächelte verbindlich.

»Sie haben Ihre Schwester missbraucht«, hielt Stephan fest.

»Wir haben Lieke in gewisser Weise missbraucht, da haben Sie recht«, gestand Hermann van Eyck. »Aber es ging uns nicht nur um Wanninger, sondern auch um den sauberen Herrn Seuter, dessen Feigheit Lieke das Genick gebrochen hat.«

»Später, Hermann!«, unterbrach Anne und fuhr fort: »Wir haben Sie also auf die falsche Fährte gesetzt, Herr Knobel, das stimmt. Sie fanden den Hinweis in Liekes Kalender auf die Villa Wolff, den wir natürlich selbst eingetragen haben. Respekt! Es war ein sehr feiner Hinweis, Herr Knobel! Sie haben bravourös gearbeitet!«

»Sparen Sie sich Ihre Spitzen«, erwiderte Stephan.

»Es war ernst gemeint, Herr Knobel! Genauso ernst wie diese Sache, die Ihnen wie ein groteskes Schauspiel vorkommen mag, für uns aber ein gangbarer Weg ist, um einen Herrn Wanninger zu bremsen. Der Journalist bekam also – scheinbar völlig unabhängig von Ihrer Beauftragung – anonyme Briefe, die wir stets auf einem eigens dafür erworbenen PC schrieben, in der Stadt fotokopierten und die Hermann dann nach Frankfurt brachte und sie dort in einen Briefkasten warf, damit sie einen Poststempel von dort bekamen. Er war der vermeintliche Informant, und auf diese Weise steuerten wir Wanninger. Zwangsläufig und gewollt kam es zum Zusammentreffen Wanningers mit Ihnen über Sascha Sadowski als gutgläubige Kontaktperson. Es war eine Frage der Zeit, dass Wanninger an uns heranwollte und dies über Sie versuchen würde. Hermann und ich haben uns unterschiedlich positioniert, so, wie Hermann häufig der zurückhaltendere Teil von uns war und meinen manchmal naiv anmutenden Enthusiasmus künstlich bremste.«

»Der Typ im Garten?«, erinnerte Stephan.

»Ach ja! Hermann war vor Ihrem Besuch vom Wald aus auf unser Grundstück gelaufen und hatte einige Pflanzen platt getreten und Schleifspuren in den Wald gelegt. Es war sonst niemand da«, erklärte sie den simplen Trick. »Wir hatten verabredet, dass ich irgendwann Geräusche höre. Dass der liebe Gott als Kulisse noch ein Unwetter schickte, war ein unverdientes Glück.«

Anne van Eyck kicherte, ihr Mann stieß sie in die Seite.

»Herr Knobel findet das nicht lächerlich«, sagte Hermann van Eyck. »Ich kann ihn verstehen. – Wanninger erhielt von mir irgendwann das sagenhafte Foto von dem Zauberer und den anderen beiden Männern, und ab da lief die Sache wie von selbst. Wir wohnten Wanningers Schlussfolgerungen bei, wussten von seinen nächsten Schritten, mussten ihn schließlich auch in Gefahr bringen, um die Sache für ihn zwingender zu machen.«

»Zuvor gab es noch den vermeintlichen neuen Auftritt Drauschners in der Villa Wolff«, erinnerte ihn Anne van Eyck. »Franz hatte Sadowski angerufen und den Termin ausgemacht. Wir haben vor der Abfahrt nach Niedersachsen bei uns die Räume verwüstet. Kurz nach unserer Ankunft in der Villa Wolff, von der wir Franz informiert hatten, hat dieser den Termin bei Sadowski abgesagt und die Stelle am Fischteich als Treffpunkt vorgegeben. Wir kannten diese Stelle von der damaligen Hochzeitsfeier. Ich weiß noch, dass dort Fotos von dem Brautpaar gemacht wurden. – Als wir abends nach Dorsten zurückkamen, haben wir nur noch die Scheiben eingeworfen und den Einbruch sofort der Polizei und auch Ihnen gemeldet.«

»Deshalb das bewusste Überholmanöver auf der Autobahn«, verstand Stephan. »Sie wollten dokumentieren, dass Sie den Einbruch sofort nach Ihrer Rückkehr gemeldet haben mussten. Man sollte durch zeitliche Rückrechnung ermitteln können, dass Sie ihn nicht selbst verübt haben konnten – jedenfalls nicht abends nach Ihrer Rückkehr.«

»Die Sache verselbstständigte sich, als Ihre Freundin den Fensterwischer als neue Spur entdeckte«, erklärte Anne van Eyck. »Wir hatten das Auto bei dem Schrotthändler als Spurenträger geparkt, aber es ging uns nur darum, den Schmutz auf dem Fahrzeug soweit wie möglich zu sichern. Auf den Wischer hatten wir nicht geachtet. Dieses Gerät führte Sie zu Alexander Seuter, den wir in unserer Geschichte hier gar nicht gebrauchen konnten. Er hatte Spuren auf unserem Hof hinterlassen. Es wuchs die Gefahr, dass die neue Spur Wanningers Konstrukt zerstörte, das er selbst so wunderbar herausbildete. Dass Alexander Seuter mit der wahren Geschichte an die Polizei ging, stand nicht zu befürchten. Dieses feige Schwein hätte offenbaren müssen, dass er es zugelassen hatte, Lieke im sichtbar angetrunkenen Zustand Autofahren zu lassen.«

»Nachdem die neue Spur ins Spiel kam, musste Wanninger in Gefahr geraten, damit die Sache nach vorn ging«, erklärte Hermann van Eyck.

»Die Aktion auf der Kokerei war eine Sache für Franz«, nickte Stephan. »Ich verstehe.«

»Zur gleichen Zeit verschafften wir uns gewaltsam Zugang in Wanningers Büro«, gestand Anne van Eyck. »Es war nicht schwer. Gesehen hat uns niemand. Und ganz zum Schluss gab es die Aktion im Konzerthaus, von der Sie noch gar nichts wissen.«

Stephan hob erstaunt die Augenbrauen.

»Sie wissen, dass nur Liekes Taschenkalender vom letzten Jahr gefunden wurde«, sagte Anne van Eyck. »Sie hatte aber auch selbstverständlich einen für dieses Jahr, den sie zu Hause aufbewahrte und der in unserem Besitz ist. Lieke hatte schon im letzten Jahr notiert, dass der Vorstandsvorsitzende von ThyssenKrupp mit seiner Gattin die Vorstellung des Meistercellisten Yo-Yo Ma besuchen würde. Cello ist seine große Leidenschaft. Mein Mann hat in seiner Eigenschaft als Informant Wanninger am Tag der Vorstellung ins Konzerthaus gelockt, und Franz hat wieder den Drauschner gegeben, der sich scheinbar erschreckt gezeigt hat, als er Wanninger wie zufällig entdeckte. Er hat Chinesen angesprochen, mit denen er Belangloses über den Künstler austauschte, diesen sogar einen Zettel zugesteckt, auf dem sich nichts Weiteres befand als die Adresse eines Fanclubs des Cellisten Yo-Yo Ma. Schließlich hat Franz in der Pause der Vorstellung Dr. Fyhre in die Tiefgarage gelockt, nachdem er das Kennzeichen seines Autos ausrufen ließ, dessen Standort in der Garage Franz unmittelbar vor der Vorstellung in Erfahrung gebracht hatte, indem er einfach vor der Tiefgarageneinfahrt auf den Wagen von Dr. Fyhre wartete. Franz hatte in der Garage dem Wagen von Fyhre und auch anderen dort abgestellten Autos Kratzspuren mit einem Stichel beigebracht und Fyhre, der erwartungsgemäß in der Garage erschien, gesagt, dass er soeben den Täter beobachtet habe und er, Fyhre, wieder nach oben gehen und Hilfe holen solle. Wanninger hatte sich erwartungsgemäß angeschlichen und ein Foto, ich sage *das* Foto geschossen, welches Fyhre, Franz als vermeintlichen Drauschner und noch einen Aktenkoffer zeigte, den Franz als Requisit platziert hatte. Wanninger hatte nicht bemerkt, dass er beim Fotografieren beobachtet wurde, welches Franz natürlich provoziert hatte. Als Fyhre weg war, hatte er Wanninger den Stichel in die Hand gedrückt und ihn so als vermeintlichen Täter der Sachbeschädigung zur Flucht getrieben.«

»Wo er sich noch immer befindet«, vollendete ihr Mann.

»Und von der aus er allen bedeutenden Magazinen und Zeitungen seine Geschichte gesandt hat, um sie zur

Veröffentlichung anzubieten, verbunden mit allen sogenannten Beweisfotos«, fügte Anne an. »Er hat mir seinen Roman heute Nacht zugemailt.«

»Und damit ist Wanninger erledigt«, resümierte Stephan. »Darum geht es doch! Ein Journalist, der eine solche Ente auf den Weg bringt, braucht sich nicht mehr blicken zu lassen. Die ganze Geschichte um ThyssenKrupp, das vermeintliche Kartell, der verbotene Handel mit den seltenen Erden an Politik und Gesetzen vorbei. Alles nur Schall und Rauch!«

»Alles nur eine frei erfundene Geschichte«, bestätigte Hermann van Eyck, »bis auf das Detail, dass der Chef von ThyssenKrupp wegen der von China gehorteten seltenen Erden tatsächlich einmal die Bildung einer Rohstoff-AG angeregt und der Bundeswirtschaftsminister diese Idee unterstützt hat. Lieke hatte uns davon einmal erzählt. Dieses Ereignis war der Rahmen und der chinesische Zauberer Yong Fang auf dem Foto die Initialzündung für die Geschichte.«

»Warum, glauben Sie, bin ich die ganze Zeit über so ruhig geblieben?«, fragte Stephan und nahm abwechselnd Anne van Eyck und ihren Mann ins Visier.

»Ich hoffe sehr, dass Sie uns verstehen«, antwortete Anne van Eyck freimütig und ernsthaft, »und dass Sie erkennen, dass wir in gewisser Weise so handeln mussten, um einen Gisbert Wanninger zu stoppen, der uns zu vernichten drohte. Dass wir Sie dabei benutzt haben, Herr Knobel, tut uns leid, und wir wollen uns dafür entschuldigen. Deshalb sind wir hier. Ich habe Ihre ungeheure Wut aus Ihrer SMS herausgelesen. Wir sind eigens vorzeitig aus Amsterdam zurückgekehrt.«

»Danke!«, parierte Stephan höhnisch. Er schwieg einen Moment und suchte die bewusste Zäsur zu dem Vortrag der beiden, der nichts anderes war als die Demonstration ihres überlegenen Planes, der nichts dem Zufall überlassen und die kalkulierten Handlungen Wanningers geschickt eingebunden und diesem stets suggeriert hatte, dass er seine Entscheidungen selbst traf.

»Sie fühlen sich richtig wohl«, diagnostizierte Stephan angewidert.

»Nicht wohl, Herr Knobel, sondern befreit«, stellte Hermann van Eyck klar. »Es ist keine Heldentat, der wir uns rühmen, sondern die Verwirklichung eines Plans, den wir gemeinsam mit Franz entwickelt haben, um den Menschen zur Strecke zu bringen, der mich zur Strecke bringen wollte. Wir sind Wanninger zuvor gekommen. Jetzt wird nicht der Unternehmensberater Hermann van Eyck untergehen, weil seine peinliche und lange zurückliegende Vergangenheit wieder ans Licht gezerrt wird. Jetzt wird der Journalist Gisbert Wanninger untergehen, der einen jeder Grundlage entbehrenden vermeintlichen Skandal über das Unternehmen ThyssenKrupp an die Öffentlichkeit und sich damit dauerhaft um seinen Ruf bringen wird. Ist das wirklich schlecht, Herr Knobel? War es nicht so etwas wie Notwehr? Wie hätte ich ihm Einhalt gebieten können? Sollte ich ihn erschießen?«

»Ihr Bruder hat ihn fast erschossen, Herr van Eyck«, bemerkte Stephan.

»Er hat ihn nicht fast erschossen«, widersprach Hermann van Eyck, »er hat nicht einmal auf ihn geschossen. Er hat deutlich und in sicherem Abstand an ihm vorbeigeschossen.«

»Und wenn die Kugel abgeprallt wäre und Wanninger getroffen hätte?«

»Die Frage bleibt hypothetisch«, antwortete Hermann van Eyck ruhig. »Sie schützen den wahren Täter. Doch Sie vertreten uns, Herr Knobel. Sie haben uns gedient, ohne es zu wissen. Werfen Sie uns das vor, aber bitte nicht, dass wir Wanninger getäuscht haben.«

»Sie beide und Franz haben Straftaten begangen und andere vorgetäuscht«, erklärte Stephan. »Und Sie haben Lieke missbraucht«, wiederholte er.

»Wenn es etwas zu verantworten gibt, werden wir es verantworten«, antwortete Hermann van Eyck gelassen. »Sorgen Sie sich mehr um das Recht oder um die Moral? – War es schlimm, den sauberen Alexander Seuter in die Sache hineinzuziehen, indem er vermeintlich Teil des konspirativen Treffens an der Autobahn war? Schadet es, wenn durch die Veröffentlichung des Fotos und spätere Richtigstellung des Sachverhaltes Seuters Frau davon erfahren hätte, dass ihr toller Mann eine wunderbare Frau im Stich gelassen hat, die ihn liebte und der er signalisiert hatte, dass er sich für sie entscheiden werde? Ist dieser spießige Saubermann, dieser widerliche Karrierist, der mit seinem silbernen Mercedes von Geschäftstermin zu Geschäftstermin flitzt, schützenswert?«

»Was kann Seuters Frau dafür?«, gab Stephan zurück. »Was können die Kinder dafür? Sie machen alle zu Opfern!«

Hermann van Eyck antwortete nicht.

»Wir sind gekommen, um Ihre Arbeit und Ihre Funktion zu honorieren. Glauben Sie uns, dass wir nicht stolz darauf sind, Sie und Ihre Freundin zu Statisten in einem Spiel gemacht zu haben!«

Er öffnete seine Geldbörse und legte acht 500-Euro-Scheine auf den Tisch.

»Weitere 4.000 Euro zu dem bereits gezahlten Vorschuss«, erklärte Hermann van Eyck.

»6.000 Euro scheinen eine gängige Honorargröße in diesem Fall zu sein«, bemerkte Stephan und erinnerte sich daran, welchen Betrag Sascha Sadowski von dem vermeintlichen Drauschner erhalten hatte. Er rührte das Geld nicht an.

Die van Eycks erhoben sich.

»Auch wenn es sich im Nachhinein schal und schräg anhört: Sie sind ein sehr guter Anwalt – gemeinsam mit Ihrer Freundin. Grüßen Sie sie von uns!«

Dann verabschiedeten sie sich. Die Geldscheine blieben auf dem Tisch.

»Die Sache ist nicht vorbei«, sagte Stephan, als sie bereits in der Tür standen. »Die Fingerabdrücke Ihres Bruders waren auf den Münzen, mit dem er die Eintrittskarte in die Kokerei gelöst hat – und sie sind natürlich in Ihrer Wohnung, weil Franz dort zu Besuch war. Ylberi will nicht umsonst eine Liste aller Personen, die im letzten Jahr in Ihrem Haus waren. Es ist eine Frage der Zeit, bis er auf Franz Gustendorf stößt.«

»Wir werden abwarten«, sagte Anne van Eyck. Sie war gelassen wie ihr Mann. »Wir haben nicht behauptet, in dieser Sache alles perfekt gemacht zu haben. Aber wenn ich es richtig sehe, habe ich kaum eine Pflicht, Franz mit auf diese Liste zu setzen.«

Sie lächelte verschmitzt.

30

Wanninger saß abends in der leeren Gaststube des schäbigen Hotels. Die rustikalen Holztische waren mit einfachem Porzellan eingedeckt, als würden viele Gäste erwartet. Doch Wanninger blieb der einzige Gast. Die Wirtin brachte ihm Frikadellen und Bratkartoffeln. Sie hatte alles selbst zubereitet, servierte fachkundig von der Seite und stellte ein Bier dazu.

»Es soll dir schmecken«, sagte sie sanft und setzte sich zu ihm.

»Ich werde dich ab jetzt exklusiv bedienen!«

Sie stand auf und schaltete die alte Stereoanlage an. Es kam Diskomusik aus den Neunzigern.

Wanninger aß mit Genuss. Er trank das Bier und prostete ihr zu. Sie bediente ihn. Er mochte das einerseits und andererseits nicht. Seine Gedanken waren bei seinen E-Mail-Eingängen. Er hatte sich bis 21 Uhr Internetverbot verordnet und auf Ihre Vorgabe eingelassen, die Einhaltung dieser Zeitgrenze beschwören zu müssen.

Um 20.30 Uhr ging er auf sein Zimmer. Die Wirtin folgte ihm wenige Minuten später, nachdem sie die Gaststätte geschlossen hatte. Es werde niemand mehr kommen, meinte sie. So, wie fast immer.

Sie setzte sich wieder aufs Bett, er an den kleinen Tisch, auf dem der Laptop stand.

»Es ist noch eine halbe Stunde«, sagte sie lächelnd.

Wanninger wollte sie erst rauswerfen und endlich die Antworten auf seine E-Mails lesen, aber er hatte ihr versprochen, bis neun Uhr zu warten. Sinnlos, sich diese halbe Stunde weiter zu quälen, aber sein Versprechen galt. Sie sah in ihm einen, auf dessen Wort gezählt werden konnte. Sie sah ihn so, wie sich Wanninger selbst sah. Er starrte auf seinen Laptop, dann auf seine Uhr, schließlich wandte er sich um. Sie hatte ihr geblümtes Sommerkleid ausgezogen, strich verlegen durch ihr rotes Haar.

Er stand auf, ging mit langsamen Schritten auf sie zu, berührte zitternd ihre weiße Brust, setzte sich neben sie, umarmte sie, als wäre sie ihm völlig fremd, distanziert und zugleich begierig. Sie war anders als die Frauen, denen er hinterhergelaufen war, die er mit Sensationsberichten und Publikationen im Herzen erreichen wollte und nie erreicht hatte. Er zog sich aus, unsicher, als machte er dies zum ersten Mal. Das kleine schäbige Zimmer war ein vertrautes Refugium geworden. Einzig die Frau war wie neu. Er betrachtete sie mit anfänglicher Scheu, ertastete sie wie eine neue Welt, in die er die ersten Schritte wagte. Sie ließen sich in das Bett fallen, auf die durchhängende Matratze, in deren Mitte sie wie in einem weichen Nest lagen. Sie redeten nicht, sie fühlten sich. Wanninger war glücklich.

Irgendwann später am Abend ging sie runter, um eine Flasche Wein zu holen. Er startete den Computer, an den er bis jetzt nicht mehr gedacht hatte. Als sie wieder kam, öffnete sie gekonnt die Flasche. Es war ein einfacher Silvaner aus dem Supermarkt. Der Computer kündigte den Eingang zahlreicher Mails an. Wanninger las die Absenderadressen. Sie hatten geantwortet: BILD und Stern, Spiegel, Focus und all die anderen

Redaktionen, die er angeschrieben hatte. Er griff nach der Flasche und nahm einen Schluck, dann überflog er nur die ersten Sätze der Mails. Alle hatten Interesse an seiner Geschichte. Er schrie die Freude aus sich heraus, tanzte nackt mit der Frau wie ein Teufel um das Feuer, blickte bei jeder Umdrehung die nächste E-Mail an und feierte sie mit der Wirtin wie die Wiedergeburt seines Lebens. Sie sah ihn mit tränennassen Augen an. Sie sah das Glück in ihm. Der Laptop offenbarte Botschaften, die ihm eine Zukunft gaben. Sie wollte Teil dieser Zukunft sein, umarmte ihn immer fester, als fürchte sie, dass er davonfliegen könnte. Doch er nahm sie wieder in den Arm, umschlang sie, hielt inne und spürte ein Gefühl, das ihn auf sie beide konzentrierte, das Karussell seiner trunkenen Freude auf etwas Wesentliches fokussierte. Sie küssten sich lange und innig. Ein Zungenkuss, der ihre Leben miteinander verschlang.

Die Mail von Anne van Eyck kam nur fünf Minuten später. Wanninger rief sie wie automatisch auf, indem er hinter sich griff, während er die Frau wieder und wieder küsste. Sie ließ verspielt von ihm ab, um auf Toilette zu gehen, und er las die Nachricht von Anne, die ihn doch nur beglückwünschen konnte. Es war eine lange Mail. Es war die Geschichte hinter Wanningers Geschichte. Er begann zu lesen, ungläubig erst, wiederholte einige Zeilen, glaubte, seinen Augen nicht zu trauen, und stammelte einzelne Worte, mit denen er denjenigen anflehte, an den er nicht glaubte. Die Frau kam von der Toilette zurück. Jetzt sah er aus wie ein Gespenst, als er auf den Bildschirm starrte, das Gesicht zur Fratze verzerrt, kalkweiß. Er brach in sich zusammen, richtete sich mühsam wieder auf, zitterte, schrie, wankte und röchelte. Er griff nach ihr, sie wollte ihn mit offenen Armen auffangen, doch ihre Kraft reichte für ihn nicht aus. Er glitt ihr aus den Armen, als er umfiel. Er schlug dumpf und schwer auf den alten Teppichboden. Sie beugte sich nackt über ihn, zerrte an ihm und versuchte, was sie konnte. Sie massierte seinen Brustkorb, gab ihm Ohrfeigen, jammerte und schlug verzweifelt um sich. Als sie sah, dass nichts mehr zu tun war, schlug sie auf ihn ein. Dann brach sie weinend zusammen.

31

Ylberi betrat das kleine Hotel gegen Mitternacht. Wanningers Leiche war bereits abtransportiert worden. Er hatte den Herzinfarkt nicht überlebt. Die Wirtin hatte der Polizei von dem Skandal erzählt, den Wanninger aufgedeckt hatte. Der Name des Journalisten war in mehreren Dezernaten der hiesigen Polizei aktenkundig. Man ermittelte wegen des Einbruchs in Wanningers Büro ebenso wie hinsichtlich des Schusses auf ihn auf dem Kokereigelände. Wanningers Skandalgeschichte brachte die Verbindung zu Liekes Tod und rief somit den Essener Staatsanwalt Ylberi auf den Plan. Er hörte sich die Schilderung der Wirtin an. Sie trug jetzt einen verschlissenen weißen Kittel. Es war die Kleidung, die sie immer trug, wenn im Hotel das Geschäft wie üblich stockte und sie auf Gäste wartete, die nicht kamen. Sie erzählte von Wanningers Entdeckungen mit eigentümlichem Stolz, weinte zwischendurch und schloss mit der E-Mail, die Wanninger bis ins Mark getroffen hatte. Ylberi las die Nachricht, die Wanninger an diesem Tag an die Medien verschickt und die er erhalten hatte. Ylberi spürte, der Lösung nahe zu sein. Er nahm das Gerät mit, rief von unterwegs Stephan an und machte es dringend. Er wollte sich mit ihm in einem Lokal treffen. Doch Stephan bat ihn, zu sich nach Hause zu kommen. Es sei zu spät. Kurze Zeit später saß der Staatsanwalt Marie und Stephan gegenüber. Er erzählte, was er erfahren hatte, und zitierte aus Anne van Eycks Mail an Wanninger.

»Sie redet in dieser Mail immer von einem Bruder, aber sie nennt ihn nie mit Namen«, fasste er zusammen. »Es liegt natürlich auf der Hand, dass der Bruder die Person ist, deren Fingerabdrücke wir auf den Münzen sichergestellt haben. Frau van Eyck schreibt schließlich am Ende, dass sie so habe handeln müssen, damit Wanninger mit seiner beabsichtigten Serie über Skandale vergangener Zeiten den Betroffenen keinen Schaden zufüge. Aber sie sagt nicht, welchen Skandal sie hier konkret meint. Sie will offensichtlich den Vorgang, den sie selbst im Auge hat, nicht öffentlich machen, um zu verhindern, dass es auf diesem Wege doch noch zu der Publikation kommt, die sie ja vermeiden will. Und sie deckt auch nicht auf, ob sie selbst, ihr Mann oder vielleicht ihr eigener Bruder in diesen Skandal verwickelt war oder es vielleicht um eine andere, ihr vermutlich nahestehende Person geht. Wir haben uns Wanningers schriftliche Recherchen und Notizen zu den einzelnen Skandalen angeschaut, als wir begannen, den Einbruch in seinem Büro zu untersuchen. Teilweise war er bereits recht weit in die Sachen vorgedrungen, teilweise stand er ziemlich am Anfang. Verständlicherweise war niemand der damals Beteiligten, deren Freunde oder Verwandte gewillt, ihn tatkräftig zu unterstützen. Wanninger war auf sich gestellt. Wir wissen also nicht, um welchen Skandal es im Zusammenhang mit den van Eycks eigentlich ging. Aber es würde uns helfen, es zu wissen, denn dann könnten wir zielgerichtet nach dem sogenannten Bruder fahnden, der in dieser Geschichte seine Tatbeiträge geliefert hat. Wir haben in Wanningers Büro zu jedem Fall Kontaktadressen und Telefonnummern gefunden, die er traktiert haben musste, und zwar ausschließlich vom Festnetz, wie wir ermittelt haben. Kurzum: Ich gehe davon aus, dass Sie über alles im Bilde sind, Herr Knobel. Es würde uns sehr helfen, zumal etliche der in Frage kommenden Personen über die ganze Bundesrepublik oder sogar im Ausland verstreut sind.«

Der Staatsanwalt lächelte und überreichte Stephan eine Liste mit rund 150, davon etwa zu zwei Dritteln männlichen Namen.

Stephan studierte die Liste. Irgendwo in der unteren Hälfte stand der Name Franz Gustendorf mit zugehöriger Telefonnummer.

»Es tut mir leid«, sagte Stephan und gab die Liste zurück.

»Aber der gesuchte Name steht doch auf der Liste«, vergewisserte sich Ylberi mit fragendem Blick.

Stephan verzog keine Miene.

»Also müssen wir wohl doch alle Personen überprüfen«, erkannte Ylberi. »Vernetzung, Fingerabdrücke und so weiter ...«

»Es ist mir lieber«, antwortete Stephan. »Ich hoffe, dass Sie mich verstehen, auch wenn ich den sogenannten Bruder nicht vertrete. – Immerhin müssen Sie ja nur die männlichen Personen überprüfen ...«

»Es tröstet nur wenig«, lächelte Ylberi. »Werden Sie Anne van Eyck weiter vertreten? Sie hat ihr Ziel erreicht und Wanninger vernichtet, wobei sie natürlich nicht mit seinem Tod gerechnet hat. Aber sie wird ihn gewiss nicht betrauern. Für die anderen Dinge wird sie sich jedoch juristisch verantworten müssen. Das steht fest.«

»Ich werde diese Frau definitiv nicht weiter vertreten«, sagte Stephan mit Nachdruck.

»Also gut!« Ylberi packte seine Sachen zusammen. »Versuch macht klug, sagt man. Aber ich kann Sie verstehen, Herr Knobel.«

Er sah die frische Rose, die Stephan Marie am Abend mitgebracht hatte.

»Es gibt etwas zu feiern«, sagte Stephan ungefragt, als er Ylberis geweckte Aufmerksamkeit bemerkte.

»Wir werden Eltern«, verkündete er stolz. »Wir haben es erst heute Abend erfahren.«

Ylberi hielt inne.

»Ein Kind gibt dem Leben Tiefe«, stellte er fest und beglückwünschte sie.

Dann ging er. Ylberi traf wie so oft mit wenigen Worten den Kern.

Stephan nahm Marie in den Arm und küsste sie. Draußen zog wieder ein Unwetter auf. Der Wind trieb Blätter vor sich her. Die Blitze zuckten und der Donner krachte.

Am nächsten Morgen klebte Stephan den an Anne van Eyck adressierten Brief zu, den er nach dem gestrigen Gespräch mit ihr vorbereitet hatte, und las nochmals die letzten Sätze: ›Anbei meine abschließende Kostennote für die erteilte Beratung über 6.000 Euro brutto. Die Rechnung ist bereits ausgeglichen. Das Mandat ist beendet.‹

Er legte die Akte weg.

ENDE

*Weitere Krimis finden Sie auf den
folgenden Seiten und im Internet:
www.gmeiner-verlag.de*

KLAUS ERFMEYER
Irrliebe
....

274 Seiten, Paperback.
ISBN 978-3-8392-1183-0.

TODESANZEIGE Als Franziska Bellgardt über eine verführerische Kontaktanzeige den Franzosen Pierre Brossard kennenlernt, scheint sie die Liebe ihres Lebens gefunden zu haben. Doch die Leidenschaft für den rätselhaften Pierre endet mit ihrem Tod. Franziskas Schulfreundin Marie Schwarz und ihr Freund, der Dortmunder Rechtsanwalt Stephan Knobel, beginnen die schicksalhafte Beziehung zu ergründen. Bald zeigt sich, dass es um weit mehr geht als Franziskas Liebe zu einem Mann, dem sie sich bedingungslos unterwerfen wollte …

KLAUS ERFMEYER
Endstadium
....

273 Seiten, Paperback.
ISBN 978-3-89977-1080-2.

TODESKAMPF Der Dortmunder Unternehmer Justus Rosell ist unheilbar an Krebs erkrankt. Für seinen bevorstehenden Tod macht er den Internisten Jens Hobbeling verantwortlich, der es versäumt haben soll, die tückische Krankheit rechtzeitig erkannt und damit jede Chance auf Heilung verspielt zu haben. Nachdem Rosell seinen Vorwurf gegen den Arzt in einem von großem Medieninteresse begleiteten Prozess nicht beweisen konnte, zieht er sich im Endstadium der Krankheit in sein Domizil auf der Ferieninsel Gran Canaria zurück. Gleichzeitig beauftragt er Rechtsanwalt Stephan Knobel, ein letztes Mal gegen Hobbeling aktiv zu werden …

GMEINER

Wir machen's spannend

KLAUS ERFMEYER
Tribunal

....

324 Seiten, Paperback.
ISBN 978-3-8392-1060-4.

OHNE GEWISSEN Essen und das Ruhrgebiet bereiten sich auf das Großereignis »Kulturhauptstadt 2010« vor. Als der Psychologe Paul Bromscheidt der Kanzlei Hübenthal & Knobel die Idee anträgt, aus diesem Anlass eine Ausstellung zum Thema »Justiz und Gewissen« in Deutschlands größter unterirdischer Bunkeranlage zu organisieren, sind die Anwälte begeistert. Erwartungsvoll folgen Stephan Knobel und seine Kollegen dem eloquenten Bromscheidt in das Stollensystem. Doch die Führung wird zur Entführung – und für die Geiseln zur Konfrontation mit einem Täter, der eine zynische Abrechnung zelebrieren will …

KLAUS ERFMEYER
Geldmarie

....

277 Seiten, Paperback.
ISBN 978-3-8392-3032-9.

MARIE VERZWEIFELT GESUCHT »Man mag es kaum glauben: aber mit seinem dritten Krimi rund um den Anwalt Stephan Knobel ist Klaus Erfmeyer noch einmal eine Klasse besser geworden. Er liefert nicht nur eine aufregende ›Wer-Hat's-Getan‹-Story. Diesmal überzeugt er noch dazu mit einer psychologisch packenden und tiefgründigen Geschichte, in der es um Schuld, Verantwortung und Gerechtigkeit geht und die Beziehung zwischen einer Geisel und ihrem Peiniger. Immer wieder unterläuft der Autor die nahe liegenden Erwartungen der Leser und schafft überraschende Perspektiven. Erfmeyer ist ein Meister der Spannungsliteratur, der weit mehr zu bieten hat als eine flotte Schreibe: Er hat seinen eigenen fesselnden Stil entwickelt, der ihn grandios abhebt von der Masse des simpel gestrickten ›Lesefutters‹ in diesem Genre.«

Wir machen's spannend

Unsere Lesermagazine
2 x jährlich das Neueste aus der Gmeiner-Bibliothek

DIN A6, 20 S., farbig   10 x 18 cm, 16 S., farbig   24 x 35 cm, 20 S., farbig

Alle Lesermagazine erhalten Sie in Ihrer Buchhandlung oder unter www.gmeiner-verlag.de.

GmeinerNewsletter
Neues aus der Welt der Gmeiner-Romane

Haben Sie schon unsere GmeinerNewsletter abonniert?

Monatlich erhalten Sie per E-Mail aktuelle Informationen aus der Welt der Krimis, der historischen Romane und der Frauenromane: Buchtipps, Berichte über Autoren und ihre Arbeit, Veranstaltungshinweise, neue Literaturseiten im Internet und interessante Neuigkeiten.

Die Anmeldung zu den GmeinerNewslettern ist ganz einfach. Direkt auf der Homepage des Gmeiner-Verlags (www.gmeiner-verlag.de) finden Sie das entsprechende Anmeldeformular.

Ihre Meinung ist gefragt!
Mitmachen und gewinnen

Wir möchten Ihnen mit unseren Romanen immer beste Unterhaltung bieten. Sie können uns dabei unterstützen, indem Sie uns Ihre Meinung zu den Gmeiner-Romanen sagen! Senden Sie eine E-Mail an gewinnspiel@gmeiner-verlag.de und teilen Sie uns mit, welches Buch Sie gelesen haben und wie es Ihnen gefallen hat. Alle Einsendungen nehmen automatisch am großen Jahresgewinnspiel mit attraktiven Buchpreisen teil.

Wir machen's spannend

Alle Gmeiner-Autoren und ihre Romane auf einen Blick

ANTHOLOGIEN: Mords-Sachsen 5 • Secret Service 2012 • Tod am Tegernsee • Drei Tagesritte vom Bodensee • Nichts ist so fein gesponnen • Zürich: Ausfahrt Mord • Mörderischer Erfindergeist • Secret Service 2011 • Tod am Starnberger See • Mords-Sachsen 4 • Sterbenslust • Tödliche Wasser • Gefährliche Nachbarn • Mords-Sachsen 3 • Tatort Ammersee • Campusmord • Mords-Sachsen 2 • Tod am Bodensee • Mords-Sachsen 1 • Grenzfälle • Spekulatius **ABE, REBECCA:** Im Labyrinth der Fugger **ARTMEIER, HILDEGUNDE:** Feuerross • Drachenfrau **BÄHR, MARTIN:** Moser und der Tote vom Tunnel **BAUER, HERMANN:** Philosophenpunsch • Verschwörungsmelange • Karambolage • Fernwehträume **BAUM, BEATE:** Weltverloren • Ruchlos • Häuserkampf **BAUMANN, MANFRED:** Wasserspiele • Jedermanntod **BECK, SINJE:** Totenklang • Duftspur • Einzelkämpfer **BECKER, OLIVER:** Die Sehnsucht der Krähentochter • Das Geheimnis der Krähentochter **BECKMANN, HERBERT:** Die Nacht von Berlin • Mark Twain unter den Linden • Die indiskreten Briefe des Giacomo Casanova **BEINSSEN, JAN:** Todesfrauen • Goldfrauen • Feuerfrauen **BLANKENBURG, ELKE MASCHA** Tastenfieber und Liebeslust **BLATTER, ULRIKE:** Vogelfrau **BODENMANN, MONA:** Mondmilchgubel **BÖCKER, BÄRBEL:** Mit 50 hat man noch Träume • Henkersmahl **BOENKE, MICHAEL:** Riedripp • Gott'sacker **BOMM, MANFRED:** Mundtot • Blutsauger • Kurzschluss • Glasklar • Notbremse • Schattennetz • Beweislast • Schusslinie • Mordloch • Trugschluss • Irrflug • Himmelsfelsen **BONN, SUSANNE:** Die Schule der Spielleute **BOSETZKY, HORST [-KY]:** Der Fall des Dichters • Promijagd • Unterm Kirschbaum **BRENNER, WOLFGANG:** Alleingang **BRÖMME, BETTINA:** Weißwurst für Elfen **BÜHRIG, DIETER:** Schattenmenagerie • Der Klang der Erde • Schattengold **BÜRKL, ANNI:** Narrentanz • Ausgetanzt • Schwarztee **BUTTLER, MONIKA:** Abendfrieden • Herzraub **CLAUSEN, ANKE:** Dinnerparty • Ostseegrab **CRÖNERT, CLAUDIUS:** Das Kreuz der Hugenotten **DANZ, ELLA:** Geschmacksverwirrung • Ballaststoff • Schatz, schmeckt's dir nicht? • Rosenwahn • Kochwut • Nebelschleier • Steilufer • Osterfeuer **DIECHLER, GABRIELE:** Vom Himmel das Helle • Glutnester • Glaub mir, es muss Liebe sein • Engpass **DOLL, HENRY:** Neckarhaie **DÜNSCHEDE, SANDRA:** Nordfeuer • Todeswatt • Friesenrache • Solomord • Nordmord • Deichgrab **EMME, PIERRE:** Zwanzig/11 • Diamantenschmaus • Pizza Letale • Pasta Mortale • Schneenockerleklat • Florentinerpakt • Ballsaison • Tortenkomplott • Killerspiele • Würstelmassaker • Heurigenpassion • Schnitzelfarce • Pastetenlust **ERFMEYER, KLAUS:** Drahtzieher • Irrliebe • Endstadium • Tribunal • Geldmarie • Todeserklärung • Karrieresprung **ERWIN, BIRGIT / BUCHHORN, ULRICH:** Die Reliquie von Buchhorn • Die Gauklerin von Buchhorn • Die Herren von Buchhorn **FEIFAR, OSKAR:** Dorftratsch **FINK, SABINE:** Kainszeichen **FOHL, DAGMAR:** Der Duft von Bittermandel • Die Insel der Witwen • Das Mädchen und sein Henker **FRANZINGER, BERND:** Familiengrab • Zehnkampf • Leidenstour • Kindspech • Jammerhalde • Bombenstimmung • Wolfsfalle • Dinotod • Ohnmacht • Goldrausch • Pilzsaison **GARDEIN, UWE:** Das Mysterium des Himmels • Die Stunde des Königs

GMEINER

Wir machen's spannend

Alle Gmeiner-Autoren und ihre Romane auf einen Blick

GARDENER, EVA B.: Lebenshunger **GEISLER, KURT:** Friesenschnee • Bädersterben **GERWIEN, MICHAEL:** Isarbrodeln • Alpengrollen **GIBERT, MATTHIAS P.:** Menschenopfer • Zeitbombe • Rechtsdruck • Schmuddelkinder • Bullenhitze • Eiszeit • Zirkusluft • Kammerflimmern • Nervenflattern **GOLDAMMER, FRANK:** Abstauber **GÖRLICH,HARALD:** Kellerkind und Kaiserkrone **GORA, AXEL:** Die Versuchung des Elias • Das Duell der Astronomen **GRAF, EDI:** Bombenspiel • Leopardenjagd • Elefantengold • Löwenriss • Nashornfieber **GUDE, CHRISTIAN:** Kontrollverlust • Homunculus • Binärcode • Mosquito **HÄHNER, MARGIT:** Spielball der Götter **HAENNI, STEFAN:** Scherbenhaufen • Brahmsrösi • Narrentod **HAUG, GUNTER:** Gössenjagd • Hüttenzauber • Tauberschwarz • Höllenfahrt • Sturmwarnung • Riffhaie • Tiefenrausch **HEIM, UTA-MARIA:** Feierabend • Totenkuss • Wespennest • Das Rattenprinzip • Totschweigen • Dreckskind **HENSCHEL, REGINE C.:** Fünf sind keiner zu viel **HERELD, PETER:** Die Braut des Silberfinders • Das Geheimnis des Goldmachers **HOHLFELD, KERSTIN:** Glückskekssommer **HUNOLD-REIME, SIGRID:** Die Pension am Deich • Janssenhaus • Schattenmorellen • Frühstückspension **IMBSWEILER, MARCUS:** Schlossblick • Die Erstürmung des Himmels • Butenschön • Altstadtfest • Schlussakt • Bergfriedhof **JOSWIG, VOLKMAR / MELLE, HENNING VON:** Stahlhart **KARNANI, FRITJOF:** Notlandung • Turnaround • Takeover **KAST-RIEDLINGER, ANNETTE:** Liebling, ich kann auch anders **KEISER, GABRIELE:** Engelskraut • Gartenschläfer • Apollofalter **KEISER, GABRIELE / POLIFKA, WOLFGANG:** Puppenjäger **KELLER, STEFAN:** Totenkarneval • Kölner Kreuzigung **KINSKOFER, LOTTE / BAHR, ANKE:** Hermann für Frau Mann **KLAUSNER, UWE:** Engel der Rache • Kennedy-Syndrom • Bernstein-Connection • Die Bräute des Satans • Odessa-Komplott • Pilger des Zorns • Walhalla-Code • Die Kiliansverschwörung • Die Pforten der Hölle **KLEWE, SABINE:** Die schwarzseidene Dame • Blutsonne • Wintermärchen • Kinderspiel • Schattenriss **KLIKOVITS, PETRA M.:** Vollmondstrand **KLUGMANN, NORBERT:** Die Adler von Lübeck • Die Tochter des Salzhändlers • Schlüsselgewalt • Rebenblut **KOBJOLKE, JULIANE:** Tausche Brautschuh gegen Flossen **KÖSTERING, BERND:** Goetheglut • Goetheruh **KOHL, ERWIN:** Flatline • Grabtanz • Zugzwang **KOPPITZ, RAINER C.:** Machtrausch **KRAMER, VERONIKA:** Todesgeheimnis • Rachesommer **KREUZER, FRANZ:** Waldsterben **KRONECK, ULRIKE:** Das Frauenkomplott **KRONENBERG, SUSANNE:** Kunstgriff • Rheingrund • Weinrache • Kultopfer • Flammenpferd **KRUG, MICHAEL:** Bahnhofsmission **KRUSE, MARGIT:** Eisaugen **KURELLA, FRANK:** Der Kodex des Bösen • Das Pergament des Todes **LADNAR, ULRIKE:** Wiener Herzblut **LASCAUX, PAUL:** Mordswein • Gnadenbrot • Feuerwasser • Wursthimmel • Salztränen **LEBEK, HANS:** Todesschläger **LEHMKUHL, KURT:** Kardinalspoker • Dreiländermord • Nürburghölle • Raffgier **LEIMBACH, ALIDA:** Wintergruft **LEIX, BERND:** Fächergrün • Fächertraum • Waldstadt • Hackschnitzel • Zuckerblut • Bucheckern **LETSCHE, JULIAN:** Auf der Walz **LICHT, EMILIA:** Hotel Blaues Wunder **LIEBSCH, SONJA / MESTROVIC, NIVES:** Muttertier @n Rabenmutter **LIFKA, RICHARD:** Sonnenkönig **LOIBELSBERGER, GERHARD:** Mord und Brand • Reigen des Todes • Die

GMEINER

Wir machen's spannend

Alle Gmeiner-Autoren und ihre Romane auf einen Blick

Naschmarkt-Morde **MADER, RAIMUND A.**: Schindlerjüdin • Glasberg **MARION WEISS, ELKE**: Triangel **MAXIAN, JEFF / WEIDINGER, ERICH**: Mords-Zillertal **MISKO, MONA**: Winzertochter • Kindsblut **MORF, ISABEL**: Satzfetzen • Schrottreif **MOTHWURF, ONO**: Werbevoodoo • Taubendreck **MUCHA, MARTIN**: Seelenschacher • Papierkrieg **NAUMANN, STEPHAN**: Das Werk der Bücher **NEEB, URSULA**: Madame empfängt **NEUREITER, SIGRID**: Burgfrieden **ÖHRI, ARMIN/TSCHIRKY, VANESSA**: Sinfonie des Todes **OSWALD, SUSANNE**: Liebe wie gemalt **OTT, PAUL**: Bodensee-Blues **PARADEISER, PETER**: Himmelreich und Höllental **PARK, KAROLIN**: Stilettoholic **PELTE, REINHARD**: Abgestürzt • Inselbeichte • Kielwasser • Inselkoller **PFLUG, HARALD**: Tschoklet **PITTLER, ANDREAS**: Mischpoche **PORATH, SILKE / BRAUN, ANDREAS**: Klostergeist **PORATH, SILKE**: Nicht ohne meinen Mops **PUHLFÜRST, CLAUDIA**: Dunkelhaft • Eiseskälte • Leichenstarre **PUNDT, HARDY**: Bugschuss • Friesenwut • Deichbruch **PUSCHMANN, DOROTHEA**: Zwickmühle **RATH, CHRISTINE**: Butterblumenträume **ROSSBACHER, CLAUDIA**: Steirerherz • Steirerblut **RUSCH, HANS-JÜRGEN**: Neptunopfer • Gegenwende **SCHAEWEN, OLIVER VON**: Räuberblut • Schillerhöhe **SCHMID, CLAUDIA**: Die brennenden Lettern **SCHMÖE, FRIEDERIKE**: Rosenfolter • Lasst uns froh und grausig sein • Wasdunkelbleibt • Wernievergibt • Wieweitdugehst • Bisduvergisst • Fliehganzleis • Schweigfeinstill • Spinnefeind • Pfeilgift • Januskopf • Schockstarre • Käfersterben • Fratzenmond • Kirchweihmord • Maskenspiel **SCHNEIDER, BERNWARD**: Todeseis • Flammenteufel • Spittelmarkt **SCHNEIDER, HARALD**: Blutbahn • Räuberbier • Wassergeld • Erfindergeist • Schwarzkittel • Erntopfer **SCHNYDER, MARIJKE**: Stollengeflüster • Matrjoschka-Jagd **SCHÖTTLE, RUPERT**: Damenschneider **SCHRÖDER, ANGELIKA**: Mordsgier • Mordswut • Mordsliebe **SCHÜTZ, ERICH**: Doktormacher-Mafia • Bombenbrut • Judengold **SCHUKER, KLAUS**: Brudernacht **SCHWAB, ELKE**: Angstfalle • Großeinsatz **SCHWARZ, MAREN**: Treibgut • Zwiespalt • Maienfrost • Dämonenspiel • Grabeskälte **SENF, JOCHEN**: Kindswut • Knochenspiel • Nichtwisser **SKALECKI, LILIANE / RIST, BIGGI**: Schwanensterben **SPATZ, WILLIBALD**: Alpenkasper • Alpenlust • Alpendöner **STAMMKÖTTER, ANDREAS**: Messewalzer **STEINHAUER, FRANZISKA**: Sturm über Branitz • Spielwiese • Gurkensaat • Wortlos • Menschenfänger • Narrenspiel • Seelenqual • Racheakt **STRENG, WILDIS**: Ohrenzeugen **SYLVESTER, CHRISTINE**: Sachsen-Sushi **SZRAMA, BETTINA**: Die Hure und der Meisterdieb • Die Konkubine des Mörders • Die Giftmischerin **THIEL, SEBASTIAN**: Wunderwaffe • Die Hexe vom Niederrhein **THADEWALDT, ASTRID / BAUER, CARSTEN**: Blutblume • Kreuzkönig **THÖMMES, GÜNTHER**: Malz und Totschlag • Der Fluch des Bierzauberers • Das Erbe des Bierzauberers • Der Bierzauberer **TRAMITZ, CHRISTIANE**: Himmelsspitz **TRINKAUS, SABINE**: Schnapsleiche **ULLRICH, SONJA**: Fummelbunker • Teppichporsche **WARK, PETER**: Epizentrum • Ballonglühen **WERNLI, TAMARA**: Blind Date mit Folgen **WICKENHÄUSER, RUBEN PHILLIP**: Die Magie des Falken • Die Seele des Wolfes **WILKENLOH, WIMMER**: Eidernebel • Poppenspäl • Feuermal • Hätschelkind **WÖLM, DIETER**: Mainfall **WOLF, OLIVER**: Netzkiller **WUCHERER, BERNHARD**: Die Pestspur **WYSS, VERENA**: Blutrunen • Todesformel

Wir machen's spannend